姚亶素詞集

姚亶素 ● 著

中国社会科学出版社

圖書在版編目(CIP)數據

姚亶素詞集 /(清)姚亶素著. —北京: 中國社會科學出版社,
2015.1
ISBN 978-7-5161-5766-4

Ⅰ.①姚… Ⅱ.①姚… Ⅲ.①詞(文學)—作品集—中國—清代
Ⅳ.①I222.849

中國版本圖書館 CIP 數據核字(2015)第 058974 號

出 版 人 趙劍英
選題策劃 陳肖静
責任編輯 陳肖静
特約編輯 席建海
責任校對 張立敏
責任印製 戴 寬

出 版 中國社會科學出版社
社 址 北京鼓樓西大街甲 158 號(郵編 100720)
網 址 http://www.csspw.cn
中文域名: 中國社科網 010-64070619
發 行 部 010-84083685
門 市 部 010-84029450
經 銷 新華書店及其他書店

印 刷 北京大興區新魏印刷廠
裝 訂 廊坊市廣陽區廣增裝訂廠
版 次 2015 年 1 月第 1 版
印 次 2015 年 1 月第 1 次印刷

開 本 710×1000 1/16
印 張 38.25
字 數 508 千字
定 價 118.00 元

咫園三十一歲照於洪都

光緒廿八年壬寅歲八月

風塵
石

玉燭新　癸巳歲旦

東風醒宮夢近黑水梅窗曉寒猶重上林漏淺春光要紫燕
黃鸝交哢簾櫳簷凍響細滴語笑浮甕花霧漠黃暎筆清新
春文侍綵鳳　端居對此良辰倚錦繡簾櫳物華珍筵勝迹
卜縱澤然趣駿馬長堤驕鞍垂楊影動颭霧色青旂翻擁
憑念想莫羨堯年排杯賦頌

月邊嬌　元夕和草窗

目錄

枳薗詞・卷二　吳興姚肇崧亶素　二五

枳園詞・卷三　姚肇崧　天醉樓　八〇

散蓮宧集外詞　姚亶素　

咫薗詞·卷一　吳興姚肇崧亶素　二五五

天醉樓寱語稿本　三八二

天醉樓戲集清真夢牕白石玉田詞聯　東木老人戲編　四五三

天醉楼戲集清真梦牕词联　摘翠集　五二八

後　記　五六八

枳薗詞·卷一

吴興郡人姚肇崧景之

自序

吾家自十一世祖子潛公著有《慕庵詞》、十二世祖復園公著有『復園詞』、十三世祖丙衡公著有『玉湖漁唱詞』、十四世祖吟五公著有『築岩詞』，曆數傳至俶辭九兄，著有『梧葉秋聲館詞』，或鋟版散失，或未付剞劂，以其爲小道，無足矜重也。不肖少時，嘗從王半塘叔舅游，授以作詞之法。其時，方汲汲科舉，專致力於帖括，或作或輟，亦尠存稿。往來湖湘江海間，遊覽登臨，偶有賦詠。逮作吏後，始稍稍爲之。辛亥以後，窮戹滬瀆，僑寓吴門，歎滄桑之變易，感身世之仳離，心欲言而不忍言、口欲言而不敢言者，胥托於詞抒寫之。春秋蕭寂之時，風雷震盪之際，孤鐙默坐，感喟沈吟，歷年既久，積稿盈篋。雅不欲刊刻行世，則拉雜摧燒之而又不忍，以百憂萬感之情泯没於無何有之鄉，使後之人不知天壤間有牢愁偃蹇如我其人者。益念吾家世學，不肖幸得於天喪斯文之日，纘承緒業，因亟附諸家乘，以示子孫。惟詞之爲學，能使人幽鬱沈滯而不得申其志，則又不欲使吾子孫效之也。

探芳信

湖居春曉，用夢窗韻

乍風定。送賣餳簫聲，翠樓閒聽。正過雨桐蔭，蒼苔翳荒井。捲簾偷放呢喃燕，私語黎雯暝。認香瘢、試檢羅衣，夢雲吹醒。

妝罷鬢慵整。怕紅濕行裙，採芳迷徑。慣怯餘寒，蟾冷露華凝。春深不礙鴛鴦睡，茵藉波紋靚。汎琉璃，浄攬澄鮮似鏡。

瑞鷓鴣

東風多事日安排，鬥草籌花碧水涯。江柳媚煙青試眼，谿桃含雨赤凝顋。

濃愁只共鵑魂黯，綺語難將蝶怨猜。縹渺紅妝翠樓上，可能隨分說風懷。

蹋莎行

燕睇簾虛，獨眠茵暝，一春幽恨沈沈見。風光催上玉闌干，柳絲似翦花如染。

薄靄張羅，暮山橫綫，歸心更比天涯遠。流鶯啼夢下雲屏，重吟細把何人管。

大聖樂

餞春，和弁陽翁韻

鶯囀洲晨，燕飛隄晚，霽煙深樹。念幾番流轉風光，殢酒倦簫，輕負綠窻花雨。繞郭柳絲停橈處，看魚浪、吹香歸畫浦。低迴久，對流水暮雲，愁緒千縷。

當筵訴，情最苦。問春去何時？春不語，薦翠丸樽俎，清歌催唱，銷魂如許。步韉暗塵，凄迷恨送芳事，酴醾閒院宇。槐蔭悄，賸惆悵，夢雲黏絮。

秋霽

秋日新晴，小住長沙，偶步城東，遂尋定王臺遺迹，祠宇荒凉，凄然成詠

秋水澄江，寺影落中流，梵響清越。霜壓荒壕，日移高樹，嘯歌冷侵駝褐。古愁乍接，蓼園劫後殘碑没。念歲月，還見斷鴻飛過舊城堞。

憑檻睠想，故國當年，渺兮予懷，騷怨長結。亂蟬嘶，詞仙韻寂。官梅欹雨徑苔滑，夾路晚林飄槲葉。縠馬坪悄，劇步屧重來，暮鴉聲裏野風獵。

祝英臺近

半塘叔舅寄示，和朱古微學士之作，命次韻

縱情遊，陪小宴，歷歷歲時記。别後分亭，誰與問奇字，雁書傳到吟箋，尋聲花外，驀催醒，春眠人起。

十年事，都付煙雨江湖，雄心漸消矣。黄卷青鐙，蹉跎未成計。謝它篤友多情，從容觴詠。定期我，屐聲花底。

八歸

丁酉秋七月，予從南昌還湘應舉，欻遘妻喪。下第歸來，百憂叢集，愴賦此詞，哀斷不能成聲矣

春鐙試酒，涼階吹笛，良夜漏響未歇。清懽俊賞分明在，何况玉簫情婉，綺琴聲切。晝燭房櫳人静後，念往事，鑪香閒撥，奈引得一段魂銷恨，暮雨鳴鳺。

閒坐空堂日晚，西風簾外，又對芙蓉傷别。井枯禽睇砌寒蛩，老淚泠舞枝梧葉。悵宵來夢影，髣髴荒苔浸羅韈。孤吟訴，暗愁如縷，斷了還連，鰥鰥悲歲月。

江城梅花引

秋日浮湘至漢，艤舟岳陽樓下，望君山作

高城鐙火枕江樓，洞庭秋，浪花遒。千古斜陽，偏照客帆收。十里黄蘆孤泊地，夜霜稠。聽更柝，在上頭。

岫螺漾碧，霽煙浮水，悠悠寒翠流。九嶷縹渺夢魂裏，跨鶴曾遊。誰識湘靈，瑶瑟古今愁。勝蹟空餘祠廟冷，認仙洲登臨，思悵阻修。

玲瓏四犯

秋日登黄鶴樓，和白石韻

策馬霧寒，盤鷹霜迴，登樓秋興何許。大江流日夜，曠笑懷千古。承明看人獻賦。寄吟身，蓼洲漁浦。一寸閒心，十年塵夢，翻悔别離苦。

行行止，城頭路。望汀煙罩水，嵐翠侵户。酒醒長笛杳，跨鶴飛仙去。河山信美非吾土，笑何事，勞勞孤旅。拚索與題襟，喚狂遊舊侶。

玉樓春

立春，和清真韻

陽春卻向人間住，尋遍人間無覓處。浮雲相望隔愁天，寒雨獨來侵客路。

歌葱舞蒨憧無數，酒醒香消年已暮。離蹤渾似水中萍，人事競隨風裏絮。

蘭陵王

新柳，和清真

古隄直，黄柳和煙暈碧。蘼蕪路、青到幾程，金縷嬌柔弄晴色。啼鵑戀故國，渾識章臺舊客，凝眸處，看樣細描，飄拂長條萬千尺。

尋春問前跡，念雨霽橋扉，風颺茵席。年年歸夢先寒食。看落絮飛燕，短亭嘶馬，離悰零亂，記斷驛，倦程厭南北。淒惻，但愁積。悵濯錦波間，顰黛樓寂，闌干縱倚情何極。待綠暗南浦，釣船飄笛。韶光如畫，翠綫舞，帶露滴。

驀山谿

客遊漢口，飄寓淹時，秋暮將歸，借清真韻，譜此留别武昌諸友

菰蒲秋老，渺渺江隄路。浪跡十年情，睇歸雲、鄉關何處。天涯倦眼，畢竟爲誰青，昨宵語。愁凝佇，夢捲寒潮去。

年年漢口，黄葉仍風雨。留佩記因緣，又飄零，畫屏簫鼓。蘆沙雁影，嘹唳伴行舟。帆正舉，江流注，思遠歌金縷。

南浦

春雨，和玉田韻，寄俶辭家兄長沙

雲影障樓蔭，聽瀟瀟，灑遍陂塘。清曉一碧漲痕新，風迴處，吹浄春容如掃。緋桃數點，半林猶賸殘英小。牽引樓頭，千里思腸斷，綠波芳草。

妨它笻屐招尋，説佳辰又是，花朝過了。香霧墮空濛，湖隄路，惆悵勝遊難到。煙光渺渺，柳絲薰亂鶯聲悄。明日流紅，山下去爲問，帶愁多少。

瑣窗寒

春雨連夕，清寒中人，淺酌微吟，倍增凄戾，和白雲韻

戲鼓沈雲，鍚簫殢雨，小樓閒憑。如絲穉柳，瘦拂一庭疏影。背屏山，試妝較遲，袖羅障濕秋千冷。記湔裙佳約，湖壖草綠，寄情無盡。

殘潤侵詩境，但薄酒浮杯，倦茶溫鼎。東風自嬾，漫許輕傳花信。捲珠簾，怕逢燕嗔，峭寒沁骨行吟等。最關情，送客江南，畫檝春潮穩。

畫堂春

翠蛾羞對斷腸花，倦妝團扇風遮。洞房煙霧隔籠紗，休問靈槎！

却笑癡牛騃女，等閒輕誤年華。可憐銀漢已西斜，秋思誰家？

齊天樂

秋日渡江，舟過湖口，望廬山作

北山猿鶴殷勤意，移文記曾招隱。五老顏開，雙鐘響答，争説歸艎安穩。離情暗引，更攙入秋聲，數行鴻陣。萬里江天，浩歌聊復破孤悶。

遊踪靈谷最久，鑪峰瞻咫尺，時結愁軫。慧遠手談，洪涯笑拍，緣會三生堪證。匡君漫哂。便桐帽椶

轚，未應無分。倦倚篷窻，峭帆風力緊。

江南好

辛丑夏秋之交，薄遊金陵，江水盛漲，客有約泛舟秦淮者，夾岸笙歌，懽游達旦

金粉名都，畫圖新展，翠蔭籠合。高河流漲，冰丸影顫，涼沁醉魂醒。蘭橈來去疾，波紋漾，麴促漏傳。更看笙歌行隊，生動吟情，好結尋芳儔侶。莫輕負，簪約裾盟。渾忘倦，荷風水面，歸路又秋聲。

西平樂慢

遊金陵日，朋從極歘密之雅，杯酒殷勤，甚樂事也

霸業河山，帝都金粉，千載尚説南朝。芳陌啼鵑，舊巢歸燕，猶疑拍手相招。看畫閣連雲近市，鐙舫通宵映水，良辰美景，風流盡屬吾曹。争似旗亭宴集，歌舞地，笑語接天廖。翠蔭波渺，紅香徑繞，巾幘追涼，弓影雙橋。誰念省、鶯花賸劫，征戰餘腥，漫道梁陳勝蹟，王謝清芬，一代繁華捲暮潮。譙漏漸長，樓臺倒影，楊柳藏烏，到此躊躇，細賞微吟，新聲又譜瓊簫。

揚州慢

半塘老人由金陵去揚州，臨别依黯，倚白石自製曲賦呈

鶯囀城春，鳩啼樓暝，酒邊黯話離情。痛神京劫後，向海國南征。自吹斷、東華舊夢，怨歌千疊，欲歎還驚。對天涯，斜日憑欄，愁望觚稜。

愴懷諫草，料孤臣、枯淚無聲。算四印齋中，吟壺送老，不負平生。縱有亂愁難寫，人間事，忍説伶俜。看鬢眉冰雪，關河珎重行程。

驀山谿

秋暑漸退，掉舟遊小金山，歸途遇雨，和清真韻

蕭蕭愁葦，返照波陀路。一角小山青，露晴嵐、林蔭密處。江湖曠眼，秋至轉分明，呼煙語，閒凝佇，欸欸尋詩去。

西風送晚，短櫂菰蒲雨。荒輿證枯禪，墮蒼茫、僧寮鐘鼓。塵樊倦想，誰識此時心，鳧雁舉。遥情注，思結垂楊縷。

浪淘沙慢

雨霽，陪半塘翁登平山堂

斷霞映，川原媚晚，霽景秋闊。楓驛哀蟬乍咽，晴虹過雨旋没。向薄暮，吳天嵐影接。送清聽，鄰杵鐘發。對倦旅，關河賦情遠，微吟散林樾。

幽絶。上樓望眼愁豁。歎寺古僧殘凄凉事，付與梁燕説。思勝概當年，歌宴雲熱，俊遊頓歇。尋舊題、

平攬虛堂風月。休怨江南輕離别，憑欄指數峰，翠抹故鄉杳，蒓鱸歸思切。汎孤櫂，笑隱橋亭，弄暝色，潭煙滿路飛紅葉。

驀山谿

癸卯展重三日，陪半塘老人登滕王閣，遂約聽肅、劍秋、樾仲、夢湘，寓齋小飲，即席賦和，翁作大風渡鄱陽湖望廬山作韻

凴高雙袖，拂拂東風晚。笙鶴下晴皋，牘閒雲、半天舒卷。登臨逸興，談笑劇關情，誰省識。倚欄心，早分塵埃慣。

飛春嘶馬，渾忘征途倦。垂楊已婆娑，問何時、向人青眼。西山無恙，一閣愴興亡。招帝子，不歸來，山色空迎面。

附半塘老人元作：

浪花飛雪，春到平湖晚。風壓舵樓煙，颺船脣、乍舒還卷。漁樵分席，相與本無争，閒狎取。野鷗群，知我忘機慣。

看山欹枕，未算游情倦。九疊錦屏張，尚依約、兒時心眼。雲中五老，休笑白頭人。涂一角，晚峰青，何處尋真面。

帝臺春

半塘翁以廨園補種新竹詞，命和，敬次元韻

園圃月色，蕭騷蕩篁碧。劚取半畦，畫裏秋聲，涼雲無隙。欲傍東牆添美蔭，漫疑是，箭金論值。待它年，勁節干霄，風迴湍激。

青障幕，疏雨滴。澗户北，暮禽集。看露粉、千竿到封侯，也定有、鳳林珠實。應許菖蒲下階拜瑸重。歲寒未歸客，儘投老椽材，有知音岩側。

慶宮春

癸卯春暮，僦㞒湖濱，門對徐孺子亭。感時懷古，漫成此解

檐鐸吟風，簾旌摇月，倦途嬾賦殘春。炊黍光陰，摶沙身世，後期多定迷津。燕鶯來去，潮鶩散、空花隙塵。疏鐙寒夜，愁入吟杯，人意逡巡。

高懷早契分真。笙磬廖天，禁斷知聞，説劍難平。彈棋休近，索㞒深閉衡門。怨時遲暮。但贏得、歌聲淚痕。栖栖何事，輸與空山孤鶴閒雲。

尾犯

甲辰，監税臨川，中秋夜，晚霞樓待月，即柬病山

露井簌檐，花蛩語絮鐙，涼訊通息。今夕樓中，喜清輝先得，梧院静，秋光半翦，桂宫寒、冰丸乍試。彩雲初現，悄向畫廊深處，照苔跡。

銀河流細響，颸庭浪縞、夜澄碧。幻影凌虚，料前身能識，倩扶醉，闌干偎憑，賦新題。孤吟韻窄，素

娥羞見，解到舊情低徊惜。

點絳唇

雨屋鳴秋，四愁賦罷愁難破。薰香斜坐，一雁啼風過。
歸夢零星，歲晚滄江卧。鐙花墮，音書偏左，腸斷瀟湘舸。

摸魚子

秋晚雨夜，寄北堂

莽天涯、暮煙衰草，濕雲垂野翻墨。驚塵千里車雷轉，音驛難傳消息。秋雨夕，照獨坐，殘鐙翳翳昏如漆。花前硯側，把萬縷愁絲，連環不斷，吩咐亂蛩織。
淒涼意，閒聽檐聲細滴，西樓吹墮哀笛。吟身已共流光老，何況倦途爲客。征雁北，孤枕夢迴翔，莫附南飛翼。屏山路窄，念室邇人遐，情懷幾許，珎重寄書尺。

高陽臺

半塘叔舅殁於吳中，招魂無地，賦此寄哀

跡杳分亭，魂栖扈宅，驚嗟化鶴飛還。執别悤悤，傷心急景凋年。秦淮月照孤帆去，悵亂雲、遮斷吳天。伴啼鵑，臣甫歸來，夢繞長安。

靈均早託蘭荃，興想離騷，賦罷怨恨纏緜。一曲元音，淒涼譜入徵弦。南潛遽絶衰鐙華，歎遊波、不返詞仙。渺愁予，滄海情移，目斷成連。

浪淘沙慢

潯陽煙水亭秋眺，和清真韻

倦鵲噤，林風緒結，浪打荒磧。露柳迎曦似沐，湖煙媚曉凝碧。颭瑟瑟寒蘆霏雪白，訴别怨、啼鴂千聲。聽過江誰奏矮篷笛，愁眼睇秋色。　脈脈我懷，到此難釋。念漂泊隨分同鷗鳥，何況長爲客。説宦遊情景，平生蹤跡，舊懽頓減。量帶圍，較比柔腸寬窄。關塞遠、音書幽阻，蓬山樂幻夢。又隔素心杳，交親似路陌，更俯瞰落葉流波。悵恨極，微吟自把闌干拍。

鳳凰臺上憶吹簫

金井梧凋，畫屏蛩怨，晚涼來坐池頭。乍灑簾疏雨，生動新秋。前度種花人去，思往事，閒看牽牛。留連怕，籠鸚絮語，月墮西樓。　綢繆，夢長夜短，拚訴盡相思，譜入箜篌。奈斷情殘意，欲説還休。收拾玉璫緘札，誰付與、天路青虬。蒓波渺，商量後期，約我盟鷗。

醉桃源

酒旗歌板送餘春，猧兒酣睡馴。而今誰是拗花人，鈿釵生綠塵。雞柎老，蟻柯新，勞勞争問津。眼中蛇象意紛紜，龍吟休亂真。

楊柳枝

曾向春風拂大隄，又籠秋雨暗前谿。春來秋去知多少，依舊青青一面齊。

醉花陰

百變魚龍顛倒戲，隔院狸奴睡。惆悵倚欄心，碧火鴞巢，夜夜悲風起。癡牛騃女銀河事，只檐蛛能記。拋擲任梟盧，看到蟲天，此意何人會。

蘇幕遮

城西大河外之稠塘三村，人多種桃爲業，花開如綺，頗快遊觀

絮泥香，晴漲暝。沙岸人家，曲曲蘼蕪淺。看遍殘紅春色賤。劃韈光陰，已覺朝朝變。水三篙，舟幾轉。載得斜陽，雙槳輕如燕。明日落紅天不管。飛向人間，化作愁千片。

滿江紅

丁未七月，予役虔州，江行千里，歷十八灘水程，一月始達

千里嚴程，聽一雁，關河報秋。灘聲裏，片帆飛渡，波撼行舟。縱纜牽崖風退鷁，鳴櫓穿樹雨啼鳩。看亂峰迴處起炊煙，村舍幽。推篷望，山勢遒。聳危石，激寒湫。仗巨靈仙掌、筦領邊州。獨步城隅尋八境，却探圭角鎖雙流。待後期、呼喚再登臨，盟白鷗。

注：八境臺在贛州府城外，圭角隈在城北章貢二水合流處。

氐州第一

虔州之役，江訒吾觀察贛南道監關，關六生太守領贛州郡。二人皆予舊好，聞予至，咸具杯酒之約，談笑懽洽。不數日，南康亂作，城市囂然，予亦掉舟下儲潭而去。因譜此調，以寄懷思

山郭沈陰，愁霧暮捲，烽燧又告邊警。櫪馬餓嘶，巢鴞夜嚇，殘角城頭月冷。羈旅匆匆，忍更問蕭條情意。賦別無悰，行歌自咽，頓成淒哽。漸覺南天秋氣迴，動歸思，大河帆影，意緒千重。書詞片紙，歎絮萍何定。悵來時，館閣畔瓊花謝，闌干獨憑。欲駐難留，聽哀鴻聲聲度嶺。

注：關道署中舊有瓊花一株，春夏時作花，璀璨可賞。予以秋來，不及見矣。

西河

擬峴臺在撫州府臨川縣城南隅，臺臨城下，遠山近水平挹臺前。陸放翁『瀠回水抱中和氣，平遠山如蘊籍人』，蓋爲斯臺詠也。咸豐時駐兵於此，臺圮久不修治。王病山時爲郡守，葺而新之。戊申二月，予以事到郡，病山約餘讌集，中春和煦，談笑盡懽，用清真韻賦此

佳勝地，南豐到此曾記。高臺一角，俯荒濠、傑甍四起。翠巒平遠展山眉，晴光浮動檐際。

畫欄曲，閒徙倚，驕驄柳外同繫。登臨有客，說當年、尚餘戰壘。去波日夜繞城來，瀠迴還愛流水。

蹋歌擊鼓近岸市，樂承平猶是鄉里。笑語欲忘塵世，趁鶯花炫目，開樽相對，樓閣參差春鐙裏。

喜遷鶯慢

豫章城南，徐孺子祠後，有亭翼然，爲東湖最佳處。葉仲鸞新㞐與之比鄰，賦詞爲賀

玉杯珠柱，愛撩映、水窻無限清趣。林囀新鶯，門題凡鳥，知是幽人㞐處。南州舊傳高士，喜長傍、隔鄰祠宇。盡占取、有半湖春色，虎汀花溆。

佳境。憑付與。尺五去天，且傲他韋杜。榻繼陳懸，酒謀陶醉，得意笑談揮麈。櫂歌晚聽漁唱，替却歸田詞賦。漫延佇。趁一廬風月，閒修簫譜。

六醜

夜渡鄱陽湖，遇大風雨，舟幾覆。次日天晴，至湖口途中，望廬山作

溯宫亭萬頃，正一望、叢蘆蕭瑟。夜聲漸沈，江豚吹浪黑。掣電光疾。四顧迷茫際，斷磯漁火，照短篷孤泊。舟人譟語潮寒急。亂雨跳珠，濃雲漲墨。波濤最愁行客。歎年涯逆旅，羈思凄惻。

匡廬秀色，似逢迎舊識。掛席中流去，直面隔。嚴程又指巖邑。怕山靈笑問，别來蹤跡。塵埃老、一官如謫。教説與、足底風雲，誤却半生遊歷。蹉跎懺、何自消釋。向洞天、喚醒癡龍夢，飛騰破壁。

前調

庚戌歲，予以宦遊，寄居湖口，暇日輒往石鐘山小憩。時則秋景蕭條，神州寂寞，憂時感事，躑躅行歌，不勝其凄斷矣

步陂陀翠莽，恣曠晚、湖山秋色。大江溯流，帆檣如過翼。争渡南北。雁陣川原外，亂沙寒水，賸廢興陳迹。憑高望遠悲何極。日晻神州，雲飛帝國。行歌悵懷今昔。歎榛苓不見，愁詠山隰。

雙鐘虛植，倚孤城峙立。到耳蒲牢吼，奇境闢。尋聲笑指拳石。弄扁舟賦賞，不勝吟力。纔人老、馬當風息。拚説與，作序年華，誤了倦途爲客。滔滔是，莫漫投筆。喚洞靈，認取留題字，摩挲峭壁。

繞佛閣

秋日，同林貽堂游半山寺

寺門晝揜，松蓋翳日，寒翠如洗。閒聽流水，倦途嬾問殘僧是何世。際天樹薺，延望四遠，秋思千里。山路風起。旋看雁影蘆沙又飛墜。

舊客竟誰識，坐久危亭頻徙倚。休記謝王争墩千載事。笑唱晚樵歌，渾忘朝市。此遊誰繼。待喚酒樊樓，羈緒重理。送歸鞍、暮蟬盈耳。

玉燭新

同茗生登陶然亭

西風吹陌上。正下馬登臨，野亭延爽。倦途舊客班荆地，共喜春，人無恙。前遊不誤，認冷雪、蘆花秋蕩。孤興到，憑欄斜陽，天風乍飄鐘響。

觚稜照眼霜華，看幾陣寒鴉，茂林猶傍。故狂未忘。拚説與，事影十年凄愴。青山獨往。已負却、椶鞵筇杖。憑漫遣，愁入深杯，高歌醉放。

高陽臺

客武昌日，偕陳紹修渡江，重過鸚鵡洲，吊禰正平墓霜壓荒壕，雲屯戍壘，凄涼十里川原。塚碣模糊，空餘蔓草寒煙。重來觸我蒼茫感，那忍看、黄土青山。歎纔名，終誤清狂，輕命誰憐。

天心不厭中原亂，算神州浩劫，何與阿瞞。畫鼓聲喧，高談驚散賓筵。摻撾縱奪奸雄魄，便鑄成、死士奇寃。聽湯湯，江水流哀，如訴當年。

江城子慢

滕王閣晚眺

浦煙起還滅，川路迴、楊花散如雪。暮江闊。蒼茫感、迸入愁雲千疊。去波咽。經亂河山殘破影，螺墩外、寒光摇碎月。幾行雁陣來時，呼魂斷，况離别。

蒲帆紛飛片葉，惜歸程日晏，鵑淚啼血。黯銷歇。繁華景、畫蝶風流曾説。怒衝髮。四禄無情拚一炬，當年事，憑欄悲浩劫。待尋荒址，凄迷引愁腸結。

江城子

前詞意猶未盡，再賦此闋。南昌滕王閣故址原在德勝門外下游數里許，閣毁於金聲桓之亂。清順治時，尚書蔡士英巡撫江西，重新之。何時移建章江門外，則不可考矣

落霞孤鶩遠天秋。水分流，認沙洲。南浦西山，不付劫塵收。争説滕王歌舞地，尋舊蹟，問閒鷗。

珠簾畫棟幾曾遊。獨登樓，思悠悠。風景河山，知似昔年不。物换星移人去後，誰與話，古今愁。

探芳信

夏日微雨，衆緑方新，山郭水村，風景如畫，郊原散步，薄暮始歸

岫雲黯。恠四山沈沈，煙嵐如染。散雨絲風片，茵茸翠鋪毯。短長亭外蘼蕪路，牽引天涯感。賦蒹葭、一水蒼茫，亂愁迷覽。

荒岸暮帆斂。看估客船回，矮篷低撿。燕子歸來，茆檐幾度飛瞰。村壚蕩漾青簾影，沽酒誰家店。噪平林、但有昏鴉數點。

天仙子

和子野

鶯語數聲欹枕聽，枝上露晞春睡醒。綉床斜憑眼朦朧。閒對鏡，思情景。昨夜夢回應記省。

理罷晨妝花霧暝，鸚鵡隔窗窺鬢影。沈沈清漏咽銅龍，簾押定，苔蔭静。風颭落紅香滿徑。

漁家傲

和子野

拂拂輕煙霏露井，夭桃穠李交相映。燕子呼雛春晝永。樓閣迥，漏沈人倦秋千静。

露蓧臨風萿日影，銀塘遇雨波紋浄。客有可人期不定。殘醉醒，杜鵑啼斷槐蔭暝。

一絡索

秋日渡江，夜泊小姑山下，和鹿潭韻

沙岸寒煙深鎖，鷺鷥冲破。夕嵐籠水近黄昏，又欸乃、漁舟過。

今夜篷窻鐙火，擁衾孤坐。西風驅雁下蘆花，聽野寺、鐘聲墮。

歸朝懽

擬子野

松影闌干晴晝午，金鼎薰香飄篆縷。雕籠鸚鵡自梳翎，碧桃枝上紅英嫵。倦茶初薦乳，竹鑪香菸裊。簾前路。夢初回，清歌按拍，商略訂簫譜。

櫻筍行厨開宴俎，醉賞忘歸天欲暮。鶯花庭院舞東風，秋千又上垂楊樹。彩禽相對語，頻來争識林園主。好時光，人生快意，珎重繫春住。

國香慢

齋中蕙蘭盛開，會吟社諸友備集約賦弁陽翁調

楚畹丰神，洗明妝澹濘。似籠宜蕈。移栽露叢深處。揜映龍盆。好是葳蕤偷坼。颺庭浪、花霧晴薰。翻疑舊仙子。翠袖風前，香麝微聞。

綠蔭芳晝悄。喜清言入室。和氣絪緼，茜紗窻户，涼沁詩夢無痕。譜得瑶琴一曲，聽七弦，聲渡湘雲。知君最高潔。記取新庭，莫忘孤根。

花犯

賦茉莉

曉風前，瓊葩競吐，溫馨透紗幔。露叢深淺。齊擠映盆盂，丰韻嬌婉。小蓮素蘂亭亭態，斜横釵朶顫。料翠袖，佳人妝罷，低徊情漫遣。循廊幾番趂花時，生香不斷處，珠簾初捲。憑記取，葳蕤解，翠莖輕翦。羅囊貯、碧銷帳裏，殘醉醒、濃芬薰夢㬮。笑暗引、風懷飄盪，微吟搔髮短。

露華

三月正當三十日，彙佛詩也，同人約往園游，風光別我，不可無詞，借碧山韻

午蔭翳日，正林園晝悄。鶗鴂鶯魂，片紅暈濕。餘寒猶沁簾痕，過盡萬千韶景。膩柳絲低岸。羅裙還，更喜黄蜂紫蝶，亂點籬根。聯吟笑題塵壁，指曲治高臺。猶認朱門，循廊步繞。怕看樹影，黄昏幾度坐移。泉石恍舊遊，煙渚花村，歸去也，愔愔夢如錦雲。

御街行

予昔年蓄一驪駒，甚馴，中更變亂，刍豆不給，舉以贈人。臨去依依，我愧不如馬也。曩半塘翁有厩馬，客或借乘，輒蹄齧不受羈勒。翁笑語，此馬固非下駟，寵之以詞。時异事殊，不勝感歎。因賦此解，即和翁韻，爲我馬別

驕行躡徧垂楊路，得意誰如汝。嗟予齒長愧君多，往事不堪回顧。玉鞭金勒依然，羈靮此際情何許。

黄塵捲地横飛處，有恨應難訴。銅駝荆棘更傷心，休向天街平步。請隨穆滿騰驤，萬里足底生雲雨。

凄涼犯

秋恨

霜華暗襲梧桐院，吟懷一夜蕭索。畫堂漏悄，涼螢亂颭，月斜欄角。旄頭乍落，聽鐃鼓新詞又作。驀驚心、關河萬里，隱隱唳風鶴。

烽火屏前路，一片江山，障天雲幕。笑談釃酒，羨英雄、賦詩横槊。目斷神州，有誰問藏舟負壑。恨綿綿、欲把快劍向地斫。

六醜

晚秋晴霽，往遊西山，謁旌陽廟，尋拄屩楓遺迹

瞰廖天霽景，正點綴，晴巒秋色。障雲乍開，迴環山態出，明净如拭。杖策尋幽去，噪霜鴉陣，又幾重楓驛。飄蕭落葉丹黄積。玉露凋傷，金風怒襲。停車坐移日昃，念飛昇掛屩，空歎遺跡。岩扃闃寂，聽樵歌自得，極目浮嵐外，人境隔。神仙洞府誰識，賸斜陽古道，縱横荆棘。當前景，但餘凄惻。憑誰見、谷口流紅。趁了大江潮汐。春光動、生意林隙。踐勝遊，記取陂陀路，禽聲喚客。

枳薗詞・卷二

吳興姚肇崧亶素

序

吳興朱古微侍郎與姚景之太守兩先生，皆余數十年之交，而先生又余之戚也。丙寅歲戾滬，與兩先生往還尤密，輒喜讀其詞。逮戾青島七年，復至滬，則古丈已前卒，先生獨清健，始獲盡讀其詞，而益喜之。竊謂詞之爲道，原於離騷，遞嬗而爲樂府，可以播諸管弦。南宋以後，詞亦萎靡，及張皋文、王半塘氏輩出，而後詞正，其道大昌，聲律調譜，各得其所。先生與古丈皆奉半塘給諫爲師，所造雖有不同，其得詞之正宗，則一也。先生之詞，語樸而氣充，清濁高下，窮極幽渺，古丈恒歎爲不及。先生作詞，凡五十餘年，猶復日事研討，老而彌勤，研精極深，可謂至矣。少時讀書燕京，給諫即督之學詞。嗣宦遊洪都，給諫亦受劾出京，往來江南，先生又復從之深造。鼎革後，移家蘇松間，與古丈嘗共朝夕，若驂之與靳。古丈雲殁，乃太息詞學之將湮，離懷孤詣，至於不可名狀，曾顔其樓曰天醉，亦可見其牢愁孤憤矣。然其詞則益沈鬱蒼勁，直追古人而上之。昔孔子贊《易》，謂其稱名也小，其取類也大，其旨遠，其辭文，其言曲而中，其事肆而隱。文之至者，大抵皆然。詞之精者，尤近於此。先生方將尋大道之源，遊名勝之蹟，縱横宇宙，俛仰古今，故其爲詞，敻乎至潔，粹乎至精，浩乎莫御，遼乎無垠。信夫稱名小，取類大，旨遠而辭文，其言微曲而悉中竅要，其事陳肆而寄意幽遠，以能深入半塘堂奧、上溯騷雅而又與羲徑相契者也。先生則自謂小技無足道，益以見先生之志矣。余深思先生之學，或不欲争名於世也，於是乎言。

丙子秋七月　九江劉廷琦謹序

解連環

別感，借夢窗韻

暮陰寒積。憑闌干一霎，客愁無極。念宦海、漂泊枯楂，忍重見過江，倦程離色。睇想中原，亂烽蔽、密雲天北。歎藏舟負壑，冉冉歲華，那堪追憶。

餘懽久拚棄擲。賸風塵鬢髮，明鏡催白。看戀人、稚柳依依，向別首慢回，可憐愁碧。夢繞關河，但空數、春潮秋汐。聽林聲、杜鵑夜雨，怨歸未得。

瑞龍吟

城蔭路，還聽倦馬嘶風，暮鴉喧樹。蕭條村落人家，劫痕燒火，傷心處處。黯延佇，追念舊時光景，畫樓朱户。乘槎客子歸來，篋書幾卷，相逢笑語。

争送泱泱東海，怒濤狂捲，魚龍酣舞。回首頌歌昇平，朝市如故。當年四牡，高詠皇華句。何曾料、黄塵蔽野，艱難天步，歲月侵尋去。我懷賸有，千端萬緒。閒話憎覶縷。帷幕悄、梧桐凄涼秋雨。廿年浪跡，劇憐萍絮。

浣谿沙

瘦盡棃花色已空，濯妝粉靨幾時紅。闌干無語自西東。
蝴蝶過牆尋短夢，杜鵑啼雨戀珎叢。並時哀樂問天公。

賀聖朝

楊花卻被遊絲綰。亂愁人心眼。五湖鰕菜待船回，甚蹉跎春晚。
蒼山日暮，墟煙四起。早漁歸鷗散。平林已是近黄昏，問栖鴉誰管。

西河

金陵亂後，萬樹秋風，散步城闉，凄然有感。和美成金陵懷古韻

征戰地，千年故事能記。栖霞山色接孤城，亂雲暮起。鷓鴣喋喋説興亡，叢蘆彌望無際。
賦愁處，樓嬾倚，長繩去日難繫。空餘恨跡蝕秋風，斷壕廢壘。跨驢怯過雨花臺，傷心江畔寒水。
短笻貰酒醉舊市，有何人、同語閭里。愾我百憂身世。看榛蕪、蔽目斜陽。凄對猶憶流離，烽煙裏。

八聲甘州

重九有懷病山

聽江鄉鼓角雜霜碪，聲聲助離憂。瞰驕塵如墨，高城不見，唯見荒丘。幾載西風夢影，縹緲到神州。多少飄零客，羈旅窮秋。

休問金梍[一]花事，賸倦鶯殘燕，樹底含愁。付青春波逝，心蕩恨悠悠。有誰招龍山嘉會，算舊盟、無分得重遊。飛仙杳，待拏雲去，更上層樓。

注：［一］金梍園爲古名園，清撫州府署後花園，姚亶素曾任撫州知府，故有此句。

瑞龍吟

湖匽春感，仍和清真韻

湖隄路，依舊卧水虹橋，媚晴煙樹。輕寒時節清明，畫樓晝掩，傷春是處。黯延佇，猶記翠蔭交錯，燕簾鶯户。簫聲悄隔層城，暝煙蕙徑，唯聞笑語。

多少樓臺深迥，錦屏香繞，誰教歌舞。還見去年桃花，人面非故。劉郎綉筆，曾詠東風句。無心向、南鄰醉飲，西園閒步，惘惘携笻去。客愁一似，吴蠶亂緒，繅盡難成縷。雙袖冷、難禁棠梨風雨。憑欄送目，落英飛絮。

慶宫春

甲寅歲旦

檐雪烘晴，林煙霏暝，豔陽冉冉芳辰。鐙市年新，書廬人舊，歲華輕付流塵。渡江梅柳，暗催送，天涯早春。熏籠慵倚，重拂金貂，心事休論。東園攢著吟身。嬌樹鶯花，生意誰親。良夜笙簫，清時鐘鼓，夢回不到江津。九元青鳥，洞天隔，南宫絳雲。樓蔭深坐，消盡繁憂，還薦金樽。

瑞鶴仙

盆蘭

晴薰香霧暝，媚瓊姿、娟潔清華池畹。嬌慵困春晚，伴簾櫳朝暮，倩魂疑見。光風蕙轉，話同心、芳言細款。怕無端桃李，逢迎一夕，鏡稜紅變。　驚散惺忪殘夢，却恨籠鸚。數聲低唤。情深意遠。嗟韶景，暗中换。採葳蕤佩幽芳凝澹，未許雙蛾黛展。把離悰訴與，花前峭寒勝翦。

鶯啼序

秋思，用夢窗韻

蓌蟾破雲弄影，照清宵桂户。雁行悄、低落晴皋，遠書誰寄秋暮。翠微隔、西樓望眼，離懷渺渺吴天樹。歎黄花、身世誰憐，怕聞蛩絮。　疏柳闌干，向晚倦倚，揜籬扉暝霧。自吩咐、潮汐光陰，苦吟休問心素。動高城，殘砧攢笛，忍重聽，新聲金縷。揀寒枝，烏鵲朝飛，漫嘲鷗鷺。

江湖浪跡，誤却歸期，歲華滯厭旅。空佇想、神州劫後，帝裏遼迥，大陸龍蛇，蟄潛煙雨。風塵澒洞，蟲沙消盡，十洲三島依然好，眺蓬萊、甚日星槎渡。河山霸業，拚教縱目登臨，萬方已無安土。苔谿舊宿，料得生涯，但藝桑種苧。待喚取，漁樵孤伴，曳杖行吟，滿路斜陽，醉楓紅舞。心凋鬢改，樽前人老，羅屏鐙火鑪燼冷。思華年、閒數筝弦柱。凄涼莫話貞元，故國青蕪，市朝變否？

曲遊春

娉婷市，和癸叔，仍用草窻韻

迤邐城東路，聽晚鐘敲寺，愁思如織。借國何王，問荒臺舊苑，輭紅迷隙。照眼湖光隔。賸落日、釣船漁笛。待故家，燕子歸來，閒話禁街春色。水陌。垂楊蘸碧。亂風雨芳洲，花事寒勒。空想娥眉，指釵鈿墮處，綠蕪煙幕隄。晚鴉争食。但一望，平林寥寂。幾探尋，豔迹模糊，賦情未得。

霓裳中序第一

紫極宫寫韻軒，同癸叔作

寒煙翳樹色，徑曲城荒迷亂碧。烏帽西風佇立，聽齋磬暮沈，林鴉喧急。憑軒暫息，覷案塵、蛛網縈積。逡巡念，神仙小劫，黯觸夢華寂。愁極，寸懷難釋，歎我亦、釁天墮謫。蓬萊誰問舊籍，百感無端，往事凝憶。絳都瞻咫尺，奈跨虎、深山路隔。人間世，栖遲何地，去住兩悽惻。

瑞鶴仙

連日風雨，憶三村桃花作，仿平仲體

柳蔭通暗綠，河橋轉、却近鷗村魚屋。千林翳晴旭，洗新妝嬌膩，谿流澄縠。天臺舊宿，怕塵緣，無分更續。亂花飛墮想，雙袖障寒，搵淚盈掬。莫問隔年人面，不卸鉛華。總成傾國。閒愁暗觸。探芳信，到籬角。幻梢頭香色，飄零誰管，殘春驚又過目。占高枝料有，黄鸝夢回路熟。

宴清都

贈關六生

歲晚關河迴，歸雲過，倦懷應念鄉井。吳鉤縣帶，烏絲醉墨，故懽誰省。風鐙颭入秋心，照夢枕羅屏瘦影。向寄旅、老淚濺花，潘郎鬢髮霜冷。年時萬感蹉跎，蟲天舊劫，鵑語宵警。憑高賦遠，消愁縱酒，强支衰病。侏儒料輸臣朔，漫笑指、紅桑變景。待滄溟、吹垢風來，塵冠再整。

探春

寒雨連江，春事過半，湘江歸櫂，久滯吟程，念遠傷離，旅懷凄異。借玉田韻賦此，寄俶辭家兄長沙

簾黯通愁，屏欹偎影，迷離鐙暈紅晛。惜別年時，縈憂身世，清淚紛如霏霰。纔信韶光好，又過了鶯花春半。夢雲飛墮棃雯，曉風天外吹散。

長記芳菲池苑，任淺醉微吟，幽恨誰見。隔巷傳更，虛檐搖鐸，勾起客途悽怨。何日扁舟去，趁江上煙波晴暵。漫理箏弦，垂楊深閉歌院。

霜葉飛

六生司榷滁槎，賦此以贈

斷雲孤倚。滄江暮，愁心空繫蘿薜。苦依牆角戀蝸名，投老今何計。漫怨説、流年逝水，啼烏重喚驚魂起。記賦別津橋，冷詠入蒼茫，怎奈客懷顛頹。

還對舊國河山，西風斜日，素秋催換人世。蹇驢衰帽古城闉，凄絶分携地。念寂寞、京塵夢裏，金鑾不管殘鐙事。静夜波，魚龍卧，變了桑田，故情堪寄。

惜紅衣

春陰齋坐，寥寂寡懽，追念昔遊，有如夢寐。和白石韻

殢雨昏鐙，凄霜戀幕，病支寒力。睇想天垠，頑雲翳澄碧。南樓縱酒，誰解念、荒江吟客。蕭寂。楊柳畫橋，託鷗波栖息。

鶯花廣陌，吹障驕塵，東風自零藉。斜陽望斷，故國黯窮北。數遍十洲三島，翻誤半生遊歷。省舊狂情事，愁壓曲屏春色。

探芳信

東湖春感，和草窻韻

困遲晝。漫小宴吞花，餘情卧酒。聽隔鄰鶯燕，歌聲漸非舊。垂楊深鎖東風怨，摇曳春魂瘦。閉閒門、砌草穿簾，井泉添甃。

今古去來驟。賸南浦煙波，西山雲岫。噪盡昏鴉，驚破夢華否。畫船簫鼓歸何處，凝望凄回首。步長隄，空惜當年萬柳。

蘭陵王

潯陽春半，客館蕭廖，夜雨深鐙，賦情凄黯。和清真韻

大江直。江水湯湯漾碧。滄洲稿、誰寫畫圖，殘劫河山怨春色。狂塵蔽上國。相識、渾如過客。無心問、新恨舊愁，孤負龍吟劍三尺。

津橋斷人迹。賸幾聲漁樵，沽醉分席。黔婁應耻嗟來食。禁燭淚啼恨，鏡華催老，征車争肯過鄭驛。亂

離況南北。愁惻。夢懷積。悵疊鼓音沈，團扇歌寂。風流佇想情何極。怕獨夜孤館，又聽哀笛。惺忪寒夜，倚倦枕、漏暗滴。

摸魚子

洪都春暮，歸思怦然

偏天涯、雨絲風片，閒門寂寂春暮。流花夢草經過地，銷盡綠吟紅賦。留不住。臢曲折池廊，錯認調鶯路。清游漫許。記少小當年，承平去日，孤抱向誰訴。愁凝佇。莫更危欄輕拊。歸心分付啼宇。尋常慣有興亡感，到此竟成今古。憑記取。笑宋玉荒唐，早被巫山誤。行歌自苦。念采藥山深，搴蘭谷杳，栖隱定何處。

解連環

送夢湘伯臧還湘，用君特韻

亂愁縈積。嗟浮雲蔽日，怨懷何極。看穉柳、青到津亭，奈芳樹杜鵑，繞裝行色。畫筆詞箋，俊遊記，百花洲北。縱簪茰俊約，舊侶漸稀，總牽吟憶。鐙前歲華漫擲。引瑩杯對月，雙照頭白。念故人、明日天涯，送春浦歸艎，去波流碧。一寸離心但分付，荒江潮汐夢瀟湘。信音又杳，寄情恁得。

拜星月慢

丁巳五月十三日，漢上酒聚即事

豔蠟通簾，凝香圍坐，點滴金壺傳箭。急管繁弦，在芙蓉庭院。盎花霧、頓覺流蘇玉帳，春醒冶綠，嬌紅争换。似錦年光流，懽叢鶯燕。

顫歌塵、照席風鐙亂。清尊倒、半晌紅雲散。見慣老去司空，總當筵腸斷。試宫黄、賸説娥妝倩。回文字、暗數闌干徧。最怕是、别後相思，倚箜篌彈怨。

洞仙歌

涼雲堆絮，遮却玲瓏月，坐對西厢倍愁絶。正銀河，流影梧院風來，争不見，縹緲珠宫貝闕。

緑槐初過雨，最愛濃蔭，容我秋齋夢蝴蝶。舉酒問姮娥。此夕嬋娟，索誰共，闌干憑熱。怨老天何事不周全，把大好清光任他圓缺。

虞美人

鴟夷早辭江湖計，不信西風厲。去帆南北費商量，誰寄玉珰柬札到仙鄉。

樓頭日暮無黄鶴，背我登高約。嫦娥何事不歸來，知否蟾蜍雙眼未曾開。

迎春樂

春鐙影事無留跡。相逢盡，未歸客。渺予懷、躑躅吹簫陌。愁換酒、黄壚側。睥睨看人雙眼白。不關甚、窮途消息。化鶴幾時還，空夢逐，孤鴻北。

點絳唇

雨屋鳴秋，四愁賦罷愁難破。薰香斜坐。一雁啼風過。歸夢零星，歲晚滄江卧。鐙花墮，音書偏左，腸斷瀟湘舸。

倦尋芳

清明日，微雨見燕

縷煙繫柳，酥雨滋桐，春市寒淺。話别東風，還見舊時歸燕。獨立生妨門巷誤，重來應訝湖山换。覷雕櫳，恠妝蛾暈窄，曉奩人倦。念故國、風光顛頞，叢薄鳩佻，高樹鶯嬾。半縷紅絲，愁認去年雙翦。芳節清迷花霧冷，濕塵輕點棃霙散。寄相思，悵依然、夢程天遠。

塞垣春

己未歲旦，大雪，和夢窻丙午歲旦韻

麗曲催弦管。照小宴、銀鐙暝。穿簾雪冷，度窻風悄，鈐語輕囀。愛物華、自釃屠蘇琖。笑髮鬟、星星短。訝凌寒、江梅早。碧山幽興孤遠。谿路指東湖，任淹卧荒寥，花霧迷岸。敝褐黯生塵，料歸計輸燕。夢遊仙縹渺，曾記青娥，唱春陽，隔屏見。慲約謝鄰里，退閒年光淺。

前調

己未立春日放晴，喜而賦此

地僻春句管。媚曉霽、條風暝。泥痕活草，岸容舒柳，嬌鳥千囀。對綠窻、醉泛紅螺琖。愛擢秀、蘭芽短。候雲輿，元君杳。碧霄北望寥遠。身世老滄江，自一繫扁舟，殘釣荒岸。夢落楚天遥，笑孤寄如燕。念花朋酒伴，惆悵年時，换歌蟬，不相見。初日映釵股，畫樓餘寒淺。

鷓鴣天

廿載勞生半息肩，催歸日夜聽啼鵑。矜持名士青萍價，收拾纔人白玉篇。

招雪月，攬風煙，逍遥贏得是真閒。謝他韋杜比鄰約，枉説城南尺五天。

鳳凰臺上憶吹簫

癸亥七月，予複有安仁之戚，歲月不居，忽忽冬暮，感懷緣會，賦此志哀

涼雨啼鳥，亂風驅雁，倚寒人在樓蔭。恁錦屏燭灺，不照冬心。偎傍紅鑪活火，謀晚醉、寂寞孤斟。殘梅怨，湘娥夢冷，託興微吟。

愔愔紫簫倦倚，思鳳吹秦臺，響絶音沈。向彩雲招隱，傳語青禽。愁翦鐙花殘蘂，憐瘦影、霜落堂深。凌波路，芳期恨差，臘盡江潯。

憶舊遊

甚南山隱豹，北海從龍，人意恓惶。往事成今古，賸鐙憐影瘦，漏滴愁長。依稀舊時情味，惆悵亦清狂。奈藕孔光陰，槐柯夢幻，幾度思量。

難忘，意何限，歎鶯咽寒煙，落葉空江。自鶴歸鷗散，問半天竽籟，誰引清商。憑欄許多心事，無語睇斜陽。恁毀折君弦，瑶琴一曲教斷腸。

蕙蘭芳引

初夏即事

敲斷曉鐘，攪春夢去程無跡。賸碧草如煙，撫動畫欄霽色。種桃舊苑，料未許、劉郎重覓。自衆芳歇後，漫説南薰消息。

看弈簾櫳，追涼池館，怎奈閒寂。聽螻蛄鳴時，聲滿綠槐巷陌。香塵凝樹，亂花飛席。鸜晝長，惆悵漏侵瓊瑟。

摸魚子

秋晚雨夜，寄北堂

莽天涯、暮煙衰草，濕雲垂野翻墨。驚塵千里車雷轉，音驛難傳消息。秋雨夕。照獨坐殘鐙，翳翳昏如漆。花前硯側。把萬縷愁絲，連環不斷，吩咐亂蛩織。

淒涼意。閒聽檐聲細滴。西樓吹墮哀笛。吟身已共流光老，何況倦途爲客。征雁北。孤枕夢迴翔，莫附南飛翼。屏山路窄。念室邇人遐，情懷幾許，珍重寄書尺。

尉遲杯

豫章重到，往事如煙，湖上舊屋，門庭寂寞，但見亂柳荒苔而已，感時觸緒，惘焉予懷

花洲地。皺碧悄、前跡淒涼指。承平去日偏多，誰記鳴珂坊裏。漁歌唱晚，渾不管、鵑聲是何世。翦湖波、燕子重來，定巢還認新壘。

樓臺換幾殘春，看芳樹斜陽，惱亂羈思。一片江山餘風月，休更説、遊仙舊事。模糊認、橋扉路曲。賦

衡泌，驚心失夢綺。聽齋鐘、又報黄昏，倦情悽戀煙水。

最高樓

重午

春歸後，佳節是重陽。簫鼓更誰忙。刺桐垂乳循檐綠，若榴噴火隔簾光。且從容，斟螘碧，泛雄黄。怎不見赤靈書敕勒，又不聽蹋歌翻促拍，思影事，怨年芳。只將新句收吟篋，莫邀舊賞過西厢。閉門，題甲子，數滄桑。

祝英臺近

乙丑，立秋，和草窻韻

幛雲褰，弦月悄，花露散微泠。幾曲蟬琴，枝上報涼信。凄凄絡緯聲中，白蘭開了，曼吟動、迷香情性。倦還省。敗藤穿破疏籬，西風待重整。落葉梧堦，依然舊時令。怕聽霜雁歸來，鐙窻愁雨。又勾起、無名愁病。

楊柳枝

曾拂春風舞大隄，又籠秋雨暗前谿。春來秋去知多少，依舊青青一片齊。

芳草渡

促漏轉、障黯蠟霜簾，厭聞啼鳥。聽隔鄰人語，朦朧似説春曉。年事驚換了。探館梅香悄，悵望久。兀自巡檐，索共誰笑。

臨眺。峭寒勝翦，凍雨樓臺鶯燕少。漫凝想、花濃雪聚，芳菲鬥清好。暗愁怎遣。都付與、闌干千繞。念去日、費盡相思夢杳。

摸魚子

初夏，將返吴門

傍鄰牆、緑槐深處，數聲啼鳥春換。流光已是催人老，何況客懷難遣。芳樹晚。看飛上高枝，倦鵲栖又嬾。行歌緩緩。奈落絮縈波，驕塵滿路，景象亂愁眼。

憑説與，十載萍蓬浪轉。江關空賸詞卷。故園尚有閒松菊，牽引舊情無限。征櫂返。漫疑是孤雲，野鶴天際遠。潮回夢淺。待吴苑人歸，村壚酒熟，鐙語又重欵。

蹋青遊

梅雨初霽，報書寄遠

斜日闌干，莓鬢弄晴千點。罩嫩碧、桐蔭門掩。閣新蛙，翻乳燕，濕寒猶釅。向望裏，珠鐙背窻流影，一曲又飄阿濫。

收拾嫣紅，榴花傍檐還諂。驀觸起、銀屏舊感。悶騰騰，封遠信，天河槎險。怕被酒，江樓夢涼淹臥，魚禽笑人愁魘。

醉桃源

酒旗歌板送餘春，猧兒酣睡馴。而今誰是拗花人，鈿釵生綠塵。

雞枏老，蟻柯新，勞勞争問津。眼中蛇象意紛紜，龍吟休亂真。

醉花陰

百變魚龍顛倒戲，隔院狸奴睡。惆悵倚欄心，碧火鴞巢，夜夜悲風起。

癡牛騃女銀河事，只檐蛛能記。拋擲任梟盧，看到蟲天，此意何人會。

新雁過妝樓

重九，非園社集，菊花齊放，借笑杏韻，即送其還粵東

細雨黏塵。東籬晚、涼枝移插烏巾。密圍延賞，同是倦旅秋身。賴有西風簾户好，瘦香慣與伴吟魂。趂佳期。愛閒暫息，花夢忺人。

悲笳飛霜澌咽，況异鄉异客，怎奈黄昏。歲寒心事，誰念伫苦停辛。孤帆又隨雁去，甚潮汐，年年淹舊

痕。蕪城路，歎墳山、衰帽愁思難申。

浣谿沙慢

秋碪圖

冷月下破屋，羈烏喧鄰圃。陣雲暮合，寒信催碪杵。衫袖淚裒，悶裏尋鍼縷。秋病移鐙語。時聽打窻蟲，腸斷宵，聲聲恁苦。

幾番誤。盼寄遠無書。奈闕榆瘁葉，江雁亂行，有恨憑誰訴。只怕夢魂，飛去也難度。莫慢愁凝佇。終待唱刀鐶，把離情、從頭細數。

玲瓏四犯

夏夜聽雨，須社社集，和清真韻

門揜桐蔭，盪夜色迷離，鐙媚流豔。笑拍闌干，殘醉暈霞生臉。惆悵暗雨飄更颭，露草砌螢零亂。歎者番節序驚换。幽恨錦屏誰見。

扇風涼動芙蓉薦。鏡臺虛、慢妝嬌蒨。蓮房墜粉紅衣濕，香霧醺愁眼。潛聽漏瑟澌稀，但倦數、銀河星點。恁片時隔院，簫鼓歇，歌聲散。

八聲甘州

長沙亦余之故里也，嶽麓之朝雲，瀟湘之夜雨，洞庭之舟檝波濤，别來既久，時時繞予心目。湘中回望，烽燧頻驚，故里松楸，時縈夢寐。歲雲秋矣，鄉思怦然，偶拈此調，用耆卿韻，以寫予懷

鎮懨懨病酒閉櫳門，微霜報新秋。看寥天一雁，關河夜月，人坐西樓。欲向雲根息影，苦語説歸休。誰畫瀟湘稿，目斷江流。

依舊青山紅樹，奈荒寒景物，詩句慵收。夢蒓鱸鄉國，無計此句留。巘空明、閒鷗招隱，付冷吟、楓葉落行舟。搴蘭芷，寫離騷怨，何限牢愁。

踏青遊

檐鐸喧晴，相期扨花人嬾。嗅宋鵲、薰香幃暝。唱青陽，嬉白打，鬧春庭院。大坐語，書空擲杯濃笑，誰識作歌心眼。

描出天吳，翩翩繡衣争换。看笑起，朱樓霄漢。唾風絲，噓雨沫，漏壺傳箭。聽報曉，雄雞一聲驚夢，促奏沸簾簫管。

减字木蘭花

連環錦字，誰識回文機上意。騃女癡牛，消得天公作合不。

紅橋波靚，不見鴛鴦單見影。風起無情，卻説幹卿是怎生。

雪梅香

彊邨病山下世五年矣，凄然懷舊，輒託歌聲

雨聲夕，庭梧槭槭戰西風。聽虛堂蛩語，無端又發秋慵。燒燼鑪香篆煙碧，盪摇窻影燭花紅。雁呼急，倦枕推時，别恨千重。

朦朧。故懽渺，劫外光陰，直恁匆匆。去日驚心，劇憐白髪成翁。感舊愁懷愴鄰笛，怯寒詩夢落齋鐘。吟杯引，自分勞生，休問天公。

花犯

重九，秋齋夜坐，約瑾叔同作

亘寒空，殘星數點，凄然是秋晚。巷聲喧斷，臨夜永吟壺，詩思孤倦。畫屏對影鐙脣顫，黄花香韻淺。待聽取、東籬人語，愁杯閒漫遣。

今年歲華太無情。茱萸會已負，登高心眼。樓望久，西風外，帶霜啼雁。逡巡念，過江載酒。還又恐、扁舟潮信緩。笑卧水、馴鷗驚起，籬扉歸夢欵。

金錢子

秋日過某氏故宅感賦

寂寞莓牆，認暮鴉高樹，劫餘陳跡。屋瓦卧霜晴，看裝綴、繁華亂迷紅碧。去來幾許遊人，岸風前涼幘。偷活草間蛩，瞑寒猶訴，舊時秋色。

愁積。悵何極。吟屐嬾、循廊數太息。筝泉溜池沸響，經行處，平蕪廢苑曾歷。倦情忍，共携壺，對斜陽葵麥。凄涼指，猶有壞壁題詩，暈冷苔石。

應天長

閉門冬盡，惆悵成吟

鶩音咽水，鷗夢墮霜，閒門静掃苔跡。怕對夜鐙花落，凄然聽筝笛。詞仙去，騷雅息。但睇想、舊懽難覓。漏回處，一種愁懷，怎耐疏寂。

顑頷過江人，興嬾歸來，無那鬢華白。慣是亂離漂泊，年年送潮汐。滄洲外，天路窄。漫記取、倦程南北。歲寒守，且約香梅，同醉瑶碧。

玉京謡

暑雨敲窻，落花如雪，歲時不改，人事多乖，撫景言情，烏能已已昨夢成今古，萬感蒼茫，喚酒斜陽市。舊雨新煙，相思愁隔江汜。繫旅雁空説傳書，悵客路、平蕪千里。寒流外，魚龍水國，聲喧潮尾。

高歌怕有人聽。醉卧層樓，睇紫霄咫尺。誰識湘纍，騷情曾賦蘭茝。步障移、雙燕歸來，散豔錦、落花風起。調綠綺，還近碧油簾底。

龍山會

滬濱秋暮，鄉心悄然，借君特韻

一雁穿雲罅，望裏鄉關，别浦孤帆亞。去波流恨遠，離緒繞、偏逐風濤高下。消滅廿年情，怕重問、紅嬌翠冶。採芙蓉，秋江利涉，水花瀟灑。

休説攬轡登臨，過眼繁華，有暗塵隨馬，倦途人意嬾。懽宴少、空憶笙簫良夜。何處濯滄浪，恨潮迸、寒流怒瀉。去便舍。向薄暮，短篷天際挂。

花心動

滬上南園瓊花

蜜蘂玲瓏，展丰姿、裝綴滿林春色。靚影幽芬，清魄奇胎，不共亂花紅碧。舊年風月揚州路。曾寵被、君王恩澤，試重問、蕃釐道士，幾時移植。

本是鬘天麗質。應嗟念凡塵，墮魂香國。蕚綰連鬟，苞結同心，勝比玉人標格。淡妝却恐群芳妒，無言傍、空階苔石。歲華好、孤根再三護惜。

玉蝴蝶

曩客揚州，訪蕃釐觀故址，道士指土臺謂予曰，此曾植瓊花處也。悵想久之。越二年，予役虔州，道署一株，花時已過，任吾遊。我坐樹下，但見枝葉離披而已。追念昔遊，再成此解

記得竹西重到，麗花葬魄，惆悵春光。豔跡模糊，空歎觀古壇荒。倩魂繞，夢回經院，嬌樹萎，塵鏁禪窻。儘思量。賦情無著，愁坐斜陽。

雙江。秋期更踐，石欄題句，桂苑傳觴。恨我來遲，玉娥偏不見凝妝。念前度，蹋歌明月，溯俊遊，飛渡鷲瀧，兩難忘，不圖今日，吟賞幽芳。

翠樓吟

秋暮寄北臺

策杖觀雲，停杯喚月，年年慣吟愁句。青鸞無信息，問誰識、排閶心素。逡巡延佇，待聚約新鷗，招邀今雨。閒情趣，水樓殘調，賺人詞賦。

想念，烽火餘生，把亂離歌哭，忍寒淒訴。劫灰飛盡後，賸垂老、天涯儔侶。詩魂銷處，在短笛江亭，悲笳邊戍。尋秋路，冷吟慵寫，落霞孤鶩。

綺羅香

冬柳

倦馬嘶晨，盤雕瞰晚，衰柳蕭蕭冬盡。病葉纖柯，拚付朔風凄緊。臨野岸、密雪搓緜，掃荒徑、亂鴉翻陣。送年涯、千里江山，雁聲空報未歸信。

靈和芳樹漸老，禁見銅仙淚滴，宫魂餘恨。漫憶南薰，應對故林愁損。哀怨起、羌笛差參，度玉關、甚時春近。莫相憐，生意婆娑，歲窮寒更忍。

翠樓吟

極浦通潮，晴街墮葉，頻年倦途淹寓。朝看明鏡曲，歎華髮欺人遲暮。津橋回顧，但曉角吹雲，驚烏啼樹。休延佇，野梅開後，更無情趣。

只道名士風流，怎渡江如鯽，等閒詞賦。揭來心事悄，怕重過、鶯花庭户。悠悠天路，縱皓鶴能招，青牛誰御。憑軒處，忍寒牽引，客愁如絮。

夜合花

春草

雨霽沙隄，煙收村塢暝，風十里新晴。平原燒活，蘼蕪路接千程。鶯語滑，馬蹄輕。趁踏歌、還到郊垌。畫橋西堍，搴芳共約，挑菜關情。裙腰一道青青。向啼鵑問訊，長短離亭。年涯倦旅，那堪望眼愁生。絲柳弱，亂花明。繞江南、羈緒牽縈。送王孫去，思懷幾許，春水流萍。

慶宮春

曉夢初回，春寒如割，攬衣强起，不覺萬感之交並矣

街柝鳴霜，壺冰凝月，夢回推枕彷徨。中酒光陰，填詞身世，幾番深夜思量。歲華來去，算滋味，而今備嘗。晨星明滅，催曉鴉聲，都在西窻。悠悠漫説行藏，鐘鼓清時，兹願難償。神劍潛輝，殘鐙無燄，空餘百感蒼茫。十年禪悟，奈趺坐、塵心未降。書空何事，渺渺予懷，休問鴻荒。

倒犯

淮隄晚步，柳色可憐，路上行人争道，明朝上巳矣

袖手、障黄昏峭寒，大隄閒繞。羅裙曳縞。湔蘭路、霧迷煙窈。回頭但見，孱柳搓緜丰神嫋。漫更説流觴，曲水同幽抱。寄吟身，在江表。屈指念、春暮奈向清明，幾番風花信杳。柱杖任步屧，看倦鶴，穿雲小。過斷驛，行人少。認歸途、斜陽侵古道。漸夜色朦朧，一穗疏鐙照。閉門詩夢悄。

四園竹

鐙花墜蕚，背地數歸期。柳緜漸少，榴實正繁，空惜芳菲。譙漏長，苦恨隔，屏山咫尺。此情唯有天知。

漫猜疑，青鸞倘許傳書，回文寄與新詩。莫道羈遊况味。争奈愁中，歲月奔馳。如逝水。近畫閣，雙雙燕又飛。

十二時

滬上早秋，人事閒逸，有悵然思舊之意，和耆卿韻

古簾垂，夜堂香熟，消受新涼如洗。待整頓、滄洲詩思。頓覺江山秋氣。敗壁吟蛩，虚廊過雁，正月斜風起。何處笛、壓送離聲，倦枕漏長，偏攪愁人心耳。

休只憐，天涯客路，賺得扁舟不繫。記省少年，花朋酒伴，俊約垂楊地。覺素懷繾綣，難忘最是夢裏。念幾多，幽悰密緒，漫理琴絲傳意。萬疊相思，顰眉慵展，淚冷留霜被。結故情一段，莫教等閒輕棄。

過秦樓

秋齋夜涼，蛩聲唧唧，彊邨過齋頭，閒話及昔年事，月色穿林，翛然成趣，拈調同賦

井汲梧園，屐尋苔路，巷柝晚聲初斷。逃禪世冷，换劫年遥，獨悟静中香篆。何事錯惱西風，翻覆炎

涼，却憎團扇。憑闌干一晌，秋魂摇盪，露螢初散。誰道黄昏更愁，應共約，採菊揩笻，哦松呼酒，倦息碧江煙畔。花欺鬢白，雲笑身閒，不信醉鄉閒眼。浮海人歸，連天秋遠，望星河影動，還聽清宵漏點。

月下笛

中秋微雨，薄酒孤斟，念亂哀時，憮然成詠。和白石

短燭黄昏，西風細響，半庭蕉雨。寒蛩夜語。送秋聲，自來去。闌干都是傷心地，絆不住、愁思半縷。看流螢數點，飛飛無定，自認苔路。吟佇，低徊處。賸絮説家山，舊時鸚鵡。庭院步悄，倦途心事何許？浮雲遮斷銀漢影，問今夕姮娥睡否？那堪對，一樣團圞月，不似前度。

花犯

滬上元夕，大雪嚴寒，瑾叔賦詞索和，仍次碧山韻答之

罨珠簾，瓊英亂舞，朦朧夜如水，笑聲鄰里。旋照眼春鐙。摇盪羈思，舊懷待把翎箋寄。屏山人倦倚。要賦賞、風光今夕，沈沈吟望裏。傳柑宴歌話當年，瑶臺路慣見，鶯花紛委。荀令老，繁華事、拚成顦顇。殷切盼、鬧晴戲鼓。還怕有、清笳邊塞起。憑唤賞、寒梅孤伴，和香偎素被。

一萼紅

丙子歲旦，大雪，距立春旬有二日，衝寒早起、預計歸期，當在條風未到時也

曉窻前。綻緗梅幾朵，風雪正迎年。芳意潛來，寒威欲斂，花信重數連番。歲華換、西樓夢迹，翳鏡影，紅燭更移槃。活火煨餳，吟鐙裁曲，消受清閒。

多事空江來去，算吳雲浦雨，不隔愁天。潤沁檐花，暄回漏瑟，都付雙袖憑欄。但堪念、蓬門柳色，語新鶯，釵勝待歸看！爲問車塵動時，占否春先。

八聲甘州

丁丑冬日，戰禍方亟，避亂窮鄉，日處震撼危疑之境，篝鐙賦此，悲憤交集

聽拏音一舸出蘆中，漂浮記鷗沙。瞰滄江寥寂，風横雁路，雪點魚叉。對此茫茫百感，濁酒向誰賒。消盡英雄氣，辜負年華。

終古神州沈陸，便海樓幻蜃，一現空花。歎迷歸客夢，猶自説還家。任教它、蓬萊三淺，付老孱、身世托枯楂。論長恨，唱伊涼曲，自撥銅琶。

綺寮怨

高樹蟬嘶，秋聲漸老，感懷世亂，輒付悲歌

向晚庭柯交翠，捲簾霜氣侵。聽墜葉，細響殘蟬，清商動，暮靄園林。平生疏慵自樂，絲蘭譜，抱膝時漫吟。那更堪，怨角悲笳，西風裏，暗咽空外音。

舊恨漫傷碎琴。空移徵換，凄涼直到而今。夜色樓蔭，遣愁思，且孤斟，承平甚時重覩，只借酒，問天心。新寒漬襟，沈沈漏静後，秋又深。

鶯啼序

天末西風，江關厭旅，時危歲晚，羈思悄然，倚夢窻譜，抒寫幽憂，命酒高歌，不覺唾壺擊碎矣

年光慣催夢老，乍涼生邃户。歲寒意、珎重靈蕤，索居深念遲暮。畫檐外、清商夜起，秋聲竄響池邊樹。歎遊踪空逐萍漂，漫黏飛絮。

殘劫滄洲，怕展倦眼，看昏煙宿霧。亂愁對，竹屋疏鐙，我懷慵托毫素。黯芳菲、蘭銷蕙歇，恨絲罥、垂楊千縷。恁因循、孤負江鄉，戀人鷗鷺。

穠春易逝，舊侶稀逢。燕歸笑寄旅。叢桂冷、林巒棲憩，賦擬招隱，笠屐幽尋，雁風鳩雨。蒓鱸味好，雲巢深處，漁樵呼酒閒分席，採芙蓉，甚日扁舟渡。題詩往迹，依然壞壁紗籠，揭來恐非吾土。

殊鄉异客，故國離憂。賸鬢毛換苧。那忍見、戟門高宴，旆影斜陽，粉飾承平，滿城歌舞。榛苓已杳，英雄安在，江山如此空悵望，障狂瀾，誰作中流柱。登樓喚取飛仙，破匣龍吟，劍光墮否。

綺寮怨

百感情懷，秋窗如夢，蛩聲唧唧，如助予之歎息矣

漏永吟壺深坐，報霜傳寺鐘。競晚節，賴有黄花，東籬雨、更濯秋容。香煤閒消宋鵲，綢繆語，欲説先意慵。向碧城，跨鶴招尋，銀河渺，又隔千萬重。

怕聽夜窗亂蛩。分明怨訴，十年舊夢匆匆。鬢髮飛蓬，擁愁抱，僾迴風。穠華幾番開謝，總付與，酒杯空。休嗟塞翁，朦朧事影記，同不同。

十二郎

雲氣繞樓，殷雷送雨，正愁人夜坐時也，憂時屬事，凄斷成歌

亂雲漲墨，鏇壓破、一天愁影。聽井葉蟬嘶，籬花蛩語，清坐空齋夜迥。正是江山飄摇際，恐暗觸、驚魂無定。禁野哭孔嗟，夷歌方急，又添悲哽。

還省。峥嶸歲月，橋中俄頃。漫更説淮南，飛昇鷄犬，重向鑪邊碭鼎。看取夔蚿，幻成蛇象，塵夢覺來都冷。頻佇望，舊日乘槎，客返海澄波静。

滿路花

吴門索處，凄然已秋，賦寄聊社諸子

愁城借酒攻，棋局訪柯爛。簾蔭消息動，秋聲換。茶鐺藥竈，恁地流光遣。隔葉涼蟬嬾，一夜西風，微霜飛過庭院。

鴉啼人静月午，桐蔭轉疏鐘。隨夢落魂先斷。吳雲黯黯，書信空傳雁。不成離會散，着意思量，只教牽我心眼。

琵琶仙

秋夜樓居，蛩聲攪夢，茫茫百感，翦燭孤吟

蛩絮鐙前，似還訴、舊日銅鋪風月。涼韻輕襲紗橱，清商又催節。人漸老、情懷正惡，况經换幾番裘葛。客裏年光，天涯意緒，誰喻愁結。

鎮長夜、犀押沈沈，更秋雨秋風怨離别。拚把一床幽夢，化雙身蝴蝶。憑念想、琵琶解語，奈良辰、美景虚設，怎向吟得回文，但題紅葉。

定風波

和東坡

厭聽林鴉噪晚聲。却來江畔日閒行。忽念春風同繫馬。生怕，亂愁如草剗還生。

鸚鵡簾櫳呼夢醒。知冷。香篝鑪火好將迎。尋到舊時歌舞處。人去，一輪明月又宵晴。

夜飛鵲

淮濱夏日，不聞蟬聲，想念江南，悵然有歸歟之歎

簾衣護晴桁，香霧冥濛。纖月悄挂雕櫳。紋紗輕透茗煙細，綀巾招得熏風。哀蟬慣聲噤，任虛堂鳴蟀，亂草吟蛩。歸心盪漾，望江國，愁結千重。

無限舊情牽引，多少事，音書難寄征鴻。空賸塵沙客鬢，隔年詩夢，頻繞殘鐘。流波望極，恁漂花，不見芙蓉。盼銀河秋淺，黃花貰酒，呼醉籬東。

夢行雲

霪雨連日，春寒中人，小窻鐙燼，孤坐無憀，薄酒消愁，愁來如約矣

峭寒凝塵閣。東風虐。情太薄。緋桃未放，厭聽空枝雀。獨吟愁坐屏山雨，銀鐙花燼落。

禁煙鎖柳，春薩挑薺，湔裙會，長背約。安排無計，引觴且孤酌。舊香簾幕沈沈夜，怎將幽恨託。

黃鸝繞碧樹

寒窻獨坐，羈思悄然，回首江南，歸心繾綣，拈美成此調寫之

深閣扃晴晝，烘鑪炙暝，篆香搖穗。且誦離騷，記湘臯佩璟，賦情蘭茝。怎禁歲晚，又勾起、殘冬心事。還更念、爛錦年光漸老，清愁慵理。

度臘館梅綻蘂。散芳馨、故撩歸思。最多感、是飄蕭鬢雪，流浪萍水。縱有代飛燕雁，未敢説纏緜意。頻教夢繞江南，曼吟紅翠。

琵琶仙

送人北歸

高樹西風，又飄墮、巷陌蕭蕭黃葉。霜信催落征鴻，傷秋更傷別。人事與、萍蓬共轉，那堪問倦途轅轍。逸氣披裘，悲歌喚酒，無奈華髮。

漫追念、簪盍前遊，對淮水凄涼舊時月。茲道卅年心事，賸肝腸如雪。纔聽得、啼鵑夜雨。便愁絲、綰了千結。且待棊局敲殘，看誰優劣。

壽樓春

秋風夜起，角聲凄然，鐙影幢幢，客懷怊悵，借梅谿此調，以寫予憂

繫秋風愁餘。正荒城角警，茅屋鐙孤。儘有彌天憂憤，歲華先徂。青鏡裏，悲頭顱。況卅年，胥疏江湖。歎舞歇歌沈，香殘燭灺，誰與説黃初。

人間世、今何如。向西園宴坐，濁酒相呼。那得明時詞賦，故家簪裾。塵海内，争馳驅。奈怎知，浮名須臾，聽鶗鳩聲聲，相期荷鋤歸種畬。

長亭怨慢

杭州厭旅，久滯歸程，夜雨檐聲，輾轉不寐，挑鐙拈韻，漫成此解

正樓外，催歸啼處，夜雨寒窻，凄然羈旅。醉擁吟鐙，夢回孤枕甚情緒，生涯衰老，何況是年光暮。唱徹念家山，争不見江南煙樹。愁佇，歎相如多病，只覺我懷難訴。荆榛偏野，更怕有、當關豺虎。但目斷渺渺征鴻，借緘札殷勤傳語。聽一曲驪歌，攀盡垂楊千縷。

邁陂塘

鐙窻獨坐，展讀半塘叔舅蜩知遺稿，前塵追溯，予懷黯然

檢遺編，墨香沾篋，鐙前重按宮羽。靈蕤秘記分明在，兹意有誰能喻。憑念取，伴吟榻。茶煙別有傷心語。蜩知舊譜。賸手澤猶新，叢蘭幾卷，神采照千古。平生事，風雨名山未許。文章顑頷羈旅。漫嫌樂府功名賤，無復大晟提舉。雙鬢苧。對鏡裏鶯花，太息春光暮。孤懷莫訴。寂寞荒江，人琴絶響，愁坐抱凄楚。

眉嫵

春窻獨坐，風雨冱寒，離緒牽縈，頗有秋水伊人之思

鎮簾鉤低放，漏瑟寒侵，愁雨漬窻眼。背影屏山下，逡巡聽，淋鈴如訴哀怨。淚荷暗泫，傍夜篝、人意先嬾。漫凝想、閣回廊深處，昵花豔香暝。

前度華筵驚散，幾塞鴻霜警，梁燕泥換。曾約同携手，湖樓上、高歌酣醉春宴。舊盟未踐，話俊遊、年事衰晚。甚時向伊行，通一語笑相見。

前調

暮春寫興

正鑪香凝篆，鏡奩清塵，眠起倦擡眼。步繞廊陰底，鄰牆送、琴聲猶抱哀怨。蒨桃露泫，趁嫩晴、丰韻嬌嬾。便來往、竹院深深裏，逗鸎夢風暝。

贏得冠巾簫鼓，喜燕雛新乳，花信催換。何日携觴俎，明湖畔、櫻厨重展芳宴。俊遊更踐，曳醉笻、蘿徑歸晚。昵低唱春陽，留一晌畫屏見。

淡黃柳

過某氏廢宅感賦

幽坊小曲，黃葉江南陌。月上林衣寒惻惻。聽罷鄰簫斷續，渾忘天涯是行客。

歎荒寂。岐王舊時宅。委花雨，繚牆側。賸垂楊夾道無人跡。野水沈沈，蹇驢吟影，愁對荒波恨碧。

雨淋鈴

金陵客感，用耆卿韻

空階蛩切，正西風起，倦暑纔歇。相思萬種情緒，方惆悵處，車軨催發。獨自憑高望遠，賸笳鼓聲噎。訴舊恨，唯有盟鷗，又阻滄波海天闊。

傷秋未了還傷别，奈怎禁、幾日茱萸節。旗亭往事誰記，呼酒問，美人明月。羽換宫移，拚把瓊簫玉管閒設。漫念想、機字回文，待與從頭說。

揚州慢

乙酉九月，寇退還吴，途中感賦，借鹿潭韻

平野西風，極天寒汛，滿江悄送秋聲。正重陽將近，又冷日孤城。聽街語，倉惶問訊，蛩弧攘得，誰共先登。訝中宵吹裂，霜笳嘶騎連營。

里門望遠，載征車，猶自心驚。賸舊恨難抛，新愁恁遣，堪歎予生。曙色漸分煙樹，依稀露、曉月殘星。算歸來笻屐，憑高還見山青。

塞翁吟

澹月籠花豔，交映繚曲房櫳。漸霜信，到梧桐。動葉吹池東。練帷静揜清清地，香篆細裊鐙紅。記灑血，寄玲瓏。待一紙親封。西風。驚顦顇，愁凝恨結，心事付、回文字中。念神女、生涯是夢，肯重賦，宋玉高唐，路隔巫峰。黃蜂紫蝶，未解淒涼，還戀珎叢。

秋宵吟

蕉窻夜靜，月色窺人，有淒然已秋之意，和白石

小窻虛，夜色皎。睡起銀屏鐙悄。涼颸動，聽樹底荒鷄，數聲啼曉。攬離愁、似亂葆。太息閒身江表。長追念、是故國斜陽，故園衰草。

歲序相尋，歎鬢雪，催人易老。勝遊臺榭，宦迹關河，往事夢魂繞。商略歸帆早。素約多乖，懽會頓杳。笑詞場，綺語懵騰，今日之日懺未了。

淒涼犯

僑居閒逸，翛然有學圃之志，白石自度此曲調，音節極美，因效其體，以寄遐思

綠槐映月，沈沈地，微颸條動檐鐸。暗蛩絮語，新涼氣味，夜鐙先覺。塵緣夢惡，歎蟬翼、秋雲共薄。向荒畦、鋤瓜種秫，此意好商略。

休問平生事，馬耳東風，等閒抛却。卅年倦眼，幾憑欄，看花開落。百感情懷，悔輕付，瘦詞戲謔。伴紅梅、欲與歲晚，訂素約。

東坡引

庚午暮冬，漚社社集，約賦此調。塵勞牽動，雜之未就。檢點叢殘，偶然憶及。輒翻舊譜，爲賦新詞。境易時移，人事代謝，又不似往年談讌之樂矣

開簾聞鵲喜。當窻弄梅蘂。春聲都在錫簫裏。東風吹也脆，西風吹也脆。

翻圖打馬，魚龍百戲。又妝點繁華世。徘徊不稱平生意。出門渾設計，入門渾設計。

華胥引

丙戌八月初一日，亡室王夫人歿後五十年，是日爲之設奠。追維疇昔，黯然神傷，愴賦此闋

林風啼鴂，窻燭飛蟲，併成愁疊。去日飆馳，華年水冷沈恨結。獨倚屏曲思量，奈椒漿虛設。脈脈無聲，墮襟唯有清血。

嗟念餘生。到而今、鬢毛堆雪。老懷孤憤，相期要君細説。蔓草幽宮深閉，問甚時同穴。腸斷魂銷，夜來和夢嗚咽。

角招

別感，和白石

恨秋瘦，都來向晚西風，占盡楊柳。暮煙縈斷岫，那日與君，歧路揮手。鄉關望久，已負却，先疇農

畝。白髮蹉跎幾許，奈今夕別離情，倚屏山搔首。猶有、亂塵污袖，斜陽冷處，空賸孤松秀。淚珠傾若溜，怕説分携，傷春時候。深杯話舊，盪一縷、清愁唯酒。抱得瑶琴漫奏，待相約，隔籬人，同心友。

掃花遊

小園春盡，惆悵成吟

藻池漾碧，看舊苑飛花，霽風簾捲。豔春易晚。任垂楊翠合，憑欄人换。寳馬香車，頓覺遊情漸嬾。最難遣。對殘日畫樓，愁到鶯燕。芳事餘繾綣。賸片繡重茵，傍家亭館。歲華暗轉。怕槐安夢蟻，又成分散。蕙雪離痕、漫説年年慣見。亂心眼。問天涯、落紅誰管。

祝英臺近

滄浪亭送春

馬蹄驕，鵑語急，楊柳畫橋路。春去誰行，消息問煙雨。別君曾幾何時，鶯花啼笑，尚依約、綠蔭門户。送君處。幾家綉幄紋窻，還陳舊罇俎。翦翠裁紅，新妝有人妒。可憐百五韶光，相思誰寄。腸斷付、歌紈金縷。

永遇樂

小園梅雨，清寒中人，樹影烏聲，迷離變幻，我懷抑鬱，輒託於音

雲隔寥天，日沈西陸，凝望如晦。短褐增寒，深杯延晝，衰嬾憂成痗。無情歌舞，多情鶯燕，誰惜暗消英氣。連番誤，催花羯鼓，换却錦堂筵會。

江山勝跡，登高能賦，幾曾清纔空費。仙樂飄藹，神宫縹渺，終負憑欄意。啼鵑驚夢，垂楊纜結，肯學靚妝環佩。尋思怕，陰晴萬變，漫移步綺。

秋思

霪雨沈陰，苦悶欲絶，哀時感事，託於聲歌，不勝其幽憶怨斷矣。借君特韻

聽雨湖樓側。旋暮鐘，飄送半城風色。香燼潤篝，袖欹偎硯，寒逼窗窄。墮哀笛梅邊，過江心事訴怨抑。望際空，魚浪碧。奈素約乖違，别懷凄悵，料有斷腸吟處，併成愁憶。

連夕。檐聲碎滴。報漏簽，妝鏡慵飾。玉階蕭瑟。清蔭揺盪，暗遮月白。怕一霎、狂塵亂飛，梁燕驚墜翼。恁坐客、渾未識。恠信息沈沈，新詞誰更賦得，夢隔江南塞北。

湘月

梅月溽蒸，雲陰如晦，頻年遭世亂離，歲月駸馳，忽忽不自知其老矣

五湖倦客，記平生慣識，塵勞情味。野服飄蕭，早換却、舊日風流矜佩。喻樂龍魚，能言輸鴨，枉惜仙纔費。樽前鬚鬢，愔愔誰念顑頷。

休恠鶴怨猿猜，蒼茫到眼，是人間何世。漫倚危欄，漬兩袖、多少滄洲殘淚。草木無知，江山有恨，忍説綢繆意。隔林鵑鴂，怎知風雨瀟晦。

清波引

予久客洪都，戾臨東湖，冠鰲亭之草樹，孺子亭之煙雨，徘徊吟眺，風景閒逸。出城西門，則滕王閣俯臨江渚，南望繩金塔，巍然峙雲霄間，奇迹偉觀，拓吾心目。匡廬宫亭之勝，往來上下，遊覽習焉。自戾吳門，此境不可復歷，老態侵尋，念往傷離，輒增慨歎，蝸廬遣暑，因取白石譜賦之，不知當日白石古沔之思，視我今日爲何如也

滿湖煙雨，是誰種、綠楊萬縷。芰荷紅嫵。野鳧自來去。日晚棹漁艇，總被涼雲留住。只今離思凄迷，念陳迹，杳何許。

盤蝸蜕處。賦炎景、慵道秀句。舊遊重數。搎襟抱無語。江山正摇落，説甚人間袢暑。但有高樹哀蟬，伴儂吟苦。

側犯

姑蘇城北，瑞蓮庵古刹也。舊有池蓮五色，多異種，相傳印度移來，近唯紅黄二色。丙戌夏日，遣暑織

里橋南，花時遊賞，步繞清池，攡筆以賦

步塵十里，到門却問何年寺。朝霽。詫幻色鬘天絢羅綺。長廊蔭茂篠。曉露沾衣袂。遊憩。看翠葉浮香翳魚戲。

清池半畝，千朵丰姿異。除喚起，藐姑仙，誰與鬥姝麗。怎得偷閒，静參禪諦，風細煩襟，暗侵花氣。

丁香結

暮秋將盡，菊始著花，步繞東籬，喜而賦此

珠箔鐙飄，玉缸醅熟，曾記倩花扶醉。正雨疏風細。媚霽色、漸覺秋容明麗。畫屏涼韻悄，微吟和、亂蛩樹底。南園霜皎，幾日暗動，盈盈芳意。

堪悔。念故里黃華，負却歸來素志。楚澤行吟，清苔晦跡，舊盟長背。多羡陶令歲月，未解爲鄰地。留東籬一角，不礙囂塵近市。

東風第一枝

丁亥正月十四日，立春，雪霽，和梅谿韻

草莢纔蘇，蘭芽欲吐，條風特地噓暵。亂雲如幛褰開，嫩晴映窻暈淺。東皇着意，漸醖造、泥融茵輭。料小園、不減芳菲，認取故巢鶯燕。

詩夢醒、漫擡倦眼，春宴罷、醉回皺面。舊盟猶憶西山，俊遊更吟茂苑。千絲雛柳，想暗織柔黄金綫。

看豔陽先到蓬門，定許笑紅重見。

長相思慢

立春雪霽，寒氣森然，寂寂閉門，久不見歲時懽樂之象矣

霽雪澄凝。林塘深處，檐鐸微動春聲。晴曦媚曉，乍見梅嬌纔露，雀凍頻驚。暗引吟情。向薰香簾幕，詠賞瓊霙。漏點潛聽。最關心、歲月峥嶸。

記閶闔開時，慣説筵排太液，表奏通明。鑾旗綵颭，牛土鞭香，景象曾經。承平事往，鎮難忘、風物周京。把宜春帖寫，呼酒高歌，吹徹鸞笙。

琵琶仙

立秋日，小雨微涼，散步回廊，輒增旅逸之感

桐雨來時，漸傳到片葉西風消息。羅扇休説恩疏，天邊歲華易。身興與，塘蒲共晚，忍重見、亂花紅碧。蜜苣清，懽醅醪俊約，長歎乖隔。

問誰記、舊節分明，認飄粉樓臺變秋色。驚醒曲屏幽夢，有檐聲餘滴。憑仗洗，園林倦暑，趁夕涼、徙倚苔石。怎奈簾竹風前，又聽羌笛。

南浦

和白雲

涼訊送秋來。墮高梧、萬葉繁霜侵曉。長嘯倚岑樓，西風裏，誰把亂塵都掃。寥空雁響，數行飛掠殘星小。又是霜笳吹徹後，凋盡綠楊芳草。

驚嗟歲月蹉跎，好江山輕被，漁樵占了。弱水浸蓬萊，乘槎客，曾見幾人能到。滄波浩渺，搏桑日射蟲沙悄。遥念朝元天路迴，來聚列仙多少。

琵琶仙

秋齋雨夕，時聞邊警，海上二三朋舊相繼殂謝，哀時歎逝，歌不成聲

疏雨吳城，又愁到故國悲秋詞客。天外吹落邊笳，飛鴻度雲濕。涼氣繞，花蔭暈綠，漸微顫小簾鐙色。屧響分攜，琴心怨結，惆悵陳跡。

更休訝風月無情，把金粉江山換今昔。多少碧窗幽恨，付於聲啼蟀。臨夜永、殘更巷悄，送隔牆、隱隱鄰笛。愴念猿鶴凄迷，此情誰識。

紅林擒近

小滿節後，寒氣未消，時復風雨，窮戹杜門，無憀已甚，譜此遣懷

寒雨時喧夢，雜花微散薰。樹色綴清潤，窗光錯昏晨。獨來池欄佇立。故惜屐步逡巡。待欲呼醒詩魂，招遊薦芳樽。

去日愁不返，佳序喜方新。翩翩燕子，啣泥還覓巢痕。近黄梅時節，陰晴萬變，倦茶初熟深閉門。

綺寮怨

吴下閒居，皤然已老，追思歲月，凄黯於懷，交親殂謝，孤孑寡儔，尤不勝其感喟矣

噪晚寒鴉翻陣，近簾霜氣濃。弄暝色，罷酒闌干，斜陽好，恁耐秋慵。胡床練巾倦脱，鶯花换，夢迹無路通。向醉鄉，暫息勞生，西厢畔，待月思化工。

睠念代飛燕鴻。菟裘未辦，歸心但繫孤松。賸幘殘笻，拚分付，與悲風，愔愔玉弦重理，訂墜譜，更誰同。衰顏鏡中，千紅過眼處，羞鬢蓬。

浣谿紗

和珠玉

自唱新詞自把杯，夕陽紅上小樓臺，行歌何惜日千回。

花落不隨流水去，燕歸猶認舊巢來，眼前風景幾低徊。

前調

和東坡

小隱何人識白頭，任教走馬到長楸，不嫌五月獨披裘。
頗願一廬栖仲蔚，自開三徑待羊求，平生心事冷如秋。

采桑子

和放翁

春陰漸覺心情嬾，閒了秋千。風颺茶煙。飄落梅花壓帽偏。
何人寄與滄洲信，幽隱經年。雁後花前。腸斷瀟湘廿五弦。

鷓鴣天

和稼軒

細雨斜風客路遥，陽關三疊總魂銷。岩花争豔紅如染，山鳥呼名語最嬌。
波渺渺，草蕭蕭。寒煙銜過短長橋。閒遊信馬不歸去，又聽鶯聲上柳梢。

梅子黄時雨

春明感舊

花事春明，念京雒舊遊，佳約觴詠。對姹紫嫣紅，盡供吟興。誰料繁華隨水逝，朔風吹散樓臺影。憐光景，日暮鳥聲，如助凄哽。

斯境，何堪重省。算槐安夢老，曾被驚醒。看幾劫桑田，真成留命。回首當年歌哭地，只今衰草斜陽冷。燕雲迴，直恁亂愁交迸。

聲聲慢

夏日即事寫懷

蘭池清燠，苔逕延薫，琴樽宴賞誰同。天外傳書，南霄又落征鴻。驚濤藪虧日月，漲蠻腥、海氣魚龍。歎人事，似浮萍飛絮，聚散隨風。

争羨湖山歌舞，奈鶯聲啼斷，春去無蹤。念遠傷離，落花時節江東。卑栖漫嫌枳棘，耐歲寒、還伴蒼松。賦歸隱，望家山、斜日亂峰。

前調

歲雲秋矣，兀坐晴窻，濁酒孤斟，悵然懷舊

檐霜融曉，攤霧蒸晴，秋光先上梧桐。一味新涼，凄凄又聽鳴蛩。庭階數聲落葉，識昨宵、高樹西風。展新霽，問誰將畫筆，寫出天容。

無限停雲情思，賸相携老淚，雙袖龍鍾。莫倚危樓，迷茫煙樹千重。衰年不勝酒力，語黃花、休笑樽空。閒佇立，聽鄰簫、還唱惱公。

玉燭新

癸巳歲旦

東風醒客夢。近照水梅窻，曉寒猶重。上林漏洩，春光處、紫燕黃鸝交哢。蒲桃薄凍，響細滴、醅香浮甕。花霧暝、簧暎笙清，新聲又傳瑶鳳。

端扆對此良辰，傍錦繡簾櫳，物華矜寵。勝遊乍縱。渾欲趁、駿馬長隄驕鞚。垂楊影動，絢霽色，青旗朝擁。憑念想，蓂莢堯年，椒杯賦頌。

月邊嬌

元夕，和草窻

晴雪消寒，喜柳睇微舒，花魂初醒。綺屏燭灺，銀罌酒滿，一片夜光人影。回廊步屧，錯認是、吴娃嬌俊。斜街簫鼓，趁月下、香塵飄粉。

半生負却繁華，幾經哀樂，不關情性。宴遊鐙火，懽叢管笛，猶憶翠句紅引。憑誰念省。算只有、樽前雙鬟。緗梅悄對，漫笑儂清冷。

陌上花

節過花朝，春寒猶釅，齋頭默坐，賦此消愁

輕雲翳柳，清明將近，峭寒如許。草色芊芊，青到畫橋西堍。東風不與人方便，吹散半天絲雨。聽瓊簫凍澀，殢陰庭院，黯然無緒。歎流光逝水，閒心一寸，怨綠愁紅慵賦。只恐春深，萬點亂飄花絮。年年杜宇催歸急，依舊天涯爲旅。弄幺弦賸有，宫商殘調，怕翻金縷。

露華

冷月窺窻，水仙一叢，香韻清絕，拈弁陽翁調賦之

錦屏漏悄。試晚妝乍起，偎傍鐙前。步摇顫裊，凌波如見飛仙。料是素娥孀獨，覷露叢來伴。清寒香霧裏，瓊姿髣髴，綺思纏緜。綠窻畫圖新展。任細研丹黄，難寫嬋娟。楚嬌夢醒含情，淚漬冰紈。漫認玉人遺佩，託曼吟、重賦幽蘭。鑪燼暝，温馨又撲翠鈿。

解蹀躞

春寒漸消，景物妍媚，微吟細賞，薄酒自娱，拈美成調寫興

步繞中庭蕪地，雛柳毿毿舞。近人簾幕，飛來燕鶯語。珎重百五韶光，幾番將綠催紅，曼吟詞賦。等閒誤，白首江湖遊倦。曾無賞心遇，坐看花月，年年送朝暮。且傍鸚鵡金籠，笑從婪尾杯中，挽將春駐。

黄鸝繞碧樹

春日暄妍，郊原散步，撫時玩景，輒託歌吟

山澤含蔥翠，晴容欲煦，畫圖新展。柳徑桃蹊，漸茵茸繡簇，綺羅香暵。滿天霽景，引多少、春人心眼。生怕遺、爛漫年華换了。芳韶争挽。浪跡曾尋勝踐。好湖山、醉題都徧。溯遊事、記沙隄步屧，花市歌管。賸有舊盟故在，未敢託，騷蘭怨。憑將裊娜東風，寄情鶯燕。

點絳唇

鄭叔問曾語半塘翁云，蘇州去城數里許，亦有半塘，彩雲橋是一勝跡，宜翁㞐之，爲异時攬勝者添一佳話。翁賦詞記其説。予僑吴卅載，未之往遊，因步翁詞原韻，賦此以爲它日勝踐之券

楊柳閶門，半塘又在山塘路，彩雲橋堍，好爲尋春去。

勝迹名同，只合詞仙住。年年誤，風光孤負，欠我留題處。

垂絲釣

柳眉杏靨。新妝争鬥嬌嫵。夢醒碧窻，唤起鸜鵒。春好駐。傍翠蔭庭宇。情何許。背東風自語。

歲華如駛，年年勞燕來去。舊愁暗數。紅葉曾題句。誰把懽盟負。晴晝午，看絮花飛舞。

露華

春晚，郊原散策，彳亍行歌，人事天時，頗有遲暮之感

暝煙麗日，又韶華换了，愁斷詩魂。墮紅巷陌，東風微颺車塵。唤賞大隄春色，愛曉光、猶是芳辰。盤馬路、飛花散雪，衆綠成雲。

當年俊遊堪記，喜到處、湖山，歌舞紛紛。輕移短帽，盡教付與閒身。怎奈鬢絲凋瘁，檢舊吟，風物都陳。人事渺，年涯賸憶夢痕。

應天長

冬日往遊拙政園

鶴巢警露，鴉陣破霜，蒼茫漸引寒色。正是小春時節，林園好風日。城東路，曾慣識。絢霽景、葉丹苔碧。憑欄聽，鳥語關關，閒話今昔。

來憩古藤蔭，謄説衡山，前度手親植。指點畫樓朱閣，依稀故侯宅。山樞詠，成太息。吟秀句，漫題塵壁。黯凝佇，一段清愁，聊寄泉石。

探芳信

梅雨連月，園坐遣悶

斷虹暈。襯樹影波光，樓臺深隱。翳綠蔭濃處，嬌蟬又流韻。幾行屐齒池邊路，悄認蒼苔印。悶騰騰，殢雨闌干，墮紅成陣。花氣碧窻迥。怕夢醒鸚籠，落梅風緊。費盡鑪煙，羅衣暗漬殘潤，惱公詩句低個唱，付與吹簫引。揜珠簾，最惜香塵凝粉。

前調

小暑節後，時復陰雨，滄浪亭水漲平隄，隔岸結草庵，前李劍石所㞐在焉，瞻望弗及，悵然而返

畫橋滰。殢水國清寒，垂楊蔭暗。看拍浮鷗鷺，飛飛戲葭菼。斷鐘疏磬招提境，隔岸聞僧梵。立風前、野芰香微，石榴紅糝。霏霧散還斂。聽唱晚漁舟，黃昏收纜。宛在懷人，菱塘漫處門揜，衝泥瘦馬尋歸路，笑比乘楂險。望天西，一抹斜陽又閃。

月華清

癸巳中秋，竟日風雨，次日秋分，晚晴月出。和半塘老人己亥中秋韻

露結氤氳，風來閶闔，澹然秋景如許。引領晴霄，肯把蟾圓孤負。倦情共、籬蟀閒吟。散步趂、砌螢飛聚。休訴，問前身記否，廣寒仙侶。

幾度清歌換譜，念渺隔雲山，故鄉吳楚。兩地相思，誰與替傳心素。寄緘札、恨阻關河，縈夢想，似迷塵霧。延佇，喜天香飄墮，滿身花雨。

前調

秋分晚霽，月明如水，池欄露坐，撫景懷人，悠然成詠

秋判仙蹤，月華靈境，佚聞今日誰記。節物關心，恰稱幽屋清事。夜光浸、苔路霜鋪。涼訊動、桂庭風起。吟憩，看嫠蟾隱現，彩雲開霽。

待把詩情料理，任步屧行來，竹間松底。兔魄分明，照見故人千里。撫流景、萬感縈懷，溫舊夢，卅年彈指。離思，望星河斜轉，畫欄愁倚。

注：《靈笈七籤》，古人以秋分爲秋判，神鳥自天降，會聚以定萬民之命。《天臺山志》以八月十六夜觀月華。

繞佛閣

展重陽日，同劍石滄浪亭餞秋，追憶蘇子美當年賣故紙獲譴事感賦

樹蔭在水，谿路繚曲，漁唱霜曉。秋事將了。驀聞雁陣、驚寒破雲到。落紅徑掃。瓅脆薦俎，叢桂香嫋。蟬噤聲悄。怕教玉露，金風去偏早。勝跡辨清濁，照眼滄浪無限好。還記結廬，幽棲人未老。問故紙猜嫌，遺恨多少。戲波魚小。漫笑倚闌干，猶戀殘釣。醉佳辰、接籬狂倒。

露華

誦賈閬仙『未到曉鐘猶是春』之句。賦其詩意

草薰繡陌，悵風光漸改，腸斷王孫。畫橋路隔，年年花霧迷津。看盡萬千春色，怕曉鐘、催老吟身。池苑悄，含愁賦別，佇立銷魂。東園舊遊曾記，聽曲譜新舞，争睹紅裙。餘懽墜景，那堪事影重論。幾處翠樓朱閣，問姓名，誰識司勳。詩夢醒，羅襟自惜酒痕。

枳薗詞・卷三　姚肇崧　天醉樓

玉燭新

癸巳歲旦

東風醒客夢。近照水梅窻，曉寒猶重。上林漏洩，春光處、紫燕黄鸝交哢。蒲桃薄凍，響細滴、醅香浮甕。花霧暝、簧暎笙清，新聲又傳瑶鳳。端戺對此良辰，傍錦繡簾櫳，物華矜寵。勝遊乍縱。渾欲趁、駿馬長隄驕鞚。垂楊影動，颭霽色，青旗爭擁。憑念想，蓂莢堯年，椒杯賦頌。

月邊嬌

元夕，和草窻

晴雪消寒，喜柳睇微舒，花魂初醒。綺屏燭灺，銀罌酒滿，一片夜光人影。回廊步屧，錯認是、吴娃嬌俊。斜街簫鼓，趁月下、香塵飄粉。半生負却繁華，幾經哀樂，不關情性。宴遊鐙火，懽叢管笛，猶憶翠句紅引。憑誰念省。算只有、樽前雙鬟。緗梅悄對，漫笑儂清冷。

陌上花

節過清明，春寒猶釅，蕭齋默坐，賦此消愁

輕雲翳柳，清明將近，峭寒如許。草色芊芊，青到畫橋西堍。東風不與遊人便，吹散半天絲雨。聽瓊簫凍澀，殢陰庭院，黯然無緒。

歎流光逝水，閒心一寸，怨綠愁紅慵賦。只恐春深，萬點亂飄花絮。年年杜宇催歸急，依舊天涯爲旅。弄幺弦膹有，宫商殘調，怕翻金縷。

露華

冷月窺窻，幾上水仙一叢，香韻清絶，拈弁陽翁調賦之

錦屏漏悄。試晚妝乍起，偎傍鐙前。步摇顫裊，凌波如見飛仙。料是素娥孀獨，覷露叢來伴。清寒香，霧暝瓊姿，髣髴綺思纏緜。

綠窻畫圖新展。任細研丹黄，難寫嬋娟。楚嬌夢醒含情，淚漬冰紈。漫認玉人遺佩，託曼吟、重賦幽蘭。鑪爐暝，溫馨又撲翠鈿。

唐多令

賦折枝芍藥

春豔吐葳蕤，春光暄翠帷。照清懽。婪尾深杯。争看玉奴梳洗罷，又簾外，燕雙飛。

香色炫朝暉，偏及金帶圍。記揚州、舊夢依稀。分與膽瓶加護惜，好同賦，殿春詞。

解蹀躞

春寒漸消，景物妍媚，微吟細賞，薄酒自娱，拈美成調，託興寫之

步繞中庭蕪地，雛柳毶毶舞。傍人簾幕，飛來燕鶯語。珎重百五韶光，幾番將綠催紅，曼吟詞賦。

等閒誤，白首江湖遊倦。曾無賞心遇，坐看花月，年年送朝暮。且傍鸚鵡金籠，笑從婪尾杯中，挽將春駐。

綠意

賦昌蒲

尖纖翠葉。襯紫茸蘸水，春思紆結。薄採深叢，分得涼蔭，微波盪影空闊。南塘昨夜瀟瀟雨，喜嫩綠、新芽争茁。更愛他、一種清香，沁入酒脾詩骨。

猶有澧蘭沅芷，與君話，舊隱同勵高節。却笑寒蘆，雪舞飛花，枉自離音騷屑。輕帆拽向前谿去，最好趣、風生蘋末。待甚時、重約吟朋，顧略釣磯煙月。

黄鸝繞碧樹

春日暄妍，郊原散步，撫時玩景，輒託歌吟

山澤含蒼翠，晴容欲煦，畫圖新展。柳徑桃蹊，漸茵茸繡簇，綺羅香暝。短隄駐馬，看盈路、花飛零亂。生怕遣、爛漫年華换了。芳韶争眼。倦跡曾尋勝踐。好湖山、醉題都徧。溯游事、記沙隄步屧，花市歌管。賸有舊盟故在，未敢託騷蘭怨。憑將裊娜東風，寄情鶯燕。

齊天樂

五月聞蟬

豳風曾賦鳴蜩什，新聲爾來胡早。舊苑春歸，荒園晝寂，應悔輕身重到。塵氛未掃。問高節何依，雅音誰曉。底事嘈嘈，可能飛近五雲杪。芳菲花事漸歇。賸倡條冶葉，蜂蝶紛繞。飲露恒饑，吟風暗咽，輸與哀蟲騰笑。冠緌縱好。奈妝鏡模糊，漫容窺照譬嘒，多情怎知人鬢老。

應天長

初冬晴霽，游拙政園歸途賦

鶴巢警露，鴉陣破霜，蒼茫漸引寒色。正是小春時節，林園好風日。城東路，曾慣識。絢霽景、葉丹苔碧。憑欄聽，鳥語關關，閒話今昔。

來憩古藤蔭，賸説衡山，前度手親植。指點畫樓朱閣，依稀故侯宅。山樞詠，成太息。吟秀句，漫題塵壁。黯凝佇，一段清愁，聊寄泉石。

蕙陂塘

春雨峭寒，過西城舊庢有感

翳孤城，半天愁霧，歸鴉千點翻墨。泥途躑躅徑行路，猶記繚牆荒宅。覊思惻，怕衺帽，婆娑定有驚龍識。臨流佇立，看野水粼粼，石橋西塊，煙縷翠如織。

題詩處，空賸苔痕四壁，東風吹破紅碧。黄昏又送瀟瀟雨，遮斷茜紗窻黑。誰耐得，殘燭外，年涯影事零星憶。寒梅舊色，正別後花時，凝情慵訴，惆悵再來客。

探芳信

梅雨連月，園坐遣悶

斷虹暈。襯樹影波光，樓臺深隱。翳綠蔭濃處，嬌蟬又流韻。幾行屐齒池邊路，悄認蒼苔印。悶騰騰，殢雨闌干，墮紅成陣。

花氣碧窻近。怕夢醒鸚籠，落梅風緊。費盡鑪煙，羅衣暗漬殘潤，惱公詩句低佪唱，付與吹簫引。撿珠簾，最惜香塵凝粉。

前調

小暑節後，時復陰雨，滄浪亭水漲平隄，隔岸結草庵前，李劍石所瘞在焉，瞻望弗及，悵然而返

畫橋滰。殢水國清寒，垂楊蔭暗。看拍浮鷗鷺，飛飛戲葭菼。斷鐘疏磬招提境，隔岸聞僧梵。立風前、野芰香微，石榴紅糝。

霏霧散還斂。聽唱晚漁舟，黃昏收纜。宛在懷人，菱塘漫處門掩，衝泥瘦馬尋歸路，笑比乘楂險。望天西，一抹斜陽又閃。

月華清

癸巳中秋，竟日風雨，次日秋分，晚晴月出。和半塘老人己亥中秋韻

露結氤氳，風來閶闔，澹然秋景如許。引領晴霄，肯把蟾圓孤負。倦情共、籬蟀閒吟。散步趁、砌螢飛聚。休訴，問前身記否，廣寒仙侶。

幾度清歌換，念渺隔雲山，故鄉吳楚。兩地相思，誰與替傳心素。寄緘札、恨阻關河，縈夢想，似迷塵霧。延佇，喜天香飄墮，滿身花雨。

前調

秋分晚霽，月明如水，池欄露坐，撫景懷人，悠然成詠

秋判仙蹤，月華靈境，佚聞今日誰記。節物關心，恰稱幽屃清事。夜光浸、苔路霜鋪。涼訊動、桂庭風起。吟憩，看漦蟾隱現，彩雲開霽。

待把詩情料理，任步屧行來，竹間松底。兔魄分明，照見故人千里。撫流景、萬感縈懷，溫舊夢，卅年彈指。離思，望星河斜轉，畫欄愁倚。

注：《靈笈七籤》，古人以秋分爲秋判，神鳥自天降，會聚以定萬民之命。《天臺山志》以八月十六夜觀月華。

繞佛閣

展重陽日，同劍石滄浪亭餞秋，追憶蘇子美當年賣故紙獲咎事感賦

樹蔭在水，谿路繚曲，漁唱霜曉。秋事將了，驀聞雁陣、驚寒破雲到。落紅徑掃。瓠脆薦俎，叢桂香嫋。蟬嘒聲悄。怕教玉露，金風去偏早。

勝跡辨清濁，照眼滄浪無限好。還記結廬，幽棲人未老。問故紙猜嫌，遺恨多少。戲波魚小。漫笑倚闌干，猶戀殘釣。醉佳辰、接籬狂倒。

南樓令

賦瓶中芍藥

婪尾殿餘春，風露催開數朵。新移向蘭房。添密愛，嬌顰猶是雲英未嫁身。穠豔本無倫，不作奇香肯媚人。瓶水自清花自膩。溫存一笑，鐙前照酒醺。

滿宮花

賦折枝牡丹

粉痕輕，脂暈淺，最喜露叢新翦。一枝穠豔自矜持，消受瓊盂風暝。酒微蘇，茶欲倦，晼娩年華春晚。天留富貴予花王，妒群芳心眼。

水調歌頭

隋煬帝開河時，作《春江花月夜》曲，爲勞歌。此調亦煬帝所制，爰以《春江花月夜》賦之

王業昔全盛，驕侈歎何婪。錦帆千里東下，樂事一春多。江上香風過處，凝望嬈花嬌月，豔曲唱青娥。滿路炫羅綺，鐙火動星河。大隄面，萬株柳，聽勞歌。龍舟宴賞，春色不問夜如何。争羡江山文藻，驚醒雞臺殘夢，豪氣漸消磨。昏醉美清夜，花月付流波。

前調

晉《樂志》載《春江花月夜》、《玉樹後庭花》，註陳後主作。仍用《春江花月夜》，再賦一闋，仿東山體

六代恣遊冶，荒樂説陳家。江春良夜管弦，歌吹暱吳娃。争道花時多暇，賺得春光無價，風月徧江涯。裙屐飄香麝，春色正繁華。

譜新舞，乘醉寫，綺情賒。月明池榭，宵深還唱後庭花。誰料穠春易謝，愁聽江聲東下，花外月輪斜。金粉賸殘霸，文采漫相夸。

前調

金陵雜感，仿東山體，並和其韻

公子最瀟灑，衣馬炫驕奢。佳辰遊冶遏雲，歌響暱名娃。清簟疏簾消夏，復閣回廊臨夜，筵會趁繁華。幺鳳栖鴛瓦，不抵井塘蛙。

記當年，夸結社，走雷車。問他王謝，争墩終竟是誰家。拚把臣冠早掛，飛去仙都峰下，遥望月如沙。碧宇秋無罅，空際散天花。

華胥引

節近清明，寒威猶厲，遊情未洽，花信偏遲，愴然賦此

香塵飄榭，晴日烘簾，又逢芳節。草莢初萌，梅苞漸吐生意活。底事羈客春心，不共花争發。帷幕籠寒，悶來鐙燼慵撥。吹醒鴛魂。怨東風、夢回猶掣。錦溫瓊膩，空教愁深意切。挽得韶光能駐，數閏年桐葉。商略遊情，渡江還載蘭檝。

露華

誦賈閬仙『未到曉鐘猶是春』之句。賦其詩意

草薰繡陌，悵風光漸改，腸斷王孫。畫橋路隔，年年花霧迷津。看盡萬千春色，怕曉鐘、催老吟身。池苑悄，含愁賦别，佇立銷魂。東園舊遊曾記，聽曲譜新舞，争睹紅裙。餘懽墜景，那堪事影重論。幾處翠樓朱閣，問姓名，誰識司勳。詩夢醒，羅襟自惜酒痕。

探訪信

吳門索尻，梅雨連月，杜門不出，情緒無憀，偶憶彊邨、大鶴曾以此調更唱迭和，情景宛然，仍用吳韻，賦此寫興

夜吟瘦。近鳳幃鐙殘，詩魂醒否。正熟梅天氣，沈陰釀如酒。鵓鳩啼澀黄昏雨，淅瀝花前後。踐遊蹤、步障逡巡，醉笻期候。

窻網嬾搴繡。漫誤却佳辰，抛將長晝。只恐秋霖，涼蔭又浸籬豆。劇憐張緒風流減，不似青青柳。暫徘徊、佇看晴雲出岫。

前調

仲者歸舟曉發，風雨大作，念其尚未過瓜州也，賦此寄懷，仍用前韻

夜鐙瘦。問賦別文通，黯銷魂否。望綠波南浦，濃雾醖成酒。滿江風雨潮聲急，又是黄昏後。甚連朝、宿霧慳晴，濕雲占候。

寒重幔拕繡。任淺醉微吟，怎教延晝。舊曲重翻，羅屏記數紅豆。夢雲不惜輕飛去，奈隔河橋柳。寄離情、目斷平川遠岫。

一叢花

題盆蘭畫幅

春光妍媚到紋窻，騷怨賦瀟湘。龍盆種出雙頭蘂，漫疑是，真色生香。薄採露叢，墨華輝映，嬌鬢貼宫黄。

休將仙子比唐昌，環佩忒矜莊。描來不是閒花葉，且爭看，清曆明妝。幽夢乍回，微聞薌澤，深望細思量。

拜星月慢

甲午中秋，對月夜坐池欄，命酒孤斟，倏然成詠

砌菊寒葩，窻梧疏影，景物迎秋先換。碧宇澄鮮，正銀蟾光滿。暮涼薄，漸覺、金風玉露來下，蟋蟀聲中庭院。細賞微吟，趂良宵芳宴。

盪晴空，皎潔冰丸轉。雲開處，桂窟天香散。但願此夕清輝，照人間都徧。好樓臺、況有姮娥伴。霓裳杳、負了閒簫管。只賸得、一曲高歌，對花前杯琖。

清平樂

半塘老人曾賦此調，云意有所會，書此以俟賞音。余偶作園遊，獨坐移時，意亦有會，即和半塘翁韻，並以俟賞音也

苔蔭孤坐，脈脈誰知我。自把新詩吟一過，只許幺翁來和。

閒看水竹深深，無弦何用張琴。惟有清風幾陣，吹來還值千金。

燕山亭

故宮瓊島，金源輦致汴京艮嶽山石積疊所成。國變後，日久蕪塞。近聞修治如舊，撫今追昔，想像賦之

王氣消沈，回望掖垣，壯觀空餘宮殿。流轉年華、水石無知，那管市朝遷變。在昔經營，費多少般倕心

眼。堪歎。自九鼎潛移，禁門聲斷。聞道規度重新，料洞鑰，齊開舊途能踐。千年往跡，付與凄涼，滄桑劫痕輕換。漫許銅仙，向中宵淚華偷泫。天遠，縈夢想，鳳城西畔。

惜秋華

立秋日，廊蔭散步，風月翛然，輒念京華舊夢，悵惘久之，託於聲歌，以寄遐想

夜月西樓，墮疏桐、一葉飛來秋信。側耳暮蟬，嬌笙暗傳涼韻。憐它露柳風荷，漫搘映，清池波暈。低迴，對檐花、舊滴翻成孤悶。屏搘夜鐙爐，記歌筵散後，袖羅香潤。客燕舞，歸又把、倦情牽引。依稀夢繞紅亭，向鏡中、畫圖重認。愁損。歎鬖鬖、歲華凋鬢。

拜星月慢

乙未中秋，西樓對月，回憶竹西歌吹，惘然於懷，墜懽難續，賦此抒情

繡箔黏螢，金盆鳴蟀，夜色澄明如晝。節物關心，瞰寥天星鬥。記懽會，只在紅亭綠水灣處，冶葉倡條嬌秀。醉賞歌船，傍河橋煙柳。扇風前，往事思量久。司勳老、笑擁龍鍾袖。盼斷碧海青禽，問嫦娥知否。照清愁。自釃黄花酒。秋光好，對影成孤負。但悵望、一片江山，繫離情別後。

慶清朝

桃花，和碧山韻

露井穠姿，雕欄笑靨。年年得意東風。燕支點點，灑將萬樹殷紅。遥指秋千罥索，嫦娥色映臉霞同。天然是、豔陽錦繡，妝綴珎叢。

崔護再來問訊，悵去年人面，叱咤書空。一枝爛漫，依然憑藉春工。流轉幾番節候，好探花信雨聲中。相思血，寫情畫扇，題淚猶濃。

無悶

拙政園菊花盛開，策杖往遊，賞玩竟日

林木蕭疏，蹊徑繚曲，苔跡曾留屐齒。歎舊日，名園幾番興廢。却向西風問訊，詫五色雲霞庭中起。畫工妝點，裁紅翦綠，散花成綺。

延憩。悄凝睇，念故里。黄花尚餘生意。漫笑我，衰顔比花顦顇。好與牽羅補槿，待重整東籬，謀秋醉，憑占取，荒圃斜陽，灑落一襟詩意。

青房並蒂蓮

吴門橋秋眺，有懷昔年邗溝送客故事，和碧山韻，即效其體放吟眸，看暮天雲净，荒渚煙收。冉冉霜鴻，幾陣下蘋洲。嬾漁沽酒歸來晚，傍寒蘆，驚起眠鷗。趁半鉤，月影微明，釣船低繫柳絲柔。

當年廣陵送客，聽隔水鵑啼，細雨行舟。正吹徹、梅花玉笛，醉上樊樓。而今竹西夢冷，擁詩鬢、吟望五湖秋。倚長橋，寂寞懷人，碧波紅蓼思悠悠。

祝英臺近

乙未長至，晴曦暄暵，散步池欄，寒梅結蘂，歲月易逝，忽忽殘冬，不勝遲暮之感

試紬醅，煨獸炭，長夜漏聲遲。葭琯灰飛，一室盎春意。連朝屋瓦霜晴，重衾寒戀，又却被鵲聲催起。

卅年事。休説烏兔無情，匆匆換人世。消息盈虛，逡巡悟玄理。請看數點梅花，天心如見，尚依舊、讀書風味。

錦堂春

乙未嘉平，廿四日寅刻立春，爲丙申歲首，節霜華，日色照水，臨軒賦此，以志快意

翠沼飛霜，朱樓映日，緗梅早發南枝。正條風初動，曉漏潛移。花信催傳節候，豔陽先占芳菲。喜鶯啼燕語，蕙秀蘭嬌，春意霏霏。

俊遊懽約儔侶，指湖隄路陌，帽影鞭絲。好對江山文藻，宴賞良時。玉笛頻，翻麗曲錦牋、還寫新辭。

看迎年、淑景咫尺，天街柳色青旂。

垂絲釣

柳眉杏靨，新妝争鬥嬌嫵。夢醒碧窻，喚起鸚䳇。春好駐。傍翠蔭庭宇。情何許，背東風自語。
歲華如駛，年年勞燕來去。舊愁暗數。紅葉曾題句。誰把懽盟負。晴晝午，看絮花飛舞。

醉蓬萊

仲耆自北來，庚季亦先後還吳。小園溽暑方盛，約爲小詞，以消長夏，拈得此調聯句

正竹房風静，薜砌花繁，故人初至。離拆經年，共相憐顀頩。枳
夜色池欄，舊香簾幕，趁晚涼休憩。仲
約住鳴蟬。招來乳燕，閒尋詩思。庚
想念狂遊，倦程南北，扇墜巾偏，酒痕應記。枳
誰識漂零，换幾番塵事。仲
皓月多情，照人鬢鬢，待洗杯同醉。庚
漏瑟潛移，吟壺深坐，天街如水。枳

花犯

賦菊桂

丙申七月，三度悼亡，默然神傷已

步中庭，秋光照眼，天街浄如掃。樹頭霜曉，看麝粟金英，交映林沼。小山舊誦淮南句。伶俜人鬢老。漫更説，東籬霜霰，幽栖孤伴少。
獨憐此花最多情，寒姿似與我，衰顔同葆。凝佇久，闌干外，夢雲飛繞。含愁賦、斷腸錦瑟，弦柱數、華年輕誤了。怎奈向、馨香三嗅，低徊心事悄。

露華

春晚，郊原散策，彳亍行歌，人事天時，頗有遲暮之感

暝煙麗日，又韶華換了，愁斷詩魂。墮紅巷陌，東風微颺車塵。唤賞大隄春色，愛曉光、猶是芳辰。盤馬路、飛花散雪，衆緑藏雲。
當年俊遊堪記，喜到處湖山，歌舞紛紛。輕移短帽，盡教付與閒身。怎夸鬢絲凋瘁，檢舊吟，風物都陳。人事渺，年涯臢憶夢痕。

點絳唇

鄭叔問曾語半塘翁，云蘇州去城數里許，亦有半塘，彩雲橋是一勝跡，宜翁𡰥之，爲異時攬勝者添一佳話。翁賦詞記其説。予僑吴卅載，未之往遊，因步翁詞原韻，賦此以爲它日勝踐之券

楊柳婆娑，半塘只在山塘路，彩雲橋堍，好爲尋春去。

勝跡名同，只合詞仙住。年年誤，風光孤負，欠我留題處。

枳園賸稿

吴興姚肇松亶素

邁陂塘

將歸苕谿，示曹幹伯。壬子

窣簾蔭，燕嬌鶯嬾，東風吹散花絮。平生萬感茫茫意，都付亂絲歧路。誰與訴，把斷夢，愁詩載得歸艎去。塵埃倦旅。賸未老閒身，初凋短髮，心事看天語。尋消息，只在清苕煙雨。櫂歌摇曳何許。忘機未必逢矰繳，不是等閒鷗鷺。君信否。滄海外釣竿，欲拂珊瑚樹。臨分思苦。待脱帽逢君，披裘笑我，握手重延佇。

霜葉飛

寒林鴉陣圖。壬子

斷雲愁暮。郊坰悄，蒼茫秋在霜樹。萬鴉翻陣作軍聲，勢撼驚飈怒。趁落葉、飄蕭亂舞，衝寒何惜勞孱羽。念倦客羈栖，正望極關河，歲晚却還憐汝。遥聽戍角村砧，黄昏剛近，退飛須記歸路。漫從天外説忘機，只恐鷹鸇覷。待結得、鵷鸞侶伴，迴翔重向朝陽去。好更將，春雛引，巢暵高枝，翠蔭深處。

聲聲慢

甲寅除夕

生涯飛絮，身世摶沙，羈孤依舊年年。怨入歌雲驚心。錦瑟朱弦。梅花故園殘臘。盼歸人，芳思纏綿。清漏轉，怕晨鐘、敲斷惆悵樽邊。鐙火堂深密坐。燼燒殘，銀蠅幽意誰憐。數點吳霜，寒消不到華顛。相看眼前兒女，又今宵、同語團欒。春鎮好，問明年花事後先。

掃花遊

拜石圖　丙辰

冷空翠疊，傍蔓草荒地，幻裝林島。化工最巧。峙螺鬟霧濕，倚寒孤峭。獨立蒼茫，慣識煙昏露曉。稱情抱。笑袍笏醉狂，苔路親掃。人事愁易老。怪古貌嶙峋，與君同調。舊知恨少。賸硁硁占卻，滿庭秋好。自惜平生，漫許仙都夢到。對殘照。步松風、客懷千繞。

探芳信

夏日雨後，衆綠方新，山郭水村，風景如畫，郊原散策，日暮始歸，走筆遣興

岫雲黯。恠四山沈沈，煙嵐如染。散雨絲風片，茵茸翠鋪毯。短長亭外蘼蕪路，鵑引天涯感。賦蒹葭、一水蒼茫，亂愁迷覽。

荒岸暮帆斂。看估客船回，矮篷低撑。燕子歸來，茆檐幾度飛瞰。村壚蕩漾青簾影，沽酒誰家店。噪平林、但有昏鴉數點。

滿江紅

西湖泛舟，時己卯秋暮

獵獵西風，便吹散，幽雲恠雨。臨流望，昏黄天色，寒鴉喧樹。咫尺雷鋒孤塔在，躋登未敢披榛莽。汎明湖，煙水自蒼茫，遊情苦。

思往事，愁幾許。年光換，秋誰主。問英雄安在，愴懷今古。莫道成名皆竪子，儒冠終競嘲傖楚。聽潮聲，空作不平鳴，朝還暮。

臺城路

熊栗海寫贈小孤山圖，賦此報謝。丙辰

滄洲殘畫斜陽外，悠悠倦程慵問。澗谷尋盟，關河怨別，猨鶴年年招隱。岩棲未穩。漫輕説狂遊，幻情迷蜃。夢雨秋寒，茂陵顛頷謄蓬鬢。

螺鬟應解换世，劫痕收絹素，空外傳恨。石凳親雲，松寮遲月，銷歇當時高韻。吟身瘦損。對塵壁風煙，自排孤悶。舊跡泥鴻，亂愁偏暗引。

水龍吟

澹臺墓，丙辰

過江心事棲皇，遠遊竟舍宗邦去。斬蛟碎璧，雄姿顧盼，孤蹤遐舉。浄果人天，悠悠千載，空餘抔土。扶殘碑斷碣，高文座誦，英靈仗風雲護。

經亂湖山如故，送斜陽、荒城祠宇。滄桑幾劫，鶴歸華表，孤鳴秋雨。香火塵龕，重來瞻拜，精魂何處？聽松濤怒捲，悲歌動響，和神弦譜。

龍山會

秋聲繞屋，人境蕭廖，獨坐鐙窻，萬端懊恨。丙辰

一夜秋聲碎。雁影沈沈，暗落霜蕪地。結廬人境悄，招隱賦、唯有衰鐙能記。孤興托雲將，更休問、閒鷗亂水。病西風漂藹鈿尺，舊狂慵理。

寂寞樹老苔荒，坐久池閣，借酒杯愁洗。劫灰迷倦眼，吟伫泠、禁説斜陽身世。機字識回文，故情漸、

消沈夢綺。恨未已、待擊劍醉歌，天外倚。

瑞鶴仙

雨後出郭門，桃花已謝，村舍荒涼，用玉田韻悯然賦此，索六生癸叔同作。丁巳

柳煙摇暮雨，看湖陰、籠合清寒如許。愁絲罥春緒，賸花開花謝，仙源何處。繁英亂舞，繞殘枝、悲啼杜宇。訝飛來鶯燕，顛狂却被，絳雲輕誤。　休賦東風詞卷，恨極文通。斷魂南浦。遊程漫數。搴芳約，甚時去。縱藍橋修阻塵緣無份，且自停辛伫苦。倘劉郎别後，重來定逢笑語。

尉遲杯

秋光屢换，歸計淹遲，獨坐沈吟，凄然欲絶。丙辰

垂楊地。又十載，摇落秋聲裏。天涯去日悤悤，都付樓欄愁倚。頹陽照眠，憐客路、河山换羅綺。破高寒、雁響風尖，亂雲狂倦千里。　逡巡劫幻華嚴，嗟顑頷青衫，恁自羈滯。暗燭流塵渾無迹，空夢繞樽前鏡底。深鐙伴、芳馨脈脈，助清怨、蛩蛩咽漏水。笑蒲團、坐老維摩，不知身在何世。

念奴嬌

同靄如、仲民、貞夫三村看桃花歸賦。丁巳

亂花照水，擊空明，雙槳川原廖邈。繚繞稠塘，村畔路，豔錦嬌雲成幄。香色鬘天，濃春長駐，疑是逃秦樂。林間鶯燕，飛鳴如踐芳約。

還向野陌幽探，芒鞋竹杖，笑語風前落。載酒拏舟歸去好，詩思綠楊城郭。睇想藍橋，瓊漿乞取，容我開斟酌。江鄉回望，斷霞紅掛天角。

三部樂

養拙道人夢中得句云：『客去堂虛倦且眠，青山滿眼夢魂邊。白雲茅屋吾將老，静聽鐘聲二十年。』詩作於戊辰之秋，距戊午五十年矣。霞孫出示道人自書小幅，因廣其詩意賦詞，敬題於後。道人爲予之妻祖父。並記。戊午

館閣塵虛，颺一枕夢魂，玉鑪香熟。倦情吟思，都在白雲茅屋。睡鄉外，啼鶴空山，聽寺鐘送響，半天寒綠。夜鐙廿載，渺渺客懷幽獨。

槐柯料驚幻蟻，閉門卧隱寄，寤歌秋曲。幾回解襟酌酒，揮毫移燭。好流光，悵然過目。歸田賦、平生願足。禪趣自悦，惺忪意，應悟蕉鹿。

金縷曲

和六生都門秋感韻。戊午

木落巉岩露，莽中原，夷歌野哭，亂煙黃浦。雌鳳雄龍銜霄去，遑問鵷鸞伴侣。聽俚曲，傷心金縷。幕府清秋陪高宴，歎儒冠，鸜鵒當筵舞。蛇象幻，漫疑誤。紛紛朝暮嗟秦楚。縱危言、能驚四座，幾人知汝。雞犬飛昇尋常事，莫信淮南誑語。問箕潁塵寰何處。大地滄桑三變後，好河山，依舊東華土。姑遁隱，待時舉。

前調

再和前韻。戊午

萬草悲涼露，戰菰蒲，流音在水，雁行橫浦。風馬雲車馳驟地，彳亍難尋舊侣。颭病柳，騷騷千縷。潦倒新停傾濁酒，噪斜陽、看盡昏鴉舞。荆棘蔓，畏歧誤。南遊客子心凄楚。莽浮生、劫波幾世，問誰憐汝。杯琖鐙龕盟神夜，料有天聲似語。識方丈維摩尊處。乞腦剜身重結願，待誅茅，劚破山中土。霄路近便輕舉。

齊天樂

題彊邨老人遺像。乙亥

騎鯨一去無消息，長留鏡容凄悄。校夢虛牀，思悲舊閣，塵跡空餘芳草。憂心似擣，賸傳恨椑銘，返魂華表。睇想丰姿，幾番相對欲談笑。

他年録編尚友，逸民同列傳，争說高蹈。四印宗風，千秋位業，留得荒祠遺貌。叢鈔斷稿，待收拾殘篇。漫違孤抱，咳唾無聲，半龕煙穗繞。

六幺令

寄雨岩家兄湖州。乙亥

雁行聲遠，雲影迷鄉國。去來故情都换，歲月空江側。前度清谿載酒，夢跡模糊覓。年年潮汐，歸心一點，愁擁吟氈歎頭白。

客途經亂恁苦，懽事成拋擲。無語感念生平，欲說如何得。顛頷黄塵滿眼，秋黯河山色。天涯書尺，溫尋别緒，夜雨鐙寒鎮相憶。

月下笛

金靄如摹臨古山水畫册，索題。丙辰

尺幅縑緗，淋漓潑墨，百年圖繪。模山範水。貌真形，宛然似。葫蘆休笑成依樣，睨皴皺、波瀾無二。歎精心結撰，傳神阿堵，此詣今幾。

凝睇，非耶是。恁染出丹青，别饒丰致。寰中象外，參來如悟禪諦。江山文藻憑想象，藉收入滄洲畫史。漫輕付，便有人珎重，大筆誰繼。

綺寮怨

送許疑庵歸黃山，用清真韻。己巳

過眼鶯花都換，酒邊愁未醒。駐短策、顧影斜陽，河山感、坐對新亭。勞人行歌互答，垂楊道、倦睫相向青。奈暮途、送客年年，銷魂賦、淚墨懷袖盈。悵望渡江雁程，松陵客去，何時再見題瓊。玉笛風清，問流韻、遣誰聽。征帆漸迷煙樹，念路杳、若爲情。春蔭覆城，鵑聲到耳處，花事零。

荔枝香近

洪澤丞閩遊，賦此贈别。甲戌

夢雨吳淞秋思，聞雁苦。漸覺海國新寒，潮信催朝暮。無端説與銷魂，萬感離辭賦。禁見閃閃船旗被風舞。良會短，悵今夜同樽俎。去水流萍，愁隔萬重江路。殘笛參差，咽斷驪歌送行處。月冷灘頭延佇。

前調

澤丞依調寄和，再賦答之。甲戌

稻蟹東籬鐙暗，瓊絮語。忍辜佳節黃花，不作從客住。纔看月冷蠻荒，鴈影橫風去。飄墮渡海新詞又重賦。

人意好，但促拍吟情苦。白首無歸，應惜瘴江爲旅。笻屐登臨，定有名流似星聚。念遠還傳心素。

惜秋華

丁丑秋，戰禍方亟，索居吳門，百感交並，譜此寄海上諸友

夢冷楓橋，問瞿曇、小劫而今何世。卅載亂離，驚看障天兵氣。高秋夜捲西風，蔽海角、煙塵昏翳。荒城，畔啼烏、落月添人愁思。

前度俊遊記，聽詩聲斷續，知音餘幾。客意漸，慵漫説、酒濃花醉。游移鐙細寫書詞，待締結、歐盟千庭院里。凝睇。望春江、暮雲寒水。

思佳客

丙辰除夕，和夢窻癸卯除夕韻

自拂青銅照鬢華，廿年殘客尚天涯。江空歲晚真何計，酒醒香消只憶家。

宮羽換，景光賒，闇將心事卜鐙花。痴呆欲向街頭賣，羞逐兒童笑語嘩。

喜遷鶯

戊午元夕，和梅谿元夕韻

檐聲餘滴，料今夜月明，片雲愁隔。照酒花腴，移鐙香媚，寒入曉簾風直。六街人語動。争忍説，滿城

春色。鎮無奈，對蓬門舊節，獨醉詞客。陳跡。賸怨憶渺渺，倦情且聽閒簫笛。罨畫樓臺，敲詩闌檻，梅柳暗催晴碧。跨鼇成故事。天路窄，何時攀歷。漫自惜，正物華新换，生意林隙。

臺城路

戊午春日，重謁澹臺墓感賦

寒鴉衰草斜陽外，荒祠近鄰蘇圃。殿閣塵封，階墀蘚澀，無復當時鐘鼓。徘徊悵佇。賸陳跡淒迷，故丘黄土。散步追尋，斷碑零落忍重撫。

驚心人事代謝，九州今换世，遑問前古。祀典銷沈，英靈闃寂，呵壁誰問天語。愁陰帝所。料精魄飛昇，此懷難訴。酹酒蒼茫，怨啼聽杜宇。

綺寮怨

秋齋夜坐，風送漏聲，静對畫圖，聊復寄興。戊午

畫裏林容秋瘦，晚蟬留恨聲。看繞屋，賸有斜陽，鄰鐘動，欲歎還驚。疏簾寒侵漏瑟，朦朧地，夢跡愁未明。恠鏡涯，歲月欺人，平戹感，鬢髮餘亂星。

眷眷白鷗舊盟。江湖事影，何堪絮語殘鐙。俊約無憑，把閒淚，向誰傾。頹雲四圍天異，便卧隱，甚心情。高歌自聽，虚庭静夜坐，風露清。

惜紅衣

鄭叔問挽詞。戊午

夢墮鬘雲，愁消鬢雪，愛吟窮日。幻想芝崦，仙都篆瑤碧。承明事往，嗟萬感蘭臺蹤跡。人寂，殘稿霜花，疊空牀塵積。

羈臣故國，廿載南冠，攀天淚沾臆。鸞坡舊是，上客竟誰識。大隱市朝何礙，幽恨此生難釋。望虎山不見，招汝魂兮寒食。

鷓鴣天

丁巳

已分今宵呪酒巵。新聲誰與唱楊枝。心情只爲聽鶯嬾，身世還因覆鹿迷。

愁眼斷，恨腸回。憑欄人散悵春歸。蹉跎何幸留青鬢，贏得東風鏡裏姿。

齊天樂

秋日浮湘至漢，溯江而下，渡鄱陽湖，望廬山雲霧溟濛。片帆飛渡，拂曉，舟抵吴城，悵然有作。丁巳

寒潮先换秋聲到，煙嵐四圍山暝。石洞重經，姑塘信宿，猶憶歸舟情景。檣鐙顫影，照千頃湖光，盪愁無定，岸嵴沙平，廖花風急雁栖冷。

鑪峰雲霧在眼。恨茅廬未葺，休問禪静。遠寺聽鐘，孤篷蔽月，應發中宵深省。詩心自警，漫句引閒鷗，笑人蓬梗。一夕波濤，枕函摇夢醒。

繞佛閣

重九，虎丘登高。戊午

半天梵響，山寺背郭，秋在高樹。嘶騎來去，笑看帽影鞭絲指前路。霸吳片土，岡阜勢聳，争説馮虎。彌望榛莽。但餘壞塔荒墳吊千古。舊約賸殘客，縱得重遊詩思苦。還怕亂愁無端相賺。誤對滿馬西風，衰鬢羈旅。冷香凭處。歎劍氣消沈，心事誰語。步危梯、幾番延佇。

江神子

柳

晴煙低颺白沙隄。草萋萋，囀黄鸝。千樹垂楊，如綫又如絲。陌路問誰青眼顧，偏爲我，弄嬌姿。章臺光景昔遊非。到春期，繫相思。張緒風流，不似少年時。多謝紅妝樓上女，金縷曲，唱新詞。

芳草渡

辛未立冬

燭淚灺，聽漏滴金壺，坐移吟曉。正月斜風定，寒聲又動啼鳥。秋事都過了，看芙蓉霜飽。歎歲晚，曲曲屏山，却恨天杳。

長嘯。九霄梵響，漫許仙都憑夢到。笑一世、浮蹤聚散，飛鴻賸泥爪。鬢絲老矣，算只有、冬心能葆。對舊節，慨想承平少小。

滿江紅

孺子亭秋眺。丁巳

寂寞秋心，那堪聽，嚴城畫角。悲風盪、湖波如麹，尋巢喧雀。萬柳隄空煙草暮，百花洲冷霜鴻落。倚危亭、惆悵日沈西，懷高躅。

朝市事，非昔若。田園在，歸耕樂。溯遺縱千載，舊廬依郭。愧我淹留棲市井，輸君遁隱潛丘壑。把漁樵身世，寄團焦，谿山約。

喜遷鶯

六生司榷南康，賦詞留別，次韻和之。丁巳

深鐙談聚，鎮長夜共聽，虛檐風雨。鵑怨迷春，驪歌催別，慵按舊時塵譜。酒醒夢華都散，津驛張帆人去。黯魂斷，泝流紅千浪，愁生南浦。

歧誤。川路迴，斜日亂峰，疊鼓嚴關暮。移櫂儲潭，灘聲迎客，重向危磯呼渡。鬱孤晚晴憑眺，應惜江山非故。試芳酎，對瓊花新詠，郵箋傳與。

尉遲杯

春寒獨坐，喜舊僚忽至，劇談盡醉。亂後故知落落似晨星矣。乙卯

衡門下。夜月冷，松影闌干亞。翩然有客來思，閒共西窗情話。風塵鬢老，休説與、庭花幾開謝。記分携、歧路彷徨，劇談猶自悲詫。朋簪舊日同遊，曾藜杖尋春，畫舸消夏。扇墜巾偏俱陳跡，誰更向、垂楊繫馬。逡巡歎、蟲沙小劫，數殘漏、空堂燭淚灺。且高歌、莫訴漂藴，洗杯呼酒重把。

探芳信

大雨如注，齋坐寡懽，和草窗。乙卯

鎮長晝。但遣悶尋詩，淘憂仗酒。過香風花信，芳菲那如舊。沈陰凄結箜篌怨，彈破冰弦瘦。思愔愔，霧谷迷窗，雨繩穿甃。

春事去何驟，賸愁轉腸輪，恨堆眉岫。斷送年光，殘鵑罷啼否。榮華輕被懽盟誤，攬鏡羞蓬首。稱蕭閒，門揜荒苔亂柳。

八聲甘州

又繁霜一夜下西樓，晴林絢楓丹。但孤雲爲侶，殘鵑共語，凭斷危欄。最苦黄塵滿地，射眼怯風酸。回首輪蹄路，勞夢知還。

安得羲和回馭，把劫灰飛盡，變海成田。奈過江人老，歌哭滯佳年。鳥空啼，六朝如夢，問緑楊、何處泊歸船。招漁隱，向蘆中去，月落湖天。

木蘭花慢

葉仲鸞海上貽書，語多哀怨，賦此寄懷。壬子

恁塵沙衮衮，便摇落舊江山。悵燕雁分飛，行蹤浪跡，羈旅鰥鰥。悲懽細尋昔夢，笑懵騰、推枕寤邯鄲。重唱湖樓水調，頓教愁起闌干。

雲端飛下翎箋書。易盡恨難傳。歎老去光陰，滄桑幾變，蓬梗誰憐。凄然自傷待死，抱無窮、哀怨寫纏綿。佇看春風柳色，上林還見鶯遷。

芳草渡

人事代謝，親舊凋零，傷今感昔，凄然成詠

物外想，甚噪鵲啼鴉，變聲顛倒。簸劫波塵裏，蒲團放眼西笑。彈指千偈了，俄虚庭香繞。换世苦，去

未因緣，却向誰道。

堪料。網絲導引，一鬲蟲天隨漏杳。看日冷，青山到處，凄迷賸芳草。此時此意，漫訴與、明鐙杯珓。鎮太息，幻盡春婆夢老。

祭天神

滬上閒居，忽忽經歲，秋風老矣，人事翛然，翦鐙賦此，不知憂來之何從也。辛未

看帶霜楓葉紅如染。背寒林、晚景歸飛鴉數點。思量故里黃花，醉賞清懽欠。况經年獨卧荒江，秋陰黯。白髮短，愁來釅。

怎禁得、衰病西風感。關河阻，腸寸結，夢遠回鐙暗。歎如今、羈情搖落，生事棲皇，鎮日無憀，自把塵心懺。

龍山會

秋窻夜坐，薄酒自娛，獨對黄花，頗有東籬之想

月照寒窻罅，落葉聲中，樹影闌干亞。暮天涼吹起，吟伫久、鴻陣啼霜初下。荒徑蹋蒼苔，最堪愛、秋容澹冶。念東籬，猶存晉菊，瘦香飄灑。

休憶萬柳湖隄，俊賞清懽，趂輭塵驕馬。舊遊歌舞換，人境悄，無復華鐙春夜。鵑語不堪聽，蕩愁借深杯快瀉。醉後捨，待一笑短瓢枝上掛。

綺寮怨

曉春即事

傍水闌干低亞，早寒慳放晴。媚曉色，翠柳新荑，東風裏，對語流鶯。依然春城故國，江天遠，極目雲氣冥。念退閒，歲月婆娑，吟身老，澗谷懷素盟。

獨坐亂愁漸生。年涯暗數，芳菲未是無情。怨笛飛聲，揜襟袖，倚樓聽。青衫酒痕猶在，肯道我，舊狂名。胡牀倦憑。懵騰大夢外，誰醉醒。

祝英臺近

鶴

守松門，穿竹徑，得意振毛羽。月夜緱山，清唳近仙府。記曾飛下蓬萊，迴翔高睨，鎮相伴、鵷鸞儔侶。

者番誤，何事輕觸樊籠，悲鳴對秋雨。筱鳳栖皇，心期共誰語。看君丹頂依然，砉然長嘯。好重到、碧天高處。

繞佛閣

重陽前一日大風雨，次日放晴，彊邨約往虎丘登高，孝先亦至，日晡始歸。庚午

亂塵暮起，雲外鼓角，淒和砧杵。涼夜疏雨，怕聞隱隱秋聲到庭樹。

倦遊厭旅，樓望四遠，唯念吾土。慵對樽俎。縱教宴賞佳辰爲誰賦。帽落記前迹，佇想龍山迷處所。何況吹臺霜歌無好句。漫更插茱萸，衰鬢垂縷。馬蹄歸去。趂病柳斜陽，邨莊人語。動愁心、歲華飛羽。

早梅芳近

寒夜不寐，翌日將歸苕谿，時聞浙東有警。壬申

井梧凋，籬菊老，向夕房櫳悄。帷鐙窺影，巷柝催更亂愁繞。夢輕羅被窄，漏轉吟壺窈。正星稀月墮，窻外已天曉。路多歧。信又杳。思落西風表。纔聽羌笛，又起邊笳度雲杪。壯游成苦憶，老嬾餘孤抱。記關河，片帆隨去鳥。

惜黄花慢

有懷西湖，兼寄杭州舊友。癸酉

別記西泠，正帶霜雁起，波落寒汀。畫船通市，載花載酒，笙簫墮水，攙入秋聲。桂花冷浸三潭月，暮風送、鐘響南屏。念去程、舊遊十載，離思牽縈。兵塵漫説曾經，望堠烽間阻，魂夢猶驚。斷腸人在，黛蛾怨抑，清懽事往，虛負鷗盟。釣蓑欲趂回潮去，隔江看、鴉陣縱横。寄故情，夜深自剔銀鐙。

薄倖

小窻聽雨，羇緒緜緜，追憶昔遊，都成悔恨，譜此寫懷。癸酉

寒窻淒凝，待一一、悲懽細證。漫更説風光流轉，牽引文園愁病。記俊遊、佳約年年，呼鷹走馬争豪逞。奈織錦機閒，傳箋書杳，都付殘鐙事影。自换了鬘天後，渾不見碧城高夐。尋思到舊譜，清詞歌響，隔簾生怕籠鸚聽。却安排定，伴鑪香茗椀，冥心伫想蒲團静。華胥夢覺，哪管銅壺漏冷。

祝英臺近

鷄

井欄邊，籬院側，生小慣棲止。高士閒窻，相對話玄理。愛他毛羽豐時，雄冠鐵距，最堪聽、啼聲初起。記前事。曾向麓圃藏名，長爲朔翁矣。安土無依，闤廛又屋市。早知身世蹉跎，驚心遲暮。不應負三號深意。

摸魚子

上巳，郊原散步，偶憩橋亭，即目感賦。戊寅

瞰東皋、霧收煙斂，晴光紅映林樹。重三令節清明近，花信幾番慵數。教説與，便觴詠流連，只恐無安

土。它鄉厭旅。對禁火蕭辰，湔蘭佳會，愁坐甚情緒。

春人伴，一例搏沙散雨。東園無復詞賦。樓臺盡有閒風月，空見燕來鶯去。遊興阻。況頭白滄江，已被鴟夷誤。蹉跎恁補。賸肝肺槎枒，鬢眉冰雪，銷盡幾今古。

渡江雲

秋窻夜雨，蛩韻凄然，寄懷海上諸友。己卯

寒蛩喧永夜，井梧墮葉，次第起秋聲。夢淞頻卧雨，借問訊何時，馬足數行程。江湖浪跡，尚記得、煙水鷗盟。還更尋，隔鄰鶯友，邂逅語平生。

愁凝。歌紈花外，舞影鐙前，戀繁華人境。渾未覺江天啼鴈，遼海翻鯨。心魂到此須相守，待歲窮，堅忍伶俜。吟思悄，空堂漏滴蘭更。

瑶華

許慕涑自揚州貽書爲言，陳含光惠之兄弟、周壽人、張甘泉、鮑婁先五君相念之雅。五君者，皆擅詩詞書畫之能事。爰譜此調寄懷。丙戌

新霜飽菊，冷露黏桐，正小庭秋寂。來鴻去燕，應笑我、羈旅江關詞客。題襟捐佩，記裘馬、當年遊跡。自夢華、飄墮蟲天，頓減鐙前歌力。

高樓換幾陰晴，對殘破江山，髮鬢成白。鷗盟鷺約，憑念省、十里揚州簫笛。酒人誰健，障望眼浮雲西

北。想二分明月依然，報與吟窻消息。

明月引

和草窻寄恨之作

滿江春水冷蕭蕭。去來潮，盼歸橈。不見玉人，何處聽吹簫。目斷蘼蕪天際路，思黯黯，倚闌干，清淚飄。

愁多怨多清興消。問芳遊，誰見招。傷春傷別，顰眉恨、畫筆難描。一刻千金，無計度春宵。幾樹杜鵑聲又急。憑悵望，綠楊蔭，紅板橋。

梅子黃時雨

冬宵獨坐，冷月窺窻，寂寥之境，別有會心。戊子

顦顇河山，念垂老倦遊，身世蓬梗。問故里梅花，一枝誰賸。衡泌不成歸隱計，每逢佳節無佳興。侵詩境。月上小樓，猶帶霜冷。

形影。行歌相贈。笑朱顔白髮，慚負明鏡。睇池館飛葭，陽回時令。莫漫沈吟催雪句，且斟綠醑偎蘭檠。春光永，伫看出牆紅杏。

木蘭花　八首

和小山韻。丁丑

荼蘼庭院春光暮，乍見新泥添燕户。隔牆風過數榆錢，捲幔雨餘粘柳絮。
年年夢斷分襟處，青鳥不來人獨去，欲憑雙鯉寄相思，千里波濤江上路。

華鐙初上朱樓暮，自唱新詞留客住。秋千猶罥綠楊蔭，驄馬已嘶芳草路。
天涯樽酒重相遇，笑語懽時君又去。君歸應見六朝山，是我舊曾題壁處。

水晶簾下通情愫，銀甲擘弦斜雁柱。驚回蝴蝶夢初醒，啼罷杜鵑春已去。
阿儂家傍西湖住，蓮葉滿湖魚唼絮。采蓮不敢近郎船，怕有鴛鴦波底覷。

檐花亂落紅成陣，知是東風寒食近。倚欄呵手試新妝，消息欲從鸚語問。
飛鴻幾度傳音信，春草春波添春恨。蘼蕪多處是斜陽，只恐蘼蕪天外盡。

當時不合開籬宴，輕櫳四弦彈别怨。歌聲纔向酒邊停，淚點又看襟上徧。
牽衣祝願身長健，怕聽驪歌催客散。倡條冶葉莫相關，記取臨分私語勸。

闌干盝曲蕉蔭静，漏滴銅龍花外聽。綠窗鐙灺海棠開，星眼朦朧春睡醒。
晚妝纔罷收菱鏡，小立池館頻顧影。井邊休轉轆轤聲，轉向心頭偏不定。

嬌慵丰韻天然好，天付聰明知事早。羅衣恰稱瘦腰身，窈窕年華方少小。相思掇取紅心草，但願懽長離別少。莫拋歲月等閒過，滿院鶯花啼又笑。

相知却很相逢晚，説到相逢勞望眼。歸舟應是趂潮回，日日江頭春水滿。月斜樓上疏鐘斷，金鴨香銷鑪燼暝。懽娛唯有夢中期，最苦晝長愁夜短。

宴清都

賦瓶花簃瓶中芍藥

步繞湘簾底。香雲暝，金壺穠豔多麗。葳蕤嫩蕚，妖嬈秀質，一枝流媚。臨窗顧影亭亭，旋照眼、新妝净洗。更念想，綽約丰姿，雕欄護惜苞蘂。

書帷伴幾昏晨，玉娥醉醒，難比嬌膩。斜橫插處，輕憐細閲，汎杯婪尾。揚州夢憶前度，恣玩賞、春光旖旎。料招邀，宰相來時，帽檐露泚。

霓裳中序第一

春夜獨往，街頭鐙火繁華，益增愁思。仿白石譜賦此古調，借寫予憂，和鹿潭韻。壬午

江湖賸浪跡，縱得還家猶是客。筇杖獨行路側，看歌扇舞衫，街簾鐙夕。身無鳳翼，料上天、難藉風

力。遲回盼，碧城信約，杳隔暮雲白。迷隙，萬塵紅積，仗酒破愁城，勁敵華胥。思念故國，一枕荒唐，好句留壁。亂鶯啼又急，似笑我，章臺舊識。春光好，旗亭懽宴，仍聽紫雲笛。

思佳客

展重陽。壬午

曾記登高作賦時，清遊争趂菊花期。西風又展東籬宴，笑把茱萸汎酒巵。思舊事，詠新詩。題糕夢得鬢毛衰。風流卅載成銷歇，何限平戹故國思。

水調歌頭

甲午歲旦放晴，賦此紀事

日出照林表，鵲噪繞庭隈。茗煙燻破殘夢，促漏隔簾催。争道東風換了，消盡南枝寒氣，木筆已先開。花外鬧簫鼓，鶯燕兩無猜。珮環響，綵鸞信，定還來。何郎準擬，詞賦付與彼多纔。天際垂楊新碧，樓角春聲纔動。依舊豔陽回。閒坐綠窻底，情話好追陪。

最高樓

登城隍山，醉題僧壁。甲申

吳山上，策馬到層崖。兹興亦悠哉。雁聲寒帶新霜落，菊花蔓繞夕陽開。聽胥濤，朝復暮，去還來。恨不見、孫登同學嘯。更不遇，遠公從問道。嗟歲月，老塵埃。偶尋頑石觀奇跡，且呼濁酒慰秋懷。趂天風，邀鶴語，話蓬萊。

滿江紅

春窻鐙灺，寥寂寡懽，兀坐孤吟，不勝今昔之感。乙酉

寂寞寒宵，又勾起，牢愁寸結。朦朧記，江湖塵夢，年涯傷别。燒燭重聽今夜雨，携琴不見當時月。問鶯花，啼笑爲誰春，含情説。騷雅變，音響絶。宫商譜，從銷歇。任金丹，難换建安詩骨。不與傖兒争苦李，卻思鄉邑歌旄葛。歎清風，林下闃無人，身如孑。

慶春澤

秣陵重到，景物全非，邂逅一二舊友，酒壚沽醉，窮春倦旅，聊解離憂，時乙酉冬暮

靈谷雲封，秦淮水咽，蕭條劫後河山。坊巷人家，空餘草樹寒煙，東風如海鵑啼苦。似最憐、客思幽

單。醉黄壚，鐙火宵分，笑語憑欄。
六朝金粉今何在，只無愁商女，舊曲重翻。我亦能歌，狂呼定子當筵。樊川落拓揚州夢，省倦遊、情味凄然。况驚心，鼓角聲中，殘月江天。

燭影摇紅

丙戌正月初三日，立春，時將滬遊

春入椒杯，消寒先試屠蘇酒。彎環弓勢月初三，窺幔纖娥瘦。倦擁貂裘袖手。聽虛堂、銀籤轉漏。佳辰今日，年少承平，含情回首。
坊里人家，歲時景物都非舊。等閒留命看貞元，愁絶支離叟。賃廡前盟記否。料紅梅、檐梢佇久。新鶯啼處，催送車塵，東風楊柳。

醉落魄

疏桐葉落，銀蟾偷覷紅欄角。壓枝金粟濃香撲。步繞花蔭，涼浸袖羅薄。
詩腸到此清如濯，秋風又與愁人約。沈郎垂老詩肩削。脈脈心情，唯有亂蛩覺。

更漏子

和酒邊

大隄邊，流水上，翠柳紅妝相向。歌扇月，酒旗風，去年同不同。

鴈傳更，蛩和杼，曾記小窻深處。悲景物，對江山，無言獨倚欄。

早梅芳近

越立冬浹尋，天氣喧晴，頗動探梅之興。庚寅

日華喧，霜信準，恰喜陽春近。南枝偎暝，嫩萼含姿報芳訊。捲簾乾鵲噪汲井遊蜂趂待巡，檐索笑，消息向花問。

誤歸期。懷舊隱。倦客餘霜鬢。扶頭酣飲，抱膝長吟且隨分。作羹思鼎味，攬鏡調妝粉。溯年涯，別愁偏暗引。

玉樓春

和六一

尋芳日到花深處，哪管蘼蕪江上路。貪看春色嬾歸來，忽忽不知天已暮。

花明柳暗渾無數，鬢縷愁絲如亂絮。笑它鶯燕爲春忙，站得高枝來又去。

臺城路

賦巢氏幾園。園爲宋朱勔舊址，巢氏購其一畝，園内有瓔珞柏一株、古井一方，皆宋時舊物

林園一角斜陽裏，年光四朝驚換。井冽寒泉，牆欹古柏，曾閱滄桑三變。吳城舊苑。喜風物鮮新，傍家池館。户牖玲瓏，聿來胥宇有雙燕。千叢書帶蔓繞，愛青青秀色，摇漾虚幔。兔管晨鈔，蚖膏夜讀，贏得襟懷蕭散。塵清市遠，伴梅竹孤貞。故山忘返。晦跡潛修，閉門娱歲晚。

滿江紅

重修明代督師袁崇焕祠墓感賦。咫社詞集

志决身殲，算遺恨，興亡結局。當年事，權奸猜忌，禍貽朝國。却聽鼓鼙思將帥，豈圖貝錦成冤獄。最傷心紫市血花寒，途人哭。黄鳥詠，誰可贖，符鳩歎，歌聲促。付奴星收骨，北邙山麓。孤冢猶循封樹典，荒祠重撫碑銘讀。薦馨香、千載壁忠魂，風雲肅。

綠意

賦菖蒲。菖蒲羌無故實，不能詠歎，偶閱白香山《開元寺東池早春》詩，有『簇簇青泥中，菖蒲葉如劍』二語，因取其詩意賦之

何來劍吷。蘸水泉焠礪，鋒芒事發。簇簇青泥，萌甲叢生，渾似匣龍初掣。開元寺裏香山句，漬澹墨、東池題葉。覷怒芽、迸出星紋，錯認鑄成神物。

應許鬬邪指佞，引同類，共葆孤根清節。記省堯年，甘露鄉雲，曾伴土階蓂莢。淋漓元氣含剛健，料不受、驚風吹折。請試看、一片寒光，閃映滿天明月。

探芳信

谿橋訪友，邀飲籬頭，初夏日長，頗有閒閒之樂

送春後，信馬蹄驕行，蹋花歸否。看酒旗飄颺，樓前蔭榆柳。半篙新漲漁磯小，曬網鸕鷀守。正江鄉、刈麥光陰，熟梅時候。苔徑翠如繡。撿白板雙扉，閒消清晝。一抹山容，螺鬟畫出雲岫。重來還認啼鶯路，去去頻回首。步林皋，但見昏鴉伫久。

月華清

癸巳八月既望，園坐對月，追憶庚子京城之亂，猶有餘悸。展讀庚子秋詞，前塵可記，人事都非，拈調賦詞，百感交集。和半塘翁韻

桂蘂瑶宮，梧蔭金井，倚欄人在畫圖。翦取秋光，做弄一亭瀟灑。繡簾捲、犀押涼侵。翠袖薄、鴨鑪香惹。休話，憶當年此日，夢魂猶怕。忍説簪裾燕暇，縱選韻分題，錦箋慵砑。念往傷離，引起亂愁今夜。問誰記、舊事淒迷，空賸得、短歌狂寫。堪借，奈高寒玉宇，彩虹難跨。

一絡索

和鹿潭韻

楊柳樓臺煙鎖，子規啼破。落花如雪不開門，怕幾陣、春風過。
料得隔簾鐙火。個儂愁坐。夜長猶自擁鑪溫，覷窗外，銀蟾墮。

淒涼犯

鄰家一鶴，失去久矣，聞聲在空谷中，饑且病，賦此嘲飼鶴者。癸亥

忽聞健翮驚飛去，青冥一望寥廓。冷雲四野，塵沙滿地，暮天蹭蹬。鳴蔭自若，玩爻象曾靡平聲好爵。伴吹笙、緱山夜月，對影聽仙樂。
休道滄洲外，幾許鵁鶄，盡多雕鶚。舊情故在，到而今、竟成拋卻。漫許同群。怕從此相逢濬漠。恨園館、孰肯豢養更念著。

望江南

和東坡

春漸老，風起柳枝斜。行過東園園外路，路旁芳樹隔牆花。牆外幾人家。
歸燕語，重認故巢嗟。石鼎不聞聯好句，竹鑪猶說煮新茶。辜負好年華。

清平樂

擬後山

黄花滿地。誰會深秋意。鳥雀喧争林果墜。錯亂枯枰棊子。

披襟行徧回廊。微聞天桂飛香。鉤起一簾新月。廣寒分得清涼。

玉京謡

禰正平墓在鸚鵡洲，無憑弔者，感而賦此

屐步隨汀草，近水斜陽，吊影荒洲暮。待訪殘碑，遺蹤空賸抔土。化碧血千載冤魂，歎作賦、猶傳鸚鵡。衰楊路，秋墳鬼哭，誰憐孤露。

三分已定中原，謾罵當筵，念此心獨苦。一闋漁陽，悲涼如挾風雨。壯氣留、湯火餘生，誤薦刺、尺書輕赴。君莫怒，多事大兒文舉。

水龍吟

秋宵團坐，感昔傷今

寥天征雁聲中，忽驚歲月匆匆過。江關旅寄，詞場結習，而今仍我。顛頷河山，去來潮汐，閉門酣卧。念瀛洲海客，談空説有，何時對、秋鐙坐。

休問風雷掀簸，毁乾坤、無情劫火。塵埃褦襶，忘機息影，如何是可。花竹清寒，闌干拍徧，孤吟誰和！算平生贏得，崚嶒瘦骨，忍黔婁餓。

摸魚子

上巳，玄妙觀茗坐，公孟、雲笙、壽民先至，仿白石體

照春城，霽霞成綺，鳥啼聲在高樹。題名多少探花客，經換幾番新故。行且語，漫疑是，蘭亭禊事今再舉。叢玲碎杵。對金碧琳宫，從客茗話，塵外得真趣。

徘徊望，到處餳簫戲鼓，追懽無限情緒。老夫耄矣閒厮趂，談笑倦饒風措。忘尒汝，更不管，開軒領客誰是主。芳程倦數，看鴟吻斜陽，衫痕帽影，歸騎尚延佇。

石湖仙

交親誰是。算心事平生，都付流水。閒坐閲桑田，漫吟秋、憑高灑淚。當闗豺虎，怎錯恠、惡憎蘭佩。天醉。看霸纔、出世猶未。

臨風幾番叱咤，歎年光、而今逝矣。劍映紅銷、獨力難剸犀兕。大澤鴻嗷，極邊笳吹，夢醒何世。愁且悴。登樓悵望雲氣。

補録

木蘭花慢

庚午秋日，重至豫章，過城南繩金塔下感賦

過蕭關繫馬，指前路，灌嬰城。瞰瘦影巍巍，一枝如筆，寫入青冥。曾經。海桑幾劫，賸浮圖終古此孤撑。猶有昏鴉數點，半天凄送寒聲。

行行。野老逢迎。驚短鬢、話餘生。問當年三宿，空桑愈否，應自關情。霜晴。塔鈴似語，和齋鐘殘響帶愁聽。誰識千年化鶴，令威何事留名。

祝英臺近

丙辰春日，送金藹如之江南軍幕

悵流萍，歌折柳，寂寞送行路。風浪宮亭，人趁晚船去。盡教添燭傳杯，溫香圍坐，只留取霎時延佇。

聽君語。十年殘劫天涯，行藏兩無憂。心事迷離，而今爲誰誤。可憐春盡江南，六朝如夢。又腸斷、落花飛絮。

珎珠簾

劫灰燼冷遊仙渺，停雲思、太息年涯生老。殘淚濕征袍，記醞愁多少。舊日春明花事苦。但悵結，邊城芳草昏曉。念承平，儔侶寂寞藜藿。聞到白髮華簪，對東園樽俎，從容談笑。斷夢隔，湖天定，幾縈懷抱。換羽移宮心事嬾，忍更翻、琵琶新調。淒悄。只百感茫茫，回欄千繞。

轆轤金井

丁酉閏中秋，夜坐對月，歎逝傷離，愴然有作

井梧飄葉畫欄邊，幾點露螢光小。觸引愁懷，把詩情閒了，霓裳韻悄。哪忍聽、管弦喧鬧。兩度中秋，無心更理、相思淒調。

樽前拚(去)接，䍦醉倒放，珠簾不捲，玉鑪香裊。短帽輕衫，怯今年霜早。仙遊夢杳，更休說、廣寒曾到。斗轉參橫，鷄聲隔院，又催天曉。

邁陂塘

春雨峭寒，過西城舊居感賦

翳孤城，半天愁霧，歸鴉千點翻墨。泥塗躑躅經行路，猶記繚牆荒宅。羈思惻，怕裘帽，婆娑定有驚龍識。臨流佇立，看野水粼粼，石橋西堍，煙縷翠如織。

題詩處，空賸苔痕四壁，東風吹破紅碧。黃昏又送瀟瀟雨，遮斷蒨紗窻黑。誰耐得，殘燭外，年涯影事零星憶。寒梅舊色，正別後花時，凝情慵訴，惆悵再來客。

木蘭花慢

重過虎丘

映湖波鬢短，又十載，我重經。睇去鳥歸雲，廖天萬里，冰雪荒荆。躋登冷香舊閣，賸梅花、獨有故人情。遥指浮屠絶頂，斜陽曾照衰興。

鵑聲啼血怨難平。惆悵帶愁聽。念歲華如掃，優曇影散，凄斷榛苓。霜晴暮山絢紫，看關河、殘霸著餘腥。欲問桑田幾劫，有人閒話橋亭。

探芳信

東湖春感，和草窗韻。重録

困遲晝。漫小宴吞花，餘酲卧酒。聽隔鄰鶯燕，歌聲漸非舊。遊絲飛絮渾無定，摇曳春魂瘦。閉閒門、砌草穿簾，井泉添甃。

今古去來驟。問南浦煙波，西山雲岫。幾閲滄桑，猶似昔時否。畫船簫鼓歸何處，凝望凄回首。步長隄，空惜當年萬柳。

解佩令

和梅谿韻

春回桃塢，風吹花霧。念東皇何曾輕付，賺取遊情倦。眷戀不思歸去，待拈毫、更吟秀句。相逢幾度，相憐幾度。怕籠鶯瞞人傳語。晝燭良宵，聽豔歌、深深堂廡。記明朝，醉香舊處。

摸魚子

待逢君、一杯相勸，覽言休笑狂瞽。樂工文士都消歇，空賸斷宮零羽。君莫妒。漫更想、銅琶鐵板教歌舞。孤吟自苦。算六律銷亡，四聲錯認，痞口説依據。江湖際。多少名流俊侶，騷壇争樹旗鼓。南唐北宋源流别，試問孰登堂廡。君聽取，便解得，偷聲减字終何補。殷勤寄語，從夕篡晨鈔，灾棃祟棗，不是舊簫譜。

附詞説寱語

詞之音律，自南宋以後即已失傳。元明至今，雖有侈談音律者散見諸書，强半隔靴搔癢之語。萬紅友之《詞律》，不過舉一人之詞而以它作之四聲證明而已。平、上、去、入四韻，句中之入聲係以之作平作去上，即押韻亦同。然入聲之能作平作去上，有《詞林正韻》可以檢查，唐宋人詞多半如此。然取其詞與詞韻比证，亦有參差之處。近世人填詞，專談四聲，以宋人詞爲比例，平則平，去上則去上，入則入，以爲循此四聲，即已得詞之三昧、畢詞之能事，斤斤焉自得也，而詞之篇段字句不事講求，滿篇先將平、上、去、入强爲鑿枘，至不成句。一詞既出，群相附和，互爲標榜。囊中富有之子，則亟亟刻稿行世，以鳴得意。竊有可恠者，世人又知推尊王半塘、鄭叔問、譚仲修、張皋文爲大詞宗，而不知此四人者，皆不循四聲者也。朱古微中年從半塘學詞，又爲半塘校正夢窻詞至四五次，彊邨遂專學夢窻矣，後學來問，則教其讀夢窻詞，依其四聲。世人遂爲彊邨所誤而不知返。然夢窻詞因四聲之故，以致艱深晦澀，而亦自有流暢和諧之作。後人舍長取短，刻鵠類鶩，著於謬種流傳，殊爲可歎。愚以爲，學詞者每填一調，先安排篇段字句，再注意詞中之入聲字作平作仄，則不至於失粘，填成自能吟諷，反之，即不得謂之詞。再以四聲論，唐代之詞多小令，宋時亦多，何以無論及四聲者，豈長調獨有四聲，小令遂無四聲？却則又以何説解之也？近世人不惟守四聲也，又最喜填難調僻調，以爲因難見巧，以僻矜能，不知難調僻調，清真、白石、草窻、玉田、碧山、夢窻、梅谿皆不多填。此種調譜，當時必有音律，然明清以來，無人校對韻句，訛錯無人得知，傳之既久，面目失真，謬誤相仍，莫可容詰。周、姜諸人所填之調不下千餘，一生用之不盡，則又何必以難與僻自矜其能。從前南京之如社、蘇州之六一消夏消寒集，群相填用，殊堪噴飯。世人皆先知作詩，而後作詞，詩又多取法於郊、島、山谷、宛陵，已成詰屈聱牙之象，而又以之入詞，則面目變爲魑魅魍魎矣。如程子大、夏劍丞、周癸叔輩，未必詞無佳構，皆爲喜用拗澀之字，致揜其真，若彊邨所推許之陳述叔者，其詞晦暗，尤爲劣下，其餘則尊諸自鄶矣。僕填此闋，約略言之，因附謬語於後：

馬關失敗師慚克，牯嶺追思界畫租。雖刑白馬盟終可，克亨黃牛禮可思。馬鞭遥指看溫克，鳳笛相思成雅音。馬棰到處懲掊客，塵拂來思樂笑談。馬周韜略論世克，羊祜傴思膹淚垂。馬援有後家能克，羊祜追思碣尚存。

散蓮宧集外詞　令　咫園退士　姚亶素

踏莎行

梁燕嗔風，籠鸚詛雨，人間多少閒庭宇。簾波盪醒落花魂，斜陽寂寞春無主。
爇罷鑪香，翻新簫譜，葳蕤深鎖誰家女。忽聞天半起笙歌，秋千又上垂楊樹。

太常引

朱樓百尺隔銀牆，風露轉凄涼。隱約鬱金堂，曾記得初逢謝娘。
妝成倚鏡，朱嬌翠靚，丰韻忒矜莊。往事盡思量，空愁煞芙蓉暮江。

鷓鴣天

驀聽新聲唱竹枝，鉤簾涼月照金巵。閒時只覺心情嬾，到得花前却又迷。
愁入眼，恨攢眉，個中深淺有誰知。琴絲冷落傳幽意，漏盡鐙昏不自持。

小重山

歸夢零星到草廬，西風驅雁過，月斜初。清苔煙景在菰蘆。天涯客，還念舊樵漁。
短髮歎蕭疏。年年歌哭處，冷霜蕪。山靈休笑老狂夫。携節約，曾憶素盟無。

訴衷情

用夢窗韻

卅年心事托浮漚，飛夢過滄洲。天風吹墮寒嘯，聲入海山秋。
看落日，上西樓，拂吳鉤。封侯心願，目斷長安，馬角烏頭。

賀聖朝

綠波芳草連天遠，亂愁人心悢。五湖鰕菜待歸來，又飄薰春晚。
椶鞵桐帽，冷吟閒醉，似游踪曾慣。却携柑酒問黄鸝，者風情深淺。

醉落魄

行歌踽踽，高吟盡有笙竽答。斷鴻歸處寒煙合，竹杖芒鞋，長共水雲狎。
故園空負年年臘，百壺清酒和愁呷。狂來且荷劉伶鍤。笑説閒身，一醉遣千劫。

上行盃

棃雲春護流蘇夢。鈿合碧寒龍腦凍。獨抱瑶琴，領略蕭郎一片心。
金樽檀板秋千院，只隔紅牆人不見。醉倚東風，怕聽鸚鵡唱懊儂。

醉桃源

酒逋詩債送年華，闌干憑斷霞。離愁不減綺愁加，春心閒看花。
迴月櫂，走雷車，風流説舊家。而今藷落鳳隨鴉，休嫌筝雁斜。

惜春郎

滄溟纔過長鯨跡。吹海浪還黑。戈揮日落，英雄老去，朝市誰惜。
不怨飛烏頭不白。怨榛苓長寂。更凄涼、淚墮銅仙，愁入暮雲寒碧。

滴滴金

如鉤殘月侵簾角。枕函欹、錦衾薄。昨夜西風動鈴索。被琴心偷覺。
殘棊響共鐙花落。笑當初、昧先着。欲渡銀河盼靈鵲。奈星橋虚約。

紅羅襖

春事花朝近，佳約漫相招。看巢㗆泥香，新來燕乳，波匀鰄小，初上魚苗。晴樓外、柳辨鶯嬌。聲聲吹徹餳簫。珎重繫蘭橈。凝望處，煙雨小紅橋。

燭影摇紅

丁巳元旦

倦倚熏籠，金鷄啼破鵝屏曉。人間多事説新年，手把瑒花笑。纔聽癡獃賣了。問敲夢、鐘聲恁早。墮顛華髮，春光羞對，低徊蠟照。

極相思

碧城怨隔銀河。長夜蹙雙蛾。彩雲迢遞。青鸞信杳。空託微波。舊日青衫多涕淚。到今朝、涕淚無多。此生不見，它生未卜。休問如何。

好事近

涼訊入簾花，鐙外雁聲初落。莫放詩魂飛去，傍天涯無著。江鄉秋思繫蓴鱸，歸計好商略。多事笑人頭白，恨山中猿鶴。

卜算子

夢裏説相逢，夢醒知何處。斷夢零星付曉風，化作沾泥絮。
怨殺五更鐘，惱殺三更雨。便卜鐙花也誤儂，總是無憑據。

更漏子

暝波勻，雛柳細，春半暮天新霽。人薄醉，馬驕嘶，南湖修禊歸。
誤鴛期，輸燕約，好事幾番躭擱。衣唾碧，臂斑紅，癡情誰負儂。

杏花天

斜風細雨銀屏夕，春寒外移鐙影濕。海棠酣睡嬌無力，閒煞飛花舞席。
聽門外、馬嘶送客，更惆悵、樓中弄笛。蘼蕪一望情何極，腸斷江南塞北。

柳梢青

花事侵尋，鶯期燕約，都付春心。身世聱牙，凄琴倦理，寒酒孤斟。
暗愁穿破雲深，又隔斷、清風故林。散髮扁舟，安排便了，好事投簪。

夜行船

顑頷傷春雙淚眼，東風又、送君歸晚。揮手津亭。楊花如雪。惆悵楚江人遠。
滿地干戈魂已斷。漫吩咐、笛聲吹怨。夢醒滄洲。相逢何處。惜取舊情千萬。

武陵春

樓上新妝樓下醉，鐙火照青春。點盡胭脂不笑顰。别有意中親。
聞到彩鸞消息轉，歌舞動輕塵。香灶纔消一縷痕，顑頷杜鵑魂。

巫山一段雲

楊柳荒城色，松楸故國心。西樓鴻雁報秋深，歸夢枕邊尋。
白日愁中短，吳霜鬢裏侵。殘笻衰帽倦登臨，蕭索況而今。

菩薩蠻

柳絲低裊湖隄曲，湖風吹皺寒漪綠。煙外雨如酥，聲聲啼鷓鴣。
桃花紅照眼，多謝東風管。那不管人愁，凝妝憑翠樓。

前調

鬱金堂上歌雲暝，牡丹春瘦嬌容淺。今夜燭花紅，酒杯偏勸儂。
譙樓三下鼓，臨去牽衣語。拋却玉丫叉，昵郎携到家。

滿宮花

恨長埋，窮獨送，風雨孤檠獨擁。酒瓢詩錦送年華，忍説前塵如夢。
醉垂綸，閒抱甕，贏得漁樵矜寵。不成名字便銷沈，付與空山珎重。

南鄉子

疏雨過空庭。零亂愁人此夜情。翦得殘鐙如豆小，淒清。劍氣簫聲自不平。
休更説儒生。一樣文章誤楚傖。抱着瑶琴彈復嘯。分明。林木蕭騷變徵聲。

鳳來朝

顛頷是真箇，照孤吟、一鐙獨坐。賸空庭寂寞、梨花朵，又風雨，夜來過。
客路青山仍我，只消磨，卅年涕唾。待一笑、牢愁破，看閃閃，劍光墮。

迎春樂

用清真韻

繁華一瞬成陳跡。傷顦顇、舊遊客。黯銷魂、彳亍吹簫陌。釃酒向、青松側。

睥睨看人雙眼白。不關甚、窮途消息。寂寞望神州，雲醃黕，天南北。

月中行

西風和月到花南，吹瘦紫蕉衫。歸心已逐洞庭帆，雁訊蓼邊探。

閒身自覺驚寒早，漫偎傍、鸚鵡珠簾。酒懷詩病兩懨懨，蕭瑟我何堪。

醉鄉春

銷歇碧雞陳寶。不見南山飛豹。睇落日下高邱。忍把秋花簪帽。

看盡五陵年少，誰是悲歌燕趙。問饑朔幾經年。長安今日侏儒飽。

醉花陰

金鴨香溫蓮漏轉，醉擁貂裘睓。消息報陽春，隔苑東風，欲問鶯和燕。

錦繡夜開雲母殿，看舞蔥歌蒨，笑指綺羅叢，今日新妝，昨日誰家院。

少年遊

朱軒畫舸，少年遊春，夢説揚州。扇底留香，簫遠傳恨，消得一堆愁。
而今無限淒涼意，休道舊風流。解佩因緣，分釵盟約，心事付浮漚。

畫堂春

翠蛾羞對斷腸花。擀妝團扇風遮。洞房煙霧隔籠紗。休問靈槎。
自是癡牛騃女，等閒輕誤年華。可憐銀漢已西斜。秋思誰家。

漁家傲

送别，用東坡韻

寒雁荒洲春去盡，西山送雨雲生暈。襆被行縢歸計準。輕舟穩，孤吟枕上湖聲近。
長劍深杯餘别恨，談玄説鬼君休愠，世路崎嶇心力困。如相問，故人頻寄山中信。

虞美人

送傅仲民還京

廿年京輦塵沙路，都是曾遊處。殘鵑呼夢到神州，安得隨君鞍馬渡蘆溝。

座中都是天涯客，揮灑題花筆，酒龍詩虎出群雄，它日長安市上好相從。

杏花天影

和公渚兼示鍊夫

綠窗弦索和愁理，更腸斷華年舊事。笑隨鶯燕爲春忙，夢裏，被啼鵑又喚起。江南地，峰巒岫綺，歎劫後風光賸幾。滿天花絮不歸來，没計，老詞場但退悔。

臨江仙

久不與魏悟清相見，念其在蕭寺中生活也，戲簡此詞

説鬼掀翻無鬼案，任它莫莫休休。二豪侍側語啁啾。爲言君且醉，弗問客何求。地水火風生復滅，輥將日月雙毬。黄天黤黮碧天愁。大權摻蟣蝨，靈壽畀蜉蝣。

定風波

卧病新瘥

驀聽新鴻過小樓，西風寒鐸又矜秋。紫蟹黄花喧酒市，偏是，今年佳賞病中休。自笑生涯同蟣蝨，何日，琴書安穩載歸舟。頭白承平能見否，陽九，此中消息問莊周。

臨江仙

陳容民傷足不出，余甫病起，容民時以書來問訊，戲爲此詞，以示容民，相與大笑

苦趣已經生老病，欠它一死循環。拚將赤裸轉胎元。欲憑新歲月，來看舊山川。

點鬼簿中無我分，逋逃又到人間。寃親成案好重翻，奮拳擒二豎，稽首謝三友。

謁金門

辛未冬莫，淹留海上，戰禍方亟，家住吳門，欲歸不得，倚聲歌此，愴焉予懷

行不得，一望浪翻潮立。聞道退飛過六鷁，峭風難着力。

愁斷吳天南北，不見雙魚消息。烽火連江歸夢窄，夜深沙月黑。

虞美人

春怨

湘簾遮斷春寒膩，薄酒東風醉。鶯花不省箇儂心，還向秋千庭院弄輕蔭。

倡條冶葉紛成簇，只恐驚郎目。一番心事訴從頭，却下屏山無語抱箜篌。

鵲踏枝

覽洞靈小志書後

喚取鍾馗持水呪，兔骨鵝頭，窸窣循牆走。説鬼東坡開笑口，傖夫敢道無何有。話到三生能悟否，不斷情根，終把冤親負。孔雀西飛金翅霞，光明照遍雞蟲鬥。

浪淘沙

客武昌，作示茗生

沙草吐新茸，芳思濛濛。楚天涼雨客程中。鸚鵡洲邊春又晚，寒水煙籠。高唱大江東，此意誰同。手招黄鶴下雲空。吹笛江樓清籟起，我欲乘風。

醉桃源

暮春園坐

楊花飛雪壓層階，園扉紅扇開。簾蔭窻影護蒼苔，粉牆斜靠街。鸚鵡架，牡丹牌，閒身小隱佳。悠悠魚鳥漫相猜，高歌聊寄懷。

臨江仙

一春風雨，無十日晴，天時人事可念也

重簾複閣愔愔地，沈陰深閉愁城，天心不許説占庚，畢星離月小，雲礙御風輕。
急點亂敲檐鐸颭，憑欄誰與同聽，初陽一綫漸分明，乍傳靈鵲語，又聽鵓鳩聲。

虞美人

遊絲輕罥鴛鴦醒，風皺波紋冷。芙蓉三變泣秋江，底事蓮娃猶唱舊時腔。
綠章夜奏通明殿，寂寞何人見。臨分休賦斷腸詩，莫待無花惆悵折空枝。

點絳唇

寂寞吳城，黃梅時節家家雨。陰晴朝暮，天也無憑據。
臨頓前盟，卅載成今古。情何許，落花飛絮，送年光去。

浣谿紗（二首）

（一）

瑟瑟輕寒欲上襟，連天海氣作秋陰。小樓愁坐雨鐙深。

三徑就荒餘夢寐，萬方多難怕登臨。伶俜已是十年心。

（二）

獨對黃花自唱歌，也知萬事總由它。天荒地老更如何。
佳節每從貧裏過，閒愁偏是病中多。柔腸俠骨兩銷磨。

踏莎行

鳴社賦春思，借白石韻

燕啄泥融，鶯眠枝暝，幽情未許旁人見。翠樓一桁倚新妝，柳絲千縷鵝黃染。
撥盡鑪香，唾殘絨綫，書辭惆悵關山遠。微吟細賞總無憀，隔牆愁聽閒簫管。

惜子飛

久不得俶辭書，挑鐙賦此，封寄長沙。風雨天涯，離懷如結矣

兄弟中年誰健者，羈旅天涯咄唶。老淚風前灑，蘅皋望斷雲垂野。
夢裏關河殘燭灺，寂寞南樓。此夜。何日杯重把，翦鐙細說滄桑話。

浪淘沙

三徑絶塵紅，寒伴蒼松。衡門寂寂白雲封。欲問菟裘終老地，別有鴻蒙。

換徵復移宫，牛鐸何功。百年吟嘯且從容。留取斷情殘意在，付與清風。

鷓鴣天

庚辰二月十九日，酉刻，有黑氣數十丈，自西亘天而東，不一年，即有日美之戰

一見洪崖又拍肩，因緣且學小遊仙。神宫伫盼青鸞信，樂府休歌白馬篇。

周禹甸，話堯年，眼中不見舊山川，觀星欲向峨嵋叟，悵望雲羅萬里天。

漁家傲

金陵旅寄，春愁亂生，倚此遣悶

重門静揜紋窻寂，循廊暗數苔綦迹。垂楊幾樹新蔭密。單衣立，碧桃見我如相識。

前度離家今日客，音書道遠無消息。塵沙滿地軍烽赤。歸心急，催歸還借啼鵑力。

浪淘沙

戊寅初春，寄寓胥門窮巷中，危城蘇息，萬感交並矣

詩夢繞回欄，一味清寒。雨絲風片送春還。木華初開紅杏小，惆悵花前。

鼓角動邊關，芳草連天。强舒愁眼望中原。哀鴻驚弦來又去，千里江山。

菩薩蠻

移家辛苦吳門住，長記聽鶯隄上路。春去又秋來，行歌日幾回。
紅梅還舊迹，千載詞人宅，小隱寄林園，蹉跎已十年。

風入松

蟾光如水弄嬋娟。襟袖怯輕寒。鐙花紅迸香蘭笑，酒杯慳，還覓孤懽。吹徹高樓殘笛，隨風又到愁邊。
銀河西轉隔簾看。雨過碧天寬。玉珰緘札何由達，恁傳書，不見青鸞。只恐梧階涼訊，吟秋依舊憑欄。

前調

淮山淮水此經過。舉目意如何。暮鴉哀角黄沙路，聽漁樵，幾處夷歌。歸夢蒓鱸鄉國，斷魂鴻雁關河。
登樓愁見夕陽矬。拊髀歎蹉跎。韜鈐秘記分明在，恁雄心，空説揮戈。莫道馮唐易老，匣中寶劍新磨。

鵲踏枝

正月初九日聞雷

江郭沈陰寒意重，傳火樓臺，瑟索吟肩聳。梅柳嬌癡春自寵，東風不解枝頭凍。
萬籟如瘖檐雀悚，雨脚垂垂，嵐氣漫山擁，雲砲一聲天地動，砉然驚破人間夢。

相見懽

題畫

春來春去無蹤，謝天公，却把春光分付白頭翁。
同命鳥，可憐蟲，漫争雄。知否年年生計仗東風。

虞美人

送人北行，借東坡韻

銜杯惜別添吟草，鐙暈殘釭小。它時懷抱爲君開，定有京塵馳騎送詩來。
陽關一曲貽朋愛，折柳歌還在。深談且喜一宵同，明日亂山殘照馬頭風。

臨江仙

洪都客感，借漱玉韻

仲蔚蓬蒿湖上宅，^{櫳}門傍水深扃。暝風遲日近清明。春生九江樹，人滯豫章城。
歌舞湖山，無恙好，空餘衫袖漂零。端居慚愧十年情。初衣歸計左，殘笛旅魂驚。

喜團圓

己未歲除

蓬門臘盡，籸盆自舉，鏡卜何求。重提爆仗屏風事，又勾起閒愁。痴獃賣了，狂歌醉哭，一例齊休。從今悟徹，生涯蟣蝨，身世蚍蜉。

夜遊宫

汪公魯自長沙來，多晴招飲，盡醉，明日賦此

剛是殘秋送了，又目斷、孤雲高鳥，歸舸芙蓉暮江渺。攬愁心，况征笳，破霜曉。嘶馬門前悄，尋消息，徑苔千繞。萬感茫茫付煙草。酒家樓，唤天風，發長嘯。

鳳棲梧

風拂簾衣晴晝午。看樣新描，生恐菱花妒。蘭檻孤憑誰共語，金籠盡日調鸚鵡。春怨如絲千萬縷。買得薔薇，又被風吹去。吹向天涯何處住，流鶯却過垂楊路。

踏莎行

秋蝶無依，春蠶自縛。葳蕤深鎖重門鑰。天涯勞燕惜分飛，離愁羈思傷心各。

香穗浮煙，鐙花褪萼。音書欲寄憑誰託。單衣佇立怕清寒，登樓依舊情懷惡。

西江月

重登滕王閣

春水綠波南浦，秋林黃葉西山。繞城風景畫圖間。依約兒時心眼。
帝子閣中何在，離人江上初還。征衫重憑舊闌干，客老朱顏驚换。

前調

百花洲看荷花，歸遇舊㞒有憶

徐孺亭邊淥水，蘇公圃外斜陽。荷花世界柳絲鄉，閒趂擷波雙槳。
春夢癡迷蝴蝶，狂歌驚起鴛鴦。當初輕擲好時光，賸有詩魂悠颺。

散蓮宧集外詞　姚亶素

解連環

題程道存太守荆州斷指圖

揭竿何速。看旌旗變色，建侯南服。念萬死、一片孤城，儘憂憤自傷，大謀誰屬。舉目神州，怎禁見、刹那沈陸。伺元戎帳幄，笑語未親，總成翻覆。軍書欻飛箭鏃。引韡刀濺血，聲淚悲促。溯漢江、琴鶴歸來，算冤痛餘生，命絲重續。畫卷凄涼但留付，千秋歌哭詠詩篇。載傳事影，恨題怕讀。道存著有《荆州紀事诗》

高陽臺

題江寧吴慶伯詩集

竹雨篵涼，棃雲壓夢，清寒飛上吟肩。茶熟香溫，消磨幾許流年。游蹤已是飄零慣，問江湖、老去誰憐。記前塵，吴楚關河，恨水離煙。槐安催喚春婆醒，賸楸枰黑白，一局敲殘。心事凄涼，都歸雁底鷗邊。聲聲低唱江南好，聽瓊簫、按徹嬋娟。泣青衫，我亦天涯，顱頷華顛。

探春慢

芙蓉池館圖爲萬少石題

背城陰，照萬妝鬥妍，芙蓉霜飽。步綺重鋪，却爲落花新掃。西風冷，悽豔瘦，畫圖開，凝碧悄。夢秋痕，行歌嬾，夜雨殘鵑啼覺。還識傳家舊稿。記古澗亂松，蒼髯寒嘯。事影閒尋，慣引離懷千繞。名園知君管領，問何日，飛鞚到。念風流，人顱頷，共滄桑老。

百字令

庚子以後，宦遊豫章，鞾板飄零，萬端懊惱，賦此以志吾遇

國風變矣，歎斯文將喪、行藏難決。悔不求仙三島去，誤了東涂西抹。出世因緣，歸田生計，感念成淒絕。小兒戲弄，命宮飛墮磨蠍。休説浪跡江湖，高樓百尺，定許元龍躡。我有奇瓌天付與，好作風塵遊俠。磨劍何人，吹簫幾輩，契賞交親結。蟲沙滿地，舉頭惟看明月。

前調

辛亥變後，淹寓章門，適癸叔至南昌，劇談竟日，並示新詞，仍用錫鬯韻賦和

十年薄宦，賸塵衫風帽，真成漂泊。萬水千山歸路窵，忍説邦屋烏託。徐稚亭荒，滕王閣圮，安得遊觀樂。槐柯殘夢，野花遑問開落。

何意浪跡天涯，相逢羈旅，且呼杯同酌。只恐漫天兵氣黯，巢燕驚栖危幕。拊髀心傷，搔頭髮短，投老宜丘壑。悲笳四起，披襟愁坐蘭角。

夢芙蓉

題黄少牧拜石圖

林園分地主。歎平蕪廢苑，冷空誰補。畫圖裝綴，重認掃花處。粉題歸舊署。朋簪曾共詞賦。醉拂蒼苔，問英光閣畔，顛米甚情趣。

想象滄洲意緒。蹋破秋蔭，夜月雲根路。翠微鐘磬，疑聽過檐户。自來還自去。年涯影事飛絮。夢到麻姑，惜塵封洞杳，老我重凝佇。

燭影摇紅

送左詩舲歸常州

稷雪空庭，夜欄心事同僝僽。疏鐙摇影照離襟，簽點催寒漏。楚夢留情最久。誤年時、人歸雁後。陽關歌罷，殘臘梅花，黄昏孤守。

春渚行舟，霽風吹緑江南柳。純波雙槳記吟詩，客老青衫舊。愁病文園對酒。話淒涼、魂銷夢瘦。遠天無際，草長鶯飛，相思同否。

鳳池吟

玉堂情話圖爲李季緘庶常題

帝裏春明，簇宫花宴，衮衮走馬長安。步南薰紫閣，鸞書近侍。鵲錦清班，曲詠霓裳，暗香分鼎下金鑾。流杯醉賞，密圍深坐，笑語憑軒。

元和俊侣飆起，指木天麗景，約伴飛仙。説舊家清白，承平回溯，樂事當年。畫卷重開，夢雲依黯故情懽。交親意，付新題，袖墨流轉。

醉蓬萊

傅仲民三十初度

墮劫餘塵世，過眼滄桑，倦途人老。留得閒身，倚青天長嘯。晝戟朱門，繡衣蘭錡，傲五陵年少。甲子平分，庚寅慢記，生辰繫卯。

料省當年，上官傳宴，鳳笛歌殘，千鐙紅笑。棠笏遺風，勝蒨家書詔。醉筆倪王，雅裒稽阮，定賞音同調。歲月悠長，蓬萊清淺，六時春好。

沁園春

爲傅仲民題照

殘劫河山，倦遊南北，何堪贈君。念春明朝市，崔嵬城闕，浮雲天遠，故國如塵。遼鶴歸來，銅駝嗚咽。湖海逃名今幾人。憑欄處，灑新亭老淚，獨夜銷魂。知君覺悟迷因，向世界微茫漫寫真，但催停屏燭，狂歌當哭，閒傾樽酒，學畫通神。去住隨緣，醉醒無意，心跡平生別有親。君休怨，算鬢眉自賞，肝膽誰論。

臺城路

和俶辭家兄長沙寄懷韻

笳聲吹醒驚魂後，湖樓强舒雙眼。病裏傷高，愁邊賦別，寂寞心情誰見。春回夢淺。聽江路聲聲，杜鵑啼徧。惜取風光，故教傳語共流轉。

西堂燭花倦翦，酒杯還自勸。殘韻生臉。閱世形枯，哀時淚竭，應失平生真面。模糊不辨。恨遮斷鄉關，暮雲千片。萬疊相思，夜堂聽漏點。

風入松

爲某君題懷蘐集

江梅湖柳十年春。駒隙度輕塵。皋魚忍廢梧棬痛。賦蓼莪，猶賸啼恨。檢點鐙前衣綫，栖烏夜月黃昏。

離離寒竹擁重門。霜露愴驚魂。棘薪愁詠吹風什，念劬勞，心事休論。惆悵瞻雲陟屺，餘哀只託吟呻。

春從天上來

戊午元日，和癸叔丁巳祀竈韻

人語江城，甚鬧曉林鴉，倏變新聲。置酒傳坐，佳約懽勝。酣讌自倒瓊罌。喜東皇司令，祈禳意，鏡聽通靈。笑官梅，占年年芳訊，慚愧和羹。

行行九街春遠，問裘帽婆娑，恁滯歸程。六出幺飛，百華鐙燦，嘉氣愾想瑤京。賸絲鶉蠟燕，迎麗景，擁映簾旌。醉還醒，看金盤盧雉，一例輸贏。

繞佛閣

爲徐靈谷刺史題其先德遺墨

霧窻晝擁，清坐送日，蓮漏聲耿。香爐金鼎，夢回更斂塵心似禪定。化機妙領，蕉翠霽展，低颺簾影。研池波静。頓看墨雨横飛態斜整。

宦迹悵寥落，漫許蕭閒投老境。曾記畫樓西風吹酒醒。料醉寫烏絲，幽趣孤省。劫痕愁冷。賸蠹紙塵箋，都付銷凝。感人琴、睠懷凄景。

高陽臺

送汪貞夫歸太倉

滕閣凴煙，徐亭汎月，江城次第閒遊。殘客青衫，年年夢冷滄洲。開簾只爲招新燕，話舊盟、別語綢繆。盼歸期，楊柳藏鴉，人倚朱樓。

雲霞明麗春如海，料潘郎纔思，俊賞風流。帽影鞭絲，看花前度遲留。傳杯莫訴將離苦，算萍蹤、一例沈浮。問人生，能幾相逢，身世悠悠。

采桑子慢

和六生韻，渡宫亭湖，雪夜聞雁

湖山勝處，獨客扁舟曾過。看天末、風帆沙鳥，弄影婆娑。城郭都非，那禁愁歎到江河。投竿無地，茫茫四顧，孤負漁蓑。

夢枕雁聲，傳書不至，空望雲羅。漫輕説、通辭玉女，堪託微波。柳往雪來，者番吟興問如何。寒威未斂，餔醨意醉，莫惜顏酡。

和韻之作，總欠自然。

換巢鸞鳳

仿梅谿

碧玉華年，愛風流稚齒，矮墮愁鬟。倚歌彈翠篠，媚服佩香蘭。瑶臺曾締舊姻緣。謾疑幾生、相逢散仙。花時好，最穩稱畫屏偎伴。

誰見，芳意嬾。低笑淺顰，輕逗郎心眼。倩目傳嬌，並肩私語，應妒簾前鶯燕。天賦多情託溫柔，象床鴛被春長暝。秦樓中，奏雙聲簫鳳清婉。

高陽臺

聞川十二景圖，舊爲明時人所繪，嘉興楊某曾摹一本，經亂均失所在。陶愓若重繪一册，屬題

殘劫尋灰，芳盟墮影，吟懷幾度逡巡。風月依然，秋高四眺無鄰。斜陽催送江山去，賸畫圖、都付流塵。最傷心，辛苦亭臺，空記前因。

疏檠不照樵漁路，照迴腸盪氣，替寫愁根。淡墨分題，思量怎奈銷魂。茫茫莫問浮生事，怕歲華、摇落閒身。寄神遊、寒雨鐙窻，白髪清樽。

丹鳳吟

題劉翰怡嘉業堂勘書圖

倦眼繁華人海，坐久書窩，息機荒寂。奎章重賁，輝映草堂塵壁。昆明燼冷，永嘉劫換，盡有奇文，能償心力。細檢芸香舊槧，自喜寒宵，清課閒晤遺逸。

況是蟬嫣美胄，放懷但覺天地窄。素抱千秋想，問名山心事，今世誰識。家風中壘，乞得校文鴻筆。付與殺青，三萬卷、待貞元來日，閉門枕葄，應媿毛鮑客。

慶春宮

爲許際唐題所藏厲樊榭手钞《宋詩紀事》稿本

秋雪飛蘆，晴波縈竹，舊遊睠想詞仙。書補青箱，香偎紅袖，雅情猶記當年。斷篇殘字，恁飄墮，華嚴劫寒。深心豪素，蟫蠹何知，争蝕絲蘭。

風流鬢老吟潘，淞浦春艎，襟佩留連。荒律笻孤，層樓茶倦料鷩。虹月經天，雁行斜整，歎編目、無煩寫官。松蘿深隱，吩咐籤縢，歸貯黃山。

金縷曲

贈彭洱生

煙雨寒江泛。喜逢君，花谿藥市，索㕓門揜。青眼高歌南樓夜，贏得清狂獨佔。第一是、渾忘拘檢。杜牧當年揚州夢。到而今、未許風流減。談笑處，目光睒。

天涯漫有蹉跎感。盡消磨，琴書白日，寄情蕭淡。離合興亡尋常事，過盡年光淒黯。把舊恨前懽都懺。

莫道青衫飄零苦，便十千、沽酒猶能賺。抽劍舞，仗胸膽。

風入松

陳止平遇峨眉老道士於山中，授以紅杏書屋小印，旋失所在，爰繪紅杏書屋圖，予訝其事之詭也，爲賦此詞

婆娑綠意與紅情。禪趣此中生。靈蕤秘記分明在，問華鬘，小劫懵騰。留取鐙前畫稿，來聽屋裏書聲。可憐十載忍伶俜。一度一銷凝。故園都是傷心地，望峨眉，隔斷雲層。元鶴蹁躚何處，春風歲歲啼鶯。

醜奴兒慢

題吳湖帆醜簃詞境圖

吟壺倦泞，禁慣蕭寒詩境。更分取，梅花千樹，弄影羅屏。舊隱清廖，幾曾心眼慰平生。高齋一望，新題契賞，孤抱芳馨。竹徑半開，風來月到，都稱閒情。漫贏得、宮商曲換，笛外怨聽。晚酒醒餘，故遊蛩夢伴秋檠。靈襟何似，翛然獨往，天籟無聲。

宴清都

題劉翰怡希古樓藏書圖

映屋光芒動，層樓峙，五雲深護朱栱。縹緗檢點，熏蕓秉燭，袖香親捧。謨觴漫説仙都，算藝苑、長留系統。藉勝地、嘯詠湖山，繁華不攬清夢。殷勤抱守殘經，秦灰賸劫，珎儷麟鳳。燃藜事業，清芬世族，傳家書種。中天佇看復旦，待聽取、青鐙夜誦。料丹鉛、不負平生，文房價重。

澡蘭香

題楊鋏夫桐蔭勘書圖

簾疏映雨，檻曲流雲，隔院密窻浸綠。籤牓檢校，簡帙摩挲，總費退閒心目。想層樓高隱蕓扆，誰知千秋著録。偃仰喬柯，第一能消清福。却歎凄涼五戹，秘籍難尋，羽玹瓊匱。丹鉛歲月，楮墨生涯，只在夜鐙深屋。聽斜陽幾樹鳴蟬，還和書聲斷續。要佇看插架琳琅，娱情幽獨。

晝錦堂

題李偉麓花隱廬圖

古柳遮門。交藤鏁徑，寂寞入境閒扆。小隱深深，香海行錦新鋪。秋入詩心催貰酒，月移簾影照攤書。婆娑處，飛絮畫廊，忘機自愛禽魚。相於。紅紫地，懽事永。北堂晴晝春娱。好事日長，人倦醉把花扶。坐移苔石隨常掃，翠圍窻草不須除。何時去，爲向野雲，谿屋問訊樵漁。

霜葉飛

題劉翰怡崇陵補樹圖

望京愁霧。宮魂斷，銅仙空泣禾黍。鼎湖無路更攀龍，愴矣臣心苦。聽瑟瑟、寒林夜雨，凄涼誰念長陵土。記歲月人間，慘涕咽湛冥，壞隧欲尋荒莽。還對閔寂山丘，金床玉幾，帝閽何處庯訴。萬重青影護佳城，那便回仙馭。問蜀魄、而今在否，靈旗應捲神風舞。要伫看，元黄變，化鶴歸來，翠華留駐。

月華清

題蔣鄭谷垂虹詞夢圖

蒲冷眠鷗，霜高啼鶴，夜來秋思如水。擅手鸞驂，隱約洞庭波外。素琴弄、孤調淋浪。濁酒困、睡情搖曳。閒遲，旋酬花唱月，玉簫親試。待寫江山畫裏，幻小劫華鬘，夢醒何世。繡筆蘭荃，賸逐天風飄墜。黯凝想、事影零星，誰解道、醉魄牽繫。重理，對生綃一幅，亂愁空寄。

驀山谿

李少樵畫百幅梅花册子索題

梅花千樹，歲晚同孤守。辛苦覓枝巢，要清福、半生消受。涂香暈色，得意已忘言。商略到，畫中詩，不管吟身瘦。

鐙昏酒冷，數徧殘更漏。歸夢繞家山，認横斜，萬株依舊。天涯心事，只許鶴先知。憑記取，故園春，莫問人僝僽。

瑞鶴仙

題洪澤丞勺廬詞

蓊淞飄夢雨，正闕河啼雁，白頭羈旅。移床背鐙語，怕從人喧寂，籟沈香伫。筝弦漫譜，寄清愁、零宫斷羽。戀吟壺花月，春秋獨抱，黯成今古。

休賦江南草綠、薊北塵紅。歲華來去。詞場且駐。盟漚外，幾儔侶。料槃河心事，孤踪猿鶴，歸思西風恨阻。閉閒門消受，餘生鏡涯鬢苧。

鶯啼序

題林子有訒盦填詞圖

悲風盪愁似海，障黄塵載路。夢雲醒、吹入玄虛，碧翁慵問今古。萬星映、紅桑綴纈。恒河怕數鷩沙聚。是人間何世遥程，黯霾青霧。

一粟生涯，遁隱寄老，認林巒勝處。故巢背，朝日樓臺，鳳鸞音訊幽阻。變須臾、叄旗井鉞，後堂坐、寒光催曙。鬥繁華、鶯燕匆忙，懺情慵訴。

金鞍傍柳，畫舸銜煙，話俊遊倦賦。閒裏看、石泉松翠，歲晚栖止，擁鼻鐙前，换移宫羽。神京瘖寐，鄉山迢遞，哀吟空寫江南怨。步芳洲，舊約盟鷗鷺。深樽易泣，誰憐柱促弦危，抱瑟自嗟悽苦。

賓鴻唳鶴，水國無家。共絮萍去住。漫感歎十年心事，已忍伶俜，淚蝕銅仙，更傷遲暮。雙丸急轉，蒼波流景，蓬瀛三淺頭鬢白，汎靈楂，羞見馮夷舞。平灰細譜雲謡，法曲重翻，舊詞記否。

疏簾澹月

題高淞荃寒鐙課讀圖

窮冬墐戶。正墜月釜塵，報霜碪杵。鐙火鳴機，繞屋夜寒如許。孤檠問字聲酸楚。抱楹書，仿徨瞻岵。望雲天遠，遊蹤絶塞，伫辛停苦。

歎消盡、年光荏苒。甚駒隙無情，頓成今古。怊悵春暉，忍説逮存鶏黍。摩挲畫卷傷心處。有悲風、悽咽鴉樹，只今餘憾，笙詩讀罷，白華難補。

玉女搖仙佩

題林畏廬畫西谿圖

天留畫本，付與詞仙，占去林巒葱蒨。半幅鮫綃，吟懷孤寄，著意水潯煙畔。荏苒年光轉。記依芙汎淥，離悰零亂。待收拾、新愁舊怨，爲問模糊勝蹟誰辨。劫塵歎銷亡，袖墨依然，摩挲悽戀。

回施午陰竹徑，夜月蘆沙，賸補荒寒圖卷。大好谿山，傷心頭白，此恨幾人曾見。丰致饒疏散，醉題處、時覺風生雙腕。相念我、萍蹤浪逐，又成孤負，酒朋花伴。聯高會。重來爽氣涼秋薦。

洞仙歌

感事，集夢窗句

清華池畹《花犯》，寂寞收鐙後《探芳信》。百感情懷頓疏酒《青玉案》。歎如今搖落《瑞鶴仙》煙海沈蓬《八聲甘州》，關心事《霜葉飛》，腸斷回廊佇久《探芳信》。

翠樽曾共醉《齊天樂》，晴雪吹梅《花心動》，寒壓重簾幔拖繡《夜遊宮》。歲華晚，又相逢《燕歸梁》。愁起闌干《木蘭花慢》，鄰歌散《永遇樂》，不管籤聲轉漏《燭影搖紅》。向夜永《六醜》新鴻喚凄涼《惜秋華》。念倦客依前《十二郎》淚痕盈袖《醉蓬萊》。

驀山谿

程子大挽詞，集玉田句

鬢邊白髮，老態今如此。聚首不多時。甚匆匆、便成歸計。風流雲散，吟誦百年翁。塵袞袞，老年華，都是淒涼意。

曲欄惆悵，可惜懽娛地。零露下衣襟，替風前，萬花吹淚。扙藜重到，三徑已荒涼。待去也，最愁人，夜月啼湘鬼。

木蘭花慢

吳伯淵挽詞

井眉歌未了，又持淚向悲風。賸酒盞塵香，書帷鐙黯，忍聽殘鐘。焦桐遽驚絶響，問孤琴、彈罷與誰同。纔覺啼鵑聲苦，馬塍花事春空。

匆匆一瞑閉幽宮。吟誦百年翁。溯紫桑甲子，真成肥遯。不管屯蒙。難通夜臺夢語，佇鶴鳴、華表識歸踪。惆悵月泉社冷，招魂泣斷吳中。

安公子

漚社賦燭淚

漏滴金壺淺，鳳盤承蠟銅荷泫。爲底潸潸流不盡，似明珠盈串。照綺席、追懽博簺良宵短。曾夜欄、話雨西窻翦。賸幾行鉛瀉，愁聽樽前河滿。

記得春閨畔，墮紅翻污榴裙蒨。此相玉谿誇富貴。問豪門誰見？怎奈向、屏山一夕花醺眼。看斷腸、相對風鐙亂。料替人垂處，應是柔情無限。

減字木蘭花

承少村挽詞

重逢海角，白首窮途同一哭。望斷承平，衰啼何心説中興。繩牀殗殜，幾日浮生成解脱。孤憤攀天，渺渺魂歸紫羅山。

百字令

題王福庵印稿

窮年矻矻，守高曾直欲、嬴劉凌越。心事千秋唯我在，此席伊誰能奪。鑿白刻朱，周規折矩，脱手鋒芒發。勒銘鑱調，鏡涯催老華髮。休歎力盡雕龍，一編矜重，抵瑶籤瓊牒。料得斯文天未喪。真宰潛通神頡。兵象同論，珪符合契，異代淵源接。清風據幾，冲襟長抱貞潔。

渡江雲

吴子鼎自繪春水盟鷗圖，索題

桃谿深杳處，繞隄霽色，漲綠已春江。半篙魚浪小，短櫂夷猶，散髮弄微涼。笠蓑素約，愛汎宅、長占蒓鄉。歸興慵，十年心事，物外幾行藏。

徜徉。新煙休擾，蒨雨多違，任天隨疏放。須記着菟裘棲老，息壤盟償。扁舟出世成孤往，慰倦情，流水斜陽。招隱摻，高歌唱入橫塘。

滿庭芳

題黃公渚墨謔膏畫隱圖

潮汐年涯，風雲塵海，料應出世無津。空江自遠，隨分作流人。檢點滄洲畫本，湛冥意、欲寫難真。安排好，千紅揜户，孤興寄松筠。

湖山，誰是主，鷗盟鷺約，早辭爲鄰。數紫桑甲子，珎重閒身。收拾零星鐙夢，青衫淚更托吟呻。逡巡向，梅花老屋，重訪故園春。

春雲怨

聞懽娘噩耗，賦此

沈陰鬱鬱。悄半天寒雨，林鵑啼血。枉是綺情難訴，暗鎖綠窻愁刻骨。怨魄沈淵，娟魂飄絮，碧落黃泉兩凄絶。消息難尋，寃親休記，不語但凝咽。

纏綿密約同心結。把阿懽小字，妝臺低説。誰信郎心便如妾。未了因緣，斷送餘生，恨腸摧裂。劫墮鬘天，散花何礙，往事夢華悟徹。

僕前所選録之詞，凡與人題詠、贈答、慶挽諸作，胥從刪薙，以其無足存也。然亦間有經意之作，又以雖關酬應，可記交遊，積稿亦百餘首，因付寫館存之，以稽歲月，兼志朋舊往來之雅、別離生死之情云爾。

——亶素自注

百字令

題須社填詞圖，借嘯麓韻

長安少日，記年年曾賦、春郊新緑。老去光陰如醉夢，消盡金樽銀燭。孤鶴歸遼，啼鵑入洛，百感縈心曲。鐙窻吟伫，閒愁吩咐絲竹。同是倦客天涯，塵埃身世，俯仰悲懽促。畫裏摶沙堅不散，看去丹青圖幅。燕市程遠，吴趁波渺，待與清遊續。宣南思舊，高蹤還憶儈鶩。

西子妝慢

贈歌者

秋水濯妝，豔陽羞態，照眼春鐙初試。萬花如雪撲樓蔭，度新聲、碧油簾底，笙歌隊裏。只索比、當筵定子。是何年、向廣場闐海，鬟雲飛墜。江南地，金粉繁華，慣識佳名字。笑拈紅豆説相思，話三生、夢緣能記。荀郎倦矣。賸一縷愁絲慵理。賺琴心、爲問知音第幾。

臺城路

崑伶張蘭友乞題小影

高樓一霎西風換，笙歌那堪重聽。舊恨如潮，新愁似織，都付年華凄凝。簾櫳夜永。况如此光陰，恁時情景。酒綠鐙紅，個中心事問誰省。

霓裳法曲歎杳，舞槃迴旋處，驚見妝影。秀骨瓊枝，圓姿璧月，認取丰神交映。香溫漏耿。對空谷幽芳，别饒清興。堂鐙重開，半窗花夢冷。

望海潮

劍漁自南昌來書，約作詩畫社集，賦此寄懷

高蹤蘇圃，流風滕閣，行吟自古洪都。山月照人，湖波醉客，招遊幾度携壺。懷遠憺愁予，况聯吟汐社，賡唱喁於。韻事朋箋，定知傳簡，費躊躇。

當年倚蓋停車，自天涯怨别，風景差殊。桑海倦魂，琴樽綺夢，塵埃病换相如。誰念老狂夫。有舊鷗今雨，還寄雙魚。一縷新愁暗隨，春色到江蕪。

高陽臺

題許玉田井梧殘月圖

香撥鑪溫，鐙窺帳悄，秋懷幾許凄涼。落葉哀蟬，西風又到虚堂。銀瓶斷索沈沈夜，想龸蟾、也怨更長。怕新寒、飛上簾鉤，鸜鵒驚霜。

喬柯依舊亭亭好，問面翔雌鳳，栖息何鄉。一縷離魂，今宵應傍孤光。凝思自把闌干拍，伴吟身、唯有啼螿。憶微容，環佩歸來，心怯空房。

尉遲杯

題夏劍丞吷盦填詞圖

元音墜。嗣絶響，詩派西江起。宗風上溯涪翁，争説波瀾無二。華嚴劫轉，翻樂府、新聲變宫徵。伫洪崖、導引笙簫。亂烽遮斷鄉里。

閒㞒小隱村橋，開三徑蓬蒿，且寄歸思。掛屩楓旁旌陽宅，縈夢想煙青霧紫。前身伴、衡雲雁宿，好收拾、塵心入畫史。看吳鉤、夜半龍吟，匣中還吐光氣。

繞佛閣

湯東父畫靈谷松風圖，索題

路塵霽輭，松翠四合，頽照蕭寺。動望淮水，倦途又惹傷心問何世。梵鐘暮起，寒籟净宇，秋趂涼洗。樓觀平倚，似聞澈耳濤聲墮天際。

勝迹賸殘劫，夢繞南朝金粉地。空憶霸圖興亡千載事。對畫裏江山，愁緒慵理。此行能記。要喚醒蒼龍，同證禪諦。寫靈襟、墨華流紙。

尉遲杯

贈湘人

衡皋地。歎劫冷，歸隱真無計。西風夢落湖天，誰念征衫顦顇。南霄雁響，空目斷、衡雲遠千里。思華年、錦瑟慵彈，倦途休問身世。

何堪故國平居，看猿鶴蟲沙，誕謾塵裏。卅載江關餘歌哭，哀怨寫、沅蘭澧芷。鐙床眠、啼蛩伴宿，度殘夜、銅壺咽漏水。抱雄心、起舞聞鷄，眼中還望吾子。

過秦樓

爲徐石雪悼亡詩

雨歇鐙孤，月斜簾斷，怨入後堂鵑語。詩聲墮夢，畫卷堆愁，獨坐萬塵空處，何況冬閨夜漫。環佩魂歸，啼妝凝訴。悵徽音倏杳，徽容如在，總成悲楚。

還記説，病怯潘郎，神傷荀倩，脈脈悼亡凄賦。梅霙綴雪，梧葉翻風，忍聽鳳雛聲苦。休道人天恨長，緣會它生。懽盟重遇，悟華鬘影事，珍重流光過羽。

絳都春

莊仲咸重游泮水賦賀

承平盛典，記瑞靄辟雍，櫺星春暵，珮玉並騶，芳陌揚鞭教驕塵輭。息袍曾擷芹香澣。看簪帽、宮花紅顫。喜音初弄，庭枝鵲繞，畫堂懽宴。愁見。貞元運轉，悵今日更説，當年翹彥。舊國舊家，甲子中天從頭換。風流文物知何限。詔昇等、登庸思漢。羡君耆碩端凥，鶴齡壽曼。

百字令

仲咸賦詩屬和，因賦此詞

圖開瑞應，喜重瞻當日、儒冠丰采。六十年前尋舊夢，未覺吟身衰憊。泮水波渟，櫺星石黯，回首嗟桑海。茫茫人世，斯文空訴真宰。安得漢制重新，衣裳鐘鼓，轉眼風雲改。大道倘教延一綫，除是承平能再。豎子成名，耕夫識字，俛仰悲千載。相逢華髮，詠歌疑是塵外。

石湖仙

酬郭嘯麓，即用其韻

牙期誰是。渺千里情懷，愁隔雲水。人海歷滄桑，賸飄零、雍門老淚。瑤華飛墮，漫比似、楚蘭紉佩。謀醉。問蛩園、舊菊開未。

春申十年厭旅，賦秋風、荀卿倦矣。甚日陪遊，待與狂呼觥兕。獨抱琴悲，雙聲簫吹，兩般身世。吟鬢悴。輸君浩浩元氣。

霜花腴

題惲瑾叔《蘭𥨊瘦夢詞集》

過江倦客，載古愁、何心俊賞湖山。經亂年涯，索戹身世，唯餘萬感幽单。舊情强懽。喜綠衣、能作公言。伴清吟、歲月婆娑，閉門風雨小樓寒。

新樂忍聽翻拍，度仙音法曲，換譜鈞天。沈陸縈憂，書空孤憤，行歌抱瑟誰憐。醉鄉夢安。破笑啼、還向樽前。理宫商、自寫烏絲，翦鐙深夜看。

蝶戀花

題楊鋏夫抱香室填詞圖

密坐溫馨花似霧，斜日房櫳，夢迹無尋處。百感情懷渾嬾賦。年光冉冉抛人去。

蜂蝶天涯知幾許。收拾禪心，此意憑誰語。翦綠裁紅春好駐，餘生付與滄桑古。

木蘭花慢

惲瑾叔挽詞

馬塍春去後，歎花事，墮空濛。記雨屋談詩，霜簾煮酒，逸興誰同。重逢又嗟死别，聽鶴鳴嘹唳過吴淞。愁向山陽感舊，無情鄰笛飄風。

滕公。長閉幽宫。魂已逝、夢難通。更傷心身世，悲涼曙後，此恨何窮。朦朧。屋樑夜月，愴音塵凄對一鐙紅。怊悵人天杳隔，杜鵑啼斷殘鐘。

采桑子

杜鏡吾畫唐裝美人圖，索題

紅衣初試新裝束，玉立風前。高髻雲盤。翠袖涼生寶扇閒。

鴛鴦帶綰同心結，欲訴無言。雙照嬋娟。此夕花開月正圓。

風入松

林子有治宅静園路，賦賀

樅谿一曲白雲封。裝綴展新容。菟裘早辭爲鄰計，翦蓬蒿，三徑潛通。知是桃源人世，客來争問仙童。

衡門光景四時同。春在畫圖中。倦情不管芳菲事，寄孤貞，臨水蒼松。偃仰吟壺日月，長謡更倚天東。

解語花

嗚社賦蓬門淚

顰眉暈碧，亂髮縈絲，人在紅樓畔。凭欄秋晚。低徊處，空憶採香遊伴。柔腸寸斷。問誰識個儂心眼。直恁教，劫塵華鬘，總慰平生願。

臨鏡韶容自歎。念蓬門身世，無限凄婉。故巢深閉。幽栖久、顦顇趂時妝面。輕軀墜燕。漫比似、綠珠嬌婉。却恨它，多事東鄰，牽障天愁滿。

玉漏遲

題龍榆生受硯廬圖

閉門生事悄。吟窩夢醒，獨弦慵撫。鬢髮離離，誰識垢幢心苦。坐久摩挲片石，更凄斷、鐙前風雨。千萬語。夜寒袖手，低徊吩咐。

揾殘淚問玄亭。賸彷彿音塵，畫圖重補。對影聞聲，繾綣故情終古。閒看臨窻鴝眼，墨華黯、詞仙何處。須記取。當年白頭愁佇。

水龍吟

題向仲堅《柳谿詞》

曼吟袖底瑶華，獨彈自識孤弦意。萍蹤晚合，蘭騷同抱，悲懽慵記。漫惜鵑聲，試尋花笑，此懷聊寄。念哀時庾信，依人王粲，閒愁付、春鐙裏。

何況宗風能繼，寫靈襟、波瀾無二。含宫嚼徵，塗香暈色，金荃差擬。奴隸蘇辛，衙館秦柳。豪情英氣，對清谿老屋。評量煙月，譜銀箋字。

解蹀躞

鳴社賦鰣魚

霽雨鷗波初漲，罷釣歸蘭浦。夜深邀得、漁翁翦鐙語。休更結網臨淵，縱教呴沫霑濡，老饞何補。

感芳序，空記烹鮮前度。從客命儔侶，只今猶説、嘗新薦樽俎。且趂消息來時，坐看千浪流紅，寄情詞賦。

婆羅門引

題趙叔雍高梧軒圖

天風細響，翠蔭濃和小窻櫺。蕭騷又送秋聲。萬綠密圍深坐，長日擁書城。稱幽人懷抱，醉興吟情。

憑軒倦聽。傍露井、一蟬鳴。須信巢鸞有分，終古青青。銀牀夢醒，待追趂、微涼苔露行。湖上月、舊宿雙清。

高陽臺

同陳紹修渡江，重過鸚鵡洲，吊禰正平墓

霜壓晴霄，雲屯戍壘，凄涼十里川原。塚碣模糊，空餘蔓草荒煙。重來無限蒼茫感，忍更看、黄土青山。歎纔名，終誤清狂，輕命誰憐。

天心不厭中原亂，算神州浩劫，何與阿瞞。晝鼓聲喧，高談驚散賓筵。摻撾縱奪奸雄魄，便鑄成、死士奇冤。聽湯湯，江水東流，如訴當年。

減字木蘭花

秦大騩權拓本，俞弇山藏

萬千劫毁，此物不隨秦亥死。制矧文奇，説與儀徵總未知。

摩挲氈墨，師友淵源餘太息。百感交並，且向齋頭結古情。

拓本爲弇山弟子某拓贈者，弇山云，此物阮文達所未見。

漢宫春

蔣孟蘋六十壽詞

喧寂光陰，數中天甲子，潛轉貞元。優遊燕戾樂地，密韻樓閒。蘭池夏氣，盪疏襟、應悟詩禪。鸚晝永、摩挲一卷，雅情聊寄香山。曾遇鷗鴣谿畔，訪清風三徑，高躅猶傳。白頭亂餘身世，祢重長年。鶯花不老，盡逍遥，纔是神仙，槐蔭好、溫尋舊夢，休論前度因緣。

西平樂慢

家弟桐生五十生日，爲賦此詞

器業青雲，幹材喬木，長記舊德崔嵬。簪紱清芬，箭金瑰傑，當年競逞光輝。悵故國風煙散盡，芳野榛苓去遠。何堪萬感，蹉跎鬢髮離離。追念花穠酒熟，歌宴處，事影總成灰。海空波詭，紅桑照水，桐拂千尋，仙鳳争棲。重慕賞，荒灘釣石，裘帽留連，幾度危亭放鶴，寒艇呼漁，跌宕風流自詠詩。多羡惠連，春華麗錦，秋實鋪棻。介此齊眉，大笑掀髯，翻令醉倒瓊巵。

小重山

題林子有移屋圖

樓閣參差日上時，鵲音初弄曉，繞庭枝。雙成儔侶好追隨。春風裡，胥宇燕歸飛。北去又南回。息機收倦網，且吟詩。平生心跡在幽棲。閒屋賦，此意少人知。

華胥引

餘姚衢參議於吾家有雅故，海上同里巷居，過從殊密，其人坦率，不立崖岸，殤之前夕，髣髴魂來告別，觸緒悲生，聊當薤露

西風欺病，殘日催年，奈何長別。木葉深秋，陰陽短景沈恨結。目斷灰劫熊湘。定旅魂歸怯。孤憤攀天，九京心事愁説。

風義平生，念交親、我懷伊鬱。酒瓢詩卷，從今談休笑歇。忍看桑田留命，况亂離垂睫。殘夢惺忪，凴禁腸斷樑月。

徵招

老友陳兄容民，辛亥自汾州歸來，窮居海上。前年墜車傷足，蹣跚一室，觀書自娱。予每造其廬，談笑踰晷。丁丑三月，遘疾遽殤。傷心之極，哀斷不能成聲矣

交親却恨相逢晚，天涯暮年儔侶。聚首幾何時，怎幡然歸去。鳩啼聲又苦。更添我，慘春愁緒。記憶生平，翦鐙談笑，總成悲楚。

獨自忍伶俜，傷心事、愔愔向誰凄訴。坐久擁書眠，竟彌留無語。榻塵凝暗宇。但怊悵、一棺空撫。冷風悄，欲賦招魂，濺淚華如雨。

一枝春

酒後調茗生，借弁陽翁韻

燭影圍春，近風簾、照徹西樓涼雨。更籌厭數，暗引倦情吟緒。香雲護暝，媚妝鏡、黛鬟嬌嫵。乘醉賞、波底鴛鴦，競逐翠瀾偎聚。

迴廊夕蔭深處。送歌聲、冉冉新翻金縷。天涯殢酒，漫與細箋花譜。何郎未老，盡消受、個儂猜妒。殘漏轉、休更銷魂，背鐙笑語。

大酺

沈南雅爲都下女伶小慧芬賦《鶯啼序》詞，索詠其事，因成此解

正臘鐙紅，萸煙裊，人影衣香樓角。檀槽新歇拍，擁娥妝初上，萬花成幄。步屧驚鴻，移槃舞燕，嬌小丰神依約。瓊娘葳蕤恨，念梨園身世，命絲靈縛。自仙籍飄零，帝閽寥遠，信音誰託。

尊前雙淚落。怕重聽、河滿傷心數。任喚賞、箏琶促奏，粉黛餘姿。把繁憂，甚時刪却。幾換華鬘劫，禁暗觸、中年哀樂。待燒燭、西園酌。緣會何定，同是天涯漂泊。亂愁四弦更覺。

長亭怨慢

題長沙周大荒玉梅花詩卷，紀小慧芬事

爲誰怨，落花飛絮，罷酒闌干，夕陽無語。俊賞瓊題，細吟斑管甚情趣。劫餘心眼，應愁對閒歌舞。佇立已吞聲，争聽得雛鶯啼苦。

朝暮。殢香雲悽黯，只恐畫屏春去。華鬘事影，盡傳入、幺弦金縷。待惜取黯黯芳魂，仗詞仙玉梅新譜。暗檢點相思，説與當筵儔侶。

探春慢　周癸叔

蠱神祠次石帚韻

跡異飛螐，靈傳化虎，小姑祠近春埜。竹暈落斑松盤瘿節，應配荒祠石馬。憑弔增惆悵，佇靈瑣湘筠愁寫。共搴叢社蘭芳，也留彤管幽話。

鳴佩谿流韻瀉，問世味酸咸，清涕盈把。玉女泉滋，露筋辭好，老筆借卿熔冶。無地埋香骨，傍西崦古梅霜下。蹋月歸來，孤吟愁寄遥夜。

前調　姜白石

姜名夔，字堯章，其集名《白石道人歌曲》，中有琴操譜甚詳，詞有自度曲十餘首，蓋通音律者，故其詞與他人不同

衰草愁煙，亂鴉送日，風沙迴旋平埜。拂雪金鞭，欺寒茸帽，還記章臺走馬。誰念漂零久，漫贏得幽懷難寫。故人清沔相逢，小窻閒共情話。

長恨離多會少，重訪問竹西，珠淚盈把。雁磧波平，漁汀人散，老去不堪遊冶。無奈苕谿月，又照我扁舟東下。甚日歸來？梅花零亂春夜。

亶素老人注：白石無石帚之名，夢窻謂與姜石帚往來三十餘年，恐另是一人，曾加考證，可斷其非白石詞律，亦稱其爲白石恐誤。

附注：《探春慢》兩闋為原稿冊中夾頁。夾頁為周岸登手鈔原件。

解語花

東湖酒聚，調藹如

征笳暮咽，怨笛寒飄，風急離亭晚。去程何限。沙隄路，渺渺霧冥霜淺。雲羅雁返。驚夢枕相思零亂。孤櫂移，千浪流紅，灑淚春江滿。

容易華年輕换。恠文園顦顇，愁暈妝面。恨長天遠。丁寧意，記取臨分心眼。柔腸萬轉。都付與、驪歌催散。知舊盟，不負花期，看燕歸簾捲。

徵招

朱德齋賞言將以某歲奄化。是年適遘尋鄔之亂，可哀也已。友人護其喪歸，作此悼之

西風不詔巫陽下，沈沈此愁誰訴。賦鵩記當年，忍聞君悽語。劫魂歸去否。抱幽憤、夜臺孤苦。唳鶴平林，怨吟山鬼，並成悲緒。

得喪本虛漚，蒼黃禍、浮名被伊輕誤。恨血化磷飛，問埋冤何許。一杯親酹處，但淒斷、暗塵荒厝。晚風起，冥漠無靈，永歎兮凝佇。

采桑子慢

寄懷黃萬友北平，集清真句

庭柯影裏四園竹，敲徧闌干誰應《感皇恩》。薄衣潤、新添金縷《夜遊宮》，夜色催更。兩地魂銷《憶舊遊》，淒風休颭半殘鐙《虞美人》。秋蟾如水，高樓噴笛《鎖陽臺》，離思相縈《華胥引》。

多謝故人《西平樂》，殷勤爲説《還京樂》，難負深盟《長相思慢》。更誰念、玉谿消息《迎春樂》，景物關情《氐州第一》。睡起無憀《丹鳳吟》，惡嫌春夢不分明《木蘭花慢》。樓頭千里《雙頭蓮》，驚風驅雁《慶春宮》，佇聽寒聲《關河令》。

石州慢

黃萬友歿於北平，鄰笛傳哀，愴然歎逝。集夢窗

庭院黃昏，金井暮涼，譙漏疏滴。新園鎖卻愁陰，葉葉怨梧啼碧。笠蓑有約，此去幽曲誰來，籬邊秋風蛩催織。別味帶生酸，減樽前歌力。

風急。老仙何處，一箭流光，楚江沈魄。搖蕩秋魂，飛過長安南陌。空濛遮斷，袞袞野馬遊塵，闌干獨倚天涯客。往事一潸然，對滄江斜日。

還京樂

題廖鳳舒半舫齋詞集

夜窻迴，爲説滄洲夢跡成淒惋。記汎差歸後，過江客老，悲懽何限。賸暮年詞賦。銀箋貯篋啼痕徧。舊恨惹應有，萬轉千迴腸斷。

聽秋聲倦。想當初、情緒風流，換卻華年，人意樹嬾。輸它燕約鶯期，向花前、濺淚誰管。漫銷凝，拚麗曲重翻，高歌自遣。待約羅浮月，清輝留照吟卷。

一寸金

廖懺盦善作粤謳，解心目賦贈

頭白冬郎，萬感蒼茫話塵劫。念海濱、蓑笠初衣，未遂江關，詞賦朋簪重盍。深隱壺天狹，惟犀鎮、夜寒夢怯。殷勤記、年少狂遊，整頓瑤篇到行篋。

舊事分明，閒愁閒悶，風流詠釵盒。説雪兒、嬌唱新聲，鶯囀珠孃回步，殊姿鴛靸。心景從追悔，鑪香燼、懺餘綺業。春窻畔、更譜宮商，曼吟頻翦蠟。

江南春

題姚虞琴超山生壙圖

岩響流泉，雲封宰樹，群山環峙寒碧。新阡未表，翳墓門、春老梅棘。千載營窀穸。遊人過、佇瞻扈宅，但向此，張琴寢榻。刻石題幽，翛然樂事先得。清寧氣，開兆域，料演象玄空，地符通脈。平生曠想，更笑説，塵埃行客，息壤盟香國。家風遡，萬年曩跡。留取此圖，吟賞從容，寄歌詠兮晨夕。

南浦

繆子彬工爲詞，復善崑劇，酒後輒拍板高歌，因賦此詞

柳徑隔塵囂，愛翦淞、半江聊寄深隱。詩酒賺狂名，秋鐙外、西風自憐凋鬢。雲韶寂後，哪堪重向承平問。劇嗟舊樂同散佚，閒把宮商分刌。知君夢繞鈞天，聽急拍繁腔，都成孤瀌。留命看桑田，人間事，談笑付他科諢。哀絲豪竹，激昂歌響竈年返。五陵裘馬依然在，休問詞場愁損。

小梅花

題林子有歸梅圖，此詞並題顧公雄畫冊

梅萼露，園中步，林家花開顧家樹。看寒葩，態橫斜，哪知舊時，庭花生蓬麻。前年劫火吳門道，殺氣如山名如草。委金錢，棄釵鈿，遑問一花一木到平泉。闢戶牖，延賓友，酌酒吟詩爲花壽。客何求，客無求。當筵欲語，不語似含愁。愁言劇盜將花去，鬻與

逋翁棲隱處。乞珠還，解酡顔，留取畫圖，一幅證因緣。

看花迴

題江女士墨畫水仙

繡窻微度妍暎，黰展春靨。倩影背鐙欲笑，愛搇映龍盆，葳蕤偷坼。淩波顫嫋，玉蘂瓊英榮眼纈。長是傍夜月簾櫳，靚妝流媚總清絶。憑睇想、珊珊秀骨。似藐姑、自然娟潔。休道寒宵暈淺，借畫筆輕描，墨華芳烈。爲惜嬌嬈，故把鮫綃勤熨帖。細評量，意何許，待與知音説。

晝錦堂

丁丑之亂，避難窮鄉，明年還城，頗有城郭人民之感，群碧翁先有感賦一詞，悵觸予懷，依韻和之

梓里無家，桃源甚處，極目天遠何之。舊壘斜陽仍在，飛燕參差。連屋炊煙藤蔓繞，閉門荒趣蘚紋滋。憑欄久，雙袖障寒，微吟又動愁思。

懽期，輕誤也，歌宴散。緑窻慵理琴絲，賸有秋詞殘調。付與紅兒。聽鸝還惜臨江柳，看花休惱隔牆枝。蹉跎憾，偏向酒濃香熟，换了霜鬢。

前調

再和漚夢

柳影遮簾，蛩聲繞砌，寂寞誰與同之。舊雨不來何事，歸計多差。曲突遲謀薪更徙，閉門除種蔓難滋。臨風淚，揮向倦途黃金，恁鑄相思。

心期、都誤了，雙鬢悴。百端難理愁絲，枉是塵埃虛寄。愧煞男兒。厭觀棊局收殘劫，待它菊圃發秋枝。平生事，休對鐙前重憶，悶裏拈髭。

前調

群碧翁亂後歸來，萬端懊惱，一再感賦，仍用前韻賦和，兼以慰之

檢點琴書，逍遙杖屨，脫略惟有微之。向晚簾櫳深坐，鐙影參差。詩格知於聲律細，畫圖留得墨痕滋。幽戺靜，殘意斷情吟壺，又寄遐思。

花期、多勝賞，鄉味雋。爭誇鱸膾蓴絲，更把宮商低按。拍付歌兒。竹竿晴碧森寒玉，桂華香滿發新枝。林園好，須趂蟹肥篘熟，醉語拈髭。

洞仙歌

壽詞。壽林子有七十

風濤盪處，中有神仙宅。飲酒吟詩永朝夕。看紅桑三變，劫火無情，空餘得，老去閒身蕭瑟。端㕍成大隱，且喜孤標還向蓬萊占仙籍。試問古春秋。笑語徜徉，算不盡、壺天曆日。瞰壽星遥夜吐光芒，待滿引臺杯，就君瑤席。

沁園春

壽蔣英先

陶菊襟期，庾蓮丰格，如君幾人。望燕雲天遠，羈棲逆旅，淮山風暵，佳賞良辰。留得閒身，搔將華髮，且喜平頭甲子新。酴醾酒，喜梅妻鶴子，捧爵殷勤。平生肝膽輪囷，看笑語掀髯自有神。更彈絲擫竹，高歌驚坐，揮毫吮墨，雅趣題裙。萬興齊開，百年長樂，占取人間爛漫春。群仙會，料擕來管笛，衣袖香熏。

慶宫春

賀某夫婦結縭

苞孕崇蘭，華敷穠李，滿庭瑞靄絪緼。花簇房櫳，香溫衾簟，轉令人意逡巡。鶤弦彈罷，聽一曲，求凰調新。密圍深坐，鐙蘂交輝，千豔生春。風流趙李能文，高詠微吟，繞思五倫。百歲恩情，三生緣會，客來爭羡嘉嫆，集肩成鳳，料佳兆、它時夢雲。紅窻深迴，應有催妝，墨妙詞芬。

瑞鶴仙

壽嚴母九十

東山近繡幰，護金陵、佳氣藹堂花暝。瑶池賁丹簡，看扶鳩一笑，玉顔如練。紅榴照眼，映槐廳、風光夏轉。話承平瑞世，方新寵拜鞠褕殊眷。

庭畔懽生萊舞，阿買阿宜，壽觴齊獻。鶴籌試算。稽甲子，又添半。記傳經紗幔薇音淑德。歌頌頻拈翠管。耀中宵寶婺，增輝大年億萬。

臺城路

題刀壽彝秋江送遠圖

愁心吩咐寒潮去，荒江正逢秋晚。繾綣情悰，迷離夢跡，輕逐天風西捲。征程漸遠。對重驛關河，恁禁腸斷。衮衮塵埃，問君何處著青眼。

浮查誰記遠邇，暮雲飛鳥外，教認圖卷。萬里聲名，百年事業，應識迴翔天岸。孤舟倦返。賸猿鶴蟲沙，劫灰零亂。醉把吴鉤，嘯歌搔鬢短。

驀山谿

題鮑亞白填詞圖

林巒深處，中有幽人寄。小隱愛清廖，賦閒情、竹間松底。參軍俊逸，乘興主詩盟，更分刌。到宮商，自把瓊簫試。

湖山風月，睇想非耶是。陵谷已傷心，況淒涼、填詞身世。知音餘幾，辛苦托孤吟。但留得，畫圖看，誰識平生意。

喜遷鶯

陳毓陶自海上寄懷，用原調賦答

江天愁望，報霜信又聽，飛鴻音響。銀燭裁詩，金壺斟酒，猶喜舊懽能强。昔日玉關佳句。那有雛鬟低唱。慰羈旅，念秋繁風露，吟身無恙。

淒悵。簾幕冷，鐙灺香消，此意成孤往。世局如棊，年光飛羽，蹤跡空悲流浪。老夫來五味，休問婆娑情收。人境悄，怕蛩聲斷續，風穿窻網。

青玉案

徐印士重游泮水，繪思樂圖，征題

黌宮綠滿芊芊草。聽林際、鴞音鬧。泮碧波紋風皺小。芹香爭採，鳴騶玉珮，蹌蹐驕年少。

而今白髮朱顏老。且喜簪花上衰帽。得意還誇新貴早。人間何世，舊遊回溯，目斷承平渺。

齊天樂

寄眉仲蜀中。己卯歲客杭州作

風雷掀簸神州日，傷心送君南浦。地險堪憑，天荒欲破，遑問郵程何許。軍烽間阻，想越國過都，也應凄楚。避世誰依，漫雲干淨尚吾土。

嗟餘人事潦倒。老懷誰慰借，愁對樽俎。少小陪遊，隨常戲謔，無限深情唯汝。相思意苦，盼萬里關河，寄書鱗羽。甚日歸來，把杯同笑語。

前調

同徐印士薄游秦淮，小舟來往，兩岸荒涼，今者之感怦然於中，賦此即示印士

秦淮歌吹曾聽慣，重來更尋鴻爪。喚酒黄壚，看花紫陌，愁結遊絲芳草。憑高望渺，賸靈谷松濤，暮天寒嘯。舊雨晨星，我懷牢落向誰道。

驚心龍漢换世。幾回傷往事，宮漏聲悄。蠡水乘風，西泠泛月，應憶承平年少。壎吹韻杳《印士與家叚辭兄甲午同貢成均》，歎頭白逢君，倍添凄抱。老繫旅棲，定悲同命鳥。

望江南

賦翦綵女郎

花蔭裏，豐韻忒端凝。香徑行來弓屐窄，紅菱分處翦刀輕。懽賞景中情。

上行盃

費仲深挽詞

高齋接座敲詩處，纔調縱横光氣吐。鶻語宵驚，怊悵空餘死别情。

幽憂早厭人間世，抛卻浮名還大至。展卷含悲，猶賸纏綿絶筆辭。

虞美人

題朱犀園畫松卷子

蒼虬墮地知何世，留取蜿蜒勢。雪霜風雨任交加，料得平生肝肺有槎枒。

眼中多少凡桃李，百態爭妍媚。此圖難與俗人看，拚付亂書殘燭夜窻寒。

玉梅令

題李立民棠棃館圖

棠棃千樹。繞郭繁英嫵。春寒護、翠蔭庭宇。盡微吟細賞。鎮日憑闌干。東風不管，醉歌且舞。

林園景物，誰分賓主。名花好、豔陽更駐。但披圖延想。領客説當年。知脈脈、此情難語。

瑣窗寒

陳歗湖繪鄰袁老屋圖，索題，和其原韻

傍野門開，通橋路轉，蠣牆圍篠。倏然寄隱，哪管落花啼鳥。擁圖書，婆娑歲華，十年換卻荷衣了。問袁安高躅，空餘夢跡，客懷縈繞。

塵表壺天小，悵韋曲苔荒，習池波渺。石城夜月，猶照林邱芳草。愛地偏，近接名山，羈棲幾見鶯燕老。結茅庢，未慣逢迎，只許禽魚擾。

前調

陳歗湖賃庢小倉山畔牓，其庢曰鄰袁老屋，倚調賦贈

亂柳遮檒，交藤覆瓦，結廬深靜。纖塵不到，且適退閒心性。揜重關，畫圖臥看，牓門借得詩人姓。話風流吏隱，江南倦客，後先堪竝。

清夐添佳興，正滿院鶯聲，壓欄松影。微吟細賞，好趂陽春煙景。任倉山，排闥送青，北窻醉眠猶未醒。記十年，閱盡桑田，官情塵外冷。

石州慢

題蔡雲笙雁邨填詞圖

塵海帆收，波語洞濕，爭認歸客。幽居繪幅新成，髣髴橋扉重歷。流光過眼，看盡幾樹斜陽，寒枝啼斷鵑聲澀。詩夢渡黃河，料心傷潮汐。

應憶，舊時觴詠，顛頷南冠，頓嗟頭白。一縷清愁，都付蘋洲漁笛。披圖延賞，賸得畫裏江山，含情何限承平惜。余亦宦遊人，賦勞歌誰識。

徵招

題亢壽民澄碧園填詞圖

詞場衰歇承平後，都來故懷輕換。漫説過江人，臥滄洲年晚。劫餘生事淺。恁輸卻，嘯歌槃澗。繪幅林園，十分妝綴，宛然行看。

指點海桑紅，遊仙夢、應乖昔時心眼。景物已全非。恣孤吟誰管。北山猿鶴伴。想叮囑、舊盟須踐。鬢絲老脈脈靈修，任歲華流轉。

上行盃

題朱犀園讀畫圖

蒼松翠竹春園屋。妝點林園留繪幅。卷軸紛羅，妙理猶能喻茗柯。

沖襟雅抱通微尚，詩境無聲憑睇想。獎綠催紅，呼吸生香識化工。

慶宫春

林子有纂輯《詞綜補遺》，手鈔成帙，索題

樂府編題，聲家標舉，幾番望古遙集。千載盱衡，詞流百輩，盍簪還與分席。瓣香能繼，問名字，誰屋第一。靈襟微尚，收拾叢殘，愛吟窮日。彩毫更寫蠻箋，暮纂晨鈔，任抛心力。生涯凋鬢，閒情自遣，此意都關欣戚。檢書燒燭，借凝想、風流俊逸。騷壇封建，茅土酬庸，俾侯即墨。

慶宫春

題姚虞琴珎帚齋詩畫稿

行役年涯，勞歌人境，倦途事影分明。吟篋裝愁，墨池留瀋，畫圖併入詩情。鬢絲禪榻，晝長覷，茶煙嫋青。佳辰延賞，高唱喁於，别有同聲。白頭已忍伶俜，喧寂千端，消受餘生。梅鶴前因，蟲沙殘劫，幾番淒對衰鐙。老懷蕭曠，夢雲接、神仙玉京。瑤華一卷，它日藏山，應在西泠。

臺城路

壽詞。吕仰南七十初度

羲和甲子周遭後，春秋十年重數。晦朔頻更，滄桑幾變，依舊丰神軒舉。承平記取，羡清切曹司，玉除翔步。嘯傲人間，不知塵世換今古。

京華猶是倦客，市朝甘大隱，誰識仙侶。濁酒千杯，枯棊半局，贏得閒身天與。庭陔笑語。料膝繞兒孫，鳳鸞交舞。子夜能歌，捧觴還按譜。

燭影搖紅

賀繆子彬之公子乙雄新婚

金屋圍春，萬紅堆里傳簫管。銀臺雙照玉人行，簇座光輝滿。笑捧花枝影顫。印同心、深盟互踐。鑪煙香嫋，喜上釵頭，合懽屏暝。

蕚綠華來，定情應慰平生願。從知嘉耦兩無猜，爭道神仙眷。畫就妝眉黛展。步天街、柔荑更挽。綵旗翻處，舞徧宜男，鵲聲庭院。

驀山谿

贈人之作

豐姿瀟灑，喜識然明面。閒坐恣談諧，近秋窻、還傾吟盞。老夫耄矣，生世閱人多，知君是、九霄鵬，萬里扶搖慣。

攙槍照野，何日天心轉。顛頷六朝山，料同賦，江南哀怨。萍蓬聚合，邂逅證因緣。且呼酒，上樊樓，不管滄桑變。

風入松

爲繆子彬題旋珠閣記

春花秋月度華年。懽喜證情禪。溫家金屋安排好，恁因循，誤了嬋娟。何意黄衫未遇，偏教破鏡重圓。憑肩私語相憐。往事語從前。西風吹散鴛鴦夢，倏分飛，隔斷人天，留取靈蕤秘記，傷心此恨綿綿。

清平樂

董雲巢爲曹文正振鏞畫山水立軸，成於乾隆乙未，眉仲購藏，乞題

端㕧多暇，樂事供陶寫。尺幅兼金論善價，認取丹青曹霸。河山幾换風煙，畫圖景物依然。相對軒眉一笑，逡巡欲注疑年。

燭影摇紅

題姜女士古妝小影

玉立亭亭，瑶臺月下相逢慣。莫教錯認藐姑仙，端正風前看。臨鏡青絲細綰。效娥妝、高鬟盛鬋。驚鴻瞥睹，豐韻依然，昵人心眼。半篋蘭詞，清歌自把宫商按。慢吹横竹試新聲，爭聽珠喉囀。法曲霓裳譜徧。傍花蔭、涼生寶扇。畫圖

開處，修短穠纖，寫真疑幻。

江南好

常熟姚撫屏繪板輿迎養圖，索題

荊楚歸來，故園無恙，隱居閒愜幽情。豔陽春好，佳日近清明。遙憶秦淮景物，迷煙雨、花柳娉婷。安排待，東風買櫂，柔艣盪秋聲。

六朝金粉地，興亡舊跡，莫問啼鶯。且憑欄呼酒，重結鷗盟。喜趂郎君休暇，陪遊處，山寺湖亭，從容記，承懽樂事。圖畫寫丹青。

百字令

宜興周賓萊八十九初度，賦此爲壽

武陵倦客，話承平往事、無限情景。挾策遨遊盡曠覽，千里江山名勝。楊柳春城，芙蓉淥水，到處成佳興。莊襟老帶，翛然自得清境。

猶記一舸歸來，蘧廬偃仰，歲月幽居靜。眼底滄桑漫惱亂，垂老安閒心性。抱甕澆花，凭窻聽鳥，逸趣成高詠。仙籌添算，海天鶴壽同永。

高陽臺

孫濟一自畫山庒閒吟圖，索題

平野風埃，嚴城鼓角，倉皇且賦閒關。雞犬桑麻，幽庒暫隔塵寰。登樓盡是傷心地，怕劫灰飛上闌干。聽南霄、哀雁聲聲，孤月清寒。

蟲沙猿鶴合何世，望中原莽蒼去，棲息難安。縱有詩情，愁來依舊無端。河山信美非吾土，寫丹青、聊記因緣。賦收京、客子歸來，圖畫重看。

惜餘春慢

題張蟄公『惜餘春館』填詞圖

鏡裏華顛，杯中芰尾，荏苒潛移時序。徜徉晚景，詠賞年芳，都付庾郎詞賦。前度憑欄話愁，來燕歸鴻，幾番延佇。趂層樓茶倦，朋儔簪盍，曼吟成趣。

還更說、室邇人遐，名園棲息。且喜春光長駐。崇蘭擢秀，丹桂飄香，引得萬般懽緒。門外風花亂飛，孤枕夢回，閒聽鸚鵡。看疏疏詩鬢，逍遙塵表，漫嗟遲暮。

太常引

題巢章甫海天樓讀書圖

千重萬疊去來潮，衮衮到神皋。樓外月輪高，聽嗚咽天風海濤。雁聲將去，蛩聲又續，涼雨一鐙飄。飲酒讀離騷，向獨夜清愁闇銷。

念奴嬌

和陳惠之揚州寄懷韻

吳城殘夜，照飄鐙，寒雨幢幢疏影。過雁聲中，傳鼓角，迸入窮冬詩境。抱瑟幽情，捶琴舊恨，江海嗟浮梗。笙簫吹下，恍然身在緱嶺。猶記王宰風流，湖山繪幅意，匠真奇警。煮酒論文，多暇日，笑語塵冠慵整。問訊移家，商量結社，凝想深宵靜。容光相對，料應襟帶清泠。

高陽臺

題沈竹礽貳尹行樂圖，其子瓞民乞題

急劫倉皇，歧途躑躅，伶仃孺子誰憐。彼美人兮，相逢似識前緣。攀鱗附翼聯翩起，問姓名、早上金鑾。甚無端，萋斐工讒，催賦歸田。論功幾輩封章薦，拜明庭寵命，視此衣冠。畫卷開看，丰儀渾似當年。縹緗手澤分明在，付子孫、珍重藏山。料豐碑，表墓鴻文，千載流傳。

齊天樂

夏澤生六十初度

清門文采相知稔，承平識君年少。秉燭懽遊，飛觴戲謔，卌載前塵能道。翩翩玉貌，是弱冠終軍，請纓纔調。漸筮鴻逵，頗聞聲譽動江表。

麋臺亂離聚首。海桑經幾劫，同命憐鳥。俾爾康强，躋予耄耋，天許從容談笑。眉齊膝繞，慶甲子方新，歲華長葆。翊贊明時，策勳侔四皓。

鷓鴣天

盧彬士七十壽詞

游戲塵埃七十霜，深衣皂帽臥滄江。悲懽細寫新詩卷，中有青衫淚幾行。

人且健，壽而臧，衡廬歲歲盡徜徉。盆蓮更放花千朵，宴賞相攜老孟光。

賦罷人間愛晚晴，吟身喜見歲崢嶸。端居待轉貞元運，入夢應知帝與齡。

披綵服，晉瑤觥，爭誇弱息是寧馨。月明花好婆娑處，一片春光上畫屏。

漢宮春

歇浦送春

辛苦齋鐘，佇吟壺催曉，愁斷詩魂。鶯花暗隨夢老，何地留春。蕃街小駐，怕驕驄、驚散香塵。歌未了、行行且止，鞭絲猶戀斜曛。

回首水遙山遠，把無端啼笑，分付閒身。枝頭數聲杜宇，依舊殷勤。東風鬢影，漫欺人，年事逡巡，明歲賦、千紅萬紫，江南芳草王孫。

宴清都

賦瓶花，簃瓶中芍藥（嘯麓所創詞社）

步繞湘簾底。香雲暝，金壺穠豔多麗。葳蕤嫩葉，妖嬈秀質，一枝流媚。臨牕顧影亭亭，旋照眼、新妝淨洗。更念想，綽約丰姿，雕欄護惜苞蘂。

書帷伴幾昏晨，玉娥醉醒，難比嬌膩。斜橫插處，輕憐細閱，懷棽尾。揚州夢憶前度，恣玩賞，春光旖旎。料招邀，宰相來時，帽檐露泄。

八聲甘州

春暮百感示淮上同遊諸子

借神風送我上行舟，飄然過江來。瞰河山千里，浮雲蔽野，劫火成灰。自歎文章九命，斷夢落塵埃。空灑揚朱淚，岐路緋徊。

莫道蘋蓬漂盪，有倦遊殘客，聚首天涯。把平生説白，青眠向淮開。且商量，十旬休暇，坐西園，談笑酌吟杯。同携手，起斜陽好，長嘯登臺。

齊天樂

和櫟寄送春詞韻

群芳不解將離意，紛飛半天紅雨。短晷潛移，輕陰暫閣，安得青陽心許。商量勸阻，奈金谷封姨，厭陪歌舞。寂寞長亭，未聞驪唱悄然去。

春旗楊柳岸遠，箭波催鷁首，江水東注。執手要盟，緘情賦别，誰識年時辛苦，臨歧念否。倘旌節重來，更陳觴俎。只恐天明，寺鐘愁聽杵。

古香慢

夏閏枝自北京貽書並寄題辭。賦此報謝

露華凝草，霜訊催梅，驚墮鴻羽。夢憶長安，有客曼吟愁句。珎重北來書，慰情勝、承平宴俎。把孤懷、寄我萬里，暗傳影事凄楚。

漫念想、滄浪煙雨。同是天涯，衰鬢羈旅。半篋秋詞，定識老孱儔侶。古調託猗蘭，料持訴、西風怨苦。待何時，向高館、翦鐙狂語。

滿江紅

和張孟劬九日登高韻。丁丑歲，孟劬時戹北京

風急天高，驀吹送，清商應節。淒然看，滄桑三變，孰憐尖髮。霜露漸催鴻雁響，烽煙頓改山河色。賦閒關，躑躅竄蓬蒿，歧途泣。

前度事，憑記憶。流離苦，傷心說。叩蒼冥，無語有懷難白。海上徒聞堪避亂，草間差喜能偷活。笑新詞，猶自敢題餻，長安客。

相見懽

中秋，風雨竟日，夜堂無月，節物淒然，賦此遣悶

林園雨雨風風。颭秋紅。惆悵姮娥深閉、廣寒宮。

銀鐙燦。清樽伴。小庭中。底事一般情景、去年同。

歸朝懽

辛稼軒曾游靈山齊庵菖蒲港，擬改此調為《菖蒲綠》，因賦菖蒲一闋

清景池塘春雨足，枝葉離披敷嫩綠。青泥茁迸萬千莖，翛然高致娛心目。豈同桃李俗，漂薰生怕驚風

撲。問谿蓀，何年降謫，靈秀此鐘毓。冬至陽回萌甲簇，蘸水芳叢森似束。玉缸香醞熟新篘，一杯消受神仙福。菀枯相倚伏，蟠根詎肯儕它族。恨王猷，知君九節，偏說拜修竹。

鳳棲梧

爲關穎人題金纖纖小像研拓

仙子蓬山淪謫後，天與聰明，不與人間壽。詩思清新誰比偶，吟身長嘆春來瘦。一硯流傳今在否，拓本摩挲，但說冬郎手。半幅縹緗藏篋久，閨中自有同心友。

注：小像拓本爲穎人之夫人所藏。

齊天樂

元馬文璧畫《漁隱歸樵圖》，卷子爲朱稚臣題

逍遥曾悟南華義，翛然睠懷林藪。覆鹿藏蕉，飛鴻印雪，應識虚舟無住。年涯倦旅，待收拾塵心，徜徉遲暮。自采樵蘇，滿山黄葉白雲路。晴峰煙樹杳靄，歎迷陽郤曲，休更歧誤。荷篠逃名，觀棋換劫，贏得閒身天付，披圖思古。問高躅何人，晦潛榛莽。把臂無儔，鳳歌誰聽取。

一絡索

和鹿潭韻

楊柳樓臺煙鎖，子規啼破。落花如雪不開門，怕幾陣、春風過。料得隔簾鐙火，箇儂愁坐。夜長猶自擁鑪溫，覷窗外，銀蟾墮。

攤破浣谿沙

題陳素素詩畫硯

窈窕聰明想玉顏，蘭閨歌舞妒花妍。借問丰神誰得似，邈姑仙。畫筆鎸傳麋子研，詩情寫入雁頭箋。獨倚妝樓邀月姊，鬥嬋娟。

玉樓春

乙未閏，重三日，江亭修禊，拈得就字韻

蘭亭觴詠流傳久，此會不圖今日有。平生三度閏重三，春暝名園曾載酒。當年題壁新詩就，贏得朋懽齊拍手。而今樂事已成塵，空對良辰呼負負。

慶春宮

梁谿孫伯亮，風雅士也，而有俠義。聚其師友手墨，為晴梅館存牋，因賦詞以張之

人海迷茫，年涯衰謝，倦途豈料逢君。風義平生，朋懽情話，幾番絮語交親。叢殘裝綴，炫章色，巴箋五雲。香梅晴雪，移照軒窻，懷抱清芬。

商量舊學殷勤，高詠微吟，繅藻繽紛。薪火師承，縑緗灰劫喜看。鴻爪留痕，市廛棲隱，問誰識、風流季真。筤屏圖畫，雙笑憑肩，應悟前因。

注：青城老人鄧君為繪梅月圖，因伯亮已得嘉耦，戲之。

青玉案

題南匯姚承年養怡圖

丹青寫出谿山影。更黯綴、村壏景。湖月林風憑管領。桑榆三徑，翛然人境，自得幽棲勝。

它年祝願天垂慶。拋卻車牛動歸興。老去怡情兼養性。庭陔春永，文房輝映，留取斯圖證。

少年遊

鄂人劉棨園在北京僣園地一區，藝菊多種，賦詩徵和，仍用六一翁詠菊韻答之

秋光先到小園中，錦繡萬千叢。寒香佳色，移根何處，林下占清風。

樓臺近接天容闊，睇鴻雁下高空。牓字新題，花期俊約，懽賞夜鐙紅。

清平樂

賦鄰園牡丹

瑤臺仙種，曾拜東皇寵。瑞日嬌雲春意重。吩咐群芳爭擁。　盡多國豔天香。思公盡費評量。一例身披衮繡，應推魏後姚王。

鳳來朝

顦顇是真箇，照吟身、一鐙獨坐。賸空庭寂寞、梨花朵，又風雨，夜來過。　客路青衫仍我，只消磨，卅年涕唾。待一笑、牢愁破，看閃閃，劍光墮。

聲聲慢

丹徒李樹人著有《繡春詞稿》，予因蔣鄺谷嘗稱其人。樹人殁後，其子某某來乞題辭

鶯花鋪繡，簫管嬉春，清閒睇想孤蹤。嶺嶠歸來新詞。唱徧江東。淮南賦成招隱。愛小山，金粟香濃，吟事悄旋。虛弦掛壁，琴榻塵封。　還記羈棲枕海，又萍蓬、飄盪幾換秋風。惆悵情懷，而今休問泥鴻。樽前故人何處，恨十年、舊夢匆匆。頻翦燭，對遺編，愁聽暮鐘。

被花惱

送人之金陵軍幕，集清真句

落霞隱隱日平西《一落索》，心逐片帆輕舉《荔枝香近》。憑仗青鸞道情愫《感皇恩》。黄昏畫角《鎖陽臺》，雲迷陣影《雙頭蓮》，不爲行人駐《鬢雲松令》。歸未得《漁家傲》，去難留《早梅芳近》，綠蕪凋盡臺城路《齊天樂》。獨自倚欄愁《少年遊》，莫是栽花被花妒《夜游宫》。尋消問息《意難忘》，怕見孤鐙《傷情怨》。細作更闌語《虞美人》。悶騰騰《醉桃源》、斷了更思量《大有》，況蕭索《大酺》、時聞打窗雨《法曲獻仙音》。到此证《西河》，薄酒醒來愁萬緒《木蘭花慢》。

卜算子

擬請友人畫《詞隱圖》，因仿半塘翁先例，以詞代言，即用翁原韻，戲爲此詞

繪幅小林園，著個書齋我。種菜鋤花春復秋，此意年年頗。亭側倩松扶，攤矮將藤裹。占得閒閒一畝宫，終老吾身可。

安公子

送黄公渚重遊金陵，集清真句

細作更闌語《虞美人》，酒行欲散離歌舉《點絳唇》。雪浪翻空《水龍吟》，迷路陌《應天長》，探風前津鼓《夜飛鵲》。怎奈向《拜星月慢》，桃谿不作從容住《玉樓春》。憑斷雲《浪淘沙慢》、夢入芙蓉浦《蘇幕遮》。聽一聲啼鳥《念奴嬌》，生怕扁舟歸

去《虞美人》。

還到曾來處《垂絲釣》，綠蕪凋盡臺城路《齊天樂》。又是黃昏《傷情怨》。新月小《蘇幕遮》。對前山橫素《紅林檎近》。想念我《綺寮怨》、孤鐙翳翳昏如霧《木蘭花慢》。知甚時《雙頭蓮》、待客攜樽俎《瑣窗寒》。正泥花時候《還京樂》，共翦西窗蜜炬《荔枝香近》。

石州慢

秋齋夜坐，感事傷懷，悵然有作，集夢窗句

月轉參移《漢宮春》，銀燭夜闌《風流子》，秋夢重續《秋霽》。西風幾許工夫《朝中措》，各樣鶯花結束《念奴嬌》。傷高還遠《青玉案》，衮衮野馬遊塵《鳳池吟》，青山南畔紅雲北《醉落魄》。禁得幾蛩聲《虞美人》，到臨窗修竹《好事近》。

懽酌《秋思》。强寬秋興《齊天樂》，吳水吳煙《江神子》，際空如沐《三部樂》。難入丹青《柳梢青》，蔓草羅裙一幅《蕙蘭芳引》。留連清夜《永遇樂》，認得舊日蕭娘《惜黃花慢》，貞元供奉棃園曲《風入松》。何處不秋陰《龍山會》，鎖煙窗雲幄《金琖子》。

金菊對芙蓉

劉埶園，鄂人也，㞐北京，闢地數十畝種菊，嫻短日照之法，變夏爲秋，使花早開，行有成效。賦詩徵和，譜此報之

日暝紅闌，霜鋪翠瓦，滿園光景澄明。看節華齊放，只豔雙清。閒身最愛秋容淡，況此花、丰骨崢嶸。圖經按索非時醖造，喜愜幽情。

相見簪盍吟朋。向露叢指點，幾費題評。笑天時人事，變幻何憑。行廚好待陳樽俎，葆歲寒、締結騷盟。金英簇座，從容賦詠，千首詩成。

注：徵和詩中謂菊别號節華。

踢莎行

寄繆子彬

簷鐸搖風，窻紗積霰，離愁萬縷如抽繭。天涯迢遞寄相思。相思更比天涯遠。

人事蹉跎，年華晼晚，壯心已自成衰嬾。念君朝暮聽寒潮，滄桑知否經三變。

珎錯杯盤，玉當緘札，華予歲晏肝腸熱。漫天風雪正懷人，殘冬心事憑誰説。

異地棲遲，羈愁藴結，知君索處身如孑。旋珠閣裏度寒宵，當頭曾否看明月。

穆護砂

題沈寐叟曾植海日樓圖。寐叟歿後補題

飄渺荒江路，問風雲、誕漫何許。憺危樓落日，憑欄愁古，箕坐微聞空語。睇一髮，中原天倚杵。消息付、濤聲東去，幻照海，扶桑五色，杳隔斷，瑤宮琪樹。飛夢三山，障塵十海，朦朧雙睫淚花枯。賸百年心事，伶俜羈旅，身世憺窮途。

料得獨吟酸楚，送流光、浦潮淞雨。祇斷襟零袂，湛冥歌哭，衰鐙幾番延佇。怎奈向，低迴千萬度，殘劫冷，夕陽庭宇，探秘記，靈蕤依約。嘲笑疾，鬢髮蕭疏，恨跡牀穿，悶懷琴碎，直通愾想到玄都。悵披圖，爲寫生平，淒涼翻舊譜。

臺城路

亂後戹杭數載，四郊多壘，遊興索然，旋返吳門，臨歧譜此

荒煙寒水模糊裏，湖山已非真面。寺塔塵封，蓬蒿徑塞，都入愁人心眼。遊情自嬾。聽天際悲鳴，數行哀雁。問訊樵漁，坐中唯有亂離懽。

千家鐙火似昔，笛聲呼不起，時送羌管。短櫂蓴鱸，秋風笠屐，誰識還家張翰。臨流倦返。待相約叮囑閒鷗，舊盟重踐。別緒依依，夕陽歸夢遠。

望遠行

戲作送窮辭

狂呼咄咄，窮來者、敬汝一杯芳醑。翳桑久待，東郭相招，汝曷遷戹安土。今日良辰，贈汝香車寶馬，並有芻靈無數。送君行、幾陣空岩風雨。

傳語，我已安排徙宅，相度在、銅山深處。吩咐金神，馳驅鐵騎，斷卻首陽歸路。只許石崇三顧，陶朱再到，交得一般儔侶。爾行穢堪慚，請從此去。

踏莎行

鹽城周夢莊藏蔣鹿潭小像，索題

兵甲流光，牢盆薄宦，卅年身世伶俜歎。江南江北賦饑驅，傷心半篋新詞卷。恩怨迷離，情懷繾綣，紅顏衰鬢同悽惋，畫圖怊悵想餘微，問誰下筆開生面。

團扇誰題，綵絲莫繡，哪知真面流傳久。水雲樓上苦吟身，問君精氣猶存否。珠玉清辭，丹青妙手，風流未許今人有。要君舊學與商量，蕭條異代同心友。

疏簾澹月

題百六老人鈔書圖。老人曹舜臣，字厚陪，溧陽拔貢生

窮阨閉戶，寄耄學歲華，退閒情趣。逃墨逃楊，脈脈此懷誰語。籖聲研色臨風處。檢叢殘、蟲魚箋注。小窻情深，含毫據幾，頓忘朝暮。

歎銷盡、平生意氣。祇微賞孤哀，抗心希古。珎重絲闌，忍付劫餘蟫蠹。篇章次第從頭數。貯巾箱、神明呵護。畫圖遺像，鬢眉奕奕，百年爭睹。

西子妝慢

曩與仲耆、庚季同屐滄浪亭側可園，紅梅開時，日往吟賞。猝丁世亂，兩人匆匆別去，曾有重來之約，賦此促之

野老林泉，故王臺榭《一萼紅》，化作沙邊煙雨《法曲獻仙音》。打頭風浪惡禁持《浣谿沙》，記當時、送君南浦《玲瓏四犯》。飄然引去《慶春宮》。算潮水，知人最苦《杏花天影》。兩綢繆《小重山令》，擁素雲黃鶴《翠樓吟》，同來胥宇《永遇樂》。

今何許《點絳唇》。把酒臨風《側犯》，終是無真趣《念奴嬌》。靜看樓閣拂長枝《阮郎歸》，折寒香、倩誰傳語《夜行船》。新詩漫與《清波引》。怕紅萼、無人爲主《長亭怨慢》。倚闌干《水調歌頭》，長記曾攜《手暗香》

注：集白石道人詞句。

高陽臺

唐玉虬悼亡徵文，爲賦此解。玉虬，常州人

香冷熏籠，鐙殘羅幕，春風欻變淒涼。環佩安之，空餘鏡影釵光。含悲細數平生事，對微容、幾度思量。黯情懷，回首當年，顛頹潘郎。

朝昏病榻殷勤問，伴藥鑪茶竈，墮甑行傷。祈禱無靈，離魂飛向何鄉？憑君千萬傷心語，總難親、夢裏啼妝。願它生，重締因緣，地久天長。

浪淘沙

有懷粱叟

極目望天西，萬里峨眉。陽臺白道細如絲。欲往從遊無處所，我適安之。髣髴記前朝，幾度然疑。好憑青鳥一通辭。廿載風雲吹不轉，魂夢遄飛。

燭影搖紅

贈陸孔章

梅雪慳晴，討春偏阻清遊興。柳條愁展翠眉顰，煙鎖莓苔徑。細雨南樓微冷。料街頭、明朝賣杏。重簾低放，伴我昏晨，藥鑪茶竈。鐘鼓層城，思君時動蒹葭詠。酒懷詩病兩懨懨，爭似豪情逞。好是風和晝永。讌旗亭、同歌鬥勝。林蔭深處，佇聽嚶鳴，黃鸝三請。

虞美人

爲孔章得雛賀

瑤環瑜珥同矜貴，都是君家器。安挑文褓抱寧馨，好向小樓春暝聽啼聲。花朝弧旦佳辰竝，懽宴開湯餅。看君喜色上眉尖，可有玉犀金綵許分簪。

采綠吟

繞郭香塵輭。向曉散、策湖隄。晴煙穿樹，野花鋪錦，輕絮粘泥。禊觴佳節過，薰風至、漸看綠暗紅稀。指平原，芳菲晚，忘機鶯燕亂飛。

一片好江山，青蕪色、滄洲彌望無際。漫説不來游，奈别緒依依。記年時、流轉風光，朋樽約、相賞莫相違。津梁迴。餘亦倦途，行腳歎瘦。

注：弁陽老人賦《塞垣春》，爲逃暑西湖之詞，紫霞翁爲之翻譜，換陽本韻，謂以短簫按之，音極諧婉，並改調名爲《采綠吟》。後世音律失傳，餘亦茫然不省。此爲往日摒棄不填之調，近有北友拈此調賦郊原夏綠者，試一傚顰，亦略依平仄音韻，仍不知所謂諧婉之説，兼悟草窻之賦塞翁吟時，未必深明音律，否則霞翁又何必爲之改易，即時閲數朝盲瞽之人，尚復斤斤焉苦守四聲，謂爲知律，真不值一笑也。並記。

南歌子

丁酉七夕，辰刻，晝晦逾晷，一刹那間，迅雷暴雨，至夜陰霾不消，賦此記異

霧揜千山色，風收萬木聲。曉窻獨坐旅魂驚。一霎驕雷挾雨、破空冥。

銀漢沈沈夜，涼雲脈脈情。何須乞巧驗蛛靈。多事人間兒女、禮雙星。

思越人

用陽春韻和庚子秋詞

錯恠雞聲，惡寒氣襲，瘦肩如削。塵緣誤卻，更悲搖落。歎濁世、人情蟬翼薄，欲寫無聊還蕭閣。憑念著，休孤負、遊仙期約。

祝英臺近

前題蔣鹿潭小像，賦蹋莎行二闋，意猶未盡，再賦此解

賦多魂，悲九命，顑頷百寮底。時難年荒棲託歎，無地劇憐。烽火驚魂，江湖落魄，黯銷盡、平生英氣。識君意，久拚愁病文園，深情寄羅綺。彈罷箜篌，紅袖是知己。恁教衫扇風流，秋詞半篋。只留得，劫餘殘淚。

蹋莎行

憶邗江舊遊，和弁陽翁韻

倚扇翻歌，攜筇攬勝，小金山畔鐘聲暝。瓜皮艇子去來頻。紅亭日暮春波冷。老友情多，雛鬟曲俊，談諧脫帽風吹頂。夢魂廿載繫相思，鸚哥喚徹愁難醒。

謫仙怨

昔年渡宮亭湖，有此情景，仿文房體

當年汎櫂番湖，中夜帆飛小姑。石洞霜鐘響答，彭郎波浪聲麤。

風狂驚退晝鷁，月落時聞鷓鴣。千里孤舟倦客，江天慵寫成圖。

沁園春

丁酉歲，劉婜園借菊花開時，祀陶淵明，又作徵詩之舉。每歲行之，甚無謂也

東晉遺民，九江高士，誰其嗣之。念蕭條異代，堅貞節操，躊躇披卷，精拔文辭。十畝寒葩，重陽嘉會。甲子更番溯義熙。神之格、睇虛堂肸蠁，霧捲靈旗。知君寄興東籬，只慕想泉明真本師，但激流植援，移根助長，尋章摘句，選韻成詩。滿地秋光，盈庭賓宴，談笑爭誇綵筆題。雲山遠，恨相看不見，相賞終違。

卜算子

少小蹋京塵，又向洪都去。清雪長沙是故鄉，不辨家何處。南北與東西，總是隨緣住。底事姑蘇作寓公，老去方知誤。

減字木蘭花

無錫朱銘新工繪事，曾乞其畫詞境圖，已諾矣，忽焉溘逝。翰墨之緣，亦不可強也

優遊詞境，欲乞良工傳畫本。董巨丹青，一諾何期負夙盟。玉樓赴召，遙望大羅天飄渺。法善通神，無術能拘北海魂。

沁園春

贈梁德博

愁裏光陰，劫餘身世，籲嗟此生。念元龍豪邁，誰能奪氣，泉明疏放，我已忘形，拔劍高歌，呼杯劇飲，無著天親弟與兄。吾衰矣，只不夷不惠，且忍伶俜。狂來賦筆縱横，賴正始母音壓鄭聲。笑渭城楊柳，何曾解唱，吴淞秋雨，幾度含情。抱膝牀穿，舉頭屋矮，身賤多慚問姓名。君須記，忝十年以長，説與分明。

沁園春

贈粤人區微芬，區海峰之族侄

蕃舶遥程，市廛棲隱，伊誰比倫。羡鯤鵬遐舉，騫騰變化，車牛服賈，險阻艱辛，百粤聲華，十年生聚。聞譽從知重海濱，奇而逸、看熙攘幾輩，鶴立雞群。詩歌自寫天真，信佳士如香固可薰。更希蹤朱郭，超然遊俠，長吟屈宋，卓爾斯文。取舍無心，卷舒隨意，涵養猶留一室春。蘭言契、坐高高永日，快挹清芬。

心月宧詞　起丁丑，訖壬辰。姚亶素　天醉樓

齊天樂

蟬

喧喧群動蟲天界，輕身劇憐孤寄。罥網瞋蛛，穿簾厭蝠，栖託高槐蔭裏。三生蜕委，問誰識冠緌，只今猶美。夢醒仙都，去來依舊落紅地。

南溟休道九萬。榆枋思奮翼，何羡鵬徙。斷驛驚烽，荒城淡月，禁得蒼涼如此。繁音引耳，笑知雪無能，暫忘人世。警嘒煩君，舉家清更喜。

八聲甘州

丁丑冬日，戰禍方亟，避亂窮鄉，日處震撼危疑之境，篝鐙賦此，悲憤交集矣

聽拏音一舸出蘆中，漂浮記鷗沙。瞰滄江寥寂，風横雁路，雪點魚叉。對此茫茫百感，濁酒向誰賒。消盡英雄氣，孤負年華。

終古神州沈陸，便海樓幻蜃，一現空花。歎迷歸客夢，猶自説還家。任教它、蓬萊三淺，付老孱、身世

託枯楂。論長恨，唱伊涼曲，自撥銅琶。

綺寮怨

高樹蟬嘶，秋聲漸老，流連光景，淺酌微吟，無復昔時清興，感懷世亂，輒付悲歌

向晚庭柯交翠，捲簾霜氣侵。聽墜葉，細響殘蟬，清商動，暮靄園林。平生疏慵自樂，絲蘭譜，抱膝時漫吟。那更堪，怨角悲笳，西風裏，暗咽空外音。

舊恨漫傷碎琴。宮移徵換，凄涼直到而今。夜色樓蔭，遣愁思，且孤斟，承平甚時重靚，只借酒，問天心。新寒漬襟，沈沈漏静後，秋又深。

鶯啼序

天末西風，江關厭旅，時危歲晚，羈思悄然，倚夢窻譜，抒寫幽憂，命酒高歌，不覺唾壺擊碎矣

年光慣催夢老，乍涼生邃户。歲寒意、珎重靈蕤，索居深念遲暮。畫檐外、清商夜起，秋聲竄響梧桐樹。歎游踪空逐萍漂，又粘飛絮。

殘劫滄洲，怕展倦眼，看昏煙宿霧。亂愁對，竹屋疏鐙，我懷慵托毫素。黯芳菲、蘭銷蕙歇，恨絲罥、垂楊千縷。恁因循、孤負江鄉，戀人鷗鷺。

穠春易逝，舊侶稀逢。燕歸笑寄旅。叢桂冷、林鸞棲憩，賦擬招隱，笠屐幽尋，雁風鳩雨。蒓鱸味好，雲巢深處，漁樵呼酒閒分席，採芙蓉，甚日扁舟渡。題詩往迹，依然壞壁紗籠，朅來恐非吾土。

殊鄉異客，故國離憂。賸鬢毛换苧。那忍見戟門高宴，旆影斜陽，粉飾承平，滿城歌舞。榛苓已沓，英雄安在，江山如此空悵望，障狂瀾，誰作中流柱。登樓喚取飛仙，破匣龍吟，劍光墮否。

綺寮怨

百感情懷，秋窻如夢，蛩聲四壁，如助予之歎息矣

漏永吟壺深坐，報霜傳寺鐘。競晚節，賴有黄花，東籬雨、更濯秋容。香煤閒銷宋鵲，綢繆語，欲説先意慵。向碧城，跨鶴招尋，銀河渺，又隔千萬重。怕聽夜窻亂蛩。分明怨訴，十年舊夢悤悤。鬢髮飛蓬，擁愁抱，僾迴風。穠華幾番開謝，總付與，酒杯空。休嗟塞翁，朦朧事影記，同不同。

十二郎

雲氣繞樓，殷雷送雨，正愁人夜坐時也，憂時屬事，凄斷成歌

亂雲漲墨，鏇壓破、一天愁影。聽井葉蟬嘶，籬花蛩語，清坐空齋夜迥。正是江山漂摇際，恐暗觸、驚魂無定。禁楚哭孔嗟，夷歌方急，又添悲哽。還省。峥嶸歲月，橘中俄頃。漫更説淮南，飛昇雞犬，重向鑪邊瑒鼎。看取夔蚿，幻成蛇象，塵夢覺來都冷。頻佇望，舊日乘槎，客返海登波静。

滿路花

吴門索處，凄然已秋，賦寄聊社諸子

愁城借蟻攻，棊局防猧亂。簾蔭消息動，秋聲换。茶鐺藥竈，憑地流光遣。隔葉凉蟬嬾，一夜西風，微霜飛過庭院。

鵶啼人静月午，桐蔭轉疏鐘。隨夢落魂先斷。吴雲黯黯，書信空傳雁。不成離會散，著意思量，只教牽我心眼。

瑟琶仙

秋夜樓屋，蛩聲攪夢，茫茫百感，翦燭孤吟

蛩絮鐙前，似還訴、舊日銅鋪風月。凉韻輕襲紗橱，清商又催節。人漸老、情懷正惡，况經换幾番裘箑。客裏年光，天涯意緒，誰喻愁結。

鎮長夜、犀押沈沈，更秋雨秋風怨離别。拚把一床幽夢，化雙身蝴蝶。憑念想、琵琶解語，奈良辰、美景虚設，怎向吟得回文，但題紅葉。

薄倖

小樓聽雨，羈緒鰥鰥，追憶昔遊，都成悔恨，拈方回調以寫予懷寒窻凄凝，待一一、悲懽細證。漫更説風光流轉，牽引文園愁病。記俊游、佳約年年，呼鷹走馬争豪逞。奈織錦機閒，傳箋書杳，都付殘鐙事影。

自換了鬘天後，渾不見碧城高敻。尋思到舊譜，清詞歌響，隔簾生怕籠鸚聽。却安排定，伴鑪香茗椀，冥心伫想蒲團静。華胥夢覺，哪管銅壺漏冷。

惜黄花慢

有懷西湖，兼寄杭州舊友

别記西泠，正帶霜雁起，波落寒汀。畫船通市，載花載酒，笙簫墮水，攙入秋聲。桂華泠浸三潭月，暮風送、鐘響南屏。念去程、舊游十載，離思牽縈。

兵塵漫説曾經，望堠烽間阻，魂夢猶驚。斷腸人在，黛蛾怨柳，清懽事往，虚負鷗盟。釣蓑欲趂回湖去，隔江看、鵶陣縱横。寄故情，夜深自剔銀鐙。

夜飛鵲

淮濱夏日，不聞蟬聲，想念江南，悵然有歸歟之歎

簾衣護晴桁，香霧冥蒙。纖月悄掛雕櫳。紋紗輕透茗煙細，練巾招得薫風。哀蟬慣聲噤，任虚堂鳴蟀，亂草吟蛩。歸心盪漾，望江國，愁結千重。

無限舊情牽引，多少事，音書難寄征鴻。空賸塵沙客鬢，隔年詩夢，頻繞殘鐘。流波望極，漫漂花，不

見芙蓉。盼銀河秋淺，黄花貰酒，呼醉籬東。

思佳客

展重陽

曾記登高作賦時，清遊争趂菊花期。西風又展東籬宴，笑把茱萸汎酒卮。

悲舊事，詠新詩。題糕夢得鬢毛衰。風流卅載成銷歇，何限平𡸇故國思。

水調歌頭

壬午歲旦，晴日暄妍，喜而賦此

日出照林表，鵲噪繞庭隈。茗煙熏破殘夢，促漏隔簾催。争道東風换了，消盡南枝寒氣，木筆已先開。花外鬧簫鼓，鶯燕兩無猜。

珮環響，綵鸞信，定還來。何郎準擬，詞賦付與彼多纔。天際垂楊新碧，樓角春聲纔動，依舊豔陽回。閒坐緑窻底，情話好追陪。

夢行雲

霪雨連日，春寒中人，小窻鐙爐，孤坐無憀，薄酒消愁，愁來如約矣

峭寒凝塵閣。東風虐。情太薄、緋桃未放，厭聽空枝雀。獨吟愁坐屏山雨，銀鐙花爐落。

禁煙鎖柳，春蔭挑薺，湔裙會，長背約。安排無計，引觴且孤酌。舊香簾幕沈沈夜，怎將幽恨託。

黃鸝繞碧樹

寒窻獨坐，羈思悄然，回首江南，歸心繾綣，拈美成此調寫之

深閣扃晴晝，烘鑪炙暵，篆香搖穗。且誦離騷，記湘皋佩，璞賦情蘭茝。怎禁歲晚，又勾起、殘冬心事。還更念、爛錦年光漸老，清愁慵理。度臘館梅綻蘂。散芳馨、故撩歸思。最多感、是飄蕭鬢雪，流浪萍水。縱有代飛燕雁，未敢説，纏緜意。頻教夢繞江南，曼吟紅翠。

琵琶仙

送人北歸

高樹西風，又飄墮、巷陌蕭蕭黃葉。霜信催落征鴻，傷秋更傷別。人事與、萍蓬共轉，那堪問，倦塗轅轍。逸氣披裘，悲歌喚酒，無奈華髮。

漫追念、簪盍前遊，對淮水淒涼舊時月。若道卅年心事，賸肝腸如雪。纔聽得、啼鵑夜雨。便愁絲、綰了千結。且待棊局敲殘，看誰優劣。

壽樓春

秋風夜起，角聲凄然，鐙影幢幢，客懷凄悵，借梅谿此調以寫予憂

緊秋風愁餘。正荒城角警，茅屋鐙孤。盡有彌胸憂憤，歲華先徂。青鏡裏，悲頭顱。況卅年，胥疏江湖。歎舞歇歌沈，香殘燭灺，誰與説黄初。

人間世、今何如。向西園宴坐，濁酒相呼。那得明時詞賦，故家簪裾。塵海内，争馳驅。奈怎知，浮名須臾，聽鵾鳩聲聲，相期荷鋤歸種畬。

最高樓

登城隍山，醉題僧壁

吴山路，策馬到層崖，兹興亦悠哉。雁聲寒帶新霜落，菊花蔓繞夕陽開。看胥濤，朝復暮，去還來。

恨不見、孫登同學嘯。更不遇，遠公從問道。嗟歲月，老塵埃。偶尋頑石觀奇迹，且呼濁酒慰秋懷。趂天風，邀鶴語，話蓬萊。

長亭怨慢

杭州厭旅，久滯歸程，夜雨檐聲，輾轉不寐，挑鐙拈韻，漫成此解

正樓外，催歸啼處，夜雨寒窻，凄然羈旅。醉擁吟鐙，夢回孤枕甚情緒，生涯衰老，何況是年光暮。唱

徹念家山，争不見，江南煙樹。愁伫，歎相如多病，只覺我懷難訴。荆榛遍野，更怕有、當關豺虎。但目送渺渺征鴻，借緘札，殷勤傳語。聽一曲驪歌，攀盡垂楊千縷。

祝英臺近

雞

井欄邊，籬院側，生小慣栖止。高士閒窻，相對話玄理。愛他毛羽豐時，雄冠鐵距，最堪聽、啼聲初起。記前事。曾向麓圃藏名，長爲朋翁矣。安土無依，囂塵又屋市。早知身世蹉跎，驚心遲暮，不應負三號深意。

慶春澤

秣陵重到，風景全非，邂逅一二舊友，酒樓沽醉，窮春倦旅，聊解離憂

靈谷雲封，秦淮水咽，蕭條劫後河山。坊巷人家，空餘草樹寒煙。東風如海鵑啼苦，似最憐、客思幽單。醉黃罏，鐙火宵分，笑語憑欄。

六朝金粉今安在，只無愁商女，舊曲重翻。我亦能歌，狂呼定子當筵。樊川落拓揚州夢，省倦遊、情味凄然。況驚心，鼓角聲中，殘月江天。

滿江紅

暮春書懷

曲曲房櫳，恣吟賞，籤聲研色。流鶯唤，園林如繡，千紅迷隙。煎茗新燃松下火，題詩自掃苔根石。聽雕籠，鸚鵡乍驚寒，簾蔭寂。

清晝永，傳漏瑟。闌干外，娱風日。看池魚，牕草化幾消息。凴仗桃花參聖解，睇觀蓂莢思堯歷。掙重帷，消受讀書閒，分陰惜。

宴清都

賦瓶花　篸瓶中芍藥

步繞湘簾底。香雲暵，金壺秾豔多麗。葳蕤嫩葉，妖嬈秀質，一枝流媚。臨窻顧影亭亭，旋照眼、新妝净洗。更念想，綽約丰姿，雕欄護惜苞蘂。

書帷伴幾昏晨，玉娥醉醒，難比嬌膩。斜横插處，輕憐細閲，汎杯婪尾。揚州夢憶前度，恣玩賞、春光旖旎。料招邀，宰相來時，帽檐露泚。

滿江紅

春窻鐙燼，寂寥寡懽，選韻孤吟，不勝今夕之感寂寞寒宵，又勾引，牢愁寸結。朦朧記，江湖塵夢，年涯傷別。燒燭重聽今夜雨，携琴不見當時月。問鶯花，啼笑爲誰春，含情説。

騷雅變，音響絶。宫商譜，從銷歇。任金丹，難換建安詩骨。不與傖兒争苦李，却思鄉邑歌旄葛。歎清風，林下閴無人，身如孑。

邁陂塘

鐙窻獨坐，展讀半塘叔舅遺稿，前塵追溯，予懷黯然

檢叢殘，墨香沾篋，凄然愁按宫譜。靈蕤秘記分明在，誰識味，棃心苦。憑念取，伴吟榻，茶煙歷歷鐙前語。溫尋墜緒。奈夢影塵荒，煙雲劫老，回首换千古。

平生意，風雨名山未許，文章顑頷羈旅。漫嫌樂府功名賤，無復大晟提舉。髮鬢苧，對鏡裏，鶯花坐惜春光暮。一弦一柱，甚錦瑟無端，華年已逝，禁得幾番數。

眉嫵

春窻夜坐，風雨冱寒，念遠傷離，拈白石調賦之

鎮簾鉤低放，漏瑟寒侵，愁雨漬窻眼。背影屏山下，逡巡聽，淋鈴如訴清怨。淚荷暗泫，傍夜篝、人意先嬾。漫凝想、閣迴廊深處，昵花豔香瞑。

前度華筵驚散，幾塞鴻霜警，梁燕泥换。曾約同携手，湖樓上、高歌酣醉春宴。舊盟未踐，話俊遊、年

事衰晚。甚時向伊行，通一語笑相見。

前調

暮春寫興，仍用前韻

正鑪香凝篆，鏡盉清塵，眠起倦抬眼。步繞廊蔭底，鄰牆送、琴聲猶抱哀怨。蒨桃露泫，趁嫩晴、丰韻嬌嬾。便來往、竹院深深裏，逗鸝夢風暝。

嬴得冠巾簫散，喜燕雛新乳，花信催換。何日携觴俎，西園路、櫻厨重展芳宴。俊遊更踐，笑醉笻、蘿徑歸晚。昵低唱春陽，留一晌畫屏見。

摸魚子

上巳，郊原散步，偶憩橋亭，即目感賦

瞰東皋、霧收煙斂，晴光紅映林樹。重三令節清明近，花信幾番慵數。教説與，便觴詠流連，只恐無安土。他鄉厭旅。對禁火蕭辰，湔蘭佳會，愁坐甚情緒。

春人伴，一例搏沙散雨。東園無復詞賦。樓臺盡有閒風月，空見燕來鶯去。遊興阻。況頭白滄江，已被鴟夷誤。蹉跎恁補。臢肝肺槎枒，鬢眉冰雪，銷盡幾今古。

淡黄柳

金陵過某氏廢園

幽坊小曲，黄葉江南陌。月上林衣寒惻惻。聽罷鄰簫斷續，渾忘天涯是行客。歎荒寂。岐王舊時宅。委花雨，繚牆側。賸垂楊夾道無人跡。野水沈沈，蹇驢吟影，愁對荒陂恨碧。

雨淋鈴

金陵客感，用耆卿韻

空階蛩切，正西風起，倦暑纔歇。相思萬種情緒，方惆悵處，車軨催發。獨自憑高望遠，賸笳鼓聲噎。訴舊恨，唯有盟鷗，又阻滄波海天闊。　傷秋未了還傷别，奈怎禁、幾日茱萸節。旗亭往事誰記，呼酒問，美人明月。羽换宫移，拚把瓊簫玉管閒設。漫念想，機字回文，待與從頭説。

揚州慢

乙酉九月，自金陵還吴中感賦，借鹿潭韻

平野西風，極天寒汛，滿江悄送秋聲。正重陽將近，又冷日孤城。聽街語，倉惶問訊，蝥弧攘得，誰共先登。訝中宵、吹裂霜笳，嘶騎連營。

里門望遠，載征車，猶自心驚。賸舊恨難拋，新愁恁遣，堪歎予生。曙色漸分煙樹，依稀見、曉月殘星。算歸來笻屐，憑高還見山青。

東坡引

辛未初春，漚社社集，約賦此調。塵勞牽帥，卒卒未就。檢點叢殘，偶然憶及。輒翻舊譜，爲賦新詞。境易時移，人事代謝，又不似曩年談譙之樂矣

開簾聞鵲喜。當窗弄梅蘂。春聲都在餳簫裏。東風吹也脆，西風吹也脆。翻圖打馬，魚龍百戲。又妝點繁華世。徘徊不稱平生意。出門渾設計，入門渾設計。

塞翁吟

澹月籠花豔，交映繚曲房櫳。漸冷意，到梧桐。動葉吹池東。練帷静揜清清地，香篆細裊鐙紅。記灑血，寄玲瓏。待一紙親封。西風。驚顑頷，愁凝恨結，心事付、回文字中。念神女、生涯是夢，肯重賦，宋玉高唐，路隔巫峰。黄蜂紫蝶，未解凄涼，還戀㳇叢。

秋宵吟

小窻夜静，月色窺簾，有凄然已秋之意，和白石韻

小窻虛，夜色皎。睡起銀屏鐙悄。涼颸動，聽樹底荒鷄，數聲啼曉。攬離愁、似亂葆。太息閒身江表。長追念、是故國斜陽，故園衰草。
歲序駸尋，歎鬢雪，催人易老。勝遊臺榭，宦迹關河，往事夢魂繞。商略歸帆早。素約多乖，懂會頓杳。賸詞場，綺語懵騰，今日之日懺未了。

淒涼犯

僑屋閒逸，翛然有學圃之志。白石自度此曲，調音節極美，因仿其體，以寄遐思

綠槐映月，沈沈地，微颸倏動檐鐸。暗蛩絮語，新涼氣味，夜鐙先覺。塵緣夢惡，歎蟬翼、秋雲共薄。向荒畦、鋤瓜種秫，此意好商略。
休問平生事，馬耳東風，等閒拋却。卅年倦眼，幾憑欄，看花開落。百感情懷，悔輕付，瘦詞戲謔。伴紅梅、欲與歲晚，訂素約。

華胥引

丙戌八月初一日，亡室王夫人歿後五十年。是日爲之設奠。追維疇昔，黯然神傷，愴賦此闋

林風啼鴂，窻燭飛蟲，竝成愁疊。去日飈馳，華年水冷沈恨結。獨倚屏曲思量，奈椒漿虛設。脈脈無聲，墮襟唯有清血。
嗟念予、生到而今。鬢毛堆雪，老懷孤憤相期。要君細說蔓草，幽宮深閉。問甚時同穴。腸斷魂銷，夜

來和夢嗚咽。

角招

別感，和白石

恨秋瘦，都來向晚西風，占盡楊柳。暮煙縈斷岫，那日與伊，歧路揮手。鄉關望久，已負却，先疇麓畝。白髮蹉跎幾許，奈今夕別離情，倚屏山搔首。

猶有、亂塵污袖，斜陽冷處，空賸孤松秀。淚珠傾若溜，怕説分携，傷春時候。深杯話舊，盪一縷、清愁唯酒。抱得瑶琴漫奏，待相約，隔籬人，同心友。

燭影摇紅

丙戌正月初三日，立春時將滬游

春入椒杯，消寒先試屠蘇酒。彎環弓勢月初三，窺幔纖娥瘦。倦擁貂裘袖手。聽虚堂、銀箴轉漏。佳辰今日，年少承平，含情回首。

坊里人家，歲時景物都非舊。等閒留命看貞元，愁絶支離叟。賃廡前盟記否。料紅梅、檐梢伫久。新鶯啼處，催送車塵，東風楊柳。

霓裳中序第一

春夜獨往，街頭鐙火繁華，益增愁思。仿白石體賦此古調，藉寫予憂，和鹿潭韻

江湖賸浪跡，縱得還家猶是客。笻杖獨行路側，看歌扇舞衫，街簾鐙夕。身無鳳翼，料上天、難藉風力。遲回盼，碧城信約，沓隔暮雲白。

迷隙，萬塵紅積，仗酒破愁，城尠敵華胥。思念故國，一枕荒唐，好句留壁。亂鶯啼又急，似笑我，章臺舊識。春光好，旗亭懽宴，佇聽紫雲笛。

掃花遊

小園春盡，惆悵成吟

藻池漾碧，看舊苑飛花，霽風簾捲。豔春易晚。住垂楊翠合，憑欄人換。寶馬香車，頓覺遊情漸。最難遣，對殘日畫樓，愁到鶯燕。

芳事餘繾綣。賸片繡重茵，傍家亭館。歲華暗轉。怕槐安夢蟻，又成分散。蕙雪離痕，漫説年年慣見。亂心眼，問天涯，落紅誰管。

祝英臺近

滄浪亭送春

馬蹄驕，鶻語急，楊柳畫橋路。春去誰行，消息問煙雨。別君曾幾何時，鶯花啼笑，尚依約、綠蔭簾户。送君處。幾家繡幄紋窻，還陳舊罇俎。翦翠裁紅，新妝有人妒。可憐百五韶光，相思誰寄。腸斷付、歌納金縷。

永遇樂

小園梅雨，清寒中人，樹影鳥聲，迷離變幻，我懷抑鬱，輒託於音

雲隔寥天，日沈西陸，凝望如晦。短褐增寒，深杯延晝，衰嬾憂成痗。無情歌舞，多情鶯燕，誰惜暗消英氣。連番誤，催花羯鼓，換却錦堂筵會。江山勝迹，登高能賦，幾曾清纔空費。仙樂飄藷，神宫縹緲，終負憑欄意。啼鶻驚夢，垂楊纜結，肯學靚妝環佩。尋思怕，陰晴萬變，漫移步綺。

秋思

霪雨沈陰，苦悶欲絶，哀時感事，託於聲歌，不勝其幽憶怨斷矣。借君特韻

聽雨湖樓側。旋暮鐘，飄送半城風色。香爐潤篝，袖欹偎硯，寒逼窻窄。墮哀笛梅邊，過江心事訴怨抑。望際空，魚浪碧。奈素約乖違，別懷淒悵，料有斷腸吟處，併添愁憶。連夕。檐聲碎滴。報漏籤，妝鏡慵飾。玉階蕭瑟。清蔭摇盪，暗遮月白。怕一霎、狂塵亂飛，梁燕驚墜翼。恁座客、渾未識。恠信息沈沈，新詞誰更賦得，夢隔江南塞北。

湘月

梅雨溽蒸，雲陰如晦，頻年遭世亂離，歲月弛弛，忽忽不自知其老矣

五湖倦客，記平生慣識，塵勞情味。野服飄蕭，早换却、舊日風流矜佩。喻樂非魚，能言輸鴨，枉惜情纔費。罇前鬚鬢，惜惜誰念顑頷。

休恠鶴怨猿猜，蒼茫到眼，是人間何世。漫倚危欄，漬兩袖、多少滄洲殘淚。草木無知，江山有恨，忍説綢繆意。隔林鶗鴂，怎知風雨瀟晦。

清波引

予久客洪都，戹臨東湖，冠鰲亭之草樹，孺子亭之煙雨，徘徊吟眺，風景閒逸。出城西門，則滕王閣俯臨江渚，南望繩金塔，巋然出峙霄間，奇迹偉觀，拓吾心目。匡廬宫亭之勝，往來上下，遊覽習焉。自戹吴門，此境不可復歷，老態侵尋，念往傷離，輒增慨歎，蝸廬遣暑，因取白石調譜賦之，不知當日白石古沔之思，視我今日爲何如也

滿湖煙雨，是誰種、綠楊萬縷。芰荷紅嫵。野鳧自來去。日晚棹漁艇，總被涼雲留住。祇今離思凄迷，念陳迹，杳何許。

盤蝸蜕處。賦炎景、慵道秀句。舊游重數。搎襟抱無語。江山正摇落，説甚人間袢暑。但有高樹哀蟬，伴儂吟苦。

側犯

姑蘇城北，瑞蓮庵古刹也。池蓮五色，多異種。丙戌夏日，遣暑織里橋南，花時遊賞，步繞清池，攤箋以賦

步塵十里，到門却問何年寺。朝霽。詫幻色䰀天絢紅紫。長廊蔭茂篠。曉露沾衣袂。遊憩。看翠葉浮香翳魚戲。

清池半畝，千朵丰姿異。除喚起，藐姑仙，誰與鬥姝麗。怎得偷閒，静參禪諦，風細煩襟，暗侵花氣。

渡江雲

秋窻夜雨，蛩韻凄然，寄懷切庵海上

寒蛩喧永夜，井梧墮葉，次第起秋聲。夢淞頻卧雨，借問何時，馬足數行程。江湖浪迹，尚記得、煙水鷗盟。還更尋，隔鄰鶯友，邂逅語平生。

愁凝。歌紈花外，舞影鐙前，炫繁華人境。渾未覺霜天啼雁，遼海翻鯨。心魂到此須相守，待歲窮堅忍。伶俜吟思悄，空堂漏滴蘭更。

丁香結

暮秋將盡，菊始著花，步繞東籬，喜而賦此

珠箔鐙飄，玉缸醅熟，曾記倩花扶醉。正雨收風細。媚霽色、漸覺秋容明麗。晝屏涼韻悄，微吟和、亂蛩樹底。南國霜皎，幾日暗動，盈盈芳意。

堪悔。念故里黄華，負却歸來素志。楚澤行吟，清苔晦跡，舊盟長背。多羨陶令歲月，未辨爲鄰地。留東籬一角，不礙囂塵近市。

東風第一枝

丁亥正月十四日，立春，雪霽，和梅谿韻

草莢纔蘇，蘭芽欲吐，條風特地噓暎。亂雲如幛褰開，嫩晴映窻暈淺。東皇著意，漸醖造、泥融茵輭。料小園、不減芳菲，認取故巢鶯燕。

詩夢醒、漫擡倦眼，春宴罷、醉回皺面。舊盟猶憶西山，俊遊更吟茂苑。千絲雛柳，想暗織柔荑金綫。看豔陽先到蓬門，定許笑紅重見。

長相思慢

立春雪霽，寒氣森然，寂寂閉門，久不見歲時懽樂之象矣，回溯當年，惘焉賦此

霽雪澄凝。林塘深處，檐鐸微動春聲。晴曦媚曉，乍見梅嬌纔露，雀凍頻驚。暗引吟情。向薰香簾幕，詠賞瓊霙。漏點潛聽。最關心、歲月崢嶸。

記閶闔開時，慣説筵排太液，表奏通明。鸞旗綵颭，牛土鞭香，景象曾經。承平事往，鎮難忘、風物周

京。把宜春帖寫，呼酒高歌，吹徹鵝笙。

琵琶仙

立秋日小雨微涼，散步回廊，輒增旅逸之感

桐雨來時，漸傳到片葉，西風消息。羅扇休説恩疏，天邊歲華易。身世與，塘蒲共晚，忍重見、亂花紅碧。蜜苣清懽，醽醪俊約，長歎乖隔。

問誰記，舊節分明，認飄粉，樓臺變秋色。驚醒曲屏幽夢，有檐聲餘滴。憑仗洗，園林倦暑，趂夕涼、徙倚苔石。怎奈簾竹風前，又聽羌笛。

南浦

秋思，和玉田韻

涼訊送秋來。墮高梧、萬葉繁霜侵曉。長嘯倚岑樓，西風裏，誰把亂塵都掃。寥空雁響，數行飛掠殘星小。又是悲笳吹徹後，凋盡綠楊芳草。

驚嗟歲月蹉跎，好江山輕被，漁樵占了。弱水浸篷萊，乘槎客，曾見幾人能到。滄波浩渺，搏桑日射蟲沙悄。遥念朝無天路迴，來聚列仙多少。

琵琶仙

秋齋雨夕，時聞邊警，海上二三朋舊相繼殂謝，哀時歎逝，歌不成聲

疏雨吳城，又愁到故國悲秋詞客。天外吹落邊笳，飛鴻度雲濕。涼氣繞，花蔭暈綠，漸微颸小簾鐙色。屐響分攜，琴心怨結，惆悵陳跡。

更休訝風月無情，把金粉江山換今昔。多少碧窗幽恨，付千聲啼蟀。臨夜永、殘更巷悄，送隔牆、隱隱鄰笛。愴念猿鶴淒迷，此情誰識。

紅林擒近

小滿節後，寒氣未消，時復風雨，窮戹杜門，無憀已甚，譜此遣懷

寒雨時喧夢，雜花微散薰。樹色綴清潤，窗光錯昏晨。獨來池欄竚立。故惜屐步逡巡。待欲呼醒詩魂，招游薦芳樽。

去日愁不返，佳序喜方新。翩翩燕子，啣泥還覓巢痕。近黃梅時節，陰晴萬變，倦茶初熟深閉門。

醉落魄

疏桐葉落，銀蟾偷覷紅欄角。壓枝金粟濃香撲。步繞閒階，涼浸袖羅薄。

詩腸到此清如濯，秋風又與愁人約。沈郎垂老詩肩削。脈脈心情，唯有亂蛩覺。

綺寮怨

吳下閒居，皤然已老，追思歲月，凄黯予懷，交親殂謝，孤子寡儔，尤不勝其悽感矣

噪晚寒鴉翻陣，近簾霜氣濃。弄暝色，罷酒闌干，斜陽好，恁耐秋慵。胡床練巾倦脱，鶯花换，夢迹無路通。向醉鄉，蹔息勞生，西厢畔，待月思化工。睠念代飛燕鴻。菟裘未辦，歸心但繫孤松。牘幘殘筇，拚分付，與悲風，愔愔玉弦重理，訂墜譜，更誰同。衰顔鏡中，千紅過眼處，羞鬢蓬。

梅子黄時雨

春明懷舊

花事春明，念京雒舊遊，佳約觴詠。對姹紫嫣紅，盡供吟興。誰料繁華隨水逝，朔風吹散樓臺影。憐光景，日暮鳥聲如助凄哽。斯境，何堪重省。算槐安夢老，曾被驚醒。看幾劫桑田，真成留命。回首當年歌哭地，只今衰草斜陽冷。燕雲迥，只恁亂愁交竝。

聲聲慢

夏日即事寫懷

蘭池清㶿，苔逕延薰，琴樽宴賞誰同。天外傳書，南霄又落征鴻。驚濤蔽虧日月，漲蠻腥、海氣魚龍。歎人事，似浮萍飛絮，聚散隨風。

争羡湖山歌舞，奈鶯聲啼斷，春去無蹤。念遠傷離，落花時節江東。卑棲漫嫌枳棘，耐歲寒、還伴蒼松。賦歸隱，望家山、斜日亂峰。

聲聲慢

歲雲秋矣，獨坐晴窻，濁酒孤斟，悵然懷舊

檐霜融曉，攤霧蒸晴，秋光先上梧桐。一味新涼，淒淒又聽鳴蛩。荒溝亂流紅葉，任漂浮、哪管西東。歎身世，待桑田留命，莫問天公。

無限停雲情思，恁南霄雁字，不見書空。望遠凭高，迷茫煙樹千重。離群更憐索處，最驚心、歲月悤悤。吟晚節，負黄花、愁對酒鐘。

浣谿紗

和珠玉

自唱新詞自把杯，夕陽紅上小樓臺，行歌何惜日千回。

花落不隨流水去，燕歸猶認舊巢來，眼前風景幾低徊。

玉樓春

和六一

尋芳日到花深處，哪管蘼蕪千里路。貪看春色嬾歸來，忽忽不知天已暮。
花明柳暗渾無數，鬢縷愁絲如亂絮。笑它鶯燕爲春忙，站得高枝來又去。

浣谿紗

和東坡

小隱何人識白頭，任它走馬到長楸。不嫌五月獨披裘。
頗願一廬棲仲蔚，自開三徑待羊求。平生心事冷如秋。

阮郎歸

和淮海

熟梅青子綴高枝。撲簾蝴蝶飛。馬嘶聲近綠楊隄。休歌金縷衣。
芳草暗，杜鵑啼。憶君君不知。懨懨病酒費禁持。含情長别離。

望江南

和東坡

春漸老，風起柳枝斜。行過東園園外路，路旁芳樹隔牆花。牆外幾人家。
歸燕語，重認故巢嗟。石鼎不聞聯好句，竹罏猶説煮新茶。辜負好年華。

采桑子

和放翁

春陰漸覺心情嬾，閒了鞦韆。風颺茶煙。飄落梅花厭帽偏。
何人寄與滄洲信，幽隱經年。雁後花前。腸斷瀟湘廿五弦。

更漏子

和酒邊

大隄邊，流水上，翠柳紅妝相向。歌扇月，酒旗風，去年同不同。
雁傳更，蛩和抒，曾記小窗深處。悲景物，對江山，含情獨倚欄。

清平樂

擬後山

黃花滿地，誰會深秋意。鳥雀喧争林果墜，錯亂枯枰棊子。

披襟行遍回廊，微聞天桂飛香。鉤起一簾新月，廣寒分得清涼。

鷓鴣天

和稼軒

細雨斜風客路遥，陽關三疊總魂銷。岩花争豔紅如染，山鳥呼名語最嬌。

波渺渺，草蕭蕭。寒煙冲過短長橋。閒遊信馬不歸去，又聽鶯聲上柳梢。

蝶戀花

和東堂

稻蟹東籬重九近，開到黃花，秋色溜荒徑。蝨曲闌干人去盡。西風吹老雙吟鬢。

世局如棋渾不定。百感情懷，何用悲明鏡。車馬過門誰借問，懵騰醉擁邯鄲枕。

玉燭新

癸巳歲旦

東風吹客夢。近照水梅窻，曉寒猶重。上林漏泄，春光處、紫燕黄鸝交哢。蒲桃薄凍，響細滴、醅香浮甕。花霧暎、簧笙清，新聲又傳瑶鳳。端居對此良辰，傍錦繡簾櫳，物華矜寵。勝游乍縱。渾欲趁、駿馬長隄驕鞚。垂楊影動，颭秀色，青旗朝擁。憑念想，蓂莢堯年，椒杯賦頌。

月邊嬌

元夕，和草窻

晴雪消寒，喜柳睇微舒，花魂初醒。綺屏燭灺，銀罌酒滿，一片夜光人影。回廊步屧，錯認是、吳娃嬌俊。斜街簫鼓，趁月下、香塵飄粉。半生負却繁華，幾經哀樂，不關情性。宴夜鐙火，懽叢管笛，猶憶翠句紅引。憑誰念省。算只有、樽前雙鬟。緗梅悄對，漫笑儂清冷。

陌上花

節過花朝，春寒猶釅，齋頭默坐，賦此消愁

輕雲翳柳，清明將近，峭寒如許。草色芊芊，青到畫橋西堍。東風不與遊人便，吹散半天絲雨。聽瓊簫凍澀，瀰蔭庭院，黯然無緒。
歎流光逝水，閒心一寸，怨綠愁紅慵賦。只恐春深，萬點亂飄花絮。年年杜宇催歸急，依舊天涯爲旅。
弄幺弦，謄有宮商殘調，怕翻金縷。

咫藺詞·卷一

吳興姚肇崧亶素

解連環

別感，借夢窗韻

暮陰寒積。憑闌干一霎，客愁無極。念宦海、漂泊枯槎，忍重見過江，倦程離色。睇想中原，亂烽蔽、密雲天北。歎藏舟負壑，冉冉歲華，那堪追憶。

餘懽久拚棄擲。賸風塵鬢髮，明鏡催白。看戀人、稚柳依依，向別首慢迴，可憐愁碧。夢繞關河，但空數、春潮秋汐。聽林聲、杜鵑夜雨，怨歸未得。

瑞龍吟

秋日閒步城闉，風景淒异，借清真韻

城陰路，還聽倦馬嘶霜，亂鴉喧樹。蕭條村落人家，斷垣敗井，炊煙散處。

漫凝佇，猶見宴遊歌酒，畫樓朱户。天涯海客歸來，坐花醉月，團圍笑語。

虛度承平年少，祖鞭先着，聞雞争舞。回望帝京風雲，朝市多故。相如縱筆，憑寫題橋句。何曾料、黄塵四起，艱難天步，歲月駸駸去。我懷謄有，棼絲亂緒。愁話同繅縷[一]，書劍悄、空齋閒吟秋雨。十年浪跡，劇憐萍絮。

注：[一]一作『過眼繁華去』。

西河

金陵亂後，萬樹秋風，散步城闉，凄然有感。和美成金陵懷古韻

征戰地，千年故事能記。栖霞山色接孤城，亂雲暮起。鷓鴣喋喋説興亡，叢蘆彌望無際。賦愁處、樓嬾倚，長繩去日難繫。空餘恨跡蝕秋風，斷壕壞壘。跨驢怯過雨花臺，傷心江畔寒水。短筇貰酒醉舊市，有何人、同語閭里。愾我百憂身世，看榛蕪、蔽目斜陽。凄對猶憶流離，烽煙裏。

滿江紅

孺子亭秋眺

寂寞秋心，那堪聽，嚴城畫角。悲風蕩、湖波如麯，尋巢喧雀。萬柳隄邊煙草暮，百花洲畔霜鴻落。倚危亭、惆悵日西斜，懷高躅。

朝市事，非昔畊。田園好，歸耕樂。遡遺縱千載，舊廬依郭。愧我淹留棲市井，輸君遁隱潛丘壑。把漁樵、身世寄園魚，谿山約。

八聲甘州

重九，有懷病山

聽江鄉鼓角雜霜碪，聲聲助離憂。瞰驕塵如墨，高城不見，唯見荒丘。幾載西風夢影，縹渺到神州。多少飄零客，羈旅窮秋。

休問金梠花事，賸倦鶯殘燕，樹底含愁。付青春波逝，心蕩恨悠悠。有誰招龍山嘉會，算舊盟、無分得重游，飛仙杳，待拿雲去，更上層樓。

醉花蔭

懷抱靈均千古恨，呵壁成天問。孤憤已難平，一局彈棊，莫向中心近。

梧桐枉是能知閏，竟巢鸞無分。去鳥掠雲飛，不信斜陽，没處青天盡。

瑞龍吟

湖屋春感，和清真韻

湖隄路，依舊卧水虹橋，媚晴煙樹。輕寒時節清明，畫樓晝揜，傷春是處。

黯延佇，猶記翠蔭交錯，燕簾鶯户。簫聲悄隔層城，嘆煙蕙徑，惟聞笑語。

多少樓臺深迥，錦屏香繞，誰教歌舞。還見去年桃花，人面非故。劉郎繡筆，曾詠東風句。無心向、南鄰醉飲，西園閒步，惘惘携筇去。客愁一似，吴蠶亂緒。繅盡難成縷。雙袖冷、難禁棠梨風雨。憑欄送目，落英飛絮。

慶宫春

甲寅歲旦

檐雪烘晴，林煙霏暝，豔陽冉冉芳辰。鐙市年新，書廬人舊，歲華輕付流塵。渡江梅柳，暗催送，天涯早春。熏籠慵倚，重拂金貂，心事休論。東園賸著吟身。嬌樹鶯花，生意誰親。良夜笙簫，清時鐘鼓，夢回不到江津。九元青鳥，洞天隔，南宫絳雲。樓蔭深坐，消盡繁憂，還薦金樽。

瑞鶴仙

盆蘭

晴薰香霧暝，媚瓊姿、娟潔清華池畹。嬌慵困春晚，伴簾櫳朝暮，倩魂疑見。光風蕙轉，話同心、芳言細欵。怕無端桃李，逢迎一夕，鏡稜紅變。凄斷璇閨幽夢，背結流蘇。黯調箏雁。空山意遠。驚芳序，暗中换。便珠宫宵叩仙姝紉佩，不信雙蛾黛展。把離悰訴與，殘鐙峭寒勝翦。

鷓鴣天

已分今宵呪酒巵。新聲誰與唱楊枝。心情只爲聽鶯嬾，身世還因覆鹿迷。愁眼斷，恨腸回。憑欄人去覺春移。蹉跎何幸留青鬢，贏得東風鏡裏姿。

鶯啼序

秋思，用夢窻韻

嫠蟾破雲弄影，照清宵桂户。雁行悄、低落晴皋，遠書誰寄秋暮。翠微隔、西樓望眼，離懷渺渺吴天樹。歎黄花、身世誰憐，怕聞蛩絮。

疏柳闌干，向晚倦倚，拚籬扉暝霧。自吩咐、潮汐光陰，苦吟休問心素。動高城，殘碪賸笛，忍重聽，新聲金縷。揀寒枝，烏鵲朝飛，漫嘲鷗鷺。

江湖浪迹，誤却歸期，歲華滯羈旅。空佇想、神州劫後，帝裏遼迴，大陸龍蛇，蟄潛煙雨。風塵洪洞，蟲沙消盡，十洲三島依然好，眺蓬萊、甚日星槎渡。河山霸業，拚教縱目登臨，萬方已無安土。

苔谿舊宿，料得生涯，但蓺桑種苧。待唤取，漁樵孤伴，曳杖行歌，滿路斜陽，醉楓紅舞。心凋鬢改，樽前人老，羅屏鐙火鑪燼冷。思華年、閒數箏弦柱。凄涼莫話貞元，故國青蕪，市朝變否？

綺寮怨

傍水闌干低亞，早寒慳放晴。媚曉色，翠柳新荑，東風裏，對語流鶯。依然春城故國，江天遠，極目雲氣冥。念退閒，歲月婆娑，吟身老，澗谷懷素盟。獨坐亂愁漸生。年涯暗數，芳菲未是無情。怨笛飛聲，揜襟袖，倚樓聽。青衫酒痕猶在，肯道我，舊狂名。胡床倦憑。懵騰大夢外，誰醉醒。

曲遊春

娉婷市，和癸叔，仍用施梅川韻

迤邐城東路，聽晚鐘敲寺，愁思如織。借國何王，問荒臺舊苑，輭紅迷隙。照眼湖光隔。賸落日、釣船漁笛。待故家，燕子歸來，閒話禁街春色。水陌。垂楊蘸碧。亂風雨芳洲，花事寒勒。空想娥眉，指釵鈿墮處，綠蕪煙幕隄。晚鴉争食。但入望，平林寥寂。幾探尋，豔跡模糊，賦情恁得。

霓裳中序第一

紫極宫寫韻軒，同癸叔作

寒煙翳樹色，徑曲城荒迷亂碧。吟眺獨來倦客，聽齋磬暮沈，林鴉喧急。憑軒暫息，覷案塵、蛛網縈積。逡巡念，神仙小劫，黯觸夢華寂。愁極，寸懷難釋，歎我亦、鬘天墮謫。蓬萊誰問舊籍，百感無端，往事凝憶。絳都瞻咫尺，奈跨虎、深山路隔。人間世，栖遲何地，去住兩凄惻。

喜遷鶯

六生司榷南康，賦詞留别因，次韻

深鐙談聚，鎮長夜共聽，虛檐風雨。鵑怨迷春，驪歌催别，慵按舊時塵譜。酒醒夢華都换，津驛高帆人去。黯魂斷，泝流紅千浪，愁生南浦。歧誤。川路渺，斜日萬峰，疊鼓嚴關暮。移櫂儲潭，灘聲迎客，重向危磯呼渡。鬱孤晚晴臨眺，應惜江山非故。試芳酎，對瓊花新詠，郵箋傳與。

惜紅衣

鄭叔問挽詞

夢墮鬘雲，愁消鬢雪，愛吟窮日。幻想芝崦，仙都篆瑶碧。承明事往，嗟萬感蘭臺蹤跡。人寂，殘稿霜花，疊空床塵積。羈臣故國，廿載南冠，攀天淚沾臆。鸞坡舊是，上客竟誰識。大隱市朝何礙，幽恨此生難釋。望虎山不見，招汝魂兮寒食。

瑞鶴仙

連日風雨，憶三村桃花作，仿平仲體

柳蔭通暗綠，河橋轉、却近鷗村魚屋。千林翳晴旭，洗紅妝嬌膩，谿流澄縠。天臺舊宿，怕塵緣、無分更續。亂花飛墮想，雙袖障寒，揾淚盈掬。莫問隔年人面，不卸鉛華。總成傾國。閒愁暗觸。探芳信，到籬角。幻梢頭香色漂零誰管，殘春鶯又過目。占高枝料有，黄鸝夢回路熟。

宴清都

贈六生

歲晚關河迴，歸雲過，倦懷應念鄉井。吴鉤錦帶，烏絲醉墨，故懽誰省。風鐙顫入秋心，照夢枕、羅屏瘦影。向寄旅、老淚濺花，潘郎鬢髮霜冷。年時萬感蹉跎，蟲天舊劫，鵑語宵警。憑高賦遠，消愁縱酒，强支衰病。侏儒料輸臣朔，漫笑指、紅桑變景。待滄溟、吹垢風來，塵冠再整。

尉遲杯

春窻獨坐，喜舊僚忽至，劇談盡醉。亂後故知落落晨星矣

衡門下。夜月冷，松影闌干亞。翩然有客來思，閒共西窗情話。風塵鬢老，休説與、庭花幾開謝。記分携、歧路彷徨，劇談猶自悲咤。

朋簪舊日同遊，曾藜杖尋春，畫舸消夏。扇墜巾偏俱陳跡，誰更向、垂楊繫馬。逡巡歎、蟲沙小劫，數殘漏、空堂燭淚灺。且高歌、莫訴漂蘦，洗杯呼酒重把。

探春

寒雨連江，春事過半，湘江歸櫂，久滯吟程，念遠傷離，旅懷凄异。借玉田韻賦此，寄俶辭家兄長沙

簾黯通愁，屏欹偎影，迷離鐙暈紅晛。惜別年時，繁憂身世，清淚紛如霏霰。纔信韶光好，又過了鶯花春半。夢雲飛墮棃霙，曉風天外吹散。

長記芳菲池苑，任淺醉微吟，幽恨誰見。隔巷傳更，虛檐搖鐸，勾起客途悽怨。何日扁舟去，趂江上煙波晴暝。漫理箏弦，垂楊深閉歌院。

霜葉飛

六生司榷滁搓，賦此以贈其行

斷雲孤倚。滄江暮，愁心空繫蘿薜。苦依牆角戀蝸名，投老今何計。漫怨説、流年逝水，啼鳥重喚驚魂起。記賦別津橋，冷詠入蒼茫，怎奈客懷顚顇。

還對舊國河山，西風斜日，素秋催換人世。蹇驢衰帽古城闉，凄絶分携地。念寂寞、京塵夢裏，金鑾不

管殘鐙事。静夜波，魚龍卧，變了桑田，故情堪寄。

惜紅衣

春陰齋坐，寥寂寡懽，追念昔遊，有如夢寐。和白石韻

殢雨侵鐙，凄霜戀幕，病支寒力。睇想天垠，頑雲翳澄碧。南樓縱酒，誰解念、荒江吟客。蕭寂。楊柳畫橋，詑鷗波棲息。

鶯花廣陌，吹障驕塵，東風自零借。斜陽望斷，故國黯窮北。數遍十洲三島，翻誤半生遊歷。省舊狂情事，愁壓曲屏春色。

探芳信

東湖春感，和草窗韻

困遲晝。漫小宴吞花，餘情卧酒。聽隔鄰鶯燕，歌聲漸非舊。垂楊深鎖東風怨，摇曳春魂瘦。閉閒門、砌草穿簾，井泉添甃。

今古去來驟。賸南浦煙波，西山雲岫。噪盡昏鴉，驚破夢華否。畫船簫鼓歸何處，凝望凄回首。步長隄，空惜當年萬柳。

前調

大雨如注，齋坐寡懽，再和前韻

鎮長晝。但遣悶尋詩，淘憂仗酒。過番風花信，芳菲那如舊。沈陰淒結箜篌怨，彈破冰弦瘦。思愔愔、霧縠迷窻，雨繩穿甃。

春事去何驟。賸愁轉腸輪，恨堆眉岫。斷送年光，殘鵑罷啼否。容華空被懽盟誤，攬鏡羞蓬首。稱蕭閒，門揜荒苔亂柳。

蘭陵王

潯陽春半，客館蕭廖，夜深鐙爐，借清真韻賦之

大江直，江水湯湯漾碧。滄洲稿、誰寫畫圖，殘劫河山怨春色。狂塵蔽上國，相識、渾如過客。無心問、新恨舊愁，孤負龍吟劍三尺。

津橋斷人迹，賸幾輩漁樵，沽醉分席，黔婁應耻嗟來食。禁燭淚啼恨，鏡華催老，征車争肯過鄭驛，亂離況南北。

愁惻。夢懷積。悵疊鼓音沈，團扇歌寂，風流佇想情何極。怕獨夜孤館，又聽哀笛。惺忪寒夢，倚倦枕、漏暗滴。

聲聲慢

乙卯除夕

生涯飛絮，身世摶沙，羈孤依舊年年。怨入歌雲驚心。錦瑟朱弦。梅花故園殘臘。盼歸人，芳思纏緜。清漏轉，怕晨鐘、敲斷惆悵樽邊。

鐙火堂深密坐。燼燒殘，銀蠅幽意誰憐。數點吳霜，寒消不到華顛。相看眼前兒女，又今宵、同語團圞。春鎮好，問明年花事後先。

摸魚子

洪都春暮，歸思怦然

徧天涯、雨絲風片，閒門寂寂春暮。流花夢草經過地，銷盡綠吟紅賦。留不住。賸曲折池廊，錯認調鶯路。清遊漫許。記少小當年，承平去日，孤抱向誰訴。

愁凝佇。莫更危欄輕拊。歸心分付啼宇。尋常慣有興亡感，到此竟成今古。憑記取。笑宋玉荒唐，早被巫山誤。行歌自苦。念采藥山深，搴蘭谷杳，棲隱定何處。

解連環

送夢湘伯臧還湘，用夢窻韻

亂愁縈積。嗟浮雲蔽日，怨懷何極。看稚柳、青到津亭，奈芳樹杜鵑，繞裝行色。畫筆詞箋，儁遊記，百花洲北。縱簪萸俊約，舊侶漸稀，總牽吟憶。

鐙前歲華漫擲。引瑩杯對月，雙照頭白。念故人、明日天涯，送春浦歸艎，去波流碧。一寸閒心但分付，荒江潮汐夢瀟湘。信音又杳，寄情恁得。

思佳客

丙辰除夕，和夢窻癸卯除夕韻

自拂青銅照鬢華，廿年殘客尚天涯。江空歲晚真何計，酒醒香消只憶家。

宮羽換，景光賒，闇將心事付鐙花。癡呆欲向街頭賣，羞逐兒童笑語嘩。

拜星月慢

丁巳五月十三日，漢上酒聚即事

蟪蜩通簾，凝香圍坐，點滴金壺傳箭。急管繁弦，在芙蓉庭院。盎花霧，頓覺、流蘇玉帳春醒，冶綠嬌紅争換。似錦年光流，惱懽叢鶯燕。

顫歌塵、照席風鐙亂。清樽瀉、半晌紅雲散。見慣老去司空，總當筵腸斷。試官黄、賸説娥妝倩。回文字、暗數闌干徧。最怕是、別後相思，倚箜篌彈怨。

洞仙歌

涼雲堆絮，遮却玲瓏月。坐對西厢倍愁絶。正銀河，流影梧院風來，争不見，縹渺珠宫貝闕。

綠槐初遇雨，最愛濃蔭，容我秋齋夢蝴蝶。舉酒問姮娥。此夕嬋娟，索誰共，闌干凭熱。怨老天何事不周全，把大好清光任他圓缺。

八聲甘州

又繁霜一夜下西樓，晴林絢楓丹。但孤雲爲侣，殘鵑共語，憑斷危欄。最苦黄塵滿地，射眼怯風酸。回首輪蹄路，勞夢知遠。

安得羲和回馭，把劫灰飛盡，變海成田。奈過江人老，歌哭滯佳年。鳥空啼，六朝如夢，問綠楊、何處泊歸船。拓漁隱，向蘆中去，月出青天。

虞美人

鴟夷早辭江湖計，不信西風厲。去帆南北費商量，誰寄玉珰柬札到仙鄉。

樓頭日暮無黄鶴，背我登高約。嫦娥何事不歸來，知否蟾蜍雙眼未曾開。

浣谿沙

瘦盡梨花色已空，濯妝粉靨幾時紅。闌干無語自西東。
蝴蝶過牆尋短夢，杜鵑啼雨戀㳽叢。並時哀樂問天公。

賀聖朝

楊花卻被遊絲綰。亂愁人心眼。滿湖鰕菜待船回，甚蹉跎春晚。
蒼山日暮，墟煙四起。早漁歸鷗散。平林已是近黄昏，問棲鴉誰管。

喜遷鶯

戊午元夕，和梅谿元夕韻

檐聲餘滴，料今夜月明，片雲愁隔。照酒花腴，移鐙香媚，寒入晚簾風直。六街人語動。争忍説，滿城春色。鎮無奈，對蓬門舊節，獨醉詞客。
陳跡。賸夢憶渺渺，倦情且聽閒笙笛。罨畫樓臺，敲詩蘭檻，梅柳暗催晴碧。跨鼇成故事。天路窄，何時攀歷。漫自惜，正物華新换，生意林隙。

迎春樂

和清真韻

春鐙影事無留跡。相逢盡，未歸客。渺予懷、躑躅吹簫陌。愁換酒、黄壚側。睥睨看人雙眼白。不關甚、窮途消息。化鶴幾時還，空夢逐，孤鴻北。

點絳脣

雨屋鳴秋，四愁賦罷愁難破。薰香斜坐。一雁啼風過。歸夢零星，歲晚滄江卧。鐙花墮，音書偏左，腸斷瀟湘舸。

倦尋芳

清明日，微雨見燕

縷煙繫柳，酥雨滋桐，春市寒淺。話别東風，還見舊時歸燕。獨立生妨門巷誤，重來應訝湖山换。覷雕櫳，恠妝暈窄，曉奩人倦。念故國、風光顛頞，叢薄鳩佻，高樹鶯嬾。半縷紅絲，愁認去年雙翦。芳節清迷花霧冷，濕塵輕點李霙散。寄相思，悵依然、夢程天遠。

臺城路

戊午春日，重謁澹臺墓感賦

寒鴉衰草斜陽外，荒祠近鄰蘇圃。殿閣塵封，階墀蘚澀，無復當時鐘鼓。徘徊悵佇。賸陳跡淒迷，故邱黄土。散步追尋，斷碑零落忍重撫。

驚心人事代謝，九州今换世，遑問前古。祀典銷沈，英靈闃寂，呵壁誰問天語。愁陰帝所。料精魄飛昇，此懷難訴。酹酒蒼茫，怨啼聽杜宇。

塞垣春

己未歲旦，大雪，和夢窻丙午歲旦韻

麗曲催弦管。照小宴、銀鐙暎。穿簾雪冷，度窻風悄，鈴語輕囀。愛物華、自釃屠蘇盞。笑髮鬢、星星短。訝凌寒、江梅早。碧山幽興孤遠。

谿路指東湖，任淹卧荒寥，花霧迷岸。㪚褐黯生塵，料歸計輸燕。夢遊仙縹渺，曾記青娥，唱春陽，隔屏見。懂約謝鄰里，退閒年光淺。

前調

立春日放晴，喜而賦此

地僻春句管。媚曉霽、條風暝。泥痕活草，岸容舒柳，嬌鳥千囀。對綠窗、醉泛紅螺盞。愛擢秀、蘭芽短。候雲輿，元君杳。碧霄北望寥遠。

身世老滄江，自一繫扁舟，殘釣荒岸。夢落楚天遥，笑孤寄如燕，念花朋酒伴。惆悵年時，換歌蟬，不相見。初日映釵股，畫樓餘寒淺。

繞佛閣

癸酉，展重陽，同劍石滄浪亭餞秋，追憶蘇子美當年賣故紙獲譴事感賦

樹蔭在水，谿路繚曲，漁唱霜曉。秋事將了。驀聞雁陣、驚寒破雲到。落紅徑掃。珎脆薦俎，叢桂香嫋。蟬噤聲悄。怕教玉露，金風去偏早。

勝跡辨清濁，照眼滄浪無限好。還記結廬，幽棲人漸老。問故紙猜嫌，遺恨多少。戲波魚小。更笑拍闌干，猶戀殘釣。醉佳辰、接籬忘倒。

鷓鴣天

廿載勞生半息肩，催歸日夜聽啼鵑。矜持名士青萍價，收拾纔人白玉篇。

招雪月，攬風煙，逍遥贏得是真閒。謝他韋杜比鄰約，枉説城南尺五天。

鳳凰臺上憶吹簫

癸亥七月，予復有安仁之戚，歲月不居，忽忽冬暮，感懷緣會，賦此誌哀

涼雨啼鳥，亂風驅雁，倚寒人在樓蔭。恁錦屏燭灺，不照冬心。偎傍紅鑪活火，謀晚醉、寂寞孤斟。殘梅怨，湘娥夢冷，託興微吟。

愔愔紫簫倦倚，思鳳吹秦臺，響絶音沈。向彩雲招隱，傳語青禽。愁翦鐙花殘蘂，憐瘦影、霜落堂深。凌波路，芳期恨差，臘盡江潯。

芳草渡

人事代謝，親舊凋零，傷今感昔，凄然成詠

物外想，甚噪鵲啼鴉，變聲顛倒。簸劫波塵裏，蒲團放眼西笑。彈指千偈了，憑虛庭香繞。換世苦，去未因緣，却向誰道。

堪料。網絲導引，一晌蟲天隨漏杳。看日冷，青山到處，凄迷賸芳草。此時此意，漫訴與、明鐙杯珓。鎮太息，幻盡春婆夢老。

綺寮怨

畫裏林容秋瘦，晚蟬留恨聲。看繞屋，賸有斜陽，鄰鐘動，欲歎還驚。疏簾寒侵漏瑟，朦朧地，夢跡愁

未明。恠鏡涯，歲月欺人，平戹感，鬢髮餘亂星。眷眷白鷗舊盟。江湖事影，何堪絮語殘鐙。俊約無憑，把閒淚，向誰傾。頹雲四圍天昇，便卧隱，甚心情。高歌自聽，虛庭静夜坐，風露清。

三姝媚

寒雨連江，春事將盡，有懷病山蜀中

殘春蕉萃裏，滯江天沈陰，故人千里。恨別匆匆，向倦途吩咐，斷魂潮尾。怨笛樽前，拚費盡、年時清淚。送了鶯花，依舊閒門，慰情無計。飛絮東欄慵倚，賸夢跡迷離，障寒襟袂。自惜芳菲，怕步塵吹散，蕩愁天外。燕客漂零，誰與語、空樑心事。佇久流波日暮，鵑聲又起。

憶舊遊

甚南山隱豹，北海從龍，人意恓惶。往事成今古，賸鐙憐影瘦，漏滴愁長。依稀舊時情味，惆悵亦清狂。奈藕孔光陰，槐柯夢幻，幾度思量。難忘，意何限，歎鶩咽寒煙，落葉空江。自鶴歸鷗散，問半天竽籟，誰引清商。憑欄許多心事，無語睇斜陽，恁毀折君弦，瑶琴一曲教斷腸。

蕙蘭芳引

初夏即事

敲斷曉鐘，攪春夢去程無跡。賸碧草如煙，撫動畫欄霽色。種桃舊苑，料未許、劉郎重覓。自衆芳歇後，漫説南薰消息。看弈簾櫳，追涼池館，怎奈閒寂。聽螻蟈鳴時，聲滿綠槐巷陌。香塵凝榭，亂花飛席。鸎晝長，惆悵漏侵瑣瑟。

摸魚子

秋晚雨夜，寄北堂

莽天涯、暮煙衰草，濕雲垂野翻墨。驚塵千里車雷轉，音驛難傳消息。秋雨夕。照獨坐殘鐙，翳翳昏如漆。花前硯側。把萬縷愁絲，連環不斷，吩咐亂蛩織。淒涼意。閒聽檐聲細滴。西樓吹墮哀笛。吟身已共流光老，何況倦途爲客。征雁北。孤枕夢迴翔，莫附南飛翼。屏山路窄。念室邇人遐，情懷幾許，珎重寄書尺。

尉遲杯

豫章重到，往事如煙，湖上舊㞪，門庭闃寂，但見亂柳荒苔而已，感時觸緒，惘焉予懷花洲地。皺碧悄、前跡凄涼指。承平去日偏多，誰記鳴珂坊裏。漁歌唱晚，渾不管、鵑聲是何世。翦湖波、燕子重來時，定巢重認新壘。
樓臺換幾殘春，看芳樹斜陽，流亂羈思。一片江山餘風月，休更説、遊仙舊事。模糊認、橋扉路曲。賦衡泌，驚心失夢綺。聽齋鐘、又報黄昏，倦情悽戀煙水。

最高樓

重午

春歸後，佳節是端陽。簫鼓更誰忙。刺桐垂乳循檐綠，若榴噴火隔簾光。且從容，斟蟻碧，汎雄黃。
怎不見赤靈書敕勒，又不聽蹋歌翻促拍，思影事，怨年芳。只將新句收吟篋，莫邀舊賞過西厢。閉閒門，題甲子，數滄桑。

祝英臺近

乙醜，立秋，和草窻韻

幛雲搴，弦月悄，花露散微冷。幾曲蟬琴，枝上報涼信。凄凄絡緯聲中，白蘭開了，曼吟動、迷香情性。
倦還省。敗藤穿破疏籬，西風待重整。落葉梧階，依然舊時令。怕聽霜雁歸來，鐙窻愁雨。又勾起、無名愁病。

減字木蘭花

俞弇山藏秦大騩權拓本，屬題

萬千劫毁，此物不隨秦亥死。制𠠑文奇，説與儀徵總未知。摩挲氊墨，師友淵源餘太息。百感交並，且向齋空結古情。

楊柳枝

曾拂春風舞大隄，又籠秋雨暗前谿。春來秋去知多少，依舊青青一面齊。

摸魚子

初夏，將返吴門

傍鄰牆、綠槐深處，數聲啼鳥春换。流光已是催人老，何況客懷難遣。芳樹晚。看飛上高枝，倦鵲棲又嬾。行歌緩緩。奈落絮縈波，驕塵滿路，景象亂愁眼。

憑説與，十載萍蓬浪轉。江關空賸詞卷。故園尚有閒松菊，牽引舊情無限。征櫂返。漫疑是孤雲，野鶴天際遠。潮回夢淺。待吴苑人歸，黄壚酒熟，鐙語又重欵。

芳草渡

促漏轉、障豔蠟霜簾，厭聞啼鳥。聽隔鄰人語，朦朧似説春曉。年事驚換了。探館梅香悄，悵望久。兀自巡檐，索共誰笑。

臨眺。峭寒勝翦，凍雨樓臺鶯燕少。漫凝想、花濃雪聚，芳菲鬥清好。暗愁怎遣。都付與、闌干千繞。念去日、費盡相思夢杳。

蹋青遊

梅雨初霽，報書寄遠

斜日闌干，莓鬢弄晴千點。罩嫩碧、桐蔭門揜。閣新蛙，翻乳燕，濕寒猶釅。向望裏，珠鐙背窻流影，一曲又飄阿濫。

收拾嫣紅，榴花傍檐還諂。驀觸起、銀屏舊感。悶騰騰，封遠信，天河槎險。怕被酒，江樓夢涼淹卧，魚當笑人愁魘。

醉桃源

酒旗歌板送餘春，猧兒酣睡馴。而今誰是拗花人，鈿釵生綠塵。

鷄柎老，蟻柯新，勞勞争問津。眼中蛇象意紛紜，龍吟休亂真。

醉花陰

百變魚龍顛倒戲，隔院狸奴睡。惆悵倚欄心，碧火鴞巢，夜夜悲風起。癡牛騃女銀河事，只檐蛛能記。抛擲任梟盧，看到蟲天，此意何人會。

新雁過妝樓

重九，非園社集，菊花齊放，借笑杏韻，即送其還粵東

細雨黏塵。東籬晚、涼枝移插烏巾。密圍延賞，同是倦旅秋身。賴有西風簾户好，瘦香慣與伴吟魂。趂佳期。愛閒暫息，花夢忺人。

悲笳飛霜漸咽，况异鄉异客，怎奈黄昏。歲寒心事，誰念伫苦。停岸孤帆，又隨雁去，甚潮汐、年年淹舊痕。蕪城路，歎故山、衰帽愁思難申。

浣谿沙慢

秋碪圖

冷月下破屋，羈鳥喧鄰圃。陣雲暮合，寒信催碪杵。衫袖淚裒，悶裏尋針縷。秋病移鐙語。時聽打窻蟲，腸斷宵，聲聲恁苦。

幾番誤。盼寄遠無書。奈闕榆瘁葉，江雁亂行，有恨憑誰訴。只怕夢魂，飛去也難度。莫慢愁凝伫。終

待唱刀鐶，把離情、從頭細數。

玲瓏四犯

夏夜聽雨，用清真韻

門揜桐蔭，盪夜色迷離，鐙媚流豔。笑拍闌干，殘醉暈霞生臉。惆悵暗雨飄更颭，露草砌螢零亂。歎這番節序驚换。幽恨錦屏誰見。

扇風涼動芙蓉薦。鏡臺虚、慢妝嬌茜。蓮房墜粉紅衣濕，香霧醺愁眼。潛聽漏瑟漸稀，但倦數、銀河星黯。恁片時隔院，簫鼓歇，鄰歌散。

齊天樂

新蟬

中庭纔過槐蔭午，沈沈衆音都歇。萬柳眠煙，千荷灩日，極目晴容天闊。新聲抱葉，要分得涼柯，怕因人熱。夢醒南薰，倦魂猶記漢宫節。

飛鳴心事自苦，九秋風露早，誰信高潔。障眼塵紅，無情樹碧，淒絶觚稜天末。齊姬怨結，料重拂金貂，故懷都别。羡汝冠緌，墮簪羞鬢髮。

八聲甘州

長沙亦余之故里也，嶽麓之朝雲，瀟湘之夜雨，洞庭之舟楫波濤，别來既久，時時繞予心目。湘江回望，烽燧頻驚，松楸時縈夢寐。歲雲秋矣，鄉思怦然，偶拈此調，用耆卿韻，以寫予懷

鎮懨懨病酒閉櫳門，微霜報新秋。看寥天一雁，關河夜月，人坐西樓。欲向雲根息影，苦語説歸休。誰畫瀟湘稿，目斷江流。

依舊青山紅樹，奈荒寒景物，詩句慵收。夢蒓鱸鄉國，無計此句留。朧空明、閒鷗招隱，付冷吟、楓葉落行舟。搴蘭芷，寫離騷怨，何限牢愁。

踏青遊

檐鐸喧晴，相期拗花人嬾。嗅宋鵲、薰香幃暝。唱青陽，嬉白打，鬧春庭院。大坐語，書空擲杯濃笑，誰識作歌心眼。

描出天吳，翩翩繡衣争换。看笑起，朱樓霄漢。唾風絲，嘘雨沫，漏壺傳箭。聽報曉，雄雞一聲驚夢，促奏沸簾簫管。

減字木蘭花

連環錦字，誰識回文機上意。駃女癡牛，消得天公作合不。

紅橋波靚，不見鴛鴦單見影。風起無情，却説干卿是怎生。

雪梅香

彊邨病山下世五年矣，凄然襲舊，輒託歌聲

雨聲夕，庭梧槭槭戰西風。聽虛堂蛩語，無端又發秋慵。燒燼鑪香篆煙碧，蕩摇窻影燭花紅。雁呼急，倦枕推時，别恨千重。

朦朧。故懽渺，劫外光陰，直恁匆匆。去日驚心，劇憐白髮成翁。感舊愁懷愴鄰笛，怯寒詩夢落齋鐘。吟情嬾，自分勞生，休問天公。

花犯

重九，秋齋夜坐，約瑾叔同作

亘寒空，殘星數點，凄然是秋晚。巷聲喧斷，臨夜永吟壺，詩思孤倦。畫屏對影鐙脣顫，黄花香韻淺。待聽取、東籬人語，愁杯閒漫遣。

今年歲華太無情，茱萸會已負，登高心眼。樓望久，西風外，帶霜啼雁。逡巡念，過江載酒。還又恐、扁舟湖信緩。笑卧水、馴鷗驚起，籬扉歸夢欵。

祭天神

滬上閒居，忽忽經歲，秋風老矣，人事倏然，翦鐙賦此，不知憂來之何從也

看帶霜楓葉紅如染。背寒林、晚景歸飛鴉數點。思量故里黃花，醉賞清懽欠。況經年獨卧荒江，秋陰黯。白髮短，愁來釅。

怎禁得、衰病西風感。關河阻，腸寸結，夢遠回鐙暗。歎如今、羈情摇落，生事凄惶，鎮日無憀，自把塵心懺。

金戔子

秋日過某氏故宅感賦

寂寞莓牆，認暮鴉高樹，劫餘塵跡。屋瓦卧霜晴，看裝綴、繁華亂迷紅碧。去來幾許遊人，岸風前涼幘。偷活草間蛩，暝寒猶訴，舊時秋色。

愁積。悵何極。吟屐嬾、循廊數太息。筝泉流池沸響，經行處，平蕪廢苑曾歷。倦情忍，共携壺，對斜陽葵麥。凄涼指，猶有壞壁題詩，暈冷苔石。

應天長

閉門冬盡，惆悵成吟

驚音咽水，鷗夢墮霜，閒門静撿苔跡。怕對夜鐙花落，凄然聽箏笛。詞仙去，騷雅息。但睇想、舊懽難覓。漏回處，一片情懷，怎耐疏寂。

顛頷過江人，興嬾歸來，無那鬢華白。慣是亂離漂泊，年年送潮汐。滄洲外，天路窄。但記取、倦程南北。歲寒守，且約香梅，同醉瑶碧。

玉京謠

暑雨敲窻，落花如雪，歲時不改，人事多乖，撫景言情，烏能已之

昨夢成今古，萬感蒼茫，唤酒斜陽市。舊雨新煙，相思愁隔江汜。繫旅雁空説傳書，悵客路、平蕪千里。滄洲外，魚龍海國，聲喧潮尾。

高歌怕有人聽。醉卧層樓，睇紫霄尺咫。誰識湘壘，騷情曾賦蘭茝。步障移、雙燕歸來，散豔錦、落花風起。調綠綺，還近碧油簾底。

龍山會

秋窻夜坐，薄酒自娱，獨對黄花，頗有東籬之想，和君特韻

月照寒窻罅，落葉聲中，樹影闌干亞。暮天涼吹起，吟佇久、鴻陣啼霜初下。荒徑蹋苺苔，最堪愛、秋容淡冶。念東籬，猶存晋菊，瘦香濃灑。

休憶萬柳湖隄，俊賞清懽，趂輭蔗驕馬。舊遊歌舞换，人境悄，無復華鐙春夜。鵑語不堪聽，盪愁借深

杯快瀉。醉後舍，待一笑短瓢枝上掛。

前調

滬濱秋暮，鄉心悄然，借君特韻

一雁穿雲罅，望裏鄉關，别浦孤帆亞。去波流恨遠，離緒繞、偏逐風濤高下。消減廿年情，怕重問、紅嬌翠冶。採芙蓉，秋江利涉，水花飄灑。

休説攬轡登臨，過眼繁華，有暗塵隨馬。倦途人意嬾，懽宴少，空憶笙簫良夜。何處濯滄浪，恨潮迸寒流怒瀉。去便舍，向薄暮短蓬天際掛。

花心動

滬上南園瓊花

蜜蘂玲瓏，展丰姿、裝綴滿林春色。靚影幽芬，清魄奇胎，不共亂花紅碧。舊年風月揚州路。曾寵被、君王恩澤，試重問、蕃釐道士，幾時移植。

本是鬘天麗質。應嗟念凡塵，墮魂香國。蕚綰連環，苞結同心，勝比玉人標格。澹妝却恐群芳妒，無言傍、空階苔石。歲華好、孤根再三護惜。

玉蝴蝶

曩客揚州，訪蕃釐觀故址，道士指土臺告予曰，此曾植瓊花處也。悵想久之。越二年，於役虔州，道署一株，花時已過，任吾邀。我坐樹下，但見枝葉離披而已。追念昔游，再成此解

記得竹西重到，麗花藏魄，惆悵春光。豔跡模糊，空歎觀古壇荒。倩魂繞，夢回經院，嬌樹萎，塵鎖禪窻。盡思量。賦情無著，愁坐斜陽。

雙江。秋期更踐，石欄題句，桂苑傳觴。恨我來遲，玉娥偏不見凝妝。念前度，蹋歌明月，溯俊遊，飛渡驚瀧。兩難忘，哪知今日，吟賞幽芳。

翠樓吟

秋暮寄北書

策杖觀雲，停杯喚月，年年慣吟愁句。青鸞無信息，問誰識、排闥心素。逡巡延佇，待聚約新鷗，招邀今雨。閒情趣，水樓殘調，賺人詞賦。

想念，烽火餘生，把亂離歌哭，忍寒凄訴。劫灰飛盡後，賸垂老、天涯儔侶。詩魂銷處，在短笛江亭，悲笳邊戍。尋秋路，冷吟慵寫，落霞孤鶩。

定風波

和東坡

厭聽林鴉噪晚聲。却來江畔日閒行。忽念春風同繫馬，生怕，亂愁如草剗還生。鸚鵡簾前呼夢醒，知冷，香篝鑪火好將迎。尋到舊時歌舞處，人去，一輪明月又宵晴。

法曲獻仙音

辛未秋宵，蕭齋閒逸，檢點舊稿，回憶數十年哀樂之境，忽如夢寐。香灺鐙殘，頗有出塵之想。賦此以志歲月

鑪撥灰殘，研消冰炙，漏瑟依稀寒度。螿篋慵繙，兔毫慴秃，年涯慣催遲暮。賸往事零星記，孤檠伴苦吟。亂花舞。照簾櫳、殿秋裝綴。人意好、杯酒自溫倦緒。散誕得旬休。坐蒲團、須信無住。舊學商量，念平生、心事何許。向林巒栖遁，料理息塵佳處。

綺羅香

冬柳

倦馬嘶晨，盤雕瞰晚，衰柳蕭蕭冬盡。病葉纖柯，拚付朔風凄緊。臨野岸、密雪搓緜，掃荒徑、亂鴉翻陣。送年涯、千里江山，雁程空報未歸信。

靈和芳樹漸老，禁見銅仙淚滴，宮魂餘恨。漫憶南薰，應對故林愁損。哀怨起、羌笛差參，度玉關、甚時春近。莫相憐，生意婆娑，歲窮寒更忍。

翠樓吟

極浦通潮，晴街墮葉，頻年倦途淹寓。朝看明鏡曲，歎華髮欺人遲暮。津橋回顧，但曉角吹雲，驚烏啼樹。休延佇，野梅開後，更無情趣。只道名士風流，怎渡江如鯽，等閒詞賦。何來心事悄，怕重過、鶯花庭户。悠悠天路，縱皓鶴能招，青牛誰御。憑軒處，忍寒牽引，客愁如絮。

夜合花

春草

雨霽沙隄，煙收村塢，暝風十里新晴。平原燒活，蘼蕪翠接千程。鶯語滑，馬蹄輕。趂蹋歌、還到郊坰。畫橋西畔，搴芳共約，挑菜關情。裙腰一道青青。向啼鵑問訊，長短離亭。年涯倦旅，那堪望眼愁生。絲柳弱，亂花明。繞江南、羈緒牽縈。送王孫去，思懷幾許，春水流萍。

慶宫春

曉夢初回，春寒如割，攬衣强起，不覺萬感之交並矣

街柝鳴霜，冰壺凝月，夢回推枕彷徨。中酒光陰，填詞身世，幾番深夜思量。歲華來去，算滋味，而今備嘗。晨星明滅，催曉鴉聲，都在西窻。

悠悠漫説行藏，鐘鼓清時，兹願難償。神劍潛輝，殘鐙無焰，空餘百感蒼茫。十年禪悟，奈趺坐、塵心未降。書空何事，渺渺予懷，休問鴻荒。

倒犯

淮隄晚步，柳色可憐，路上行人争道，明朝上巳矣

袖手、障黄昏峭寒，大隄閒繞。羅裙曳縞。湔蘭路、霧迷煙窈。回頭但見，孱柳搓緜丰神嫋。漫更説流觴，曲水同幽抱。寄吟身，在江表。

屈指念春暮。奈向清明，番風花信杳。柱杖任步屧，看倦鶴，穿雲小。過斷驛，行人少。認歸途、斜陽侵古道。漸夜色朦朧，一穗疏鐙照。閉門詩夢悄。

江神子

柳

晴煙低颺白沙隄。草萋萋。囀黄鸝。千樹垂楊，如綫又如絲。陌路問誰青眼顧，偏爲我，弄嬌姿。章臺光景昔遊非。到春期，繫相思。張緒風流，不似少年時。多謝紅妝樓上女，金縷曲，唱新詞。

四園竹

鐙花墜蕚，背地數歸期。柳緜漸少，榴實正繁，空惜芳菲。譙漏長，苦恨隔，屏山飄渺。此情唯有天知。漫猜疑，青鸞倘許傳書，回文寄與新詩。莫道羈遊況味。争奈愁中，歲月奔馳如逝水。近畫閣，雙雙燕又飛。

芳草渡

辛未立冬

燭淚灺，聽漏滴金壺，坐移吟曉。正月斜風定，寒聲又動啼鳥。秋事都過了，看芙蓉霜飽。歎歲晚，曲曲屏山，却恨天杳。長嘯。九霄梵響，漫許仙都憑夢到。笑一世、浮蹤聚散，飛鴻賸泥爪。鬢絲老矣，算只有、冬心能葆。對舊節，慨想承平少小。

十二時

滬上早秋，人事閒逸，有悵然思舊之意，和耆卿韻古簾垂，夜堂香熟，消受新涼如洗。待整頓、滄洲詩思。頓覺江山秋氣。敗壁吟蛩，虚廊過雁，正月斜風起。何處笛、厭送離聲，倦枕漏長，偏攪愁人心耳。

休只憐，天涯客路，賺得扁舟不繫。記省少年，花朋酒伴，俊約垂楊地。覺素懷繾綣，難忘最是夢裏。念幾多，幽悰密緒，漫理琴絲傳意。萬疊相思，顰眉慵展，淚冷留霜被。結故情一段，暮教等閒輕棄。

過秦樓

秋齋夜涼，蛩聲唧唧，彊邨翁過齋頭閒話，月色穿林，翛然成趣，拈調同賦

井汲梧園，屐尋苔路，巷柝晚聲初斷。逃禪世冷，換劫年遥，獨悟静中香篆。何事錯惱西風，翻覆炎涼，却憎團扇。凴闌干一晌，秋魂摇盪，露螢初散。

應共約，採菊揞節，哦松呼酒，倦息碧江煙畔。花欺鬢白，雲笑身閒，不信醉鄉開眼。誰道黄昏更愁，浮海人歸，連天秋遠，望星河影動，還聽清宵漏點。

月下笛

中秋微雨，薄酒孤斟，念亂哀時，憮然成詠。和白石

短燭黄昏，西風細響，半庭蕉雨。寒蛩夜語。送秋聲，自來去。闌干都是傷心地，絆不住、愁思半縷。看流螢數點，飛飛無定，自認苔路。

吟佇，低徊處。賸怨恨分明，舊時鸚鵡。華胥夢覺，倦途心事何許？浮雲遮斷銀漢影，問今夕姮娥睡

否？那堪對，一樣團圞月，不似前度。

花犯

滬上元夕，大雪嚴寒，瑾叔賦詞索和，仍次碧山韻之

罨珠簾，瓊英亂舞，朦朧夜如水。笑聲鄰里。旋照眼春鐙。搖盪羈思。舊懷待把翎箋寄。屏山人倦倚。要賦賞、風光今夕，沈沈吟望裏。

傳柑宴歌話當年，瑤臺路慣見，鶯花紛委。荀令老，繁華事、併成顦顇。殷切盼、鬧晴戲鼓。還怕有、清笳邊塞起。憑喚賞、寒梅孤伴，和香偎素被。

霜葉飛

寒林鴉陣圖

斷雲愁暮。郊垌悄，蒼茫秋在霜樹。萬鴉翻陣作軍聲，勢撼驚飇怒。趁落葉、飄蕭亂舞，衝寒何惜勞孱羽。念倦客羈栖，正望極關河，歲晚却還憐汝。

遥聽戍角村砧，黄昏剛近，退飛須記歸路。漫從天外説忘機，只恐鷹鸇覷。待結得、鵷鸞侣伴，迴翔重向朝陽去。願更將，春雛引，巢暝高枝，翠蔭深處。

祝英臺近

鶴

守松門，穿竹徑，得意振毛羽。月夜緱山，清唳近仙府。記曾飛下蓬萊，迴翔高睨，鎮相伴、鵷鸞儔侶。者番誤，何事輕觸樊籠，悲鳴對秋雨。箊鳳棲皇，心期共誰語。看君丹頂依然，一聲長嘯。好重到、碧天高處。

繞佛閣

重九虎丘登高

亂塵暮起，雲外鼓角，凄和碪杵。涼夜疏雨，怕聞隱隱秋聲到庭樹。倦遊厭旅，樓望四遠，唯念吾土。慵對樽俎。縱教宴賞佳辰爲誰賦。帽落記前迹，伫想龍山迷處所。何況吹臺歌無好句。漫更插茱萸，衰鬢垂縷。馬蹄歸去。趂病柳斜陽，村莊人語。動愁心、歲華飛羽。

早梅芳近

寒夜不寐，越翌日，將歸苕谿，時聞衢州有警

井梧凋，籬菊老，向夕房櫳悄。帷鐙窺影，巷柝催更亂愁繞。夢輕羅被窄，漏轉吟壺窈。正星稀月墮，

窗外已天曉。路多歧。信又杳。思落西風表。纔聽羌笛，旋起邊笳度雲杪。壯遊成苦憶，老嬾餘孤抱。記關河，片帆隨去鳥。

一萼紅

丙子歲旦，大雪，距立春旬有二日。冲寒早起，預計歸期，當在條風未到時也

曉窗前。綻緗梅幾朵，風雪正迎年。芳意潛來，寒威欲斂，花信重數連番。歲華換、西樓夢跡，翳鏡影，紅燭更移槃。活火煨餳，吟鐙裁曲，消受清閒。

多事空江來去，算吳雲浦雨，不隔愁天。潤沁檐花，暄回漏瑟，都付雙袖憑欄。但堪念、蓬門柳色，語新鶯，釵勝待歸看！爲問車蕉動時，占否春先。

咫薗詞·卷二　吳興姚肇崧亶素

鶯啼序

天末秋風，江關猒旅，時危歲晚，羈思悄然，倚夢寱譜，抒寫幽憂，命酒高歌，不覺唾壺擊碎矣。戊寅

年光慣催夢老，乍涼生邃户。歲寒意、珍重靈蕤，索𡰱深念遲暮。畫櫓外、清商夜起，秋聲竄響梧桐樹。歎遊蹤空逐萍漂，又沾飛絮。

殘劫滄洲，怕展倦眼，看昏煙宿霧。亂愁對，竹屋疏鐙，我懷慵託毫素。黯芳菲、蘭銷蕙歇，恨絲罥、衰楊柔縷。恁因循、孤負江鄉，戀人鷗鷺。

濃春易逝，舊侶稀逢，燕歸笑寄旅。叢桂冷、林鸞棲憩，賦擬招隱，笠屐幽尋，雁風鳩雨。蒓鱸正美，雲巢深處，漁樵呼酒閒分席，採芙蓉，甚日扁舟渡。題詩往跡，依然壞壁紗籠，何來恐非吾土。

殊鄉异客，故國離憂，賸鬢毛换苧。那忍見、戟門高宴，旆影斜陽，粉飾承平，滿城歌舞。榛苓漸沓，英雄安在，江山如此空悵望，障狂瀾，誰作中流柱。登樓唤取飛仙，破匣龍吟，劍光墮否。

綺寮怨

高樹蟬嘶，秋聲漸老，流連光景，淺酌微吟，無復昔時清興。感懷世亂，輒付悲歌。丁丑

向晚庭柯交翠，捲簾霜氣侵。聽墮葉，細響殘蟬，清商動，暮靄園林。平生疏慵自樂，絲蘭譜，抱膝時漫吟。那更知，顧曲周郎風流減，鬢雪衰帽侵。

舊恨漫思碎琴。空移征換，凄涼直到而今。憑誰説與知，夜色樓蔭。遣愁思，且孤斟，承平甚時重睹，只借酒，問天心。新寒漬襟，沈沈漏静後，秋又深。

八聲甘州

丁丑冬日，戰禍日亟，避亂窮鄉，日處震撼危疑之境，滿地干戈，悲憤交集，篝鐙賦此。丁丑

聽拏音一舸出蘆中，漂浮記鷗沙。瞰滄江寥寂，風横雁路，雪點魚叉。對此茫茫百感，濁酒向誰賒。消盡英雄氣，辜負年華。

終古神州沈陸，便海樓幻蜃，一現空花。歎迷歸客夢，猶自説還家。任教它、蓬萊三淺，付老孱、身世託枯楂。論長恨，唱伊涼曲，自撥銅琶。

浪淘沙

戊寅初春，寄寓胥門窮巷中，危城蘇息，萬感交並矣。戊寅

詩夢繞回欄，一味清寒。雨絲風片送春還。木華初開紅杏小，惆悵花前。鼓角動三邊，芳草連天。强舒愁眼望中原。飛雁驚弦來又去，千里江山。

綺寮怨

吴門春感。戊寅

傍水闌干低亞，早寒慳放晴。媚曉色，翠柳新荑，東風裏，對語流鶯。依然陽春故國，江天遠，極目雲氣冥。念退閒，歲月婆娑吟身老，凋谷渝舊盟。獨坐亂愁漸生。年涯暗换，芳菲未是無情。怨笛飛聲，揜襟袖，倚樓聽。青衫酒痕猶在，肯道我，舊狂名。胡床倦憑。懵騰大夢外，誰醉醒。

齊天樂

蟬。丁丑

喧喧群動蟲天界，輕身劇憐孤寄。罥網嗔蛛，穿簾厭蝠，栖託高槐蔭裏。三生蜕委，問誰識冠緌，只今猶美。夢醒仙都，去來依舊落紅地。南溟休道九萬。榆枋思奮翼，何羨鵬徙。斷驛驚烽，荒城澹月，禁得蒼涼如此。繁音到耳，笑知雪無能，暫忘人世。警嘒煩君，舉家清更喜。

綺寮怨

百感情懷，秋窻如夢，蟲聲回壁，如助予之太息矣。丙子

漏永吟壺深坐，報霜傳寺鐘。競晚節，賴有黄花，東籬雨、更濯秋容。朝來闌干凭熱，銷凝意，欲説辭更窮。向醉鄉，跨鶴招尋，銀河渺，又隔千萬重。香煤閒消宋鵲，綢繆語，欲説先意慵。悟化幾，待月西厢，琵琶巧，妙筆嗤畫工。

怕聽夜窻亂蛩。分明怨訴，十年舊夢匆匆。鬢髮飛蓬，擁愁抱，傻迴風。穠華幾番開謝，總付與，酒杯空。休嗟塞翁，朦朧事影記，同不同。

晝錦堂

亂後還家，頗有城郭人民之感，群碧翁先示感賦之作，悵觸予懷，依韻答和。戊寅

梓里無家，桃源甚處，極目天遠何之。舊壘斜陽仍在，飛燕參差。連屋炊煙藤蔓繞，閉門荒趣蘚紋滋。憑欄久，雙袖障寒，微吟又動愁思。

懽期、輕誤也，歌宴散。緑窻慵理琴絲，賸有秋詞殘調。付與紅兒。聽鸝還惜臨江柳，看花休惱隔牆枝。蹉跎憾，偏向酒濃香熟，换了霜鬢。

十二郎

雲氣繞樓，殷雷送雨，正愁人夜坐時也，憂時屬事，淒斷成歌。戊寅

亂雲漲墨，鏇壓破、一天愁影。聽井葉蟬嘶，籬花蛩語，齋坐清宵漏回。正是江山漂摇際，恐暗觸、驚魂無定。禁野哭孔嗟，夷歌方急，又添悲哽。

還省。峥嶸歲月，橘中俄頃。漫更説淮南，飛昇雞犬，重向鑪邊謌鼎。看取夔蚿，幻成蛇象，塵夢覺來都冷。頻佇望，舊日乘槎客，客返海澄波静。

菩薩蠻

丙子

移家辛苦吴門住，長記聽鶯隄上路。春去又秋來，行歌日幾回。

紅梅懷舊跡，千載詞人宅、小隱寄林園，蹉跎已十年。

滿路花

吴門索居，淒然已秋，寄聊社諸子。丁丑

愁城借酒攻，棊局防柯爛。秋末人境悄，孤懷换。吟箋賦筆，獨自流光遣。隔夜涼蟬嬾，月上梧梢，與誰凭同看。

回思前度縱飲，高樓畔詩聲，賡又續鐙花翦。而今閒阻，夢想關河遠。不成離會散，著意思量，只教牽我心眼。

琵琶仙

庚辰

蛩絮鐙前，似還訴、舊日銅鋪風月。涼韻輕襲紗櫥，清商又催節。人漸老、情懷正惡，況經換幾番裘箑。客裏年光，天涯意緒，誰喻愁結。鎮長夜、犀押沈沈，更秋雨秋風怨離别。拚把一床幽夢，化雙身蝴蝶。憑念想、琵琶解語，奈良辰、美景虛設，怎向吟得回文，但題紅葉。

薄倖

小樓聽雨，羈緒鰥鰥，追憶昔遊，都成悔恨，賦此見意

寒窻凄凝，待一一、悲懽細印证。漫更説風光流轉，牽引文園愁病。憶俊遊、佳約年年，呼鷹走馬争豪逞。奈織錦機閒，傳箋書杳，都付殘鐙事影。自換了鬘天後，渾不見碧城高夐。尋思到舊譜，清詞歌響，隔簾生怕籠鸚聽。却安排定，伴鑪香茗椀，冥心伫想蒲團静。華胥夢覺，不管銅壺漏冷。

龍山會

秋窻夜坐，薄酒自娱，獨對黄花，頗有東籬之想，和君特

夕苑霜威斂，過雁聲中，樹影闌干亞。泛萸謀晚醉，吟佇久、惆悵秋風籬下。荒徑結愁蔭，怕重問、紅嬌翠冶。漫登臨，題詩敗壁，墨花濃灑。

還憶萬柳湖隄，俊賞清懽，趂輭塵驕馬。舊游歌舞换，人境悄，空惜華鐙春夜。何處濯滄浪，恨潮奔寒流怒瀉。去便舍，向薄暮短篷江上掛。

前調

戊寅秋暮，歸思黯然，借君特韻，柬鋏尊

客夢西樓冷，望斷鄉關，雁影孤帆亞。去波流恨遠，離緒繞、空記清風林下。佳氣鬱雲巢。奈遮斷、山容澹冶。念東籬，猶存晋菊，瘦花瀟灑。

休説唤賞登臨，競騁蕃街。有暗塵隨馬，倦途心事苦。懽宴少、寥落江南秋夜。猶憶入迴腸，盪愁借、深杯自瀉。醉後舍。付一笑，短瓢枝上掛。

翠樓吟

戊寅

極浦通潮，晴街墮葉，頻年倦途淹寓。朝看明鏡曲，歎華髮欺人遲暮。津橋回顧，賸曉角吹雲，驚烏啼樹。閒延佇，野梅開後，更無情趣。

只道名士風流，怎過江如鯽，等閒詞賦。獨𡰪心事悄，怕重過、鶯花庭户。悠悠天路，縱皓鶴能招，青牛誰御。憑軒處，忍寒牽引，客愁如絮。

花心動

滬上南園瓊花。己卯

蜜蘂玲瓏，展丰姿、裝綴滿林春色。靚影幽芬，清魄奇胎，不共亂花紅碧。舊年風月揚州夢。曾寵被、君王恩澤，試重問、蕃釐道士，幾時移植。

本是鬘天麗質。應嗟念凡塵，墮魂香國。萼綰連鬟，苞結同心，勝比玉人標格。淡妝却恐群芳妒，無言傍、空階苔石。歲華好、孤根再三護惜。

玉蝴蝶

曩客揚州，訪蕃釐觀故址，道士指土臺謂予曰，此曾植瓊花處也。悵想久之。越二年，於役虔州，道署一株，花時已過，任吾遨游。我坐樹下，但見枝葉離披而已。追念昔游，再成此解。己卯

記得竹西重到，麗花葬魄，惆悵春光。勝迹模糊，空歎觀古壇荒。豔魄銷，夢回經院，嬌樹萎，塵鎖禪窻。盡思量。賦情無著，愁坐斜陽。

雙江。秋期更踐，石欄題句，桂苑傳觴。恨我來遲，玉娥偏不見凝妝。念前度，蹋歌明月，溯俊遊，飛渡驚瀧，兩難忘，那知今日，吟賞幽芳。

翠樓吟

甲戌

策杖觀雲，停杯喚月，年年慣吟愁句。青鸞無信息，問誰識、排閶心素。逡巡延佇，待聚約新鷗，招邀今雨。閒情趣，水樓殘調，賺人詞賦。

想念，烽火餘生，把亂離歌哭，忍寒凄訴。劫灰飛盡後，賸垂老、天涯儔侶。詩魂銷處，在短笛江亭，悲笳邊戍。尋秋路，冷吟慵寫，落霞孤鶩。

慶宮春

曉夢初回，春寒如割，攬衣强起，不覺萬感之交並矣。庚辰

街柝鳴霜，壺冰凝月，夢回推枕仿徨。中酒光陰，填詞身世，幾番深夜思量。歲華來去，算滋味，而今備嘗。晨星明滅，催曉鴉聲，都在西窻。

悠悠漫説行藏，鐘鼓清時，玆願誰償。神劍潛輝，殘鐙無焰，空餘百感蒼茫。十年禪悟，奈趺坐、塵心未降。書空何事，渺渺予懷，休問鴻荒。

倒犯

淮隄晚步，柳色可憐，路上行人争道，明朝上巳矣。庚辰

袖手、障黄昏峭寒，大隄閒繞。羅裙曳縞。湔蘭路、霧迷煙窈。回頭但見，孱柳搓緜丰神嫋。漫更説，流觴曲水，同幽抱。寄吟身，在江表。

屈指念、春暮奈向清明，幾番風花信杳。柱杖任步屐，看倦雀，穿雲小。過斷驛，行人少。認歸途、斜陽栖古道。漸夜色朦朧，一穗疏鐙照。閉門詩夢悄。

八聲甘州

暮春有感，示淮上同遊諸子。庚辰

借神風送我上行舟，飄然過江來。瞰河山千里，浮雲蔽野，劫火成灰。自歎文章九命，斷夢落塵埃。空灑楊朱淚，歧路徘徊。

莫道萍蓬飄盪，有倦遊殘客，聚情牽引。多少事，音書難寄征鴻。空賸塵沙客鬢，隔年詩夢，頻繞殘鐘流波。望極。恁漂花不見芙蓉。盼銀河秋淺，黄花貰酒，呼醉籬東。

四竹園

辛巳

鐙花墜萼，背地數歸期，柳線漸少，梅實正繁，空惜芳菲。譙漏長，苦恨隔，屏山縹緲。此情唯有天知。漫猜疑，青鸞倘許傳書，回文寄與新詩。莫道羈遊況味。爭奈愁中，歲月奔馳如逝水，近畫閣，雙雙燕又飛。

惜黃花慢

有懷西湖燕寄杭州舊友

記別西涼，正帶霜雁起，波落寒汀。畫船通市，載花載酒，笙簫墮水，攙入秋聲。桂華冷浸三潭月，暮風送，鐘響南屏。念去程。舊遊十載，離思牽縈。

兵塵謾說曾經。望堠烽閒阻，夢魂猶驚。斷腸人在，黛蛾怨柳，清懽事，虛負鷗盟。釣蓑欲趂回潮去，隔江看，鴉陣縱橫。寄故情，夜深自剔銀鐙。

夜飛鵲

淮濱夏日，不聞蟬聲，想念江南，悵然有歸歟之歎

蓑衣護晴桁，香霧溟濛。纖月悄掛雕梁。紋紗輕透茗煙細，練巾招得薰風。哀蟬自聲噤，任靈堂鳴蟀，亂草吟蛩。歸心蕩漾，望江國，愁結千重。

無限舊情牽引，多少事，音書難寄征鴻。空賸塵沙去鬢，隔年詩夢，頻繞殘鐘。流波望樵，恁漂花，不見芙蓉。盼銀河秋淺，黃花貰酒，呼醉攤東。

珎珠簾

寄懷之作。壬午

劫灰飛後閒身老，太息蓬山難到。殘淚濕征袍，記醖愁多少。舊日春明花絮冷。但悵結，邊城芳草凄情。念承平，儔侶寂寞藜藋。

聞到白髮華簪，對西園樽俎，從容歌嘯。斷夢隔，吴雲定，幾縈懷抱。換羽移宫心事嬾，忍更翻、琵琶新調。昏曉。只百感茫茫，停琴思杳。

風入松

壬午

蟾光如水弄嬋娟。襟袖漬輕寒。鐙花紅迸香蘭笑，酒杯慳，還覓孤懽。吹徹高樓殘笛，隨風又到愁邊。

銀河西轉隔簾看。雨過碧天寬。玉珰緘札何由達，待傳書，不見青鸞。只恐梧階涼訊，吟秋依舊憑欄。

前調

壬午

淮山淮水此經過。舉目意如何。暮鴉哀角塵沙路，聽漁樵，幾處夷歌。歸夢蒓鱸鄉國，斷魂鴻雁關河。

登樓愁見夕陽矬。拊髀歎蹉跎。韜鈐秘記分明在，恁雄心，空説揮戈。莫道馮唐易老，匣中寶劍新磨。

江神子

柳。壬午

晴煙低颺白沙隄。草萋萋。囀黄鸝。千樹垂楊，如綫又如絲。陌路問誰青眼顧，偏爲我，弄嬌姿。

章臺光景昔游非。到春期，繫相思。張緒風流，不似少年時。多謝紅妝樓上女，金縷曲，唱新詞。

思佳客

壬午

桃葉當年唤渡時，春波摇動緑楊絲。木蘭舟上華鐙夜，十里笙歌處處隨。

花滿座，酒沾衣，幾番紙醉復金迷。而今欲説風流事，誰識當年杜牧之。

前調

展。重陽壬午

曾記登高作賦時，清遊争趁菊花期。西風又展東籬宴，笑把茱萸泛酒巵。

悲舊事，詠新詩。題糕夢得鬢毛衰。風流卅載成消歇，何限平戹故園思。

水調歌頭

壬午歲旦，晴日暄妍，喜而賦此。壬午

日出照林表，鵲噪繞庭隈。茗煙熏破殘夢，促漏隔簾催。争道東風換了，消盡南枝寒氣，木華已先開。珮環響，彩鸞信，定還來。何郎準擬，辭賦付與彼多纔。天際垂楊新碧，樓角春聲纔動。依舊豔陽回。花外閙簫鼓，鶯燕兩無猜。閒坐綠窻底，情話好追陪。

夢行雲

霪雨連日，春寒中人，小窻鐙燼，孤坐無憀，薄酒消愁，愁來如約矣。壬午

峭寒凝塵閣。東風虐。情太薄。緋桃未放，厭聽空枝雀。獨吟愁坐屏山雨，銀鐙花燼落。禁煙鎖柳，春蔭挑薺，湔裙會，長背約。安排無計，引觴且孤酌。舊香簾幕沈沈夜，怎將幽恨託。

黃鸝繞碧樹

寒窻獨坐，羈思悄然，回首江南，歸心繾綣，拈美成此調，以寫予懷。己卯

深閣扃晴晝，烘鑪炙暝，篆香搖穗。且誦離騷，記湘皋佩瑶，賦情蘭芷。怎禁歲晚，又勾起、殘冬心事。還更念、爛錦年光漸老，清愁慵理。

度臘館梅綻蘂。散芳馨、故撩歸思。最多感、是飄蕭鬢雪，流浪萍水。縱有代飛燕雁，未敢説，纏綿意。頻教夢繞江南，曼吟紅翠。

洞仙歌

雨後獨坐，待月有懷。己卯

涼雲堆絮，遮却玲瓏月。坐對西窻倍愁絶。正銀河流影，梧院風來，争不見，縹渺珠宫貝闕。綠槐初遇雨，最愛濃蔭，容我秋齋夢蝴蝶。舉酒問姮娥。此夕嬋娟，索誰共，闌干憑熱。怨老天何事不周全，把大好清光任他圓缺。

夜合花

春草。己卯

雨霽沙隄，煙收村塢，暝風十里新晴。平原燒活，蘼蕪翠接千程。鶯語滑，馬蹄輕。趂蹋歌、還到郊垧。畫橋西去，搴芳共約，挑菜關情。裙腰一道青青。向啼鵑問訊，長短離亭。年涯倦旅，那堪望眼愁生。絲柳弱，亂花明。繞江南、羈緒牽縈。送王孫去，思懷幾許，春水流萍。

琵琶仙

送人北行。庚寅

高樹西風，又吹墮、巷陌蕭蕭黄葉。霜信催落征鴻，傷秋更傷别。人事與、萍蓬共轉，那堪問，倦途轅轍。逸氣披裘，悲歌喚酒，無奈華髪。

漫追念、簪盍前遊，對淮水淒涼舊時月。若道卅年心事，賸肝腸如雪。纔聽得、啼鵑夜雨。便愁絲、綰了千結。且待棊局敲殘，看誰優劣。

壽樓春

秋風夜起，角聲凄然，鐙影幢幢，輾轉不寐，拈梅谿此調賦之。甲申

噫秋風愁餘。正荒城角警，茅屋鐙孤。盡有彌胸憂憤，歲華先徂。青鏡裏，悲頭顱。况卅年，胥疏江湖。歎舞歇歌沈，香消燭灺，誰與説黄初。

人間世、今何如。向西園宴坐，濁酒相呼。那得明時詞賦，故家簪裾。塵海内，争馳驅。奈怎知，浮名須臾，聽鵰鳩聲聲，相期荷鋤歸種畬。

最高樓

登城隍山，醉題僧舍。甲申

吴山路，策馬到層崖。兹興亦悠哉。雁聲寒帶新霜落，菊花蔓繞夕陽開。看胥濤，朝復暮，去還來。恨不見、孫登同學嘯。更不遇，遠公從問道。嗟歲月，老塵埃。偶尋頑石觀奇跡，且沽濁酒慰秋懷。趁天風，邀鶴語，話蓬萊。

長亭怨慢

杭州厭旅，久滯歸程，夜雨檐聲，輾轉不寐，挑鐙拈韻，漫成此解。甲申

正樓外，催歸啼處，夜雨寒窻，凄然羈旅。醉擁吟鐙，夢偎孤枕甚情緒，生涯衰老，何况是、年光暮。唱徹念家山，争不見，江南煙樹。

愁伫，歎相如多病，只覺我懷難訴。荆榛遍野，更怕有、當關豺虎。但目斷渺渺征鴻，藉緘札，殷勤傳語。聽幾曲驪歌，攀盡垂楊千縷。

古香慢

夏閏枝太守自北京貽書，並寄題圖之作。賦此報謝。己卯

露華凝草，霜訊催梅，驚墮鴻羽。夢憶長安，有客曼吟愁句。珎重北來書，壁情勝、承平宴俎。把孤懷、寄我萬裏，暗傳朝事凄楚。

漫念想、滄浪煙雨。同是天涯，衰鬢羈旅。半篋秋詞，定識老孱儔侶。古調托猗蘭，料林訴、西風怨苦。待何時，向高館、翦鐙狂語。

鵲踏枝

正月初九日聞雷。庚寅

江郭沈陰寒意重，傳火樓臺，瑟索吟肩聳。梅柳嬌痴春自寵，東風不解枝頭凍。萬籟如瘖檐雀悚，雨脚垂垂，嵐氣漫山擁。雲礮一聲天地動，砉然驚破人間夢。

祝英臺近

雞。甲申

井欄邊，籬院側，生小慣栖止。高士閒窻，相對話玄理。愛他毛羽豐時，雄冠鐵距，最堪聽、啼聲初起。記前事。曾向農圃藏名，長爲朌翁矣。安土無依，囂塵又屋市。早知身世蹉跎，驚心遲暮，不應負三號深意。

滿江紅

春窻鐙爐，寂寥寡懽，愴懷今昔，憮然成詠。乙酉

寂寞寒宵，驀牽引，愁心寸結。朦朧記，江湖塵夢，年涯傷別。燒燭重聽今夜雨，携琴不見當時月。問鶯花，啼笑爲誰春，含情說。

騷雅變，音響絶。宮商譜，從消歇。任金丹，難換建安詩骨。休與傖兒争苦李，每懷鄉邑歌旄葛。奈清

風，林下闃無人，身如孑。

慶春澤

秣陵重到，頗有城郭人民之感，一二舊友，酒樓沽醉，窮春倦旅，聊解離憂。乙酉

波咽河橋，雲封梵刹，遊蹤忍説前緣。坊曲迷尋，凄涼草樹寒煙，榛苓空自吟山隰。恁曉霜，不報當關。那堪聽，豪竹哀絲，愁繞闌干。黄壚舊雨重相遇，話劫餘生事，共惜幽單。接席傳杯，高歌飛動華箋。鶯花跌宕西園路，恣狂遊、屐響追懽。漫驚心，鼓角聲中，殘月江天。

滿江紅

暮春寫懷。乙酉

屈戌開時，照林表，曈曈霽色。香雲護，樓臺坼繡，千紅迷隙。煎茗新燃松下火，題詩更掃苔根石。東一角，驀聽流鶯啼高枝，金梭擲。清晝永，傳漏瑟。闌干外，閒佇立。春華好，青天意，禪心識。看池魚，窻草化幾消息。憑仗桃花參聖解，睇觀蓂莢思堯歷。閉閒門，珍重愛春華，分蔭惜。

宴清都

賦瓶花簃瓶中芍藥。乙酉

步繞湘簾底。香雲軟，金壺穠豔多麗。葳蕤嫩葉，妖嬈秀質，一枝流媚。臨窗顧影亭亭，旋照眼、新妝净洗。更念想，綽約丰姿，雕欄護惜苞蘂。

書帷伴幾昏晨，玉娥醉醒，難比嬌膩。斜横插處，輕憐細閲，汎杯婁尾。揚州夢憶前度，恣玩賞、春光旖旎。料招邀，宰相來時，帽檐露泚。

臺城路

和俶辭家兄長沙寄懷韻，却寄。丙辰

笳聲吹醒驚魂後，湖樓强舒雙眼。病裏傷高，愁邊賦别，寂寞心情誰見。春回夢淺。望雲曲青山，杜鵑啼遍。惜取風光，故教傳語共流轉。

西堂燭花倦翦，酒杯還自勸。殘韻生臉。閲世形枯，哀時淚竭，應失平生真面。模糊不辨。恨隔斷鄉關，亂雲千片。萬疊相思，夜窗聽漏點。

鳳來朝

顑頷是真箇，照孤吟、一鐙獨坐。賸空庭寂寞、棃花朵，又風雨，夜來過。

客路青山仍我，只消磨，卅年涕唾。待一笑、牢愁破，看閃閃，劍光墮。

摸魚子

秋晚雨夜，寄北書。己巳

莽天涯、暮煙衰草，濕雲垂野翻墨。驚塵千里車雷轉，音驛難傳消息。秋雨夕。照獨坐殘鐙，翳翳昏如漆。花前硯側。賸萬縷愁絲，連環不斷，吩咐亂蛩織。

凄涼意。都付檐聲細滴。西樓吹墮哀笛。流光已共吟身老，何況倦途爲客。孤雁北。憑欄望，愁心欲附南飛翼。屏山路窄。念室邇人遐，情懷幾許，珍重寄書尺。

浣谿沙

病述示瑾叔孟平。癸酉

瑟瑟輕寒欲上襟，連天海氣作秋陰。小樓愁坐雨鐙深。

三徑就荒餘夢寐，萬方多難怕登臨。伶俜已是十年心。

獨對黄花自唱歌，也知萬事總由它。天荒地老更如何。

佳節每從貧裏過，閒愁偏是病中多。柔腸俠骨兩銷磨。

定風波

卧病新瘥，寄示眉仲。癸酉

驀聽新鴻過小樓，西風寒鐸又矜秋。紫蟹黄花喧酒市，偏是，今年佳賞病中休。
自笑生涯同蟣虱，何日，琴書安穩載歸舟。頭白承平能見否，陽九，此中消息問莊周。

臨江仙

老友陳容民病足，時以書來問疾，戲爲此詞，以示容民，相與大笑。癸酉

點鬼簿中無我分，逋逃又到人間。寃親成案好重翻。奮拳擒二豎，稽首謝三友。
苦趣已經生老病，欠它一死循環。拚將赤裸轉胎元。欲憑新歲月，來看舊山川。

漢宫春

黄歇浦送春。己巳

辛苦齋鐘，伫吟壺催曉，愁斷詩魂。鶯花暗隨夢老，何地留春。蕃街小駐，怕驕驄、驚散香塵。歌未了、行行且止，鞭絲猶戀斜薰。
回首水遥山遠，把無端啼笑，分付閒身。枝頭數聲杜宇，依舊殷勤。東風鬢影，漫欺人，年事逡巡，明歲賦、千紅萬紫，江南芳草王孫。

燭影揺紅

丙戌正月三日，吴門，立春，卜宅未就，擬賦遠遊，漫成此詞

春入椒杯，消寒先試屠蘇酒。彎環弓勢月初三，窺幔纖娥瘦。倦擁貂裘袖手。聽虚堂、銀簽轉漏。佳辰今日，年少承平，含情回首。坊里人家，歲時景物都非舊。等閒留命看貞元，愁絶支離叟。賃廡前盟記否。料紅梅、檐梢佇久。新鶯啼處，催送車塵，東風楊柳。

眉嫵

春窻夜坐，風雨沍寒，念遠傷離，悵然有作

鎮簾鉤低放，漏瑟寒侵，愁雨漬窻眼。背影屏山下，逡巡聽，淋鈴如訴清怨。淚荷暗泫，傍夜篝、人意先嬾。漫凝想、閣回廊深處，昵花豔香暝。前度華筵驚散，幾塞鴻霜警，梁燕泥换。曾約同携手，湖樓上、高歌酣醉春宴。舊盟未踐，話俊遊、年事衰晚。甚時向伊行，通一語笑相見。

東坡引

辛未初春，漚社詞人約賦此調，塵勞牽帥，卒未就，檢點叢殘，偶然憶及，輒翻舊譜，爲賦新詞，境易

時移，人事代謝，又不似曩年談讌之樂矣

開簾聞鵲喜。當窻弄梅蘂。春聲都在錫簫裏。東風吹也脆，西風吹也脆。

翻圖打馬，魚龍百戲。又妝點繁華世。徘徊不稱平生意。出門渾設計，入門渾設計。

摸魚子

上巳，郊原散步，偶憩橋亭，即目感賦

瞰東皋、霧收煙斂，晴光紅映林樹。重三令節清明近，花信幾番慵數。教説與，便觴詠流連，只恐無安土。它鄉厭旅。對禁火蕭辰是日寒食，湔蘭佳會，愁坐甚情緒。

春人伴，一例摶沙散雨。西園無復詞賦。樓臺盡有閒風月，空見燕來鶯去。遊興阻。況頭白滄江，已被鴟夷誤。蹉跎恁補。賸肝肺槎枒，鬢眉冰雪，銷盡幾今古。

眉嫵

暮春寫興，仍用前韻

正鑪香凝蒃，鏡盎清塵，眠起倦擡眼。步繞廊蔭底，鄰牆送、琴聲猶抱哀怨。蒨桃露泫，趁嫩晴、丰韻嬌。便來往、竹院深深裏，逗鸚夢風暝。

贏得冠巾簫鼓，喜燕雛新乳，花信催換。何日携觴俎，西園路、櫻厨還展芳宴。俊遊更踐，笑醉笻、蘿徑歸晚。昵低唱春陽，留一晌畫屏見。

邁陂塘

鐙窻獨坐，展讀半塘叔舅遺稿，前塵追溯，予懷黯然

檢叢殘，墨香沾篋，凄然愁按遺譜。靈修秘記分明在，誰識味棃心苦。憑念取，伴吟榻。鑪薰歷歷鐙前語。溫尋墜緒。奈夢影塵荒，煙雲劫老，回首换千古。

平生意，風雨名山未許。文章顛顇羈旅。漫嫌樂府功名賤，無復大晟提舉。雙鬢苧。對鏡裏鶯花，坐惜春光暮。一弦一柱，甚錦瑟無端，華年易逝，禁得幾番數。

邁陂塘

上巳，玄妙觀茗坐，公孟、雲笙、壽名先至，薄暮始散

照春城，霽霞成綺，鳥啼聲在高樹。題名多少探花客，經换幾番新故。行且語，漫疑是，蘭亭禊事今再舉。叢玲碎杵。對金碧琳宮，從客茗話，塵外得真趣。

徘徊望，到處餳簫戲鼓，追懽無限情緒。老去耄矣閒厮趁，談笑倦饒風措。忘尒汝，更不管，開軒領客誰是主。芳程倦數，看鴟吻斜陽，衫痕帽影，微步醉歸去。

祝英臺近

滄浪亭送春後作

馬蹄驕，鶻語急，楊柳畫橋路。春去誰行，消息問煙雨。别君曾幾何時，鶯花啼笑，尚依約、緑蔭簾户。春知否。幾家繡幄紋窻，還陳舊罇俎。寫翠題紅，妝成鏡中妒。可憐百五韶光，相思誰寄。腸斷付、歌紈金縷。

臨江仙

一春風雨，無十日晴，天時人事可念也

重簾複閣愔愔地，沈陰深閉愁城。天心不許説占庚。畢星離月小，雲礮御風輕。急點亂敲檐鐸颭，憑欄誰與同聽。初陽一綫漸分明。乍傳靈鵲語，又送鵓鴣聲。

阮郎歸

仿梅谿

幾家明月幾家樓，幾人樓上頭。幾家長笛弄清秋，愁人無限愁。情黯黯，恨悠悠。恨休情未休，梧桐庭院月如鉤。秋心今在不。

永遇樂

小園梅雨，清寒中人，樹影鳥聲，迷離變幻，我懷抑鬱，輒託於音

雲隔寥天，日沈西陸，凝望如晦。短褐增寒，深杯延晝，衰憂成痗。無情歌舞，多情鶯燕，誰惜暗消英

氣。連番誤，催花羯鼓，换却錦堂筵會。江山勝跡，登高能賦，幾曾清纔空費。仙樂飄藷，神宫縹緲，終負憑欄意。啼鵑驚夢，垂楊纜結，肯學靚妝環佩。尋思怕，陰晴萬變，漫移步綺。

秋思

霪雨沈陰，苦悶欲絶，哀時感事，託於聲歌，不勝其幽憶怨斷矣。借夢窻韻

聽雨湖樓側。旋暮鐘，飄送半城風色。香燼潤篝，袖欹偎研，寒逼窻窄。墮哀笛梅邊，過江心事訴怨抑。望際空，魚浪碧。奈素約乖違，别懷凄悵，料有斷腸吟處，並添愁憶。連夕。檐聲碎滴。報漏簽，妝鏡慵飾。夜扉蕭瑟。清蔭摇盪，暗遮月白。怕一霎、狂塵亂飛，梁燕驚墜翼。恁座客、渾未識。恠信息沈沈，新詞誰更賦得，夢隔江南塞北。

湘月

梅月溽蒸，雲陰如晦，頻年遭世亂離，歲月骎弛，忽忽不自知其老矣

五湖倦客，閟衡卯隱處，紅塵深避。野服飄蕭，早换却、舊日風流矜佩。喻樂非魚，能言輸鴨，枉惜仙纔費。罇前鬢鬟，愔愔誰念顛頽。休恠鶴怨猿猜，蒼茫到眼，是人間何世。漫倚危欄，漬兩袖、多少滄洲殘淚。草木無知，江山有恨，忍説綢繆意。隔林鵾鴂，怎知風雨瀟晦。

虞美人

遊絲低罥鴛鴦影，風皺波紋冷。芙蓉三變泣秋江，底事蓮娃猶唱舊時腔。
綠章夜奏通明殿，寂寞何人見。臨分休賦斷腸詩，莫待無花惆悵折空枝。

清波引

予久客洪都，屋臨東湖，冠鰲亭之草樹，孺子亭之煙雨，徘徊吟眺，風景閒逸。出城西門，則滕王閣俯臨江渚，南望繩金塔，巋然出雲霄間，奇跡偉觀，拓吾心目。匡廬宫亭之勝，往來上下，遊覽習焉。自屋吴門，此境不可復歷，老態侵尋，念往傷離，輒增慨歎，蝸廬遣暑，因取白石調譜賦之，不知當日白石古沔之思，視我今日爲何如也

滿湖煙雨，問誰種、綠楊萬縷。芰荷紅嫵。野鳧自來去。日晚櫂漁艇，總被涼雲留住。只今離思淒迷，念陳跡，杳何許。
盤蝸蛻處。賦炎景、慵道秀句。舊遊重數。揜襟抱無語。江山正摇落，説甚人間袢暑。但有高樹哀蟬，伴儂吟苦。

澹黄柳

金陵過某氏廢園

幽妨小麯，黄葉江南陌。月上林衣寒惻惻。聽罷鄰簫斷續，渾忘天涯是行客。
歎荒寂。岐王舊時宅。委花雨，繚牆側。賸垂楊夾道無人跡。野水沈沈，蹇驢吟影，愁對荒波恨碧。

側犯

姑蘇城北，瑞蓮寺古刹也。池蓮五色，多异種。丙戌夏日，逭暑織裏橋南，花時遊賞，步繞清池，摛筆以賦

步塵十里，探芳却問何年寺。朝霽。詫幻色髮天絢紅紫。長廊蔭茂篠。曉露沾衣袂。遊憩。愛翠葉浮香翳魚戲。
清池靚影，千朵丰姿异。除喚起，藐姑仙，誰與鬥姝麗。怎得偷閒，静參禪諦，涼吹煩襟，暗消花氣。

秋宵吟

小窻夜静，月色窺簾，有凄然已秋之意，和白石自製曲韻

小窻虚，夜色皎。睡起銀屏鐙悄。涼颸動，聽樹底荒雞，數聲啼曉。攬離愁、似亂葆。太息閒身江表。長追念、是故國斜陽，故園衰草。
歲序侵尋，歎鬢雪，催人易老。勝遊臺榭，宦迹關河，往事夢魂繞。商略歸帆早。素約多乖，懽會頓杳。賸詞場，綺語懵騰，今日之日懺未了。

淒涼犯

僑居閒逸，倏然有學圃之志，白石自度此曲調，音節極美，因仿其體，以寄遐思

綠槐映月，沈沈地，微飈倏動檐鐸。暗蛩絮語，新涼氣味，夜鐙先覺。塵緣夢惡，歎蟬翼、秋雲共薄。向荒畦、鋤瓜種秫，此境好商略。

休問平生事，去馬來牛，等閒拋卻。卅年倦眼，幾憑欄，看花開落。百感情懷，悔輕付，瘦詞戲謔。伴紅梅、欲與歲晚，訂素約。

角招

別感，和白石韻

恨秋瘦，都來向晚西風，占盡楊柳。暮煙縈斷岫，那日與伊，歧路揮手。鄉關望久，已負却，先疇農畝。白髮蹉跎幾許，奈今夕別離情，倚屏山搔首。

猶有，亂塵污去聲袖，斜陽冷處，空賸孤松秀。淚珠傾若溜，怕說分攜，傷春時候。深杯話舊，盪一縷、清愁唯酒。抱得瑤琴漫奏，待相約，隔籬人，同心友。

雨淋鈴

金陵客感，用柳耆卿韻

空階蛩切，正西風起，倦暑纔歇。相思萬種情緒，方惆悵處，車軨催發。獨倚樓欄望遠，賸笳鼓聲咽。訴舊恨，唯有盟鷗，又阻滄波海天闊。

傷秋未了還傷別，奈怎禁、幾日茱萸節。旗亭往事誰記，呼酒問，美人明月。羽換宮移，拚把瓊簫玉管閒設。漫念想、機字回文，待與從頭説。

繞佛閣

重九，虎丘冷香閣登高

亂塵暮起，雲外鼓角，凄和砧杵。涼夜疏雨，怕聞隱隱秋聲到庭樹。倦遊厭旅，樓望四遠，唯念吾土。慵對樽俎。縱教宴賞佳辰爲誰賦。

帽落記前跡，佇想龍山迷處所。何況吹臺霜歌無好句。漫更插茱萸，衰鬢垂縷。馬蹄歸去。又病柳斜陽，村社人語。動愁心、歲華飛羽。

渡江雲

秋窻夜雨，蛩聲凄然，寄懷訒庵海上

寒蛩喧永夜，井梧墮葉，次第起秋聲。夢淞頻卧雨，問訊何時，馬足數行程。江湖浪迹，尚記得、煙水鷗盟。還更尋，隔鄰鶯友，邂逅語平生。

愁凝。歌紈花外，舞影鐙前，炫繁華人境。渾未覺霜天啼雁，遼海翻鯨。心魂到此須相守，待歲窮，堅忍伶俜。吟思悄，空堂漏滴蘭更。

霓裳中序第一

春夜獨往，街頭鐙火繁華，益增愁思。仿白石譜賦此古調，借寫予憂，和鹿潭韻

江湖賸浪跡，縱得還家猶是客。笻杖獨行路側，看歌扇舞衫，街簾鐙夕。身無鳳翼，料上天、難藉風力。遲回盼，碧城信約，杳隔暮雲白。

迷隙，萬塵紅積，仗酒破愁城，勁敵華胥。思念故國，一枕荒唐，好句留壁。亂鶯啼又急，似笑我，章臺舊識。春光好，旗亭懽宴，怕聽紫雲笛。

華胥引

丙戌八月初一日，亡室王恭人歿後五十年，是日爲之設奠，傷今感昔，黯然神傷，愴賦此闋

林風啼鴂，窗燭飛蟲，併成愁疊。去日飈馳，華年水冷沈恨結。獨倚屏曲思量，奈椒漿虚設。脈脈無聲，墮襟唯有清血。

嗟念予生。到而今、鬢毛堆雪。老懷孤憤，相期要君細説。蔓草幽宫深閉，問甚時同穴。腸斷魂銷，夜來和夢嗚咽。

揚州慢

乙酉九月，夜發金陵，佛曉抵蘇州，即目感賦，借鹿潭韻

平野西風，極天寒汛，滿江悄送秋聲。正重陽將近，又冷日孤城。聽街語，倉惶問訊，鳖弧攘得，誰共先登。訝中宵吹裂，霜笳嘶騎連營。

里門望遠，載征車，猶自心驚。賸舊恨難抛，新愁怎遣，堪歎予生。曙色漸分煙樹，依稀露、曉月殘星。算歸來笻屐，憑高還見山青。

水龍吟

暮秋述懷

寥天一雁聲中，驚心歲月悤悤過。江鄉旅寄，詞場語業，而今仍我。顚頷河山，去來潮汐，擁愁枯卧。念瀛洲戲海客，談空説有，何時對、秋鐙坐。

休問風雷掀簸，毁乾坤、無情劫火。塵埃褦襶，忘機息影，如何是可。花竹清寒，闌干拍徧，孤吟誰和！算平生贏得，崚嶒瘦骨，忍黔婁餓。

掃花遊

小園春盡，惆悵成吟

藻池漾碧，看舊苑飛花，霽風簾捲。豔春又晚。任垂楊翠合，憑欄人換。寶馬香車，頓覺遊情漸嬾。最難遣，對殘日畫樓，愁引鶯燕。芳事餘繾綣。賸片繡重茵，傍家亭館。歲華暗轉。怕槐安夢蟻，又成分散。蕙雪離痕，漫說年年慣見。亂心眼。問天涯，落紅誰管。

塞翁吟

秋夜獨坐，觸緒心懷

澹月籠花豔，交映繚曲房櫳。漸泠意，到梧桐。動葉吹池東。綀帷靜撿清清地，香篆細裊鐙紅。記灑血，寄玲瓏。待一紙親封。西風。驚顦顇，愁凝恨結，心事付、回文字中。念神女、生涯是夢，肯重賦，宋玉高唐，路隔巫峰。黄蜂紫蝶，未解淒涼，還戀珎叢。

丁香結

暮秋將盡，菊始著花，步繞東籬，喜而賦此

珠箔鐙飄，玉缸醅熟，曾記倩花扶醉。正雨收風細。媚霽色、漸覺秋容明麗。畫屏涼韻悄，微吟和、亂蛩樹底。南園霜皎，幾日暗動，盈盈芳意。堪悔。念故里黄華，負却歸來素志。楚澤行吟，清苔晦跡，舊盟長背。多羡陶令歲月，未解爲鄰地。留東籬一角，不礙囂塵近市。

東風第一枝

丁亥正月十四日，立春，雪霽，和梅谿韻

草莢纔蘇，蘭芽欲吐，條風特地噓噢。亂雲如幛褰開，嫩晴映窻暈淺。東皇著意，漸醞造、泥融茵輭。料小園、不減芳菲，認取定巢新燕。

詩夢醒、漫擡倦眼，春宴罷、醉回皺面。舊盟猶憶西山，俊遊更吟茂苑。千絲雛柳，已暗織柔黄金綫。看豔陽先到衡門，待與笑紅重見。

長相思慢

立春，雪霽，寒氣森然，寂寂閉門，久不見歲時懽樂之象矣。追溯前遊，惘焉賦此

霽雪澄凝。林塘深處，檐鐸微動春聲。晴曦媚曉，乍見梅嬌纔露，雀凍頻驚。暗引吟情。向薰香簾幕，詠賞瓊霙。漏點潛聽。最關心、歲月崢嶸。

記閶闔開時，慣識筵排太液，表奏通明。鸞旂綵颭，牛土鞭香，景象曾經。承平事往，鎮難忘、風物周京。把宜春帖寫，呼酒高歌，吹徹鵉笙。

琵琶仙

立秋日，小雨微涼，池欄露坐，時夜將半，四顧寂寥，風送邊聲，淒然欲絶

桐雨來時，漸傳到，片葉西風消息。羅扇休説恩疏，天邊歲華易。身也與，塘蒲共晚，忍重見、亂花紅碧。蜜炬清，懽醑醪俊約，長歎乖隔。

問誰記、節物分明，看飄粉樓臺變秋色。驚醒曲屏幽夢，有檐聲餘滴。憑浄洗，園林倦暑，趂夕涼、徙倚苔石。可奈簾竹風前，又聽羌笛。

前調

秋齋坐雨，忽聞海上二三朋舊相繼謝世，哀時歎逝，歌不成聲

疏雨吳城，又愁到故國悲秋詞客。天外吹落邊笳，飛鴻度雲濕。涼氣繞，花蔭暈緑，漸飄颭小簾鐙色。屐響分携，琴心怨結，惆悵陳跡。

更休訝風月無情，把金粉江山换今昔。多少碧窻幽恨，付千聲啼蟀。臨夜永、殘更巷悄，送隔鄰、隱隱哀笛。愴念猿鶴淒迷，此情誰識。

南浦

秋思，和玉田韻

涼訊送秋來。驀鄰牆、一杵鐘聲催曉。落葉下庭柯，西風裏，誰把亂愁都掃。淒淒蟀語，漏回猶戀孤鐙小。争奈霜笳吹徹後，凋盡綠楊芳草。

驚嗟人事蹉跎，算年華已被，啼鴂誤了。㳽重憑闌干，蒼茫處、應有雁將書到。茶煙縹緲，碧梧池館鸚籠悄。遥念天涯明月夜，知是舊遊人少。

瑶華

許慕涑自揚州貽書爲言，周壽人、陳含光惠之兄弟、張甘泉、鮑婁先五君相念之雅。五君者，皆擅詩、古文、詞、書畫之能事。爰譜此調寄懷

新霜飽菊，冷露黏桐，正小庭秋寂。來鴻去燕，應笑我、羈旅江關詞客。題襟捐佩，記裘馬、當年遊跡。自夢華、飄墮蟲天，頓減鐙前歌力。

高樓換幾陰晴，對殘破江山，髪鬢成白。鷗盟鷺約，憑念省、十里揚州簫笛。酒人誰健，障望眼浮雲西北。想二分明月依然，報與吟窻消息。

點絳脣

寂寞吴城，黄梅時節家家雨。陰晴朝暮，天也無凭據。

臨頓前盟，卅載成今古。情何許，落花飛絮，斷送年光去。

西江月

百花洲看荷花，歸遇舊㕎有憶。補録庚午作

徐孺亭邊淥水，蘇公圃外斜陽。荷花世界柳絲鄉，閒趁撇波雙槳。
春夢痴迷蝴蝶，狂歌驚起鴛鴦。當初輕擲好時光，賸有詩魂悠颺。

前調

重登滕王閣

春水緑波南浦，秋林黄葉西山。繞城風景畫圖間。依約兒時心眼。
帝子閣中何在，離人江上初還。征衫重憑舊闌干，客老朱顏驚换。

醉落魄

疏桐葉落，銀蟾偷覷紅欄角。壓枝金粟灑香撲。步繞閒堦，涼浸袖羅薄。
詩腸到此清如濯，秋風又與愁人約。沈郎垂老嗆肩削。脈脈心情，唯有亂蛩覺。

紅林擒近

小滿節後，寒氣未消，時復風雨，窮㕎杜門，無憀已甚，譜此遣懷寒雨時喧夢，雜花微散薰。樹色綴清潤，窻光錯昏晨。獨來池欄佇立。故惜屐步逡巡。待欲呼醒詩魂，招遊薦芳樽。

去日愁不返，佳序喜方新。翩翩燕子，啣泥還覓巢痕。近黃昏時節，陰晴萬變，倦茶初熟深閉門。

歸朝懽

擬子野

松影闌干晴晝午。金鼎薰香飄篆縷。雕籠鸚鵡自梳翎，碧桃枝上紅英嫵。倦茶初薦乳，竹鑪香煙裊。簾前路。夢初回，清歌按拍，商略訂簫譜。

櫻筍行厨開宴俎，醉賞忘歸天欲暮。鶯花庭院舞東風，秋千又罥垂楊樹。彩禽相對語，頻來争識園林主。好時光，人生快意，珎重繫春住。

水調歌頭

金陵雜感，仿東山體，並借韻

公子最瀟灑，衣馬炫驕奢。佳辰遊冶遏雲，歌響暱名娃。清簟疏簾消夏，復閣回廊臨夜，筵會趁繁華。么鳳棲鴛瓦，不抵野塘蛙。

記當年，夸結社，走雷車。問他王謝，争墩終竟是誰家。拚把臣冠早掛，飛去仙都峰下，遥望月籠沙。碧宇秋無罅，空際散天花。

補録辛亥之作。

念奴嬌

辛亥變後，淹滯章門，適癸叔來南昌，劇談竟日，並示新詞，仍用竹垞韻賦和

十年薄宦，變塵衫風帽，而今漂泊。萬水千山歸路窵，獨客殊鄉誰託。徐稚亭荒，滕王閣圮，怎適閒居樂。槐柯殘夢，埜花遑問開落。何況身世中年，行藏休計，隨意歌還酌。只恐漫天兵氣黯，巢燕驚栖危幕。拊髀心傷，搔頭髮短，投老宜丘壑。悲笳聲裏，披襟愁坐蘭角。

帝臺春

半塘叔舅以廨園補種新竹，詞命和，敬次元韻

園圃月色，蕭騷盪篁碧。劚取半畦，畫裏秋聲，涼雲無隙。欲傍東牆添美蔭，漫疑是，箭金論值。待它年，勁節干霄，風迴湍激。青障羃。疏雨滴。澗户北。暮禽集。看露粉、千竿待封侯，也定有、鳳林珠實。應許菖蒲降堦拜珎重。歲寒未歸客，儘投老椽材，有知音岩側。

此詞録入枳園填詞初稿。

杏花天影

和鐵夫兼示公渚

綠窻弦索和愁理，更腸斷華年舊事。笑隨鶯燕爲春忙，夢裏，被啼鵑又喚起。
江南地，峰繒岫綺，歎劫後風光賸幾。滿天花絮不歸來，没計，老詞場但退悔。

洞仙歌

感事，集夢窻句

清華池畹，寂寞收鐙後。百感情懷頓疏酒。歎如今，摇落煙海沈蓬，關心事，腸斷回廊佇久。
翠樽曾共醉，晴雪吹梅，寒壓重簾幔拖繡。歲華晚，又相逢。愁起闌干，鄰歌散，不管籤聲轉漏。向夜永新鴻唤凄涼。念倦客依前淚痕盈袖。

浣谿沙

病述示瑾叔孟平

瑟瑟輕寒欲上襟，連天海氣作秋陰。小樓愁坐雨鐙深。
三徑就荒勞夢想，萬方多難怕登臨。伶俜已是十年心。
獨對黄花自唱歌，也知萬事總由他。天荒地老更如何。

佳節每從貧裏過，閒愁偏是病中多。柔腸俠骨兩銷磨。

定風波

和東坡韻

厭聽林鴉噪晚聲。却來江畔日閒行。忽念春風同繫馬。生怕。亂愁如草刬還生。

鸚鵡簾前呼夢醒。知冷。香篝鑪火好將迎。尋到舊時歌舞處。人去。一輪明月又宵晴。

踏莎行

鳴社賦春思，和白石韻

燕啄泥融，鶯眠枝暝，幽情未許旁人見。翠樓一桁倚新妝，柳絲千縷鵝黃染。

撥盡鑪香，唾殘絨綫，書辭惆悵關山遠。微吟細賞總無憀，隔牆愁聽閒簫管。

虞美人

鳴社賦春怨

湘簾遮斷春寒膩，薄酒東風醉。鶯花不省箇儂心，還向秋千庭院弄輕蔭。

倡條冶葉紛成簇，只恐驚郎目。一番心事訴從頭，却下屏山無語抱箜篌。

解蹀躞

嗚社賦鰣魚

霽雨鷗波初漲，罷釣歸蘭浦。夜深邀得、漁翁翦鐙語。休更結網臨淵，縱教呴沫雩濡，老饞何補。感芳序，空記烹鮮前度。從客命儔侶，只今猶説、嘗新薦樽俎。且趂消息來時，坐看千浪流紅，寄情詞賦。

减字木蘭花

秦大駣權拓本[一]，俞弃山藏，屬題

萬千劫毁，此物不隨秦亥死。制剏文奇，説與儀徵總未知。摩挲氊墨，師友淵源餘太息。百感交竝，且向齋空結古情。

注：[一] 拓本爲弃山弟子手拓。

春從天上來

戊午元日，和癸叔定丁巳祀竈韻

人語江城，甚閙曉林鴉，倏變新聲。置酒傳坐，佳約懽勝。酣譙自倒瓊罌。喜東皇司令，祈禳意，鏡聽通靈。笑館梅，占年年芳訊，慚愧和羹。行行九街春遠，問裘帽婆娑，恁滯歸程。六出公飛，百華鐙燦，嘉氣愾想瑶京。賸絲鶊鶯燕，迎麗景，擒映簾旌。醉還醒，看金盤盧雉，一例輸贏。

惜子飛

久不得俶辭書，挑鐙賦此，封寄長沙。風雨天涯，離懷如結矣

兄弟中年誰健者，羈旅天涯咄喈。老淚風前灑，蘅臯望斷雲垂野。夢裏關河殘燭灺，寂寞南樓。此夜。何日杯重把，翦鐙細説滄桑話。

望海潮

劍漁自南昌來書，相約作詩畫社集，賦此寄懷

高蹤蘇圃，流風滕閣，行吟自古洪都。山月照人，湖波醉客，招遊幾度携壺。懷遠憺愁予，况聯情汐社，賡唱喁於。韻子朋儳，定知傳簡，飛躊躇。當年倚蓋停車，自天涯怨别，風景差殊。桑海倦魂，琴鶯綺夢，塵埃病换相如。誰念老狂夫。有舊鷗今雨，還寄雙魚。一縷新愁暗隨，春色到江蕪。

尉遲杯

贈湘人李某

衡臯地。歎劫冷，歸隱真無計。西風夢落湖天，誰念征衫顛顇。南霄雁響，空目斷、衡雲隔千里。歎年

涯、量減纔消，一樓聊寄身世。

何堪故國平戺，看猿鶴蟲沙，誕謾塵裏。卅載江關餘歌哭，哀怨寫、沅蘭澧芷。鐙床昵、啼蛩伴宿，度殘夜、銅壺咽漏水。抱雄心、起舞聞雞，眼中還望吾子。

臺城路

俶辭家兄自長沙寄懷，次韻

笳聲吹醒驚魂後，湖樓强舒雙眼。病裏傷高，愁邊賦别，寂寞心情誰見。春回夢淺。望雲曲青山，杜鵑啼徧。惜取風光，故教傳語共流轉。

西堂燭花倦翦，酒杯還自勸。殘暈生臉。閱世形枯，哀時淚竭，應失平生真面。模糊不辨。恨隔斷鄉關，亂雲千片。萬疊相思，夜窻聽漏點。

浪淘沙

三徑絶塵紅，寒伴蒼松。衡門寂寂白雲封。欲問菟裘終老地，别有鴻蒙。

换徵復移宫，牛鐸何功。百年吟嘯且從容。留取斷情殘意在，付與清風。

鳳來朝

顒頷是真箇，照孤吟、擁鐙深坐。賸空庭寂寞、棃花朶，又風雨，夜來過。

客路青袍仍我，只消磨，卅年涕唾。待一笑、牢愁破，看閃閃，劍光墮。

高陽臺

客武昌日，偕陳紹修渡江，重過鸚鵡洲，吊禰正平墓。丁巳五月，舊京變亂，時方用兵也

霜壓晴霄，雲屯戍壘，凄涼十里川原。冢碣模糊，空餘蔓草寒煙。重來觸我蒼茫感，那忍看、黃土青山。歎纔名，終誤清狂，輕命誰憐。

天心不厭中原亂，算神州浩劫，何與阿瞞。畫鼓聲喧，高談驚散賓筵。摻撾縱奪奸雄魄，便鑄成、死士奇冤。聽湯湯，江水東流，如訴當年。

百字令

庚子以後，宦遊豫章，韡板飄零，萬般懊悔，賦此以志吾遇

國風變矣，歎斯文將喪、行藏難决。悔不求仙三戀去，誤了東涂西抹。芻狗文章，泥犁身世，感念成凄絶。小兒戲弄，命宮飛墮磨蠍。

休歎湖海飄零，高樓百尺，定許元龍躡。我有奇纔天付與，好作風塵遊俠。磨劍何人，吹簫幾聲，契賞交親結。蟲沙滿地，舉頭惟看明月。

滿江紅

和張孟劬。丁丑九日登高韻

風急天高，驀吹送，清商應節。閒身看，滄桑三變，孰憐尖髮。霜露漸催鴻雁響，烽煙頓改山河色。竄蓬蒿，躑躅向歧途，王孫泣。

前度事，憑記憶。流離苦，傷心說。叩蒼冥，無語有懷難白。海上徒聞堪避亂，草間差喜能偷活。笑新詞，猶自敢題餻，長安客。

注：孟劬時戹燕京，不知江南戰禍，故猶有登高之興。余此時避亂橫涇，流離轉徙，讀其詞，不免有哀樂殊途之歎。追維前事，補和原韻寄之。癸未九日，並記。

臺城路

亂後戹杭一載，四郊多壘，遊興索然，念往傷離，憮然成詠。甲申冬孟，並記

荒煙寒水迷茫裏，湖山已非真面。梵宇塵封，谿橋路隔，笻屐翛然成嬾。臨流望遠。怪岩壑蒼茫，鳥聲都變。問訊漁樵，坐中唯有亂離歎。

悤悤十年如夢，罥簪添鬢雪，失序驚換。漫託鷗吟，空悲景物，牽引新愁無限。征車暫返。願他日重來，老身猶健。寄語閒鷗，舊盟期共踐。

漁家傲

金陵旅寄，春愁亂生，倚此遣悶

重門静揜紋窻寂，循廊暗數苔綦迹，垂楊幾樹新蔭密。單衣立，碧桃見我如相識。前度離家今日客，音書道遠無消息。塵沙滿地軍烽赤。歸心急，催歸還借啼鵑力

鷓鴣天

庚辰二月十八日，酉正二刻，有黑氣數十丈，自西亘天而東，不一年，即有日美之戰

一見洪崖又拍肩，因緣且學小遊仙。神宫佇盼青鸞信，樂府休歌白馬篇。周禹甸，話堯年，眼中不見舊山川，觀星欲向峨嵋叟，惆望雲羅萬里天。

前調

廿載勞生蹔息肩，催歸日夜聽啼鵑。矜持名士青萍價，收拾纔人白玉篇。招雪月，攬風煙，逍遥贏得是真閒。謝他韋杜比鄰約，枉説城南尺五天。

卜算子

擬倩揚友爲作填詞圖，先之以詞，借用半塘老人韻

繪幅小林園，著個書齋我。種菜鋤花春復秋，此意年年頗。亭側借松扶，籬矮將藤裹。占得閒閒一畝宮，終老吾身可。

凄涼犯

鄰家一鶴，失去久矣，聞聲在空谷中，饑且病，賦此嘲飼鶴者

驀聞病翮驚飛去，青冥一望寥廓。冷雲四野，塵沙滿地，暮天矰繳。鳴蔭自若，玩爻象曾靡平聲好爵。伴吹笙、緱山夜月，對影聽仙樂。休道滄洲外，幾許鶴鸞，盡多雕鶚。舊情故在，到而今、竟成拋却。漫許同群。怕從此相逢澹漠。恨園館、孰肯豢養更念著。

齊天樂

和櫟寮送春詞韻

群芳不解將離意，紛飛半天紅雨。短晷潛移，輕陰暫閣，安得青陽心許。商量勸阻，奈金谷封姨，厭陪歌舞。寂寞長亭，未聞驪唱悄然去。春旗楊柳岸遠，箭波催鷁首，江水東注。執手要盟，緘情賦別，誰識年時辛苦。臨歧念否，倘旌節重來，更只恐，未到天明，寺鐘愁聽杵。

綺寮怨

吳下閒戹，皤然已老，追思歲月，黯然於懷，交親徂謝，孤子寡儔，尤不勝其悽感矣

噪晚寒鴉翻陣，近簾霜氣濃。弄暝色，罷酒闌干，斜陽好，恁耐秋慵。胡床練巾倦脱，鶯花換，夢跡無路通。向醉鄉，暫息勞生，西廂畔，待月思化工。睠念代飛燕鴻。菟裘未辭，歸心但繫孤松。賸幘殘節，拚去聲分付，與悲風，愔愔玉弦重理，訂墜譜，更誰同。衰顔鏡中，千紅過眼處，羞鬢蓬。

鬲谿梅令

金藹如爲繪填詞圖，賦此題記

幾間茆屋遠隔紅塵。四無鄰。賴有喬柯千樹暗藏雲。翠蔭留待春。滿園花鳥日相親。笑閒人。但覺酒懷詩思一時新。醉歌深閉門。

醉桃源

龍吟潭爲繪填詞圖，自題一詞

青山層疊水灣環，幽戹灣復灣。水流雲在等閒看，閒人心自閒。驚物候，卧風煙，蹉跎雙鬢斑。一編辛苦送華年，捲簾詩夢殘。

菩薩蠻

吳養木繪詞隱圖，自題一詞

人間無著吟身處，合向深山深處住。天地一穹廬，高歌接太虚。塵埃看衮衮，我自慚充隱。斂手謝逢迎，休教問姓名。

虞美人

自題劉雲叔畫填詞圖横幅

西湖湖上曾三宿，早辭菟裘築。畫圖依約似西湖，收得眼前風景到吾廬。沈吟漫許清愁起，多少憑欄思。翛然得意已忘言，且與荷花同夢水雲天。

鵲橋仙

疏鐙颭影，亂蛩偎夢，正是新涼天氣。月斜樓上五更鐘，恁禁受填詞身世。艱難歲月，紛紜心緒，都付青州從事。高吟還愛古歌謡，更説甚周姜吳史。

浪淘沙

鄧辛眉有言，詞能幽人，使志不申，非壯夫之事、盛世之音也。余阮阮嫺於詞，而人事多迕。感於鄧

言，因憤生悟，矢不復作。爰譜浪淘沙一闋，係諸稿尾。息壤在兹，無或侵犯。庚寅，立秋後三日記

俛仰古今人。坎城纏身，奇纔壯志弗能伸。可恨瘦詞爲厲鬼，煽作妖氛。

我自費吟呻。吩咐騷魂，囚宫縶羽訴天閽。千載詞流齊頫首，聽我危言。

天醉樓詞選　乙丑仲春　溥儒敬題

江家瑂序

外舅姚亶素先生以桂林館甥，學於鶩翁茗水鄉彥，遊於漚尹。所作無間春秋六十紀，所習不出南北六十家，允爲一代正聲。寧是一人私見，世當鼎章，醉欲呵天。家信流遷，歌成昕地。泛蠶絲蠟淚之李玉谿。入燕昏鶯曉之張玉田。是征窮而後後工，無惑意乃先章，期再傳扵貳室。蒙也不纔，致三復於元音。比來無事。御駢有作。烏盡我所欲言。宗雅能興。定惟公之丙則。子倩江家瑂書於湖上之心遠廬。時己丑中春中浣。

眉批：

此本選老人自行審定復多點竄自當悉以今致者爲準，惟所注定稿不録字樣即以烏夜啼兩闋而論得失亦殊難言，他日此本流傳千古之事蓋又有非。老人與瑂今日所及知者矣。

老人題彊邨象致歎於漫違孤抱，作者之事也。文章天下之分，不容作者之有所閃避。又讀者之事也，既受而疏更識數語。瑂二月抄。

小令二十二闋

烏夜啼

借夢窻韻

西風房檻深扃，燭花明，偏是啼螿催夢下銀屏。
聽促漏，數殘星，此時情，綴取一丸涼月浸愁醒。

前調

題畫

春來春去無蹤，謝天公。欲把春光分付白頭翁。
同命鳥，可憐蟲，漫争雄。知否一年生意仗東風。

浣谿紗

瘦盡棃花色亦空，濯妝粉靨幾時紅，闌干無語自西東。
胡蝶過牆尋綺夢，杜鵑啼雨戀瑽叢，並時哀樂問天公。

注：此闋作於辛亥盍致慨於當時舊人行徑之不同語出老人見告者别書眉端後奚准此。

前調

瑟瑟輕寒欲上襟，連天海氣作秋陰，小樓愁坐雨鐙深。
秔稻薄田歸未得，松楸寒壟夢難尋，伶俜已是十年心。

愁倚闌令

借小山韻

西樓月，照人寒。雁聲殘。楓葉滿林紅不斷，是秋山。
休問行色江干。長亭道、曾駐歸鞍。千里蘼蕪無限思，客中看。

羅敷媚

花英亂點池波皺，穿樹鳴禽。數尺廊蔭，過雨芭蕉又捲心。
入簾風絮驚春晚，淺酌微吟。詩夢閒尋，窻影飄飄月上林。

訴衷情

西風樓閣客鐙孤，飛夢入玄虛。秋風吹墮寒籟，天外海聲麤。
披短髮，照清渠，意何如。漁樵心事，落日谿山，松竹吾廬。

好事近

涼訊入簾花，鐙外雁聲初落。莫放詩魂飛去，傍天涯無着。
江鄉秋思繫蒓鱸，歸計盡商略。多事笑人頭白，恨山中猨鶴。

鶴衝天

招獨鶴，打昏鴉，寒到野人家。廿年心事託鷗沙，雲水舊生涯。
雁蘆肥，鰕菜老，長愛五湖秋好。自憐天放一閒身，辛苦説迷津。

畫堂春

翠娥羞對斷腸花，掙妝團扇風遮，洞房煙霧隔籠紗，休問檽搓。
自是癡牛騃女，等閒虛度年華，可憐銀漢已西斜，秋思誰家。

甘草子

借楊无咎韻

日暮。看到酴醿，月子穿窻戶。夢影墮天涯，依舊屏山路。
前度石闌題詩處。待細把、清懽重數。一夜鐘聲送春去。賸落花微雨。

醉桃源

酒旗歌板鬧餘春，猧兒憨睡馴。而今誰是拗花人，鈿釵生綠塵。
雞樹老，蟻柯新，勞勞爭問津。眼中蛇象意紛紜，龍吟休亂真。

隔谿梅令

秋星入夢隔銀屏，數蘭更。斷續空廊，蛩語不分明。訴愁還向鐙。
酒龍詩虎漸漂蕭，話平生，守到籟，沈香燼，有誰聽。夜聲吹鐸鈴。

海棠春

玉罌涼汲桐花井，夢未熟，曉鶯啼醒。獨自捲珠簾，滿地棃雲冷。
闌干拍徧知誰麐，看濯水，金鱗弄影。一晌破詩心，月墮遊仙磬。

人月圓

鷓鴣荊棘啼春處，歸意怪徘徊。雲癡雨噤，中流風起，殘笛吹梅。
江山如此，輓弓盤馬，獨上荒臺。函關日落。青牛客言，幾度驚猜。

眼兒媚

歸吳興問適谿老屋，竟無知者

歸來猶是劫餘因，漂蕩幾千春。凋藹如此，湖田薑蕪，野屋松筠。雁聲還在人間世，黃月認秋魂。貂裘茸帽，靈苔鬼笑，癡夢無痕。

秋蘂香

借夢窻韻

旭日雞窻半曉，寒擁疏鐙餘照。古梅茹點孕香小，洩漏春光恨少。鏡中鬢雪絲絲裊，歎身老。亂愁幾時大風掃，吟斷商歌思杳。

朝中措

靚妝開鏡點燕支，緘恨入雙眉。拚把葳蕤深鎖，綠窻不許人窺。十年幽怨，琴邊笛裏，都是相思。只怨夢魂顛倒，無端飛上罘罳。

賀聖朝

楊花欲被遊絲綰，亂愁人心眼。滿湖鰕菜待舩回，甚蹉跎春晚。

蒼山日暮，墟煙四起，早漁歸鷗散。平林已是近黄昏，問棲鴉誰管。

太常引

雁繩低絡蓼花灘，愁眼怕凴闌。天放此身閒，恁孤負，煙波釣竿。

魚龍酣睡，秋江日暗，風急攪鷗眠。山色莽無邊，又蕭寺，鐘聲暮寒。

惜春郎

滄溟纔過長鯨跡，吹海浪還黑。戈揮日落，英雄老去，朝市誰惜。

不怨飛鳥頭不白，怨榛苓長寂。聽塞鴻，啼斷寥天，愁入暮雲寒碧。

月中行

脩桐漏月閃疏簾，蟋蟀語聲孅。花陰露濕紫蕉衫，雁過晚風尖。

凡心欲問玄微子，凴窻處、漫與雞談。沈沈齋磬破秋嵐，牽夢白雲間。

胡栗長丈見此鈔謂小令更勝長調，信然。瑁

附鈔二闋

清平樂

董雲巢秋林平遠，作於乾隆乙未，眉仲得之吳門，喜其紀年與生年適同持畫乞題

端居多暇，樂事供陶寫。尺幅兼金論善價，認取丹青曹霸。

河山幾換風煙，畫圖景物依然。相對軒眉一笑，逡巡欲注疑年。

上行盃

題江叔子季子百年百詩卷

連牀歲歲聽風雨，靜捋紋窻閒覓句。大衍齋年，收拾詩囊貯百篇。

巾箱珎重琳瑯軸，記取聲名誇二陸。爲語諸昆，此卷流傳付子孫。

注：外舅以征題之作別爲集外詞，然此二作在瑁家彌珎視也，輒亦列於附鈔。

中調二十四首

鳳來巢

顦顇是真箇，照孤吟、一鐙獨坐。賸空庭寂寞、棃花朵，又風雨、夜來過。

客路青衫仍我，只消磨、卅年涕唾。待一笑、牢愁破，看閃閃、劍光墮。

迎春樂

借美成韻

春鐙影事無留跡，相逢盡、未歸客，渺予懷、彳亍吹簫陌，愁喚酒，黃壚側。睥睨看人雙眼白。不關甚，窮途消息。化鶴幾時還，空夢逐，征鴻北。

戀繡衾

陰陰官柳拂翠簾，暮山低、斜日半銜。閒行到，籠鶯地。立東風，煙暝碧潭。滿谿花雨春如海，趂芳遊、天氣浴蠶。憶騮馬，長安道。酒痕殷，猶賸舊衫。

鷓鴣天

已分今宵呪酒卮，新聲誰與唱楊枝。心聲只爲聽鶯嬾，身世還因覆鹿迷。愁眼斷，恨腸迴。憑闌人去覺春移。蹉跎何幸留雙鬢，贏得東風鏡裏姿。

前調

除夕和夢窻韻

自拂青銅照鬢華，廿年殘客尚天涯。江空歲晚真何計，酒醒香消只憶家。

吟興嬾，旅情賒。鬧將心事卜鐙花。癡獃欲向街頭賣，羞逐兒童笑語譁。

虞美人

春怨鳴社課

簾櫳遮斷春寒膩，薄酒東風醉。鶯花不省箇儂心，還向秋千庭院弄輕蔭。倡條冶葉紛成簇，只恐驚郎目。欲得心事訴從頭，卻下屏山無語抱箜篌。

醉落魄

行歌塌塌，松林風起笙竽答。亂絲歧路寒煙合。欲化輕鷗，長共水雲狎。故園多負年年臘，百壺清酒和愁呷。天涯料理劉伶鍤，藐爾閒身，付與醉鄉劫。

踏莎行

春思和白石韻

燕睇簾虛，猧眠茵輭，一春幽思沈沈見。風光輕逗玉闌知，柳絲似翦花如染。薄靄張羅，暮山橫線，歸心更比天涯遠。流鶯啼夢下雲屏，重吟細把何人管。

小重山

零亂西風井葉殘。歸心閒料理，雁來天。傾杯何計破愁顏。登樓眼，不見好山川。

沈恨託朱絃。曲中無限意，解人難。簾鉤鸚鵡報新寒。黄昏了，雙袖倚闌干。

東坡引

丙戌春日作。漚社社集嘗拈得此調。輒繙舊譜，更倚新聲，然而不似當年談讌之樂矣

開簾聞鵲喜。當窗弄梅蘂，春聲都在餳蕭裏。東風吹也脆，西風吹也脆。

翻圖打馬，魚龍百戲。又妝點、繁華世，徘徊不稱平身意。出門渾設計，入門渾設計。

唐多令

賦折枝芍藥

春夢繞殘枝，春陰分舊畦。照清前、雙鬢成絲。咫尺屏山金縷曲，又愁坐、幾斜暉。

香國恨潛移，花王同命時。怨東風、吟到將離。前度尋芳人去盡，空惆悵、子規啼。

蘇幕遮

三邨看桃花歸

絮泥香，晴漲暝，沙岸人家，曲曲蘼蕪淺。看徧桃花春色賤，剗韈纔過，已覺風光變。水三篙，舟幾轉，載得斜陽，雙漿輕於燕。明日落紅天不管，飛向人間，化作愁千片。

一作明日落紅人不見，飛向天涯，化作愁千片。

江神子

新柳

晴煙低揚白沙隄。草萋萋，囀黃鸝，千樹垂楊，如綫又如絲。陌路問誰青眼顧，偏爲我，弄嬌姿。章苔光景昔游非，盱春期，繫相思。張緒風流，不似少年時。多謝紅妝樓上女，金鏤曲，唱新詞。

祝英臺近

半塘老人寄示和朱古微學士之作命次元韻

飲屠蘇，煨榾柮，歷歷故情記。飛下瑤華，還認錦箋字。定知餘恨迴腸，新愁著眼。盡牽引、夢雲慵起。萬千事。都付花笑鶯啼，看人醉醒矣。深坐吟壺，商量舊生計。自從春浦歸艎，一作欲聽天外鵑聲 溫尋消息。但惆悵、竹間松底。

前調

雞

井欄邊，籬院側，生小慣棲止。高士閒窻，相對語玄理。愛它毛羽豐時，雄冠鐵距。最堪聽、啼聲初起。

記前事。曾向蕘圃藏名，長爲丣翁矣。安土無依，囂塵又屋市。早知身世蹉跎，驚心遲暮。不應負、三號深意。

最高樓

吳門重午

春歸後，佳節是端陽。蕭鼓更誰忙。刺桐垂亂循檐綠，若榴噴火隔簾光。鎮從容，斟螘碧，汎雄黃。

怎不見，赤靈書勅勒。更不聽、蹋歌翻促拍。思影事，怨年芳。只將新句收吟篋，莫邀舊賞過西廂。閉閒門，題甲子，數滄桑。

驀山谿

侍半塘老人登滕王閣逐約劍秋樾仲聰肅夢湘寓齋小飲即席次老人大風渡宮亭湖望盧山作原韻

凴高雙袖，拂拂東風晚。笙鶴下勝皋，賸閒雲、半天舒捲。登臨逸興，談笑劇關情，誰省識，倚闌心，已分塵埃慣。

飛春嘶馬，渾忘征途倦。垂柳自婆娑，問何年、向人青眼。西山無恙，一閣愴興亡，招帝子，不歸來，暝色空迎面。

附：附半塘老人原作定稿未收當時爲亶素老人書箑經詞學月刊刊出。

浪花飛雪，春到平湖晚。風壓舵樓煙，揚舡脣，乍舒還捲。漁樵分席，相與本無爭，閒狎取，野鷗群，知我忘機慣。

看山攲枕，未算遊情倦。九疊錦屏張，尚依約，兒時心眼。雲中五老，休笑白頭人，除一角，遠峰青，何處尋真面。

前調

櫂舟小金山風雨倏至用清真均遣興

蕭蕭愁葦，返照坡陀路。翠疊小山青，露晴嵐，林蔭密處。江湖曠眼，秋至轉分明，呼煙語，間凝佇，款款尋詩去。

西風送晚，短櫂菰蒲雨。荒興證枯禪，墮蒼茫，僧寮鍾鼓。塵樊倦想，誰識此時心，梟鴈舉，遥情注，思結垂楊縷。

洞仙歌

雨後獨坐待月有懷

涼雲堆絮，遮卻玲瓏月。坐對西窗倍愁絶。正銀河流影，梧院風來，爭不見，縹緲珠宮貝闕。

綠槐初過雨，最愛濃陰，容我秋齋夢胡蝶。舉酒問姮娥？此夕嬋娟，索誰共，闌干憑熱。恨老天何事不周全，把大好清光，任它圓缺。

祭天神

秋風老矣人事蕭然翦鐙賦此不知憂所從來也

看帶霜楓葉紅如染，背寒林、晚景歸鴉數點。思量故里黃花。醉賞清懽欠。况經年淹卧荒江。秋蔭黯。白髮短、愁來釅。

怎禁得、衰病西風感。關河阻，腸寸結，遠夢回鐙暗。歎如今、羈情揺落，生事棲皇，鎮日無憀，自把塵心懺。

江城梅花引

浮湘至漢艤舟岳陽樓下望君山作

高城鐙火枕江樓，洞庭秋。浪花遒，千古斜陽，還照客帆收。一片黃蘆孤泊地，亘霜稠。聽更鐸、在上頭。

岫螺漾碧，暮煙浮。水悠悠，空翠流。九疑路渺，夢魂裏、跨鶴曾遊。誰識湘靈，瑶瑟古今愁。勝跡空餘祠廟冷。認仙洲，登臨意、悵阻修。

探芳信

東湖春感用草窻韻

困逢晝，謾小宴吞花，餘情卧酒。聽隔隣鶯燕，歌聲漸飛舊。垂楊深鎖東風怨，摇曳春魂瘦。閉閙門、砌草穿簾，井泉添甃。今古來去驟。問南浦煙波，西山雲岫。閱盡興亡，驚换夢華否。畫船蕭鼓歸何處，凝望凄回首。步長隄、空惜當年萬柳。

眉批：湖隄名萬柳隄。

前調

大雨如注，齊坐寡懽，再借草窻韻

鎮長晝，但遣悶尋詩，淘憂仗酒。過香風花信，芳菲那如舊。沈陰凄結筌篌怨，彈破冰弦瘦。思悄悄、霧縠迷窻，雨繩穿甃。春事去何驟。賸愁轉腸輪，恨堆眉岫。斷送年光，殘娟罷啼否。容華輕被懽盟誤，攬鏡羞蓬首。稱蕭閒、門掩荒苔亂柳。

芳草渡

促漏轉、障黼蠟霜簾，厭聞啼鳥。聽隔隣，人語朦朧，似説春曉。年事驚换了，探官梅香悄。悵望久，兀自巡檐，索共誰笑。臨眺。肖空勝翦，凍雨樓臺鶯燕少。謾凝想，花濃雪聚，芳菲鬪清好。暗愁怎遣，都付與闌干千繞。念去日，費盡相思夢杳。

長調四十首

滿江紅

徐孺子亭秋眺

結束秋心，又吹送、連營畫角。湖波外，西風催節，鬢霜新著。儘有西山雲氣好，高寒何處招鸞鶴。聽危樓，一杵墮蒼茫，鍾聲濁。

今古恨，殘鵑託，年時怨，啼螿覺。看漁樵分席，別關哀樂。萬柳隄邊煙草暮，百花洲上霜鴻落。把平生心事，誓團瓢青山諾。

雪梅香

彊邨病山先後下世五年矣賦此寄哀

雨聲夕，庭梧槭槭戰西風。聽虛堂蛩語，無端又發秋傭。燒燼鑪香篆煙碧，盪摇牕影燭花紅。鴈呼急，倦枕推時，別恨千重。

朦朧。故懽渺，劫外光陰，直恁悤悤。去日驚心，劇憐白髮成翁。感舊愁懷愴鄰笛，怯寒詩夢落齋鐘。吟杯引、自分勞，生休問天公。

鳳凰臺上憶吹簫

丁酉癸亥兩度悼亡，風雨寒鐙，轍有無窮之戚，漫譜此調，哀不成聲

涼雨啼鳥，亂雲駈鴈，倚寒人在樓蔭。正錦屏燭灺，不照冬心。偎盡紅鑪活火，謀晚醉、寂寞孤斟。殘襟怨，湘娥夢冷，託興微吟。

愔愔淚妝倦洗，思鳳吹秦臺，響絶音沈。向彩雲招隱，傳語青禽。愁翦鐙花殘蘂，憐瘦影、霜落堂深。凌波路，芳期恨差，臘盡江潯。

漢宮春

送春古申江

辛苦齋鐘，竚吟苔催曉，愁斷芳辰。鶯花暗隨夢老，何地留春。蕃街小駐，怕驕驄，驚散香塵。歌未了，行行且止，鞭絲猶戀斜曛。

回首水遥山遠，把無端啼笑，分付閒身。天涯尚留杜宇，依舊殷勤。東風鬢影，漫欺人，年事逡巡。明歲賦千紅萬紫，江南芳草王孫。

燭影摇紅

丙戌歲旦，越二日立春，僑寓吳門，卜宅未就，旋有上海之行，拈調寫懷

春入椒杯，銷寒先試屠蘇酒。彎環弓勢月初三，窺幔纖娥瘦。倦擁貂裘袖手，聽虛堂，銀籤轉漏。佳辰今日，年少承平，含情回首。

坊里人家，歲朝景物都非舊。等閒留命看桑田，愁絶支離叜。賃廡前盟記否，料紅綠，檐梢竚久。新鶯啼罷，催遠車塵，東風楊柳。

倦尋芳

清明日微雨見燕

雨腴潤柳，煙暝薰桃，春市寒淺。話别東風，還見時歸燕。獨立生防門巷誤，重來應訝湖山换。背秋千，怨妝娥暈窄，曉樓人倦。

念縹緲、流光飛羽，香外屏孤，歌畔鐙晚。半縷紅絲，愁認去年雙翦。芳節清迷花霧冷，濕塵輕點梨雯散。寄相思，悵依然、夢程天遠。

背秋千三句一作覷雕樑，旋巢痕再覓，故情增懽。

玉京謡

春雨初霽，草痕新活，同陳蔭葵渡江至鸚鵡洲，吊禰正平墓

屐步隨汀草，萬古斜陽，吊影荒洲暮。待訪殘碑，遺蹤空賸杯土。化碧血、千載英魂，歎作賦，猶傳鸚鵡。哀楊路。秋墳鬼哭，誰憐孤露。

三分已定中原，謾罵當筵，念此心獨苦。一闋漁陽，悲涼如夾風雨，壯氣留，湯火餘生，誤薦剡、尺書輕赴。君莫怒，多事大兒文舉。

八聲甘州

長沙亦余故里也。秋至吳門，倍增響思。拈耆卿韻，抒寫幽憂，雁過南樓，凄然成句

鎮懨懨病酒閉𢬵門，微霜報新秋。看寥天一雁，關河亘月，人坐西樓。欲向雲根息影，苦語説歸休。誰畫瀟湘稿，目斷江流。依舊青山紅樹，奈荒寒景物，詩句慵收。夢蒓鱸鄉國，無計此句留。艤空明，閒鷗招隱，怕冷吟、楓葉落行舟。搴蘭茞，寫離騷意，何限牢愁。

前調

重久有懷病山湘亭

聽江鄉鼓角雜霜碪，聲聲助離憂。瞰驕塵如墨，高城不見，唯見荒丘。十載西風夢影，想象到神州。多少漂流客，羈旅窮秋。重省樓臺歌舞，對殘尊冷燭，此意悠悠。恨修羅殘劫，依舊未全收。送斜陽，闌干拍徧，指暮天、新雁落汀洲。飛仙杳，待挐雲去，更上層樓。

帝臺春

半塘老人以廨園補種新竹詞命和謹次原韻

園圃月色，蕭騷盪篁碧，劚取半畦。畫裹秋聲，涼雲無隙。欲傍東牆添美蔭，謾疑是，箭金論值。盱它年，勁節干霄，風迴湍激。

青幛幕，疏雨滴，澗户北，暮禽集。看露粉千竿，到封侯，也定有，鳳林珠實。應許菖蒲降階拜，弥重歲寒未歸客，儘投老椽材，有知音巖側。

揚州慢

旅次送半塘老人

鶯囀城春，鳩啼簾暝，酒邊黯語離情。慟神州劫後，那忍説，南征自吹斷，東華舊夢。怨歌千疊，欲歎還驚，對天涯斜日，凴欄愁望脈稜。

愴懷諫草，料羈臣，枯淚無聲。算四印齋中，吟壺送老。不負平生，縱有亂愁難，寫人間事，忍説伶俜。看鬚眉冰雪，關河弥重行程。

月下笛

觀金藹如摹山水畫册有感，用白石韻

冷燭黄昏，疏鐘動響，亂山風雨。饑鳥逭語，啄寒林，自來去。登臨都是傷心地，怕催换、清霜鬢縷。對零煙賸水，商量圖畫，暗記愁路。

延竚。尋詩處。恠怨訴分明，舊時鸜鵒。蕭疏醉墨，倦塗心事如許。荒荒莫問人間世，看殘霸、江山在否。寫情遠，向草亭淹卧，歲序閒度。

繞佛閣

同林貽書遊半山寺

寺扉晝揜，松蓋翳日，寒翠如洗。閒聽流水，倦情忍問、殘僧是何世。際空樹薺，彌望漸遠，秋思千裏。山路風起，旋看雁影、蘆沙又飛墜。

舊客竟誰識，坐久危亭頻徒倚。休記謝王、争墩千古事。笑唱晚樵歌，渾忘朝市。此遊誰繼，待唤酒黄壚，羈緒重理。送歸鞍、暮蟬盈耳。

高陽臺

半塘老人病殁吴中賦此寄哀

跡杳玄亭，魂歸扈宅，驚嗟化鶴飛還。執别悤悤，傷心急景凋年。秦淮月照孤帆去，恨暮雲、遮斷吴天。料神遊，宫闕陳芳，不記人間。

靈韻早託蘭荃興，想離騷賦罷，怨恨纏綿。一曲元音，凄涼譜入徽弦。南潜遽絶哀鐙畢，歎遊波、不返詞仙。渺愁予，滄海情移，目斷成連。

前調

重過鸚鵡洲蓬窻宧坐憶舊，同陸葵渡江來遊，賦詞以吊正平。今十年矣！造物忌纔，可爲一歎。再賦此解

霜錙芳洲，雲屯故壘，重來景物凄然。玉樹長埋，空餘遺恨黄泉。陰燐早化萇宏血，撫斷碑、愁問啼鵑。對殘春，凴吊斜陽，千古江山。天心不厭中原亂，算神州浩劫，何與何瞞。一着岑牟，誰憐顛顇儒冠。摻撾縱奪奸雄魄，便鑄成、死士奇冤。聽湯湯，江水流哀，如訴當年。

木蘭花慢

重過南昌繩金墖下

照湖波鬢短，又十載、忍伶俜。睇去鳥歸雲，寥天萬裏，冰雪荒荆。徑行野、倚卧水，賸梅花猶有故人情。回首興亡舊恨，晚風吹墮鐘聲。愁登古塔自崚嶒。何處訪枯僧。念歲華如掃，優曇影散，凄斷榛苓。霜晴暮，山絢紫，看關河、殘霸著餘腥。悃悵靈揸路杳，悶懷慵問君平。

瑞鶴仙

連日風雨，憶三郝桃花作，仿平仲體

柳蔭通暗淥。河橋轉，欲近鷗邨魚屋。千林翳晴旭，洗紅妝嬌膩，谿流澄轂。天臺舊宿，怕塵緣、無分更續。亂花飛墮，想雙袖障寒，揾淚盈掬。

莫問隔年人面，不御鉛華，総成傾國。閒愁暗觸。探芳信、到籬角。幻梢頭，香色漂零誰管，殘春驚又過目。占高枝、料有黃鸝，夢回路熟。

前調

盆蘭和周癸叔

晴薰珠翠暎。媚璚姿，捐潔清華池畹。嬌慵困春晚，伴簾櫳，朝暮倩魂疑見。光風蕙轉，語同心、芳言細欵。怕無端，桃李逢迎。一夕鏡稜紅變。

凄斷璇閨香夢，背結流蘇，黯調箏雁，空山意遠。驚時序，暗中換。便仙姝，紉佩星宮宵叩，不信雙峨黛展。把離悰，訴與殘鐙，峭寒勝翦。

臺城路

澹臺墓同癸叔

迷離欲問人天事，青冥不回鸞馭。斷碣埋煙，荒祠吊月，凄絶遺蹤千古。精魂在否，颭風雨靈旗，暮空鴉舞。悵向英姿，渡江心事竟何許。

緊予中歲好道，遠遊思負笈，誰是儔侶。去國情悰，飛仙信息，輕逐年華如羽。愁杯泛酯。甚消得雄心，恨潮餘怒。四顧蒼茫，嘯歌神聽取。

臺城路

戊辰春日重謁澹臺墓感賦

城隈依舊斜陽冷，重來黯然情緒。殿閣苔荒，湖隄樹繞，殘劫風光無主。三年别苦，賸陳迹淹迷，亂絲岐路。野步尋春，百花洲外聽啼宇。

驚心人事代謝，九州今换世，遑問前古。祀典銷沈，英霊闃寂，呵壁誰聞失語。愁陰帝所，料精魄飛昇，此懷難訴。帳望千秋，浩歌還酹醑。

眉批：龍沐勛（榆孫）集資彊邨遺書。初版並無梁鼎芬詞，嗣以附和葉恭綽，將梁詞加入葉跋則大書。中華民國年月又將彊邨集外詞彙刻（集外詞非自作），重違翁意。彊邨輿餘交數十年，稔知其不收拜門之人，如趙叔雍，陳蒙庵輩請傳門下，彊邨引於况夔笙處，此其明证。陳伯嚴爲彊邨撰墓誌，誤龍以爲門人，龍則將錯就錯，不之更正，故意刻入，殊爲可笑，抱字均指此也。

齊天樂

題彊邨老人遺像，像藏西谿雨漸詞人祠

河山依舊人間世，行吟黯然身老。禹甸揚塵，堯年换雪，愁入蠻箋淒調。懷歸賦早，忍晞發陽何，逐思江表。劫冷貞元，垢幢心事亘鐙悄。

纔名天與萬古，異時奴主判。教認遺貌。四印宗風，千秋位業，贏得西谿高蹈。霜花賸稿。待重理殘編，漫違孤抱。睇想無聲，暮鐘雲外杳。

眉批：唐鍾傳自立爲南平王擁妾衆多蓄於兹處故以傳挺名之。

曲遊春

娉婷市用梅川草窻唱和韻疇癸叔

迤邐城東路，聽晚鐘敲寺，愁思如織。僣國何王，問荒苔舊苑，軟紅迷隙。千載年光隔。賸落日，釣舡漁笛。待故家，燕子歸來，閒語禁街春色。

水陌。垂陽蘸碧。亂風雨芳洲，花事寒勒。漫想峨眉，指釵鈿墮處，緑蕪煙幕。隄晚鴉争食。但一望，平林寥寂。幾探尋，豔迹模糊，賦情恁得。

龍山會

重久之會以事未與，半櫻見示新詞殷勤商榷。訒盦懺盦亦如有作。予因踵君特韻，爲詞答和。翌日市樓獨酌，悄然有歸與之歎，再成一觧，並録於此

夕苑霜威斂，過雁聲中，樹影闌干亞。汎萸謀晚醉。吟佇久、惆悵西風欚下。荒徑結愁陰，怕重問、紅嬌翠冶。漫登臨，題詩敗壁，墨花濃灑。

還憶倦旅長安，俊賞清懽，趂輭乘驕馬。舊遊人換盡。歌吹悄、空惜華鐙春亱。何處濯滄浪，恨潮迸、寒流怒瀉。去便舍，向薄暮，短蓬江上掛。

前調

客夢經年冷，悵望譽闕，鴈影高帆亞。亂幾番人世換。歸路迴、空想清風林下。鶴爭鬱雲巢，奈遮斷、山容澹冶。念東籬，猶存晋菊，瘦花瀟灑。

争說喚賞登臨，兢騁薔街，有暗塵隨馬。倦途心事苦。懽讌少、寥落江南秋亱。離恨入迴腸，蕩愁深、杯自瀉醉。後舍付、一笑短瓢，枯枝上掛。

倒犯

淮隄晚步，柳色可憐，路上行人争道，明朝上巳矣

袖手、障黄昏峭寒，大隄閒繞。羅裙曳縞。湔蘭路、霧迷煙窈。回頭但見、孱柳搓綿丰神搦。漫更説流觴，曲水同幽抱。寄吟身、在江表。

屈指念春暮，奈向清明，番風花信杳。柱杖任步屐，看倦雀、穿雲小。過斷驛、行人少。認歸途、斜陽栖古道。漸亱色朦朧，一穗疏鐙照。閉門詩夢悄。

眉撫

春窻亱坐風雨沍寒，念遠傷離。悵然有作。時得眉仲寄傳神及詩

鎮簾鉤低放，漏瑟寒侵，愁雨漬窻眼。背影屏山下，逡巡聽，淋鈴如訴清怨。淚荷暗泫，傍亱篝、人意先嬾。漫凝想，閣回廊深處，昵花豔香嗅。

前度。華筵驚散，幾塞鴻霜警，梁燕泥换。曾約同携手，湖樓上，高歌酣醉春宴。舊盟未踐，話俊遊、年事哀晚。甚時向伊行，通一語、笑相見。

拜星月慢

漢上酒聚感賦。丁亥五月十三日作

眉批：詞作於復辟之日，語多寓感，苟非親聞之，老人視碧山詠物，他日更難索解。然瑁竊謂，詞人用心太過，此類之作是也。

豔臘通簾，凝香圍坐，點滴金壺傳箭。急管繁絃，集夫容庭院。盎花霧，頓覺流蘇玉幃春醒。冶綠嬌紅

争换。似錦年光，惱懽叢鶯燕。顫歌塵、照席風鐙亂。清尊瀉、半晌紅雲散，見慣[一]老去司空，総當筵腸斷。試宫黄賸説峨妝蒨，迴文字、暗數闌干徧。最怕是、别後相思，倚箜篌彈怨。

注：此謂見慣二字，余指出綺寮怨第一首收處未用暗韻，老人改並告知此依片玉詞，連用暗韻。

綺寮怨

自題咫園隱圖

畫裏林容秋瘦。晚蟬留恨聲。看繞屋，賸有斜陽，隣鐘勁，欲歎還驚。霜簾寒侵漏瑟，朦朧地，夢遊愁未明。恠鏡涯，歲月欺人，寒光罅，鬢髮餘亂星。世路倦尋去程。江湖事影，何堪絮語殘鐙，俊約無凴。把閒淚，向誰傾。頽雲四圍天異，便卧隱，甚心情。高歌自醒，銀屏靜亱坐，風露清。

前調

高樹蟬嘶秋聲漸老，流連光景，淺酌微吟，無復昔時清興，感懷世亂，輙付悲歌

霽曉庭柯交翠。捲簾霜氣侵。聽抱葉，細聲諒蟬，閒情寄，舊賞園林。胡牀練巾倦脱，蒼茫意，抱膝時曼吟。戀醉響，笑折黄花，西風裏，對客羞鬢簪。韻事勝遊漫尋。宣南夢斷，凴誰説與知音。晝日樓蔭，遣愁思，且孤斟，承平甚時重覩，只借酒，問天

心。清寒漬襟，沈沈漏静後，秋又深。

前調

吳門春感

傍水闌干低亞。早寒慳放晴。媚曉色，翠柳新荑，東風裏，對語流鶯。依然陽春故國，江天外，極目雲氣冥。念退閒，歲月婆娑，吟身老，負卻鷗鷺盟。

買醉謾追去程。新詩畫壁，何時再到旗亭。亂笛飛聲，盡充耳，有誰聽，青衫酒痕猶在，肯道我，舊狂名。胡牀勸淺，懵騰大夢外，誰醉醒。

南浦

春雨，用白雲韻，寄遂庵家兄長沙

雲影障樓陰，聽瀟瀟，灑徧陂塘清曉。一碧漲痕新，風迴處，吹浄春容如掃。烏蓬晝擁，斷橋孤泊漁舟小。牽得離人，千里思目極，翠汀沙草。

妨它佳約招尋，説芳辰又是，清明過了。花事墮空濛，湔蘭路、觴詠幾時重到。遊情漸渺，柳絲靈亂鶯聲悄。明日流紅，山下去爲，問帶愁多少。

尉遲杯

喜舊僚忽至，劇談盡醉，亂後故知，落落晨星矣

南樓亱，抱膝坐、幽賞成孤詫。風鐙暗落檐花，愁迸婺蟾淒寡。滄洲夢冷。樺燭短、西窻照清語。倚闌干、笑指櫻桃。亂離慵問開謝。

因思舊日同遊，曾藜杖尋春，畫舸消夏。扇墜巾偏。都陳跡誰更向，垂陽擊馬。十年事、伶俜感憶。待傳恨、愔愔別淚灑。任斜陽、不管興亡，浩歌呼酒重把。

十二郎

雲氣繞樓，殷雷送雨，正愁人亱坐時也，憂時感事，凄斷成歌

亂雲漲墨，鏇壓破，一天愁影。聽井葉蟬嘶，蘺花蛩語，孤坐空齋。亱迴正是江山漂摇際。恐暗觸驚魂無定，禁埜哭孔嗟，夷歌方急，又添悲哽。

還省爭棊歲月，橘中俄頃漫更説，淮南飛昇雞犬。重向鑪邊碭鼎，看取夔蚿幻成蛇象。塵夢覺來都冷，凴佇盱舊日，乘楂客返，海澄波靜。

過秦樓

和彊邨老人

井汲梧園，屐尋篬路，巷柝晚聲初斷。逃禪世冷，換刼年遥，獨悟靜中香篆。何事錯惱西風，翻粟炎凉，卻憎團扇。凴闌干一晌，秋魂搖盪，燕飛鶯散。
還共約、採菊持笻，哦松呼酒，勸息暮江煙畔。花欺鬢白，雲笑身閒，不向醉鄉開眼。誰道黄昏，更愁浮海人歸，連天秋遠。望星河影動，還聽清宵漏點。

摸魚子

將歸吴興寄曹干伯

翠簾蔭、燕嬌鶯嬾，客途還又春莫。平生萬感茫茫意，都付亂絲歧路。休更訴。把斷夢愁詩，載得歸艎去。黄塵倦旅。待拄杖呼雲，停杯喝月，心事看天語。
尋消息。只在清苕煙雨，櫂歌搖曳何許，忘機未必逢矰繳，不是等閒鷗鷺，君信否。滄海外釣竿，欲拂珊瑚樹。臨分思舍。問脱帽逢君，披裘笑我，握手定何處。

十二時

滬上早秋，人事閒逸，有悵然思舊之意。用耆卿韻作

古簾垂，桂堂香熟。消受新凉如洗。欲問訊，滄洲詩思，頓覺江山秋氣。敗壁吟蛩，虚廊過雁，正月斜風起。何處笛，攧送離聲，倦枕亘長，偏攪愁人心耳。
休只憐，天涯客路，賺得扁舟不繫。記省少年，花朋酒伴，夢落垂楊地。

念幾多，幽悰密緒，待理琴絲傳意。萬疊相思，顰眉慵展，淚冷留霜被，結故情一段，莫教等閒輕棄。

蘭陵王

新柳，和清真韻

大隄直。荑柳和煙暈碧。蘼蕪路、青到幾程金縷，輕柔弄晴色。啼鵑戀故國。渾識章臺舊客。凝眸處、空見黛痕，欲託微波淚盈尺。

尋春悵無跡。但雨霽桃谿，風颺苔席。年年歸夢先寒食。看落絮飛燕，暝蔭嘶馬，離蹤零亂記斷驛。倦程厭南北。

惻惻。賦愁積。漫別酒宴，虛妝鏡樓寂。韶華轉瞬風流極。聽薄暮漁浦，釣篷飄笛。鷗波如畫，翠綫舞，帶露滴。

浪淘沙慢

雨霽陪半塘老人登平山堂

斷霞映，川原媚晚，霽景秋闊。楓驛哀蟬乍咽，殘虹過雨旋沒，向薄暮吳天。嵐影接送，聽隣杵鐘發。對倦旅，關河賦情遠，微吟散林樾。

幽絕，上樓望眼愁豁。歎寺古僧殘，淒涼事，渺渺閒問佛。思勝慨當年，歌宴雲熱。俊遊頓歇，尋舊題，平攬靈臺風月。

休怨江南輕離別，凴闌指，數峰翠抹。鬢絲短，滄桑驚暗閱。送歸櫂，卻數征鴻，悵恨結，空煙滿路飛紅葉。

大酺

爲都下女伶小慧芬賦

正蠟鐙紅，莢煙裊，人影衣香樓角。檀槽新歇拍，懽娥妝初上，萬花成幄。玉笛吹鸞，羅裙彈鳳，春藹東風簾幕。蹋孃葳蕤恨，念梨園身世，命絲蠶縛。自仙籍飄藟，帝閽寥遠，信音誰託[一]。尊前雙淚落。怕重聽，河滿傷心數。任喚賞、箏琶促奏，粉黛餘姿，把繁憂，甚時拋卻。幾換華鬘劫，禁暗觸、中年哀樂。待燒燭、西亭酌。緣會何定，同是天親無着。亂愁四絃更覺。

注：[一]一作：步履驚鴻，移槃舞燕，嬌小丰神依約。

穆護沙

題寐叟海日樓圖

縹緲蒼江路。問風雲、誕慢何許。憯危樓落日，憑欄愁古。箕坐微聞空語。睇一髮，中原天倚杵。消息付、濤聲東去。幻照海、摶桑五色。杳隔斷、瑤宮琪樹。飛夢三山，障塵十島，蒙曨雙睫淚花枯。賸百年心事，伶俜羈旅，身世感窮途。

料得獨吟酸楚。送流光、浦潮淞雨。只斷襟零袂，諶冥歌哭，哀鐙幾番延佇。怎奈向、低徊千萬度。殘劫冷、夕陽庭宇。探秘記、靈蕤依約。嘲笑疾、綀髮蕭疏。恨跡牀穿，悶懷琴碎，直通愾想到玄都。更披圖、爲寫生平，淒涼翻舊譜。

鶯啼序

天末秋風，江關厭旅，時危歲晚，羈思悄然，依夢窗譜抒寫幽憂，命酒高歌，不覺唾壺擊碎矣

年光慣催夢老，乍涼生萬戶。歲寒意，珍重靈蕤，索居深念遠遲暮。畫檐外，清商亱起，秋風竄響梧桐樹。歎游情衰謝，漂浮自憐萍絮。

殘劫滄州，怕展倦眼，看昏煙宿霧。亂愁對，竹屋疏鐙，我懷慵託素。黯芳菲，蘭銷蕙歇。恨絲罥，柔楊千縷，水雲寬，休笑忘機，不如鷗鷺。

穠春易逝，舊侶稀逢，負勸歸燕旅。叢桂冷，林於棲憩。賦擬招隱，笠屐幽尋，雁風鳩雨，蒓鱸味好。雲巢深處，漁樵呼酒閒分席。採夫容，甚日扁舟渡。題詩往跡，依然壞壁紗籠。劫來恐非吾土。

殊鄉異客，故國離憂，賸鬢毛換苧。那忍見，戟門高宴，旆影斜陽，粉飾承平，滿城歌舞。榛苓漸杳。英雄安在，江山如此空悵望，障狂瀾，誰作中流柱。登樓喚取飛仙，破匣龍吟，劍光墮否。

外舅詞藏余處者，長調最多，中調次之，小令最少。茲鈔力求其均。小令、中調雖較少，鈔已過半。長調雖較多，鈔乃十之三耳。所鈔各作聲必求圓、意必求朗、神必求清，以饗余好。作年不盡可考，輒依字數爲次。其與時地有關者，每見詞序，無俟余之贅言。涉於半塘老人之作，則以淵源所自，得見者悉不敢遺。蹋莎行和白石韻綺寮怨題咫園詞隱圖二闋，稿均再見。一爲比堪原稿幾於全抹。益歎外舅之鍥而不捨，雖老猶然，余小子所萬萬不及也。家珺鈔後再記，望前一日鐙月交輝之下。

天醉樓寱語稿本

贈汪公魯

陽春歸窮戹，物華争芳妍。覽此歲候新，眷言懷夙懽。倦翮斂幽樹，潛鱗在深淵。慕類意逾洽，久別情更延。明時苦聚散，修路睽晤言。皎然脱纓緌，思結平生緣。層城匿白日，愁霖晦朝昏。窮迹阬已斷，積痗不及宣。苕苕椅桐枝，託根百尺巔。清響湛零露，高吟墜層雲。瞻彼茂樹姿，愧兹萎葉删。賞心遂怡悦，長懷願殷勤。和暢生東郊，欣笑開南軒。嚶鳴詠喬木，孤德乃有鄰。鬱陶阮雲慰，合併庶足論。遺言記蕃舉，卸吝不復存。

旅述

城中消盡九春寒，却對芙蓉看晚山。芻狗文章千古懺，磨牛身世幾人間。江關蕭瑟知非舊，詞客飄零歎未還。飲酒且教留一醉，夢魂樓閣海雲間。

將歸吳興，留别洪都親舊

衮衮年光夢已殘，鐘聲催曉獨憑欄。月斜風緊江天悄，野闊城荒草木寒。秋老漸知歸去好，交親終覺别離難。宫亭東渡頻回首，人事蕭條未忍看。

泛舟碧浪湖，游雲巢，歸途口號一首

短櫂秋風載酒行，蒓鱸猶是故鄉情。山靈似識歸來客，時遣白雲相送迎。平生湖海元龍氣，酒冷香殘思不禁。太息華顛已頷頟，十年孤負買山心。

南昌旅次，立春，和眉中

人境蕭寒物候催，它鄉又報曉春來。每懷空谷幽棲士，不見中原濟變纔。故園山川餘莽鬱，新鶯風雨獨徘徊。蒼茫莫問當年事，且拂塵冠放酒杯。

魚鳥無知意獨親，似憐江介寄閒身。癯梅照水猶含笑，病柳臨風敢學顰。雲物慣隨蒼狗變，寒灰初送土牛新。三春已自娱人意，衹恐模糊寫未真。

歸思二首

自是無悰自不知，還從詹尹卜心期。顛狂魂夢呼鐙語，羈泊情懷仗酒持。忍使登樓悲庾信，却因買宅憶邱遲。猿啼鶴怨何時已，未抵春山叫子規。

金策似聞天帝醉，空餘纔命老滄洲。獨來人境知秦贅，爲謝山靈識楚囚。泣路楊朱餘涕淚，辭館虞寄尚淹留。年時怨斷兼幽憶，海闊天翻思未休。

即事

衡門倚杖影婆娑，白日看雲意轉多。冠劍丁年談故事，樓臺子夜動悲歌。柳絲慣作傷春色，湖水猶翻已逝波。景物不堪娱勝賞，天荒地老更如何。

五臺僧舍題壁，同六生、雨生會飲，醉後作

塵心已共夕陽閒，花木中天静撩關。盡日談禪依白足，一時賭酒笑朱顏。却看棋局成翻覆，漸覺鐘聲近老孱。不御青牛從柱史，可留徐甲在人間。

贈吴慶伯

自從淪謫下金堂，捲慢初聞百和香。已省聲華重鄒馬，肯教門第説金張。青萍舊價同矜貴，錦緞新裁費

較量。應想神圖成獨寐，元君沓靄一相望。

春夜答蘧叟

誰省蓬蒿仲蔚庐，閉門高枕入元虚。枯棋殘劫閒堪記，病酒風情老漸疏。燕子湖漪新雨後，桃花門巷晚晴初。不嫌乘興還相遇，却看孤雲自捲舒。

即事

舊曲杳難顧，新謳誤已多。只防顏毀謝，漫肯沈憐何。漢上題襟恨，雍門假食歌。芬華未知意，争擬發岩阿。

人有就予談星命者，作此解嘲

蓬蒿三徑必窮庐，物外閒情與世疏。孤詣未妨求珞琭，微言疇信抵瓊琚。料無入海責燒燕，盡有忘筌笑得魚。欲向人間尋季主，江潭消息定何如。

送人歸江南

信有風雲混沌開，未容消歇伯王纔。相携卅載龍鍾袖，且與河山話劫灰。唐衢憂世徒知哭，庾信悲秋定可哀。一笑滄桑了何事，悠悠還醉酒千杯。

贈左詩舲

朝拜當年入上臺，忽聞淪謫下蓬萊。不應茅許同仙籍，誰識鄒枚是俊纔。鳩鳥自媒終反覆，鶵雛無意小驚猜。牛車火宅能相引，解脱從知天眼開。

五臺僧舍，和壁間韻

絲繁絮亂惹春風，芳思凄迷入眼中。此日樓臺醉煙雨，舊時門巷長蒿蓬。共知北去憐秋燕，料得南來有斷鴻。休問梁園車馬客，閒雲無迹任西東。

感事一首

廿年蹤跡感勞薪，一卧滄江又幾春。投老漸能觀世變，餘生猶幸作詞人。窮途風月娱孤賞，客路蓬蒿賸劫塵。深坐撿關成底事，不應江上負垂綸。

和李子箴感懷之作，仍用何肖雅韻

歲晚空餘老大悲，一龕鐙火共心期。年涯意趣琴先覺，客路情悰酒不知。腐鼠未容成小嚇，征鴻應許訴相思。可憐人事都廖寂，何處韓陵訪斷碑。

漢上喜遇劉苕生

千里逢君作强懽，眼前杯酒豈相干。枌榆落日添相思，鴻雁西風識夜寒。却訝楊朱空泣路，漫憐虞寄數辭館。干戈滿地關河迴，香灺鐙光把劍看。

漢上酒聚，憑欄聽雨，同苕生作

獨携雙袖黯無言，被髮誰招劫後魂。老去江湖憐邂逅，宵來鐙火照煩喧。顛狂歌笑頻中酒，跳盪風濤欲到門。急雨闌干坐搖兀，天涯頭白與君存。

新隄旅述

淹卧津亭鼓角殘，鄉書無憂附平安。誰人爲解思家苦，此日初歌行路難。鸚鵡洲邊風自急，白螺磯畔月應寒。登樓盡是傷心地，争拭悲秋淚得乾。

立秋日，武昌旅次，病中聞蟬

病榻微風向晚清，閉門支枕意縱横。秋心已在梧桐院，休作嘈嘈葉底聲。
空廊沈寂月西斜，短夢惺忪不到家。冰簟夜涼聽絡緯，半床鐙影在天涯。

旅行雜詠

江路悠悠江水深，郵亭獨夜旅愁侵。秋風動地月斜落，誰識今宵客子心。
楊柳絲絲掛夕陽，愁心日夜繞江鄉。南風一夜瓜皮艇，又送離人到武昌。

武昌同好群宴樓會餞留别

雲水蒼茫日已昏，侯嬴猶自滯夷門。三秋凉月添離色，萬里長江洗斷魂。曾爲寄書勞遠雁，料應啼恨有孤猿。分携莫謾談桑海，一夕愁心付酒樽。

哭密輔兄

憶昨歲庚戌，我方客湖口。君從長沙來，懽笑喜握手。爲言樵林遊，歲運遘陽九。境易恨靡涯，事遇怒猶吼。更言室家累，况復債如阜。争名當趍朝，躑躅行北走。憐君將離意，徵歌且進酒。招携廬山雲，攀折潯陽柳。君年甫逾卌，審器應大受。奈何歎終棄，咄咄祇呼負。滄桑倏移易，變亂月在酉。倉皇國多難，出處冒呰詬。浮雲蔽白日，道路多榛莽。閒關竄南北，遂令别離久。嗟君報奇節，貞固自保壽。何期鵩鳴恠，忽聽鵑啼愀。招魂已心傷，感逝更血歐。追維吾先宗，盛德積彌厚。哀予兄弟儔，數奇竟不偶。少壯方有爲，奄化倏先後。世事如弈棋，功名類芻狗。我生亦何榮，君死其速朽。湘雲望已迷，江月色彌黝。長號對天風，哭君君聽否。

雨窻同詩於夜話

江城吹角昏鐙雨，隔坐行杯語漏深。一夜客心隨夢冷，落花如雪壓樓陰。

和賀遜飛旅懷韻

離愁幽夢隔飛煙，雲散齋鐘落檻前。曾許征鴻傳遠信，空留歸燕語芳年。花迎落日飄珠箔，柳帶東風拂玉鞭。獨對春光意惆悵，一回吟望一潸然。

獨上高樓更上層，西山嵐氣晚來增。空饒野趣隨飛鶩，却笑閒身似老僧。湖水漂花流細浪，簾鉤窺月露微稜。逡巡欲悟逃禪理，清坐焚香對佛鐙。

荏港

沙隄柳暗雨如煙，獨上河橋喚渡船。亭堠荒涼邨落小，哪堪重話義熙年。

山行

向晚駈車意不前，歸心又在夕陽邊。野煙深處樹如薺，一路暮山啼杜鵑。

和江湘嵐，冬暮寄懷之作

高樓横笛朔風吹，坐對雲山變亦奇。但識夔蚿原是幻，忍看桑海欲何爲。河鮫怨泣難成淚，紫鳳羈栖未有枝。却寄交親思遠道，寒灰撥盡且吟詩。

冬暮病中書感

寒鐙風雨照愁顔，卧聽饑鴟唤屋山。病眼江湖閲憂患，狂歌魚鳥笑荒閒。商量詩律慵呵筆，收拾禪心且閉關。目斷浮雲天際想，醉鄉休負酒鍾慳。

病起自述

窮冬病肺艱難日，藥竈茶鐺悟養生。閒看雲霞知變幻，嬾隨鷗鷺學逢迎。十年已覺空皮骨，四海從誰問姓名。宿雨樓臺供小坐，天時人事兩分明。

李芋仙丈所遺友朋緘札，仲誠裝池成册，因題

當年辟咡承優詔，想象丰姿屬老成。定許文章付孫子，早知名字動公卿。告老好襯圖書色，萬劫難移今古情。且喜故家遺澤在，摩挲幾席有餘情。

清明日，山行遇雨

濕雲抱雨暗孤村，山驛人家早閉門。纔動驕雷初起勢，忽驚羈客未歸魂。林鴉點點窺牆絮，野草離離話燒痕。樵路駈車意惆悵，斷種殘角近黄昏。

晚晴獨立

亂離日月去堂堂，小住南州又十霜。客久蹉跎懷故國，春來迢遞在它鄉。習池已悵風流歇，楚路空餘歌哭狂。薄暮携笻原上望，夕陽無語愴興亡。

夜坐

偶從世外學垂綸，湖海藏名又幾春。江上菰蘆歸路遠，鐙前風雨酒懷新。卅年顛倒將殘夢，萬里艱難現在身。却看頭顱對青鏡，平生心事愧儒巾。

謁西陵作

祠廟松楸吊夕曛，滄桑愁見劫痕新。艱危未敢望宗社，血淚何因到小臣。華表嵯峨聞唳鶴，寶城深穆送殘春。金床玉幾應無恙，瞻拜凄涼獨愴神。

七夕，和關六生

又是金風玉露時，幾年寥落尚江涯。却看天上成嘉會，忽忘人間有別離。羅薦追涼臨曲榭，銀河倒影漾秋池。碧城相望無消息，雲雨荒唐繞夢思。

和六生感懷韻

卅年爲客久忘歸，載酒看花心事違。殘破江山經幾醉，蹉跎歲月愧知非。閒身笑比潛蛟蟄，孤趣遥看埜鶴飛。惆悵登樓歌陟屺，望雲揮淚泣春暉。

重游煙水亭

短櫂輕謳入畫圖，閒尋蹤跡半模糊。綠波芳草湖光闊，疏柳殘陽寺影孤。千里風濤驚退鷁，十年心事付啼烏。琵琶楓荻依稀處，惆悵江南舊酒徒。

秋夜不寐

耿耿入遥夜，營營紛睡情。寒蛩咽頹壁，饑鼠卧殘更。暫息塵中想，微聞静裏聲。荒鷄又催曙，推枕意縱横。

丁卯二月，自南昌避亂至海上，中途喜晤仲誠，行至九江，聞下游戰事正亟

江介荒寒雨氣昏，强支愁病望中原。霸圖漸改河山色，歸夢偏憎海浪喧。老去年光消苦劫，亂餘談聚慰驚魂。湖樓小醉忘羈旅，笑擁春鐙照酒渾。

送江菊圃還屯谿

人事蹉跎不自由，相逢一笑解縈憂。目躬單舸還傷別，頭白荒江易感秋。未許星霜歸寂寞，好憑詩酒擅風流。神仙屋處分明在，跨鶴猶能訪十洲。

和杜墁公送春應夏二首

歲歲年年無恙好，落花飛絮悟禪那，苦春意緒侵詩境，中酒光陰遣睡魔。小寄人間聊復爾，坐觀天外竟如何。捲簾試望蘼蕪路，直覺翩翩去鳥多。

長愛清和娱景物，却看日月走雙輪。深屋賸有閒身在，閱世俄驚老眼新。未許樽前悲往事，可容牖下作陳人。流鶯飛近高槐坐，欲別頻啼意倍親。

送歐陽笑杏歸粤

虹氣冲樓酒易醒，鯉魚風起撼秋萍。歸鴻戢羽傳霜信，老鶴知更驚露零。牢轉乾坤銷短鬢，欲收桑海到孤亭。高歌半夜驚濤沸，定有蛟龍出水聽。

癸酉人日，和沙隱韻

寶章曾記受元君，夢寐昇崖杳夜分。和氣先春回地脈，列星平曉焕天文。乾坤漸覺清寧改，鐘漏遥傳動靜聞。已是東皇司令日，小圓林木意欣欣。

偶成

自得謳歌意，相期笑語溫。湖山照離别，鐙火厭繁喧。酒醒天涯夢，春消客路魂。閒身幸天放，去住水雲村。

蘇州公園東齋茗話，仍用陳簡齋韻，和仲深並題畫卷

相從羈旅壁平生，暫拂塵冠趂午晴。媚日繁香通密坐，飄風華髮照春城。披舒畫卷尋詩夢，收拾愁心仗酒兵。手把垂楊認門巷，不辭車馬屢遊行。

挽鮑庶咸世兄

急景虞淵未可追，西州今日莫相期。三年離别情何限，兩世交親意更悲。棉紙尚裁冬後信，蘭舟曾約雁來時。屋樑落月啼鵑苦，雙袖龍鍾涕淚垂。

拊心永歎莫爲陳，夢想玄廬倍愴神。未許憑棺來雪夜，更遲歸帽到梅春。嗟予苦戀迷離劫，羨子先還自在身。此後人天兩懸睫，散原西望一酹辛。

寄湘友閩中

人事音書共寥寂，雙垂別淚不勝情。登樓已自傷王粲，滅刺微聞困禰衡。路入蠻荒家萬里，夢回荆楚夜三更。知君早晚歸心動，江上春潮二月生。

枕上聞風雨聲，頗有歸心

東風吹雨夜迢迢，孤枕寒鐙共寂寥。夢逐河流出湖口，心隨雲絮繞山腰。曾經燕市羞馮鋏，肯向吳門試伍簫。歸櫂定知川路穩，春來新漲浙江潮。

風雨夜醉，走筆書憤

沈醉酣呼碎酒盅，豎儒何事溷而公。豪情拚付鐙光紫，俠氣驕騰劍吷紅。敕勒會當駈厲鬼，笑談誰與説英雄。風雷夜半驚潛蟄，定有神龍下九空。

劉茗生贈其先人《黄谿書屋吟草》，並自著《桂海集》。因用岑嘉州韻贈長歌一篇。茗生時在九江榷鶯粟稅

役役比勞燕，翻飛倦天風。賢交不可見，轅轍還西東。如君清纔能有幾，早歲聲名在人耳。近來示我幾卷詩，喬梓文章竟如此。君家詩伯世所稀，清詞麗句文采飛。長吟不覺月入幕，流覽已覺雲生衣。潯陽道遠別離久，春來更有新詩否。知君相念復何如，欲語無聊莫寄書。匡廬山色堪娱賞，意興欄珊厭還往。壯心已逐白雲飛，清愁時共青蕪長。愁來醉倒白玉瓶，但願同君酒共傾。湖山相隔不相見，風起蒹葭聞雁鳴。

旅述

羈旅窮春誰管領，遠書歸夢兩無憑。打窻風雨寒威勁，繞室塵埃夜氣昇。萬里艱難留一劍，百年消息寄孤鐙。十洲劫火知何世，欲挽天心歎未能。

感述

導師休與問淵源，大坐唯聞白喙喧。好挈蟲沙還造化，待移天地入貞元。文章誤我終爲祟，名節欺人敢訴冤。舉世滔滔聊閉口，但從無佛處稱尊。

落日纔看掛柳梢，大風欻起捲蓬茅。萬鴉那恖蒼鷹鷙，獨鶴能令斥鷃嘲。欲借人豪編鬼籙，却依俠士作神交。元黄變後天心見，何用蓍龜問六爻。

自題橫涇避亂圖

天回地動入鴻蒙，局促聊棲五畝宮。顛倒心情塵劫外，亂離蹤跡畫圖中。閉門卧雪魂猶健，飲酒看山興不窮。若使尸鄉容久住，至今誰識㓝雞翁。

夜坐，偶有所觸，輒書

來去驚呼悲失路，人間豈料拔杈枒。靈砂不許群生餌，涸海旋聞萬竅嘩。拱手風雷魂欲笑，藏身山澤念彌差。劫波盪醒天龍夢，此意何從語井蛙。

亢旱，得雨，旋復放晴，小窗閒坐，頗有天時人事之感

樓外花枝映晚霞，樓頭有客奏琵琶。獨留奇事彌天壤，永憶交親在水涯。策杖伫迎新貴馬，觀棋還到故侯家。可憐病樹無知覺，猶趁狂飆作怒譁。

贈友

摳衣振臂一登樓，袖手看山散百憂。好待龍蛇消厄運，料無鴻雁叫高秋。古情廖邈誰青眼，吾道艱難況白頭。省識乾坤變爻象，但從世外覓封侯。

立秋後三日，夜起憑欄有作

一片秋光上井欄，凄凄風雨作新寒。哀蛩夜語通宵冷，孔雀西飛隔歲看。世事已同棋換局，光陰渾似燭移槃。何當把劍邀明月，俯瞰山河大地寬。

陰雨籠寒，獨坐有思，借王介甫韻漫成一首

閉門孤興飲醕醪，鑪火偎寒擁敝袍。卓午雞聲啼雨急，盤空鴉陣掠雲高。玉琴彈罷誰能識，鐵研磨穿敢告勞。招手九州歸節度，明時早建漢旌旄。

寄謝魯瞻北平

卑栖同逆旅，况復在窮鄉。草樹知春暮，關河隔夢長。藏身嗟負甕，危坐戒垂堂。愁重無多語，吟詩寄謝莊。

淮上晤徐印士

漫雲代謝有新陳，猶是江湖署逸民。莫向天涯思故里，且從淮上賞殘春。籠鐙照醒莊周夢，障扇嗔揮庾亮塵。如此鬢眉真健者，高歌休歎不逢辰。

己卯歲暮，冒雪至金陵

冲寒策馬叩當閽，卅載重來我尚存。城郭似迎丁令鶴，風雲猶護謝公墩。雪迷鐘阜山容寂，日落秦淮水氣昏。幸有梁園舊賓客，天涯心事許同論。

金陵晤孟繁印士

萍蓬蹤跡感離群，豈料今朝復見君。垂老共憐身健在，深談還趁酒微醺。拈髭一笑渾相識，抱膝長吟倘許聞。留取餘生看桑海，眼中蛇象尚紛紜。

曾曉墅出詩稿索題

坐對斜陽閱變遷，孤懷沈鬱百憂煎。榮枯早信歸買劫，歌哭無端感歲年。笑疾佯狂逃物外，吟身分影聚鐙前。杯盤好佐清秋興，手把瑶華一囅然。

社集，賦春草

萋萋新草色，隨意到園林。嘤茁泥中莢，春蘇雨後魂。幽芳通舊苑，生趣滿閒門。蒿艾原同種，須知造物恩。

東風吹大地，淑氣已先回。絶塞暄春色，荒郊换劫灰。蕃昌初映日，萌動早驚雷。莫使成滋蔓，芟夷定可哀。

自歎

故我全非已卅載，萍蓬漂泊感華顛。恨無空谷能晞髮，悔向洪崖又拍肩。塗抹阿婆憎老醜，瘖聾傖父守窮堅。貝多真實須牢記，静聽鐘聲一憬然。

贈張裕京　惠衣海寧人

詩骨巉巉岩畔石，獨於清峭見奇姿。孤吟苦處天荒破，别與西崑衍一支。高歌欲使鬼神泣，語向人間定發聾。我亦傳衣謁初祖，愧君比日振宗風。

癸未元旦書懷，和韻二首　時客淮上

響卜曾賡鏡聽詞，浮蹤依舊客鐘離。已嗟人事更番换，欲問天心未易知。大地春風到梅柳，歲朝晴雪映窻帷。填胸塊壘難消處，自拂吳鉤對酒卮。

江湖老去且填詞，悔向邊州賦别離。餞歲詩成鐙欲灺，寒宵臘盡漏先知。待尋歸夢頻欹枕，漸覺春風又入帷。安得承平歌舞日，鶯花圍坐酒盈卮。

題張畫衣靈璅閣詩集

一卷新詩如諫果，朝脯咀嚼始回甘。孤吟獨佔千秋席，吞吐能令萬象涵。鐙焰暗窺心窅窅，墨花濃侵味醰醰。靡涯身世無窮懺，把筆知君意不堪。

自杭州還吴度歲句，留旬日，將赴金陵作

人事栖栖不自由，却因多病得旬休。歲窮且喜還家樂，時難何堪久客愁。萬里風沙憐健鶻，百年身世愧閒鷗。兵塵未許容高卧，又向天涯問酒樓。

欲把沈憂訴九閽，我懷鬱勃總難論。中原鴻雁聲何急，大地龍蛇氣已吞。愁思臨風悲草木，寒威駈雪滿乾坤。白門煙柳應無恙，忍見河山舊劫痕。

和櫟寄吴下聯吟韻，即寄弁山

不平何事近彈棊，剗盡中心悔已遲。蛇鬥鄭門知异變，鵑啼蜀國有餘悲。殘年自笑勞薪慣，惡歲同嗟爨麥炊。曉鏡臨窻倍惆悵，更憐詩鬢已成絲。

滿院梧桐緑尚稠，秋心深處合成愁。敺魚應悔徒供獺，搏鼠無能却笑猴。此夜夢魂思故里，窮年羈泊在邊州。狂飆怒卷驚沙去，早晚塵寰萬劫收。

贈桐城張子，借前韻

殘劫誰收一局棋，夕陽無語下階遲。逃禪意趣從吾好，久客情悰識汝悲。大海波濤猶鼓盪，疏寮秋暑似蒸炊。漫憐病柳蕭蕭態，張緒風流鬢已絲。

驚烏夜噪槲蔭稠，又聽蛩聲攪客愁。可恨含沙同鬼蜮，更嫌攀樹掛獼猴。求仙幾見栖三島，鑄錯何堪聚六州。聞説淮南有丹鼎，可能雞犬一齊收。

和章韻

百川誰障使東之，欲挽狂瀾歎鬢絲。萬里關山春不度，五雲樓閣夢何遲。花旛慣攪狸奴睡，槐國應憐蟻子痴。倚徧闌干數歸鳥，林梢又到月明時。

雁陣横斜西復東，料知霄路白雲通。祇教負固憑天險，誰信傳聲藉谷空。翦綵未妨隨晉俗，披圖無復繪豳風。逡巡玩賞春光好，可奈連江霧雨蒙。

贈某君催妝詩

葭琯初調律，妍陽暎畫堂。青廬扶静婉，紅燭動輝光。在户三星爛，盈門百雨將。新懽秦與晉，佳藕孟偕梁。荳蔻同心結，梅花點額妝。多纔夸謝女，豔福羡何郎。馥郁薰蘭麝，聯翩引鳳凰。吹笙歌樂府，列坐騁賓觴。此日盟要璧，它年兆弄璋。貽謀徵燕翼，五世卜其昌。

鳳陽小學成立後週年紀念

世運遘陽九，膠庠無孑遺。留此一畝宫，荒穢不可治。經營殫心力，補葺循舊規。辛勤集童穉，倏忽逾年時。喜兹生徒衆，益念經始期。開軒招賓徒，六藝羅書帷。况復雜戲陳，觀者爲解頤。勿憂來日長，道積自成基。弸中乃彪外，古訓良可思。樹人期百年，拱手前致辭。

立秋後，風雨不寐，夜起，悵然有作

銀床冰簟動輕飈，又是新涼上枕時。多事秋蛩喧客夢，無情夜雨索愁詩。十年骯髒天難問，萬感縱横我獨知。唯有青鐙最相昵，孤光長映舊書帷。

贈廬江張友

提携烏兔入空庭，兩載光陰一瞬經。捲地秋風收落葉，題襟舊雨半晨星。亦知傳舍同爲客，漫説家山不忍聽。早晚昇平報消息，莫因羈泊歎伶俜。

桐城徐少岑索詩爲贈

知君家世話桐城，庾杲清纔舊有名。午夜鈔書驚燭跋，春風倚欄出詩聲。米鹽漫奪英雄氣，案牘潛移翰墨情。何用淮南聞丹鼎，飛仙早晚到蓬瀛。

自題橫涇避亂圖

張侯誦我避亂詩，爲我寫作避亂圖。遥山近水自環抱，數家雞犬成村墟。團焦三兩傍茅屋，桑蹊竹徑通荒墟。鐘鳴野寺清梵歇，霜林葉脱飛鴉雛。小橋落日聚魚影，釣船不繫依菰蒲。谿光嵐氣變朝暮，此景最好難描摹。蕭然地僻隔人境，畫意恰與詩情俱。披圖似到舊游地，顧念往事增唏嘘。當年殺氣亘天黑，金閶回首空嗟吁。奔波蹀躞數十里，烽煙暫避驚魂蘇。兵塵滿地氣已塞，況復盜賊潛萑苻。妻孥相對日愁歎，朔風凍雪侵肌膚。盤餐麤糲不下咽，寒畦欲摘無嘉蔬。人生到此分委絶，俛仰不樂胡爲乎。狂歌大笑出門去，沽酒直到黄公壚。地偏境窅少賓客，閒話只許儕樵漁。羊裘風帽藉草坐，行迹哪受禮法拘。醉歸不睡更排遣，烹茶撥火圍紅鑪。夢魂夜夜叩閶闔，稽首上帝前摳趨。陽九百六數已極，欲問天意將何如。干戈擾攘歘六載，流離愾歎民生痡。國家興亡視人事，禎祥妖孽理不渝。順天逆天古有訓，此意不爽猶錙銖。陵崩川竭白日晦，茫茫浩劫誰能逋。兹行避亂得天幸，循環禍福皆須臾。百年局促亦苦短，還當愛惜千金軀。斯圖留存示後世，欲使來者知今吾。

某君癖嗜鶯粟十年矣

一日戒除之，念甚堅，並賦詩記其歲月。借韻調之

閉門孤坐一鐙深，手挽乾坤變古今。换骨未妨求藥裹，戒寒猶自怯䆳蔭。徘徊好借詩爲命，寂寞難忘漏已沈。淹卧胡床思往事，那堪悵觸十年心。

指迷誰與示南鍼，賴有仙翁世外臨。禪諦久參生老病，年光應念去來今。閒從竹所看奴戲，可向蒲團證

道心。料得絶交書寄後，相思無淚鑄黄金。

太倉畢貞甫歿於潯陽，愴然賦此，以當薤露

心跡翛然骨相清，遥遥華胄本峥嶸。百年生死關前定，千里馳驅悮此行。已分窮途唯曠視，厭聞時事祇吞聲。鄭虔三絶從銷歇，賸有留傳後世名。揮淚何曾到九原，銜悲寂寞對黄昏。鐙窻猶記通宵語，畫卷空餘宿諾存。自是修文催赴召，那堪翦紙與招魂。孤兒早晚能歸骨，雞酒它年拜墓門。

和余堯衢除夕感懷之作，仍用庸庵韻

布帆歸去五湖天，殘劫餘生笑苟全。山遠未妨容豹隱，江腥誰爲濯蛟涎。閒参經卷難成佛，但買煙波不論錢。直上蓬萊最高頂，相將采藥駐長年。

和汪謝二君瓜字韻

行窩漫説修椽寄，縱得安居不是家。坐對孤鐙思海客，欲携雙劍走天涯。詩心收拾愁無託，酒力評量老更加。留得荒園生意足，它時還賣故侯瓜。

注：謂梁海濱。

疊前韻

誰將一幅流民畫，獻於長安食禄家。欲抉雙眸觀世變，自憐行脚滯江涯。荆榛未許栖身穩，餐飯何堪努力加。且向崆峒山裡去，求仙應許啖靈瓜。

再疊前韻

泥途輾轉卑栖日，那復當年百乘家。無分逃名塵以外，有懷痛哭水之涯。歸心莫遂桀阿詠，詩會何緣汐社加。且喜嘗新及初夏，滿畦苦菜與王瓜。

補録丙寅丁卯舊作

夜宿謝家灘

野店停車落日殘，斷橋流水謝家灘。夜霜穿屋嚴更迴，斜月窺牀旅夢寒。客路暗驚駒隙短，歸心愁聽雁聲酸。今宵一倍增惆悵，小醉樓頭强自寬。

即事

卅年世味説酸辛，幾躓崎嶇賸我身。貝錦哦詩工變幻，夔蚿齊物等埃塵。天涯慣識艱難意，客路猶憐笑語親。此夕挑鐙共羈旅，酒懷吟思一時新。

章田雨霽

客路經行慣，勞勞此問津。沙河晴漲暝，埜渡夕陽新。楊柳媚柔緑，蘼蕪生還春。江鄉風物好，愁煞未歸人。

章田渡

迢遞章田路，驚心物候更。雨腴蘇柳色，風勁撼河聲。密樹荒村暗，漁舟野渡横。蕭然動歸思，無限别離情。

潼灘蕭寺立春

短晷沈陰歲已殘，勞勞車馬駐潼灘。月斜僧寺疏鐘動，霜落漁罾淺瀨寒。歸夢天涯成寂寞，苦吟詩境歷辛酸。青陽又見來東陸，梅柳江春滿目寬。

聞亂

渺渺龍天悲墮劫，紛紛人畜感摶沙。蒲團早禮空王懺，莫認閻浮作故家。

避亂盤門新橋河沿

慨歎逃亡苦，移家近水村。夕陽寒映屋，髠柳卧當門。已斷行人迹，唯聞過鳥喧。含愁搘闌望，鐙火又黄昏。

即事感懷，借張某韻

莫道高明克以柔，舊邦何幸奠金甌。百年成敗關天運，一代豪華付水流。不信螳螂知後顧，敢望鸜鵒在前頭。悠悠休問人間世，忍見風雲徧九州。

苦熱

闤闠門多四面開，天聲依舊閉風雷。早知旱魃能爲虐，敢説神龍竟不纔。一室衣冠嗤褦襶，九逵車馬蔽塵埃。平生意氣銷炎熱，高樹鶖蟬且漫猜。

和杜又牧淮岸春游感懷韻

層樓望遠傷高處，十月春寒綠尚稀。濁水冰嘶魚影負，大隄塵起馬如飛。霜天警漏人聲寂，月夜携笻客醉歸。自把清香焚一炷，混茫相接道心微。

丹徒馬某贈詩索和，因次韻

塵埃已墮昏昏世，文采風流未足憑。投老漫嗤三語掾，懷清空説一條冰。蟲沙會見經千劫，裘馬何堪憶五陵。願拜伏波爲上將，不纔如我莫能興。

感事，借前韻

聞道天心將厭亂，此中消息渺難憑。冤禽有恨終填海，易象何人悟履冰。已見車書通濕陸，料無朋黨樹甘陵。漫論豪杰歸西伯，不借遭逢亦自興。

蚌山晚眺，用前韻

愁來縱目高樓畔，曲曲闌干且倦憑。但見蚌山餘落日，似聞淮水泮春冰。星霜十載棲吳苑，風雨何人感茂陵。却憶前朝遺跡在，鳳陽王氣説龍興。

題不倒翁

孰與汝衣冠，公然服之而不辭。孰畀汝位禄，靦然𡲀之而不疑。烏有者其心肝，宛若者其鬚眉。推之而不能倒，撼之而不能移。厲聲叱問是何妖，而怪吾知汝，必將應聲曰：吾乃野田荒冢之污泥。

題任佩青夫人花卉遺册

蔭蔭芳樹金堂晚，復閣重簾愁不捲。紋窻鐙燼隱薰籠，手把鮫綃意千轉。涼雲匝地疏星寒，夢魂夜狂紅闌干。相逢毛女移爲伴，一遇麻姑便是仙。鸚鵡窻前新活計，細研丹黄數花事。玉堦楊柳惹閒愁，金井芙蕖滴清淚。芳心漸死香根斷，雌鳳孤飛入銀漢。却看桃李總無言，漫憶蕙蘭空有怨。綾扇喚開閶闔天，胭脂零落幽香殘。芸編緗管分明在，瞥見分明又隔煙。檢點巾箱收絹素，腸斷馨香手中故。當時梔子結同心，伫苦停辛爲誰誤。幽光入海無盡期，地老天荒都不知。

老友關六昇榕柞**以御史出守曲靖，遷館廣信。國變後，逃禪不仕，今八十矣。賦詩壽之**

上清淪謫幾經年，長向蓬萊望紫煙。早識郎官𡲀列宿，却從塵海羡飛仙。春秋漫許逢人問，心跡能教樂道傳。它日瑶臺會歌舞，與君同詠大羅天。

冬窻獨坐，百感紛乘，時戹滬上蘆子城西阮家村

郵西賃廡生涯舊，但得安心便作家。漢臘記循前代朔，唐梅愁憶故園花。稜稜肝膽通神異，脈脈鬚眉愧物華。悶撥陰何看灰燼，眼中無地不蟲沙。

偃卬無悰獨閉門，酒杯邀月共黃昏。空懸紙帳娱詩夢，頗厭寒鐙照劫魂。屋老漫容群鼠鬥，潭深猶見蟄龍尊。竈觚殘夜傳私語，似有煩冤不敢言。

啖盡黃粱夢影沈，依然墐户守窮陰。詩歌已奪金銀氣，飢餓能灰木石心。敢信明夷終入兆，只聞羅刹亦工吟。危樓咫尺成天地，一息名香繞坐深。

變滅煙雲起蜃宫，倚窻還怯小心風。塵嘘黑地千年濁，雪壓青天一綫通。棋局昔曾觀橘叟，藥丸何意畀仙童。桑榆原是蓬春發，分付陽烏早向東。

閒戹雜感四首，借黃韻

江湖歲月等閒過，惆悵華年託詠歌。花暗城闉春宴少，雲沈關塞客愁多。風塵李靖相期久，身世馮唐奈老何。惟念故園灰燼後，却教歸思負煙蘿。

曼衍魚龍事可驚，風雲翻覆市朝更。殘念馬齒加何益，生命鴻毛視已輕。誰識杜陵憂去國，却輸陶侃善論兵。種瓜欲向青門隱，怕聽荒城鼓角聲。

閉門呼酒理憂端，俛仰依然百不安。浮世交親同陌路，暮年心事雜悲懽。驚衰翻悔予生晚，後死方知造

物寬。蒙被未妨終日卧，恐因頭白觸風寒。

昔日風流杜牧之，而今衰鬢白成絲。漫論纔調耄將及，爲道姓名心孔悲。世事獺肝常腐朽，生涯雞肋悔工辭。何當劍佩聯高會，把酒臨江共賦詩。

郭外小園三十年來數易主矣，門庭荒穢，臺榭傾圮，撫今追昔，憮然成詠，仍借前韻

荒園日日此經過，策杖噓唏忍放歌。但見牡丹春後拆，却嫌鴂舌晚來多。鼎鐘世族今安在，草木平泉將謂何。空屋無人苔徑寂，夕陽紅上舊藤蘿。

樓臺無主客心驚，豈料門庭姓氏更。早識興衰原有數，若論得失本來輕。高明鬼瞰誰戹室，守望人歸未徙兵。忽聽寒林飛落葉，狂風捲作怒濤聲。

徘徊行過畫檐端，小憩危欄不自安。滿目但餘狐鼠跡，傷心無復鼓鐘懽。可憐劫灰真如燬，祇覺愁懷未易寬。待覓歸途重惆悵，亂篁蒼闇夕陰寒。

邂逅行人欲問之，劇談往事淚如絲。當年歌舞鶯花笑，此日黄昏鳥雀悲。物有因緣誰是主，盜由監守咎難辭。請看一代繁華史，都付題名壁上詩。

歐陽君爲正覺寺僧畫山水四幀，屬題

十年骯髒走風塵，敢向天涯爲寫真。人海未容輕拭眼，山靈應勸早抽身。披圖瑟瑟驚秋老，下筆翩翩與世新。付與山僧好珍重，墨花長作四時春。

寓懷

悵惘歧途昧所之，難繅愁緒亂如絲。樓空鶴去寧無憾，匣破龍飛已覺遲。曾玩義經占夬姤，嬾參禪諦戒嗔癡。湖山歌舞尋常事，安得餐眠似昔時。

畫閣朱樓大道東，愔愔消息此中通。偶聞燕語搴疏幔，不羨鳶飛跕碧空。呼酒每邀長恨月，吹衣還待大王風。人間定有神仙宅，似隔前山樹影蒙。

偶興

屋山烏鵲挾風號，舉眼青冥雪意高。時事難言惟撥火，愁吟無味更餔糟。蟠根閱歲思春澤，峭石凌冬孕土膏。多謝天公費調劑，又收生氣入林皋。

倚窻脈脈數悲懽，鏡裏頭顱忍淚看。自檢驚魂餘練髮，却猜換骨有金丹。卅年噩夢心猶悸，萬感逃虛歲已殫。料得春生更始日，燭花紅笑照辛槃。

歲暮感懷

遲暮年光一煦過，江湖殘夢付勞歌。功名塵土窮非賤，身世行藏誤已多。廣坐敢教夸趙李，寒灰空自撥陰何。編籬種菜平生意，好待秋風翦薜蘿。

幾度廖天霹靂驚，火風地水象爻更。却看天上星辰遠，已覺人間姓字輕。棋局收枰留苦劫，愁城墮雉仗

巨鱗横海浪騎兵。晝號夜哭尋常事，佇聽清霄鸞鳳聲。退鷀穿雲風色緊，片晌登樓得强懽。卅年煮石成滋味，首鼠何須執兩端，歧途真到夢難安。倚欄看雲倦花寬。蒼茫家國憑誰問，杯珓盟神五夜寒。閉門爇火寒能耐，憂時人語藴深悲。敦古我懷成結習，欲將天理重思之，消息盈虚似網絲。不辭。待與青鐙證心迹，宵來檢點數行詩。

建除體即事感懷賦，用陳簡齋南樓啜新茶韻

建侯同寇盜，剽掠搜奇珎。除却逃世輩，心志不仳俔與之親。滿城踞虎豹，獰如怪石磷。平旦聞悲風，得申。定慧失清境，號哭鬼與神。執鉞秉旄者，荼毒無其倫。戰壘空破屋千萬間，喧呶誰主賓。危言不敢發，有若餳膠脣。成敗互倚伏，甘苦無和勻。收京笑兒戲，屯雲。開天幾時見，夢寐徒來頻。閉塞如窮冬，何時生陽春。

檢視《東齋酬唱集》，惟迂瑣一詩，借簡齋逃暑慧林寺閣下韻，無和之者，今迂瑣墓木拱矣。追和一章，以當薤露

費侯擅詩纔，苦吟如卧病。東齋集朋儔，鬥韻每角勝。俄驚涅槃修，寂滅入禪定。雖丁百六期，猶幸首丘正。荒園我重來，清晝茶煙暝。促漏莕遥鐘，愔愔聞動静。中原劫火新，蓐收况司令。策馬西州門。蓬蒿塞蹊徑。世事方阽危，何如遯清净。哀吟日又晡，鵑聲送愁聽。

夏日晨起，偶尋東齋舊跡，景象荒涼，索然而返，仍用簡齋《夙興》韻

雞窻半曉風生席，櫛沐從容理巾幘。霏空濕霧尚溟濛，涼侵幽花可憐色。蹣跚曳杖出門去，東望紅雲捧朝日。垂楊門巷幾灣環，忽見園林生棫棘。十年樹木不成蔭，豈是天公少恩澤。傖兒箕踞魔女嬉，語笑微聞訝生客。含愁欲去還復留。强起挓笻憩苔石，當年樂事今已陳，忍向東齋問消息。

感事述懷，用簡齋《夏日集葆真池上》韻

昔我曾宦遊，郡國審利病。潢池欻弄兵，大盗竊國柄。掛冠神武歸，頗動五湖興。三高結新鄰，更喜城市静。春秋歷昏晨，不見南門正星名。流離復顛沛，孰肯千金贈。中宵玩犧爻，燭照若明鏡。况丁易九戹，遑問天下定。緬懷光宣朝，衣冠尚全盛。奈何七尺軀，塊然如贅賸。平屋憂心忡，鬱勃寄孤詠。願與巢許儔，滄洲卧漁艇。

戊寅正月，避亂回城，漚夢屬補題東齋茗話圖，即用簡齋順陽門外韻

茶瓜邀我話平生，且喜天公作意晴。媚日繁香吹綺席，飄風華髮照春城。畫圖好借詩爲稿，觥罰休亂酒是兵。一徑垂楊舊時路，肯容車馬屢遊行。

逋逃千劫得餘生，坐惜江山賸晚晴。苦語未妨通四座，偏師無計破長城。相招出世煙霞客，一笑驚人草

木兵。牽挽風光誰做主，獨來惆悵繞花行。

偶成

數點梅花弄曉風，化幾消息此中通。觀棋可許隨樵子，得馬何勞問塞翁。流轉歲華真突兀，微茫天意入鴻蒙。闌干峭立含情睇，若有人兮在眼中。

暑雨生涼，夜起露坐，頗有翛然之意，用陳簡齋《夏日集葆真池上》韻

斗竇雖畏暍，端居不憂病。焚香玩韓非，其意在二柄。刹那風雨來，心喜發涼興。移橙坐前窗，諦聽萬籟靜。甘霖洗愁霾，夜氣肅以正。翛然形影俱，問答詩互贈。泉臨作奇想，澄懷若窺鏡。紛呶入境喧，趺跏入禪定。日飲將何爲，狂歌氣彌盛。寧爲正始音，不藉膏馥賸。詩派宗梅黃，餘亦能高詠。飽死謝侏儒，低頭伏篷艇。

贈陳公孟

崇欄寂寞闃空谷，舉似幽居卧隱淪。萬象濃薰成涕淚，卅年高蹈與吟呻。亂離忍使鬚眉改，歌響能呼肺腑親。索處漫增涼踽歎，白頭猶及見陽春。

和公孟韻二首

日日餔醨日放顛，窮居生計亦翛然。久忘物競逃禪外，漫引吟魂近燭前。萬恨欲尋天問解，四時渾耐歲寒偏。氈裘猶帶高齋月，移向匡床淋獨眠。

跼天蹐地老詩人，百折千回賸此身。牢縛禪心抗喧寂，强支病骨閲新陳。生涯粗了奩中事，斗室猶藏世外春。吟倦歸來一筇伴，華鐙如月照街塵。

梅雨初晴，閒步至東齋小憩，仍用杜少陵丈八溝詩韻。時塞外戰事方亟，想念當時吟侶，惟櫟寄雁郵尚存，坐久凄然爲賦二律

千載東齋地，重來已覺遲。聯吟曾背約，避暑不違時。坐對新荷柄，愁牽若柳絲。賢交都寂寞，忍見畫中詩。

文采風流盡，哀吟況白頭。幾人逢舊雨，無地遣今愁。世换棋中劫，家如水上浮。感時知物化，吉士又思秋。

八音歌用簡齋集舊韻

金人戒箝口，緘默豈盗名。石交不可見，愁緒循環生。絲蘭寫新詩，雞林矜價貴。竹屋幽人居，不爲藜藿累。

匏瓜繫不食，昨是而今非。土瘠田已蕪，休歌胡不歸。革面兼洗心。出人一頭地，木鷄蠢蠢然，嘲笑非所計。

瑞蓮庵觀荷二首

一庵栖北郭，花事此探奇。辨色知移種，聞香欲戒痴。何年辭异域，當暑報芳時。莫道蓮心苦，蜂房有蜜脾。

小坐茶甌静，微風蕩日喧。高荷半擎蓋，斑竹漸穿垣。閒共僧雛語，翻憎熱客喧。秋花顔色好，重與細評論。

注：相傳花有無色，爲印度種。

李仲誠自南昌寓書言亂離情况，有詩見寄，因和韻答之

濁酒消愁且自傾，遠書忽照眼中明。不逢神惡人偏壽，幾見天荒世已更。夜起聞笳憂北顧，詩成吹笛思南征。東湖近有荷花否，待與鳧鷺續舊盟。

挽鄒鶴儔太守

世德光三葉，滄桑老一官。長貧詩苦澀，衰病力疲殫。稍絶寙扉語，俄驚幾榻寒。招魂弦月上，淚盡比憑棺。

年少承平日，相期坐宦遊。老纏荊棘蔓，心瘁未鹽憂。孤憤銛鬚戟，悲懷正首邱。通和坊畔路，重過忍遲留。

挽鄭烈蓀

殗殜久聞憂病肺，那堪急景欻相催。詩魂已共秋燐化，死耗驚隨鬼颷來。鐙燭光熒寒幾席，窻扉語絶隔塵埃。低徊別有平生意，豈爲時艱惜此纔。

題淮安丁柘唐先生七十學易圖册子

卓犖淮州一大師，百年畫卷認鬚看。閒身獨領窺園趣，老學寧嫌炳燭時。默識貞元通象數，盡多著述别然疑。耄荒如我成孤陋，慚愧先人手澤貽。

尾注：吾家十二世祖舜牧公，明萬曆時著有《五經疑問》，御纂采入，湖州府城南建有羽翼六經坊，遺迹猶在。

劍漁自南昌貽書，附詩屬和，却寄

人生浮世將毋同，行脚不定如轉蓬。已忘老至得天幸，坐令語塞嗟道窮。啜泣徘徊在歧路，昂首呼召無雄風。一壺清酒未肯酌，欲取吾子來杯中。

寄程伯臧南昌並索畫東湖懷舊圖

九派江分更向西，遠書小字認封題。忍寒曾見潛虯蟄，説法偏驚怖鴿栖。城郭夢回空念往，窻扉語隔感分携。相期王宰留真蹟，他日從容證雪泥。

寄周壽人揚州

霜晴負手背虛廊，望遠餘情戀夕陽。冬至關河勞引領，愁中歲月繞迴腸，文章詎惜分鸞錦，書札翻遲附雁行。爲羡壎篪振歌響，連宵飛夢過維揚。

注：壽人有兄字月根年八十餘工詩。

寄陳惠之揚州

世路干戈軌轍分，一江南北思停雲。清風舊識金張貴，佳詠濃薰屈宋芬。鶯友結鄰終背約，雁程横水感雞群。冬窻影雪紅鑪暝，茶熟香溫獨憶君。

即事贈歗俟借範韻

詩境荒寒賦未成，淺斟殘酒對秋檠。丹鳳落後吳江冷，白雁來時塞月明。撼樹蚍蜉原不忝，失巢烏鵲自相驚。楸枰黑白誰能識，莫枉枯棋一著爭。

和歗侯韻二首

長街東指短橋傍，蹀躞追尋屐齒忙。人似貞松森傑乾，庭留老桂孕奇香。歌詞嗣響建安子，語笑嘻遊太素鄉。更喜清吟慰窮旅，却教盪氣入迴腸。

蕭蕭白髮兩飄零，舉似荒寒野鶴形。早譽人英今已老，大呼衆醉有誰醒。强顔自喜遨千乘，垂暮猶能拜五經。載酒籬東看叢菊，傲霜依舊學娉婷。

程伯臧爲繪東湖懷舊圖，賦此報謝

疾置傳書落手驚，湖波如照眼中明。睇觀繪幅生狂喜，拆補詩篇重雅情。舊夢已隨流水逝，斯圖留與劫塵争。當年笙屐尋春地，安得同君載酒行。

立春日口號

八十年來尚此身，榮枯分半易新陳。當初不嫌富與貴，今日寧辭賤且貧。高睨大談資忼慷，餓膚勞骨養輪囷。朝曦又挾春光至，移照寒窻白髮人。

亂後重至杭州

昔别身非老，今來鬢已霜。但聞新政令，無限舊凄涼。巢燕應悲主，林鵑却憶鄉。斜陽襯山翠，空照古城荒。

久客杭州思歸甚急，偶偕友至湖上，漫成一律

頻年車馬涉風煙，又逐遊人上酒船。久客情悰鳩語亂，懷歸消息雁書傳。楓林到處紅如赭，苔路經行綠似氈。携手相呼看秋色，醉歌飛動夕陽邊。

贈櫟寄

小人戹今市，之子病扃門。動静各殊趣，濁清何异源。道高譽已毁，老至隱彌尊。深坐虚明裏，閒聽鳥雀喧。

枳園手記

乙未時年八十有四

天醉樓詞　一百廿二首。

詞續　廿九首。

天醉樓詞起辛亥迄壬辰，得詞二千餘首，幾經删薙，得三百餘闋，又復汰去若干，首存爲騰稿，仍未愜意，不敢遽付於民，學與年争，倘天假之年，則删薙者又不知幾何也。

八十七歲自詠 馮平、孫思邈、葉送人均八十七

自從淪謫到人間，東海生桑幾度看。早學馮平戹吏隱，敢希思邈重朝端。江關詞賦嗟遲暮，埜屋松筠守歲寒。何日舜山期老葉，相逢先乞九還丹。

馮平、孫思邈、葉送人，年皆八十有七，予年相同，爰付疑年，戲作長句，戊戌夏五月記。

落花八首

和蘉庵韻

偶觸罡風墮地輕，由來丰骨本峥嶸。泥涂謾肯求新侶，萍絮猶能話故情。曾向梢頭矜晚節，好從林下説遺榮。皇天未是無恩澤，一謫塵埃誤此生。

飛盡高枝爛漫紅，迷離香色有無中。空餘倦蝶尋歸路，忍見殘鶯戀舊叢。脈脈怕窺檐際月，愔愔分付陌頭風。美人千古嗟遲暮，飄盪生涯一例同。

錦旛無計護芬芳，翦綠裁紅枉擅場。已分餘生歸大塊，敢勞封事奏含章。玉鉤埋恨鵑魂悄，金埒嘶春馬足香。茵溷昇沈等閒事，未妨漂泊莫輕狂。

漫擬纔高儘費辭，今生薄命不須疑。輕身滅影終何補，埋骨成灰更可悲。宛轉多情應笑汝，飛昇無術却關誰。試聽空外林鳩語，喚醒春婆夢裏癡。

目斷流光去不回，催詩無復酒筵開。每懷陶令歸田樂，枉費潘安治縣纔。唐苑幾時撾羯鼓，吳宮終古吊

麋臺。湖山縱有閒歌舞，坐對斜陽百事哀。欲譴青鸞作蹇修，空枝栖託總無由。葳蕤鎖斷終緘恨，閶闔門高枉訴仇。樓上簾開勞悵望，廊邊屧響省歸休。可憐少婦深閨裏，學得新妝不解愁。燕泥零落漸黄昏，自掃蒼苔檢淚痕。但有精誠通帝所，劇憐弱質負天恩。芳鄰祓禊盟猶在，香冢題銘稿漫存。欲向蘂珠宫裏問，萬千紅紫肯移根。畫堂樽酒送君歸，惆悵當年金縷衣。榮悴不隨塵劫轉，寒暄應歎世情非。仙都縹緲傳芳訊，香國逡巡駐落暉。曾得化幾消息理，白頭吟望撿欃扉。

再用原韻八首

和子有

委地無聲體態輕，惟餘枝幹露峥嵘。丰姿嫵媚原非福，風雨欺凌太不情。寂寞空林難駐景，飄零殘蘂忍求榮。自從淪謫紅塵後，休問今生第幾生。

一片繽紛照眼紅，闌干低壓夕陽中。眠猧自得茵憑樂，嬌鳥還迷錦繡叢。未免有請思舊月，本來無力怨東風。人間多少悲懽事，造物何心别異同。

絲繁絮亂忍尋芳，恍惚無倪夢一場。掃徑未忘回地脈，凌霄空想焕天章。泥融燕壘歸何急，蜜釀蜂房暵更香。莫道英華太飄盪，迎風休自學癲狂。

惆悵臨窻寫誄辭，芳魂知否總堪疑。啼鵑有恨終難補，浪蝶相猜劇可憐。前度繁華情未懺，者番哀怨訴憑誰。千呼萬喚無消息，行遍天涯莫賣癡。

聞道花神昨夜回，當關不報禁門開。小圓重吟子山賦，春晏誰憐太白纔。尚想蕙蘭留紉佩，肯呼桃李作輿臺。吟身已共風光老，忍對殘鐙詠七哀。

化身欲問幾生修，淪謫人間不自由。香色慣嗔泥滓污，根荄長懼斧斤仇。調鶯舊苑應無分，走馬章臺便好休。獨倚危樓聽吹笛，落梅風起動人愁。

日落庭槐晝已昏，憑欄人去賸啼痕。一年幾變枯榮事，萬劫難酬煦嫗恩。寂寂藤軒清宴罷，稜稜苔石醉題存。林園舊賞成蕭瑟，容我觀書老椽根。

數盡番風人未歸，忍寒愁著五銖衣。笙簫列坐春何在，樽俎清談事已非。仙掌即今餘湛露，靈柯終古帶朝暉。蹉跎莫問人間世，小隱深扃白板扉。

反落花詩八首

仍用前落花詩原韻

枯菀何關重與輕，堅貞獨守歲崢嶸。靈胎醞釀成秋實，麗質端凝見素情。那省金風飄玉露，長留綠葉護朱榮。連苞並蒂依然在，况有奇香孕返生。

照眼仙葩富貴紅，盤桓身在蘂珠中。佳人倦倚芙蓉幕，馴犬酣眠芍藥叢。偶散輕霙沾細雨，豈隨飛絮舞迴風。綠蔭庭院春如海，宴賞年年歲歲同。

注：富貴紅，花名，他花皆落，此花獨抱枝而枯，出陸游《天彭花品》。

漫勞詞賦詠群芳，爲惜餘春醉一場。覆編鴛鴦關福命，化爲蝴蝶炫文章。薔薇酒注杯中釃，茉莉釵横枕畔香。如此風光真旖旎，高歌無改少年狂。

微波渺渺盡通辭，燕守鶯監總不疑。只許石崇開夜宴，肯容宋玉賦秋悲。綠楊城郭還依舊，紅雨簾籠欲問誰。青鳥不來人獨立，枉教如夢復如癡。

當年青帝屬車回，萬户千門向曉開。争看賓筵傳酒令，盡多春物費詩纔。已知近水能邀月，定許通天更築臺。莫學長安名利客，至今留與後人哀。

樓臺七寶幾番修，欲去還來得自由。願與高人同顯晦，不關造物有恩仇。禪機早悟空空色，世事寧論莫莫休。爲問誰歌有愁曲，好憑詩酒解千愁。

隔院槐蔭晚色昏，斜陽紅上舊苺痕。胚胎猶是蟠根種，栽植毋忘胙土恩。一代繁華留事影，百年香色與生存。塵沙滿目荆榛老，乞向仙都庇宿根。

繡陌尋芳駿馬歸，王孫齊著紫檀衣。聽歌客座新知貴，翦綵人家舊俗非。上苑林風春藹藹，南園竹日静暉暉。重來十二花神地，龍護瑶窻鶴守扉。

天醉樓填詞圖題辭

天醉樓填詞圖題辭　詩

林開謩

移疏

雲謡一曲舊知名，四印齋中有故情。何意重逢滄海上，新詞頗頷庾蘭成。
江湖落拓幾經春，鶉首鈞天奈賜秦。應有瓊樓高處感，星躔夜半識句陳。
閒來減字與偷聲，畫裏滄洲鷺可盟。老去添香對蠻素，微吟待遣有涯生。

蘇寶盉

幼宰

周京禾黍正離離，故國平庢有所思。玉宇瓊樓縈遠夢，銅琶鐵板播清詞。伯牙海上移情處，向秀山陽感舊時[二]。百尺高棲重搔首，此心直欲接希夷。

注：［一］自題詞中鶩漚雲，乃指王侍御半塘、朱侍郎彊邨，一師一友也。

梁天民

少筠

一樓兀兀矗吾鄰，中有翛然岸幘人。墜幾雁聲生短闋，捲簾霜氣入蕭晨。觀河不皺常春面，戀闕猶全見在身。鶉首屬秦天豈醉，未須徒倚苦吟呻。

何剛德

肖雅

章貢水雙流，是我舊遊地。喪亂歘至今，果受誰之賜。廿載溯淩先，多愧説撫字。城郭半已非，人民餘怨詈。戚戚動餘懷，耿耿入夢寐。君昔亦同游，旋莅南昌治。相處非一時，久暫异其事。所識在親民，肯忘民社稷。一昨持斯圖，倚聲託天醉。往事追江湖，承平不忍記。等是憫人心，沆瀣直一氣。隔岸若觀火，夫豈吾輩志。政弊資良謀，何以勖在位。

費樹蔚

仲深

皺面攢眉索茗嘗，疏鐘殘響尚琅琅[一]。鏤冰巧惜違時用，作繭忙知抵老狂。耆舊漸稀誰抗手，江山如此獨迴腸。惟應綺石秋花畔，一炷青鐙接混茫。

注：［一］頻年吳下，詩鐘社集，覓句光景，宛然可憶。

翁有成

志吾

寂寂竟誰識，前程朱兩轓。青春歌當哭，白日晝疑昏。斂起屠龍技，噓回戀蝶魂。莫嫌無賴甚，醉眼小乾坤。

許承堯

際唐

到眼今何世，蒼然海氣涼。誰能縮歌哭，猶自切宮商。秘藥娛鐙夢，單絲蠶繭腸。生平傳法乳，漚鷺細評量。

席鏻

相清

呵壁天難問，倚樓人自醒。無多斷腸句，都付小紅聽。湘水千帆遠，吳山一角青。微波盡流夢，知不爲宮亭。

俞鎮

弇山

一代詞宗數半塘，當年名重比姜張。誰探四印齋中秘，衣鉢由來屬堉鄉。名場春夢話匆匆，嬾向南州問雪鴻。别有壯懷消未得，新詞傳唱遍江東。苔霑濕光洗眼來，一枝豔筆孕花胎。牧庵雅韻簫臺集，能繼宗風是比纔。愛好清真與玉田，審音協律費精研。鐙前細按宫商譜，一曲陽春寫錦箋。

梁永思

彦田

風滿庭檐月滿樓，撩人歌興不勝收。百篇珠玉醒春夢，一卷鶯花洗暮愁。别有家山思伴鶴，豈無煙水足盟鷗。元龍豪氣屯田調，長笛聲中憶舊遊。

仇繼恒

涞之

平生不讀花間集，慚愧陽春和未成。却喜半塘餘韻在，得君心法繼冰清。榮枯世外渾閒事，便作詞人畢此生。試向碧空搔首問，不知天醉幾時醒。

繆㦤平

士衡

昆池歷劫已成塵，鈞奏猶聞入夢頻。醹醁豈應天上富，荃蘭誰識曲中辛。誅茅宋玉終悲楚，蹈海魯連擬却秦。百尺樓臺圖畫裏，且抛心力作詞人。

魏業篛

弱叟

句句玲瓏字字珠，由來楚辭勝吳歈。三生風月酬顭子，一代江山付念奴。白袷飄零重過我，青衫涕淚孰爲徒。問天天亦日沈醉，聊寫離愁入畫圖。

陳海瀛

常州派自茗柯開，周董同稱繼起纔。猶有半塘爲後勁，清真墜緒未蒿萊。
枳園起與暢宗風，此事元非屬樂工[一]。雙白二窗閒出入，自開户牖破鴻蒙。
批風抹月事由它，辛亥歸田寄忧多。應與碧山論樂府，桂花蒨影認山河[二]。
一笑掀髯大汕圖，迦陵名蚤滿江湖。有涯能遣寧無益，低唱吹簫也自娱。

注：［一］介存齋論詞雲，北宋盛於文士而衰於樂工，南宋勝於樂工而衰於文士。［二］王碧山《眉嫵》詠新月詞

雲：『看雲外山河，還老桂花蒨影。』

徐元綬

印士

四印齋荒歲月馳，詞壇儔侶幾人知。王家尚有微雲壻，能記親承法乳時。琴鶴相隨一櫂歸，洪都宧跡牘依稀。天涯頭白重逢處，同話滄桑老淚揮。曾見迦陵有此圖，蕉窻趺坐手拈鬚。畫工料有鴻臚筆，添得朝雲入卷無。

劉傳亮

陰山

真從樂府溯淵源，征苦宮甘筆底傳。太守猶思陳仲舉，詞人又見柳屯田。金閶風月盟壇坫，玉局文章付管弦。唱到旗亭共欣賞，笙簧萬籟落樽前。

陳歗湖

詞道幽微未易工，宋賢薪火見宗風。裁縑寫出雙窻影，玉茗堂深一畝宮。辟咡詞談細細論，習聞流水繞孤村。空江不見秦淮海，鬢雪飄蕭識範溫。

劉文輅

舊愁新恨知多少，避世垂綸不計年。唱得竹枝聲咽處，逐令東海變桑田。收拾煙光入句來，小園香徑獨徘徊。嘯歌且盡平生事，餘子誰堪共酒杯。隔窗煙月鎖蓮塘，芳菲次第常相續。高樓簾幕倦輕寒，請君莫奏前朝曲。

亶素吾師，命題天醉樓填詞圖，爰集唐宋人詞句，呈請誨政。

乙亥季春佩宜劉文輅

白曾麟

潞河石蓀白曾麟拜稿

天醉樓頭任息遊，雙峰別墅[一]昔賡酬。乾坤清氣鍾詞客，紅豆拈來半寫愁。沈醉東風春在軒[二]，安排筆硯與琴尊。前身疑是青蓮館，調送清平認墨痕。浙水譚張識正聲，篋中一集選題評[三]。使君繼起齊朱況[四]，倏到梅花第幾生。白曾麟注：[一]宋末姚獬孫以傳學聞，元初退隱與雙峰別墅。[二]宋代姚孝錫政和四年登科自號。[三]寒松閣「談藝瑣錄」，雲瓊堂選國朝人詞為「篋中集」。[四]朱彊村，況夔笙。

天醉樓填詞圖題辭　詞

多麗

鄧幫述　孝先

倚珠樓，笛聲時弄清謳。向蒼茫、觥船淺酹，微吟逗入高秋。渺予懷、孤蹤追鶩，彈幽怨、逸韻同漚。思古情深，傷春意怯，只憑簫普訴綢繆。念前度，按歌人遠，鶴鬢早盈頭。空回憶，荻花如雪，飛滿江州。算而今，懵騰似舊，共誰重話羈遊。酒人稀、冷欹舞扇，懽期短、縈夢香篝。新曲徒翻，素弦漫撚，幾曾消盡世間愁。但怕付，小鬟低唱，鸞管擅風流。滄波月。勸君邀醉，社甕還篘。

綺寮怨

惲毓珂　瑾叔

到眼花鬘千劫，雨花空際濃。弄玉笛，指墜長星，天宮黯，欲醒還慵。高齋清商怨抑，秋簫譜，喚月無路通。盼素娥，萬一飛來。霓裳隊，導曲行絳宮。

昨夜寄書塞鴻。白衣皁帽，孤心似抱貞松。倚石支筇，灑狂草。墮西風。雲邊漏回殘角，聽變征，五更同。滄波夢中，魚龍泛浪處，翻翠蓬。

寶鼎現

林葆恒　子有

行歌章貢，父老能説，清新開府。記好句，宮衣傳繡，曲曲簾櫳留客住。花洲外，覓夢痕懽唾，聽徹江城涼雨。試檢點、樽前豔跡，幾許翠嬌紅嫵。

豈信時序如過羽，夢均天，鶉首無據。歸去理、故園松菊，寂寞幺弦渾嬾譜。尋布素，憶悲風鄰笛，腹痛黄鑪舊侶。遺怨懷，蠻箋和淚，寫入琴絲更苦。

蹤跡晚合雲萍，笑共是、天涯倦旅。説心情惆悵，無端奈聲聲杜宇。待欲採、蘋花寄與。兩鬢傷遲暮。把襟素、圖入丹青，憑問騷魂醒否。

減字木蘭花

謝掄元　掄孫

桃花聖解，蓺苑崛興開世界。芍藥新詞，樂府流傳有導師。碧山微旨，慣得美人芳草意。白石靈襟，誰解哀蟬落葉音。

蝶戀花

高毓浵　淞荃

銀漢垂垂秋漏永，欲問天公，沈醉何時醒。如畫江山愁不整，一樓笛寄詞人影。客裏年華心自警，擘短吟箋，梧葉堆金井。簌簌瓶笙初拂茗，涼蟾笑掛簾鉤冷。

綺寮怨　用美成韻

郭則澐　蟄雲

繞鏡春紅吹老，殢愁寒未醒。黯紫曲，亂草殘陽，滄鷗影，怕近西亭。當時落霞賦筆，飄蓬久，倦客誰眼青。更幾番，抹月批風，華年遠，錦瑟幽思盈。

惘惘嬾尋暮程。傷心漫寄，知音哪有瓊瓊。夜寂鐙清，擁鑪話，流鶯聽。危欄怎禁回首，訴去水，總無情。歸來鳳城。應憐舊苑柳，秋又零。

前調

洪汝闓　澤丞

過眼千紅如睡，酒悲誰喚醒。記短笛，醉譜烏絲，琵琶語，慣聽旗亭。東風狂塵故國，皋蘭路，怨疊笳吹聲。念倦遊，袖墨江湖，相逢晚，坐惜花事零。

劍氣夜猶上騰。闌干悵望，微波薦淚瑤京。鬢白鐙青，此時恨，往年情。樓臺看人來去，已換了，舊啼鶯。吟懷茂陵。漚邊夢影在，尋斷夢。

前調

承恩　紹村

眼底春人都盡，亂離愁暗生。念倦客，歲晚江湖，班荆處，攬鬢同驚。閒中鶯花換劫，深杯勸，對月還共傾。記浪遊，錦瑟華年，朋簪盍，宦跡疑訊萍。

獨坐看人醉醒。滄洲事影，微吟付與秋鐙。鶩約鷗盟，想儔侶，話承平。空山暮雲樵唱，料鳳響，有誰聽。宗風上乘。堂開邃雅俊，君嗣興。

前調

劉蔚仁　霞士

歲晚滄江淹卧，客心寒更慵。遯海角，舊隱新招，平生意，欲訴誰同。靈襟芳馨自託，長謡倚，絳闕情愫通。寄古愁，抱瑟空遊，冥冥想，目極天外鴻。

嘯傲倦揞瘦笻。微吟細賞，想與酒熟花濃。蓺菊栽松，早三徑，翦蒿蓬。柴桑尚存甲子，盡换征、與移宫。幽栖畫中。簾櫳宴坐處，高士風。

賀新涼

陳匪石

酒醒良宵午，盪秋魂，林蟬噤月，砌蟲吟露。獨倚簫臺高處望，宛轉銀波一縷。頓悵觸、天涯情緒。身是潯陽江頭客，荻楓寒，有淚青衫貯。還數遍，幾弦柱。

夢中苕霅歸來路，尚依稀荷香在水，柳煙藏浦。回首當年歌舞地，閲盡晨風暮雨。漸不似、清時鐘鼓。袖墨塵塵霜梨味，抱遺音、誰識微雲壻。拚寫入，斷腸譜。

無悶

吴曾源　伯淵

身客天涯，心繫故園，長笛樓頭獨依。賸幾許、絲銅和香薰理。莫唤東風酒醒，放眼看蒙曚陰晴裏。亂山疊，夢牋愁賦別，蕩飄天際。

清麗。有誰比想，舊井瀾翻，水舍空意。更祖尚、江村別添風味。應是前身賀柳，汎一櫂三吴，遊蹤寄待。按譜傳唱新詞，看取洛陽珎遺。

水龍吟

高彤　蔭午

冷風吹老江蘆，那時記與伊人別。無端竟把，東湖煙水，鎮長抛撇。王粲情懷，庾郎身世，多應愁絶。待何時見了，傷心舊事，都吩咐，啼鵑説。

歌吹蘇臺消歇，賸吴牋、寫春雲疊。淞滬一翦，怎教針綫，這般平貼。想見高樓，闌干拍徧，滿身黄葉。怕豐纔顧汝，當年張緒，也星星髪。

浣谿沙

歐陽紹　笑杏

雁影秋空獨倚欄，高樓衣袂不勝寒。填詞人向畫中看。

醒眼觀天心獨苦，老懷憂世語多酸。丹青咫尺是名山。

祝英臺近

楊玉銜　鍥夫

海棠紅，宮黍秀。年冷鶴能語。滿地江湖，寒暵變晴雨。有人抱膝長吟，茶煙禪榻，老不管、鶯花朝暮。

潮分付。往來送盡興亡，湘累爲誰苦。醉醒無端，寫盡問天句。似聞人海浮沈，江關蕭瑟。稱爲我、驅蛩儔侶。

法曲獻仙音

蔡晉鏞

歌笛銷春，隔簾偎月，病骨慵疏詩酒。眼角葉枯，髩絲塵老，天涯最憐詞叟。話舊雨，雙鐙小，梅花共人瘦。

忍回首，悵京華墜懽無跡，酸淚語。空有味棃在口。撿取篋中吟，費平章，南渡煙柳，翠墨留題。算湖山禁慣消受，臥滄江一瞬，已是水雲歸谿。

亶素吾兄同年奉題天醉樓填詞圖，先生出半唐翁門，翁有味棃詞，謂邊甜心酸故及也。丙戌春仲弟蔡晉鏞拜稿。

解語花

陳贊唐

三間矮屋，半畝芳園，中有幽人住。坐翻新譜，聲慢輕，按五音六呂，烏絲白紵，堆案處，吟牋無數春。滿庭花影，鶯聲倩，作揮毫助詞采我。暫飽庾況風塵。漂泊無復情緒。舊遊洄遡。朋簪盍，私喜末光依附。鴻儔鳳侶。應認得，去年崔護。相見懽，尊酒論文，雅集期重與。

歲辛已小春，亶素詞丈以填詞圖囑題，適南行久未有以膺之。壬午冬重遊皖水與亶素別一年矣，握手道故笑索吟債。爰狃解語花一闋即希方家哂政。弟陳贊唐未是草。

祝英臺近

楊玉銜 鋏夫

浣襟塵，彈劍鋏。落拓上東路。夢草流花，春到斷陽處。不教鐵板銅琶，曉峰殘月，那料理、騷情恨緒。

問古今。醒醉天未分明，斜陽究誰主。顛頷湘纍，空寫怨紅句。似聞人海浮沈，江關蕭瑟。稱為我、驅蛩儔侶。

亶素社长以天醉樓填詞圖索題為成一鮮以志因緣弟楊鐵夫題。

浣谿沙

繆聖叔

水軟風柔碧浪湖，飄然一舸載琴書。季鷹終是戀蒓鱸。
芳草漸隨幽恨遠，畫樓偏覺夕陽孤。漫將詞筆寫今吾。

賀文

宋文蔚

乃汎宅於五湖，值漚尹於三泖。重尋舊譜，不無變徵之聲。眷念昔游，尤有夢粱之感，呵壁不應，中原付之陸沈。抱甕方酣，莊枕誰為喚醒。此所以憑謝朓驚人之句，為米顛潑墨之圖也。今者半塘已逝，漚尹亦往，天閽難叩，誰題碧落之碑，醉壘可摩，請伴離騷而讀。

時庚午新秋。

自題填詞圖

鬲谿梅令
金藹如畫

幾間茆屋遠紅塵，四無鄰。賴有喬柯千樹。暗藏雲，翠蔭留待春。
滿園花鳥日相親，笑閒人。但覺酒懷詩思，一時新，醉歌深閉門。

醉桃源
龍吟潭畫

青山層疊水灣環，幽屋灣復灣。水流雲在等閒看，閒人心自閒。
驚物候，卧風煙，蹉跎雙鬢斑。一遍辛苦送華年，捲簾詩夢殘。

菩薩蠻
吴養木畫

人間無著吟身處，合向深山深處住。天地一穹廬，高歌接太虛。
塵埃看衮衮，我自慚充隱。斂手謝逢迎，休教問姓名。

虞美人

劉雲叔畫

西湖湖上曾三宿，早辭菟裘築。畫圖依約似西湖，收得眼前風景到吾廬。
沈吟漫許清愁起，多少憑欄思。翛然得意已忘言，且與荷花同夢水雲天。

清平樂

潘少帆畫雲巢歸隱圖

谿山煙靄，中有吾廬在。叢桂留人知久待。好是風光瀟灑。
年年塵海恓惶，多應誤了疏狂。招得西山猨鶴，白雲堆裏徜徉。

南樓令

陸兼之畫填詞圖

獨樹倚危樓。蒼茫天地秋。憑闌干、散盡閒愁。曾記乘槎滄海外，悔舊約，負沙鷗。
人事水東流，高歌樓上頭。話前塵、莫莫休休。城郭山林隨處好，清浄理，悟虚舟。

霜天曉角

楓林幾簇。紅襯斜陽屋。却念江湖秋老，寒潮過、鱖鱸熟。
僕僕愁萬斛。倦遊雙鬢秃。收拾綸竿歸去。扁舟弄，洞庭渌。

迎春樂

舟發長沙，將還豫章，愁中賦此。光緒廿三年丁酉作

文章九命成孤憤。相逢處，誰相問。看槐黄、滿路秋風勁。當此際，詩情窘。
占地名家深似隱。且呼酒，高樓花近。寒信過江來迷，暮雨盤鴉陣。

鬲谿梅令

秋星入夢隔銀屏，數蘭更。斷續空廊蛩語。不分明，訴愁還背鐙。
酒龍詩虎漸漂蕭，話平生。守到籟沈香燼。有誰聽，夜風吹鐸鈴。

夜行舡

月落烏啼霜有信。江楓紫、雁秋欲近。古寺僧鐘，江村漁火，都把亂愁勾引。
疊鼓垂，鐙人去盡。臨流賦老魚潛應。蟀語喧更。螢光窺醉，長愛菰蘆深隱。

月中行

寒更和雨顫秋心，飛夢跨青禽。亂螢如月一鐙深，涼入夜窗吟。
相思不及紅心草，華年付、蟋蟀樓蔭。仙鄉靈札意沈沈，天角又横參。

人月圓

鷓鴣荆棘啼春處，歸意憑徘徊。雲凝雨噤，津亭風起，殘笛吹梅。
江山如此，輓弓盤馬，獨上荒臺。函關日落，青牛客去，幾度驚猜。

訴衷情

西風樓閣客鐙孤，飛夢入玄虚。秋空吹墮寒籟，天外海聲纚。
披短髪，照清渠，意何如。漁樵心事，落日谿山，松竹吾廬。

小重山

瑟瑟西風井葉殘，歸心閒料理。雁來天，傾杯何計破頽顔。登樓眼，不見好山川。
沈恨託朱弦。曲中無限意，解人難。簾鉤鸚鵡報新寒。黄昏了，雙袖倚闌干。

朝中措

二調

靚妝窺鏡點胭脂，緘恨入雙眉。拚把葳蕤深鎖，綠窗未許人窺。

十年幽怨，琴邊笛衣，慵訴相思，衹恐夢魂顛倒，無端飛上罘罳。

前調

愔愔窗雨强愁支，柳色妒新眉。欲試慵來宮樣，捲簾生怕鸚窺。

黎霙散盡，香消玉臂，殘夜相思。長是啼鵑驚夢，藍橋只隔罘罳。

采桑子

花英亂點池波皺，穿樹鳴禽。數尺廊蔭。過雨芭蕉又捲心。

入簾風絮驚春晚，卧酒微吟。詩夢閒尋，窗影飄飄月上林。

鶴衝天

招獨鶴，打昏鴉，寒到野人家。廿年心事託鷗沙，雲水舊生涯。

雁蘆肥鰕菜老，長愛五湖秋好。自憐天放一閒身，辛苦説迷津。

踏莎行

黃鶴仙歸，青牛客杳，扁舟日暮春潮小。南風夢夢北風愁，幻師天路成顛倒。
鬼箭鳴宵，神弦奏曉，無端又向人間報。紅雲一角是扶桑，等閒莫説三生到。

玉樓春

潯陽厭旅，羈思悄然，和大鶴

春風不得成歸計，往事天涯留涕淚。飛花寒食自年年，顦顇獨來風月地。
漂零莫問人間世，歌舞湖山成故事。短襟小鬢怯相逢，酒後狂吟何處避。

南歌子

七夕

影事思蟾窟，塵緣感鵲橋。銀河流水到今朝。依舊人間天上、兩魂銷。
寶盒分時果，針樓弄玉簫。少年情事老來消，獨坐空庭風露、夜迢迢。

唐多令

賦折枝芍藥

春夢繞殘枝，春蔭分舊畦。照清樽雙鬢成絲。咫尺屏山金縷曲，又愁坐、幾斜暉。
香國恨潛移，花王同命時。怨東風、吟到將離。前度看花人换盡，鎮無賴、子規啼。

眼兒媚

歸來猶是劫餘因，漂盪幾經春。凋零如此，湖田菫蔗，野屋松筠。
雁聲還在人間世，寒月盪詩魂。貂裘茸帽，虚堂漏杳，癡夢無痕。

太常引

雁繩低絡蓼花灘。風景到秋殘。天放此身閒，恁辜負，煙波釣竿。
魚龍跳盪，蘋洲日暗，風急攪鷗眠。愁眼望家山，又蕭寺、鐘聲暮寒。

戀繡衾

蔭蔭官柳拂翠簾，暮山蒼、斜日半銜。閒行到，籠鶯地，立東風，煙暝碧潭。
滿瀅花雨春如海。趂芳遊，天氣浴蠶。憶驕馬，長西道，酒痕殷，猶賸舊衫。

海棠春

玉罌涼汲桐花井。夢未熟、檻鶯啼醒。簾押彈春寒。滿地棃雲冷。

闌干拍徧知誰應。看躍水、金鱗避影。一晌破詩心，月墮遊仙磬。

月中行

脩桐漏月閃疏簾，蟋蟀語聲纖。花蔭露濕紫蕉衫，雁過晚風尖。
凡心欲問玄微子，憑窻處、漫與雞談。沈沈齋磬破秋嵐，牽夢白雲庵。

天仙子

和子野

鶯語數聲欹枕聽，枝上露晞春睡醒。繡床斜憑眼朦朧，閒對鏡，思情景，昨夜夢回應記省。
理罷晨妝花霧暝，鸚鵡隔窻窺鬢影。沈沈清漏咽銅龍。簾押定，苔蔭静，風颭落紅香滿徑。

漁家傲

效子野

拂拂輕煙霏露井，夭桃穠李交相映。燕子歸來春晝永。樓閣迥，漏長人倦秋千静。
露篠風前篩日影，銀塘遇雨波紋净。客有可人期不定。殘酒醒，杜鵑啼斷槐蔭暝。

長相思

和六一

風滿廊，月滿窻，吹送黄花幾陣香。鐙前思故鄉。
秋宵涼，秋更長，此際懷人真斷腸。消愁持玉觴。

臨江仙

和稼軒

雛柳漸拕波影緑，薄寒猶是東風。茶煙輕颺小簾櫳。夢回花影下，春入鳥聲中。
行到赤蘭橋上望，迷茫煙樹千重。漁樵閒話倘相逢。夕陽流水外，笑語隔塵紅。

四僧圖　長小泉參戎

此四僧者何由至，非阿羅漢非師利。無瓶無鉢無香鐙，豈有種種閒文字。四人意態各不同，各以三昧騁遊戲。一僧手提毛葫蘆，一目斜睇葫蘆内。一僧自後偎其肩，目光亦似睇所睇。獨有一僧雙目閉，跏趺垂手齁齁睡。對面一僧躬躬龍，潛以松毛啖其鼻。此豈爲欒鉤睡蛇，戲之但欲驚囈噫。畫師有法無成心，畢竟禪宗有真諦。佛言答子納須彌，安在葫蘆非此例。空諸所有空非空，無所見由有所寂。凡眼何由天眼通，惟戒生定定生慧。此中尚有思議存，不若無思亦無議。一睡竟到兜率天，方是西來第一義。古來名士真英雄，入世往往與世棄。家門難住住空門，末路逃禪非素志。小泉將軍人中龍，雅歌投壺有深致。我聞大覺有自來，合去來今成三世。我今亦是再來人，落拓無聊成坐廢。披君此圖觸我心，安得從君了此事。未能徑下睡功夫，金鎞且去眼中翳。

齊天樂

代狄蔭觀，壽蔣仲川六十

清華門第相知久，欣依碧欄庭館。孝友家聲，簪纓世族，争識元和文獻。瞻諱恨晚。更竊位争比，獨遊青眼。接座傾談，自愁纔思陋而謭。

端居頤養歲月，菟裘娱老處，花樹嬌蒨。病示維摩，壽添海屋，赢得神明天眷。璇璣運轉。□甲子方新，曼齡千萬賓，上堂斟翠琖。

蔭午仁兄爲予題填詞圖，並索拙作，録請吟正。

芳草渡

立冬日作

燭淚灺，聽漏滴金壺，坐移吟曉。正月斜風定，寒聲又動啼烏。秋事都過了，看芙蓉霜老，歎歲晚，曲曲屏山，欲恨天香。

長嘯九霄。梵響，漫許仙鄉憑夢到。歎一世，浮蹤聚散，飛鴻賸泥爪。鬓絲老矣，算祇有，冬心能葆。

對舊節，愾想承平年少。

八聲甘州

秋日遊雞鳴寺

又繁霜，一夜下西楼，晴林絢楓丹。但孤雲爲侶，殘鵑共語，凭斷危欄。最苦黄塵满地，射眼怯風酸。囬首輪蹄路，勞夢知遠。

安得義和迴馭，把劫灰飛盡，變海成田。奈過江人老，歌哭滞佳年。鳥空啼，六朝如夢，問綠楊，何處泊歸船。招渔隱，白蘆中去，月出青天。

新雁過妝樓

重九非園社集，借笑杏韵，即贈其行

细雨黏塵，東籬晚，狂歌醉倒烏巾。密園延賞，同是倦旅秋身。賴有西風簾户好，瘦香慣與伴吟魂。趂佳期，愛聞暫息，花夢忺人。

悲笳飛霜漸咽，况異鄉異客，怎奈黄昏。崴寒心事，誰念伫苦停辛。孤帆又随雁去，甚潮汐，年年淹舊痕。皋蘭路，歎故山衰帽，愁思難申。

注：以上三闕，亶素寫寄。乙亥立春。

天醉樓戲集清真夢牕白石玉田詞聯　東木老人戲編

集清真句

夜深簧暝笙清《慶春宫》　漸暗竹敲凉《憶舊遊》　幾日輕陰寒惻惻《漁家傲》

望中地遠天闊《浪淘沙慢》　對前山横素《紅林檎近》　空餘舊跡鬱蒼蒼《西平樂》

盛粉飾争作妍華《渡江雲》　兩眉愁向誰行展《繞佛閣》

對微容空在紈素《法曲獻仙音》　萬事由他别後情《南鄉子》

穠李夭桃《玲瓏四犯》　特地添明秀《蝶戀花》

舞衫歌扇《華胥引》　何况會婆娑《望江南》

碎影舞斜陽《風流子》　無心重理相思調《霜葉飛》

亂愁迷遠覽《早梅芳近》　怨句哀吟送客秋《南鄉子》

南陌暝雕鞍《少年遊》争知向此征途《西平樂》下馬先尋題壁字《浣谿沙》

畫船喧疊鼓《齊天樂》何意重經前地《夜飛鵲》回頭猶認倚牆花《虞美人》

細風吹雨弄輕蔭《浣谿沙》春意潛來《蝶戀花》自有暗塵隨馬《解語花》

芳草連天迷遠望《滿江紅》别情無極《六醜》 翻令倦客思家《西平樂》

晝日移蔭《滿江紅》漸别浦縈迴《蘭陵王》芳草懷煙迷水曲《望江南》

夜潮正落《一寸金》見孤村寂寞《女冠子》鳴鳩拖雨過江皋《浣谿沙》

午蔭嘉樹清圓《滿庭芳》 度曲傳觴《雙頭蓮》此會未闌須記取《蝶戀花》

天角孤雲飄渺《氏州第一》憑高眺遠《齊天樂》無情豈解惜分飛《定風波》

梁燕語《垂絲釣》落花閒《訴衷情》侵晨淺約宮黄《瑞龍吟》 羨金屋去來《風流子》 都忘了當時僝僽《大有》

翠屏深《蘇幕遮》晴晝永《畫錦堂》盡日空疑風竹《蕙蘭芳引》望虚檐徐轉《紅林檎近》如何向千種思量《鎖陽臺》

蜂蝶須知《紅羅襖》似笑我《應天長》掃花尋路《掃花遊》

蟹螯初薦《齊天樂》問甚時《風流子》勸酒持觴《意難忘》

霜月雞聲幾段愁《南鄉子》翻令倦客思家《西平樂》暮往朝來《荔枝香近》夢魂亂飛《玲瓏四犯》
舞腰歌板閒時按《虞美人》因念都城放夜《解語花》風嬌雨秀《玉燭新》花豔參差《慶春宫》

春色在桃枝《少年遊》記試酒歸時《丁香結》閒依露井《過秦樓》
淚花銷鳳蠟《風流子》任流光過却《瑞鶴仙》醉倒天瓢《蝶戀花》

短燭散飛蟲《燕歸梁》漸暗竹敲涼《憶舊遊》醉魂乍醒《念奴嬌》
暝煙籠細柳《瑞鶴仙》正單衣試酒《六醜》睡起無憀《丹鳳吟》

風翻酒幔寒凝茶煙《訴衷情》竟夕起相思《塞垣春》漸解狂朋懽意少《氐州第一》
蟬咽涼柯燕飛塵幕《法海獻仙音》閉門收返照《傷情怨》更堪孤館宿酲忺《晝錦堂》

波落寒汀《氐州第一》見數朵江梅《玉燭新》倍增情絶《三部樂》
樹藏孤館《塞垣春》聽一聲啼鳥《念奴嬌》莫惜徘徊《鎖陽臺》

弱水侵蓬萊《鎖陽臺》更花管雲箋《蕙蘭芳引》醉邀仙侣《芳草渡》
晴嵐低楚甸《渡江雲》念渚蒲汀柳《一寸金》愁轉清商《風流子》

舊賞園林《少年遊》向邃館静軒《三部樂》困眠初熟《大酺》
同時歌舞《瑞龍吟》有清尊檀板《粉蝶兒慢》拍手相招《一翦梅》
爲誰心子裏《感皇恩》著這情懷《滿路花》
恰似夢中時《虞美人》飛將歸去《南浦》
斷雨殘雲《蘇幕遮》誰念省《側犯》江陵舊事《綺寮怨》
黄蘆苦竹《滿庭芳》想難忘《訴衷情》渭水西風《齊天樂》
條風布暝霏霧弄晴《應長天》酒旗戲鼓甚處市《西河》
夜色催更清塵收露《拜星月慢》怨句哀吟送客秋《南鄉子》
羌管怎知情《南浦》待憑征燕歸時《解蹀躞》纔始有緣相見《玲瓏四犯》
冰壺防飲渴《滿路花》又被春風吹醒《感皇恩》誰信無聊爲伊《過秦樓》
蘭成顦顇衛階清羸《大酺》聽折柳徘徊《月下笛》未慣羈游況味《鎖陽臺》
塞北氍毹江南圖障《蕙蘭芳引》正泥花時候《懷京樂》因念舊日芳菲《念奴嬌》

度曲傳觴《雙頭蓮》橫霜竹《水調歌頭》偏憐嬌鳳《慶春宮》
籠鐙就月《意難忘》背畫堂《滿江紅》共數流鶯《長相思慢》

香破豆燭頻花《驀山谿》重理《定風波》吟箋賦筆《瑞龍吟》
日流金風解愠《鶴衝天》相尋《南鄉子》小院閒庭《黃鸝繞碧樹》

霽景對霜蟾乍昇《倒犯》銀漢瀉秋寒《水龍吟》頓疏花簟《齊天樂》
沙痕退夜潮正落《一寸金》楓林凋晚葉《風流子》細繞回隄《掃花遊》

水驛春回《解連環》想一葉怨題《掃花遊》終歸何處《留客住》
紗窗月冷《柳梢青》奈五更愁抱《霜葉飛》不似當時《少年遊》

幸自也總由他《大有》更休思慮《黃鸝繞碧樹》
幾日來真個醉《紅窗迥》著甚情懷《滿路花》

一點炊煙《一寸金》疏籬曲徑田家小《虞美人》
幾行新雁《雙頭蓮》日薄塵飛官路平《浣谿沙》

天醉樓戲集清真夢牕白石玉田詞聯　東木老人戲編

征騎初停《點絳唇》　一笑相逢蓬海路《蝶戀花》

素煙如掃《倒犯》　夕陽深鎖綠苔門《玉樓春》

晴晝永《畫錦堂》落花閒《訴衷情》　小檻朱籠報鸚鵡《荔枝香近》

暑風和《鶴衝天》叢竹饒《早梅芳近》畫欄曲徑宛秋蛇《醉桃源》

煙中列岫青無數《玉樓春》

樓上晴天碧四垂《蝶戀花》

簾捲青樓《花心動》長晝《宴桃源》落花閒《訴衷情》幾日來《綺寮怨》

亂點桃蹊輕翻柳陌《六醜》

山圍寒野《慶春宮》明朝《南鄉子》歸騎晚《瑞龍吟》空回頭《點絳唇》

親馳鄭驛時倒融尊《西平樂》

吟待晚涼天《鶴衝天》總無聊《雙頭蓮》倦脫綸巾困便湘竹《法曲獻仙音》

愁如春後絮《滿路花》怎奈向《大酺》　風銷絳蠟露浥紅蓮《解語花》

一夕東風《少年遊》應恨墨盈箋愁妝照水《還京樂》
半規涼月《風流子》愛停歌駐拍勸酒持觴《意難忘》

曉妝初試鬢雲侵《南柯子》隔院芸香《應天長》嬌鶯能語《感皇恩》
歌板未終風色變《蝶戀花》透簾鐙火《少年遊》暮雨生寒《齊天樂》

土花繚繞《風流子》過盡冰霜《蝶戀花》當時曾題敗壁《綺寮怨》
夜色澄明《長相思慢》喜無風雨《少年遊》還是獨擁秋衾《解蹀躞》

梅雨乍晴初《鶴衝天》睡起無聊《丹鳳吟》灰暝香融銷永晝《漁家傲》
谿源新臘後《玉燭新》寒威日晚《黃鸝繞碧樹》地遥人倦莫兼程《浣谿沙》

飛蓋歸來《解語花》應有吳霜侵翠葆《玉樓春》
單衣佇立《瑣窗寒》不辭泥雨濺羅襦《浣谿沙》

清江東注畫舸西流《渡江雲》不辭多少程《醉桃源》亂絲歧路總奇絶《看花迴》
青翼未來濃塵自起《雙頭蓮》長記分携處《虞美人》澹月疏星共寂寥《南鄉子》

蓮漏滴竹風涼《意難忘》閒尋舊蹤跡《蘭陵王》
翠屏深香篆裊《蘇幕遮》無事小神仙《鶴衝天》

鳳簫鸞管不曾拈《畫錦堂》記愁橫淺黛淚洗紅鉛《憶舊遊》
風幕捲金泥《風流子》選甚連宵徹晝《留客住》
柳眼花鬚更誰剪《荔枝香近》又酒趁哀弦燈照離席《蘭陵王》
畫船喧疊鼓《齊天樂》堪嗟誤約乖期《還京樂》
飛蓋歸來《解語花》有誰知《夜遊宮》桃李自春《瑣窗寒》梅花耐冷《紅林檎近》
綺窗依舊《感皇恩》最先念《大酺》鳥蛩勸織《齊天樂》鳥雀呼晴《蘇幕遮》
落花都上燕巢泥《浣谿沙》竹檻燈窗《拜星月慢》又成春減《粉蝶兒慢》
今日獨尋黃葉路《玉樓春》酒旗漁市《鎖陽臺》空帶愁歸《夜飛鵲》
輕帳翠樓如空《塞翁吟》舊曲淒清《綺寮怨》歌罷月痕未照席《漁家傲》
綺陌畫堂連夕《雙頭蓮》醉眠葱蒨《玲瓏四犯》夜寒袖濕欲成冰《醉桃源》

窗影燭花摇《憶舊遊》休訴金樽推玉臂《定風波》
雲鬟香霧濕《鎖陽臺》不須紅雨洗香腮《虞美人》

南陌上落花閒《訴衷情》　瘦馬冲泥尋去路《芳草渡》
繚牆深叢竹繞《早梅芳近》鳴鳩拖雨過江皋《浣谿沙》

麗日樓臺《看花迴》人静烏鳶自樂《滿庭芳》
妒花風雨《水龍吟》香消金獸慵添《晝錦堂》

霜凋岸草《浪淘沙慢》天闊鴻稀《紅羅襖》憑仗青鸞道情素《感皇恩》
雲凍江梅《鎖陽臺》　夜寒鐙暈《丁香結》休將寶瑟寫幽懷《玉樓春》

十載紅塵《鎖陽臺》空回頭《點絳唇》同時歌舞《瑞龍吟》
幾行新雁《雙頭蓮》想難忘《訴衷情》當日音書《解連環》

欲攀雲駕倩西風《燕歸樑》一晌留情《慶春宮》曾倚高樓望遠《看花迴》
不待長亭傾别酒《蝶戀花》數聲終拍《月下笛》翻令倦客思家《西平樂》

喬木依前《西平樂》甚尚掛微微殘照《氏州第一》

桂花初著《醉落魄》爲憐他種種清香《萬里春》

誰爲探訪叢《驀山谿》前度莓牆《風流子》向天涯自看桃李《還京樂》

相將散離會《夜飛鵲》無情畫舸《尉遲杯》傍水驛深艤蒹葭《渡江雲》

宴席晚方懽《紅林檎近》秀色芳容《看花迴》醉魂乍醒《念奴嬌》

晴風盪春際《瑞鶴仙》千紅萬翠《萬里春》春意潛來《蝶戀花》

風力微冷簾旌《長相思慢》同引離觴《鎖陽臺》正是夜堂無月《應天長》

桐蔭半侵庭户《法曲獻仙音》喚回殘夢《風流子》别有孤角吟秋《華胥引》

結春伴《迎春樂》長到吴門《鎖陽臺》水秀山明《減蘭》楊花亂飄晴晝《花心動》

念故人《霜葉飛》親馳鄭驛《西平樂》津回路轉《燕歸樑》斜月遠墮餘輝《夜飛鵲》

馬啼初趂輕裝《鎖陽臺》斜徑都迷《夜飛鵲》豔陽占立青蕪地《水龍吟》

蟲網吹粘簾竹《大酺》回廊未掃《紅林檎近》敗葉相傳細雨聲《南鄉子》

花閣迴《訴衷情》好風浮《長相思》青翼未來《雙頭蓮》今宵正對初弦月《渡江雲》

粉牆低《花犯》晴晝永《晝錦堂》佳花又滿《繞佛閣》冷豔須攀最遠枝《醜奴兒》

黃蜂遊閣《丹鳳吟》蒼蘚沿階《丁香結》蕙風初散輕暝《看花迴》

暗柳啼鴉《鎖窗寒》露橋聞笛《蘭陵王》斜月遠墮餘輝《夜飛鵲》

斷梗飛雲《鬢雲松令》別來新翠迷行徑《虞美人》

塗香暈色《渡江雲》自翦鐙花試彩毫《南鄉子》

迢遞阻瀟湘《南浦》小檝輕舟《蘇幕遮》哪堪昏冥《丹鳳吟》

登臨望故國《蘭陵王》斷碑殘記《西平樂》莫惜徘徊《鎖陽臺》

竟夕起相思《塞垣春》想寄恨書中《風流子》驚風破雁《氏州第一》

亂愁迷遠覽《早梅芳近》過當時樓下《還京樂》衰柳啼鴉《慶春宮》

書勞玉指封《南柯子》迢迢《憶舊遊》別語愁難聽《蝶戀花》

腸斷朱扉遠《虞美人》脈脈《浪淘沙慢》清宵夢又稀《四園竹》

閒行春盡時《長相思》　浴鳧飛鷺澄波淥《菩薩蠻》

回首城南道《早梅芳近》　短帽輕衫走馬迎《南鄉子》

飛蓋歸來《解語花》　應有吳霜侵翠葆《玉樓春》

單衣佇立《瑣窗寒》　不辭泥雨濺羅襦《浣谿沙》

弦管當頭《慶宮春》　醉蹋陽春懷故園《漁家傲》

梅花照眼《花犯》　早收鐙火夢傾城《浣谿沙》

粉蝶多情《蝶戀花》　佯向人前《訴衷情》　脈脈《浪淘沙慢》

鳴蛩勸織《齊天樂》　奈何客裏《懷京樂》　啾啾《南鄉子》

畫舸西流《浪淘沙慢》　見皓月相看《霜葉飛》　寄將秦鏡《風流子》

翠尊未竭《浪淘沙慢》　擁春酲乍起《紅窗迥》　倦脫綸巾《法曲獻仙音》

春意潛來《蝶戀花》　正店舍無煙《瑣窗寒》　梨花榆火催寒食《蘭陵王》

離思何限《齊天樂》　悄郊原帶郭《瑞鶴仙》　澹月疏星共寂寥《南鄉子》

翠幕褰風《蝶戀花》鑪煙淡淡雲屏曲《玉團兒》
夜窻垂練《三部樂》箭水泠泠刻漏長《長相思》

夜色催更《拜星月慢》歎重拂羅裀《齊天樂》夢爲蝴蝶留芳甸《蝶戀花》
餘寒帶雨《粉蝶兒慢》也擬臨朱户《憶舊遊》静看燕子壘新巢《浣谿沙》

香馥馥《憶秦娥》雨斑斑《訴衷情》簫鼓休《長相思》看看又奏《玉燭新》
病懨懨《夜遊宫》情黯黯《醉桃源》薔薇謝《氏州第一》事事俱嫌《畫錦堂》

没心永守《大有》縱妙手能解連環《解連環》但唯有相思《鎖陽臺》盡傳胸臆《月下笛》
欲説又休《風流子》無一句堪喻愁結《三部樂》問何時重握《丹鳳吟》來伴冰霜《醜奴兒》

落日媚滄洲《驀山谿》畫舸亭亭浮淡淥《玉樓春》
晴嵐低楚甸《渡江雲》朝雲漠漠散輕絲《少年遊》

故地使人嗟《西平樂》亂一岸芙蓉《塞翁吟》川途換目《氏州第一》
賞心遂分樂《粉蝶兒慢》憶少年歌酒《浪淘沙慢》弦管當頭《慶宮春》

景物關情《氏州第一》轉思量《三部樂》蟬咽涼柯燕飛塵幕《法曲獻仙音》
歲華易老《浪淘沙慢》細念想《玲瓏四犯》風銷絳蠟露浥紅蓮《解語花》
宿霧藏春《粉蝶兒慢》自翦柳枝明堂閣《蝶戀花》
曉陰翳日《掃花遊》 静看燕子壘新巢《浣谿沙》
往事舊懽《感皇恩》 奈愁極頻驚夢輕難記《大酺》
倦遊厭旅《蕙蘭芳引》且莫思身外長近尊前《滿庭芳》
花豔參差《慶春宫》强對青銅簪白首《蝶戀花》
酒壚寂静《側犯》 休將寶瑟寫幽懷《玉樓春》
駝褐寒侵《西平樂》醉倚斜陽穿柳綫《繞佛閣》
紗窻月冷《柳梢青》莫將清淚濕花枝《一落索》
粉蝶多情《蝶戀花》疑净洗鉛華《花犯》 閒依露井《過秦樓》
花驄會意《夜飛鵲》但只聽消息《雙頭蓮》細繞回隄《掃花遊》

翠葆參差竹徑成《浣谿沙》向露冷風清《浪淘沙慢》立殘更箭《過秦樓》
金閨平貼春雲暵《虞美人》但蜂媒蝶使《六醜》香滿衣襟《最落魄》

畫舸西流《渡江雲》斜陽冉冉春無極《蘭陵王》
雲窻靜掩《齊天樂》短燭熒熒悄未收《南鄉子》

竹風涼《意難忘》亭館清殘燠《六幺令》
梅雨霽《鶴衝天》水鄉增暮寒《紅林檎近》

花豔參差《慶春宮》滿路飄香麝《解語花》
風鐙凌亂《瑣窻寒》倚門聽暮鴉《醉桃源》

柳亭蓮浦《點絳唇》度曲傳觴《雙頭蓮》風物依然荆楚《齊天樂》
鳳閣鸞坡《鬢雲松令》援豪授簡《紅林檎近》吾家舊有簪纓《南浦》

明年誰健《六幺令》唯有天知《風流子》拚劇飲淋浪《意難忘》選甚連宵徹晝《留客住》
前日相逢《大有》更無人問《少年遊》對曉風鳴軋《華胥引》空乖夢約心期《紅羅襖》

輕風感觸珠簾《晝錦堂》醉眼重醒《長相思慢》仍慣見珠歌翠舞《尉遲杯》

飛雨時鳴高屋《大酺》 別情無極《六醜》 不堪聽急管繁弦《滿庭芳》

絮亂絲繁《蝶戀花》想一葉怨題今到何處《掃花遊》

夢沈書遠《過秦樓》但連環不解難負深盟《長相思慢》

日上三竿《滿路花》但滿眼京塵《憶舊遊》桃谿換世《長相思慢》

天低四野《西平樂》望一川暝靄《風流子》雪浪翻空《水龍吟》

暮雲如帳褰開《瑣窗寒》煙中列岫青無數《浣谿沙》

花影被風搖碎《紅窗迥》雨過殘紅濕未飛《玉樓春》

休將寶瑟寫幽恨《鎖陽臺》正店舍無煙《瑣窗寒》 歎冷落頓辜佳節《看花迴》

莫話揚鞭回別首《蝶戀花》隔谿山不斷《拜星月慢》便相看老却春風《萬裏春》

柳花吹雪燕飛忙《虞美人》正霧靄煙橫《掃花遊》眼迷魂亂《夜遊宮》

桃萼新香梅落後《蝶戀花》但蜂媒蝶使《六醜》 暮往朝來《荔枝香近》

香滿衣襟《醉落魄》記試酒歸時《丁香結》　管教風味還勝舊《蝶戀花》
寒侵枕障《大酺》　想故人別後《蕙蘭芳引》再等來時已變秋《長相思慢》

青翼未來《雙頭蓮》醉倚斜橋穿柳綫《繞佛閣》
綺窻依舊《感皇恩》慢摇紈扇訴花箋《鶴衝天》

亂雨瀟瀟《憶舊遊》掛一縷相思《看花迴》簾波不動《驀山谿》
明星晃晃《燕歸樑》望千門如晝《解語花》更漏將闌《蝶戀花》

想如今《還京樂》　窻外亂紅《紅窻迥》忍當訊景《黃鸝繞碧樹》
怎奈向《拜星月慢》樓前疏柳《驀山谿》苦恨斜陽《點絳唇》

簾捲青樓《花心動》見皓月相看《霜葉飛》數聲鐘定《感皇恩》
煙深極浦《塞垣春》望箭波無際《還京樂》兩地魂銷《憶舊遊》

竹風涼《意難忘》任占地持杯《掃花遊》往事休重問《驀山谿》
梁燕語《垂絲釣》似牽衣待話《六醜》　欲歸須少留《長相思》

凄涼病損文園《宴清都》對客館深扃《蕙蘭芳引》漸日晚《尉遲杯》舊香頓歇《浪淘沙慢》

迢遞路回清野《夜飛鵲》見孤村寂寞《女冠子》向天涯《還京樂》離思相縈《華胥引》

晝日移陰《滿江紅》最關情《綺寮怨》流水落花《蘇幕遮》細尋前跡《應天長》

東城閒步《瑞龍吟》誰念省《側犯》益韉飛轡《雙頭蓮》不似當時《少年遊》

閒行春盡時《長相思》前日相逢《大有》更無人問《少年遊》

回首城南道《早梅芳近》明年誰健《六幺令》唯有天知《風流子》

吾家舊有簪纓《南浦》鳳閣鸞坡《鬟雲松令》細尋前跡《應天長》

風物依然荆楚《齊天樂》藻池苔井《側犯》共過芳時《西平樂慢》

翠葆參差竹徑成《浣谿沙》向露冷風清《浪淘沙慢》立殘更箭《過秦樓》

金閨平貼春雲暖《虞美人》但蜂媒蝶使《六醜》香滿衣襟《醉落魄》

一夕東風《少年遊》流潦妨車轂《大酺》

幾行新雁《雙頭蓮》斜陽明柂樓《長相思》

兩地魂銷《憶舊遊》高歌羌管吹遥夜《醜奴兒》
半篙淚暝《蘭陵王》艇子扁舟來莫愁《長相思》

風景似揚州《少年遊》穠李夭桃《畫錦堂》無言對月《南浦》
晴嵐低楚甸《渡江雲》黄蘆苦竹《滿庭芳》一段傷春《訴衷情》

一笑生春《柳梢青》帶雨態煙痕《看花迴》坐久想看纔喜《長相思慢》
數聲終拍《月中行》寄鳳絲雁柱《垂絲釣》知音見説無雙《意難忘》

天闊鴻稀《紅羅襖》空見説《畫錦堂》雲飛帝國《看花迴》
嚴寒鐙暈《丁香結》最關情《綺寮怨》家住吴門《蘇幕遮》

香馥馥《憶秦娥》雨斑斑《訴衷情》簫鼓休《長相思》看看又奏《玉燭新》
病懨懨《夜遊宫》情黯黯《醉桃源》薔薇謝《氏州第一》事事俱嫌《畫錦堂》

弦管當頭《慶宫春》休訴金樽推玉臂《定風波》
愁妝照水《還京樂》更將團扇揜酥胸《浣谿沙》

美盼柔情《長相思慢》强整羅衣擡皓腕《浣谿沙》

淺颦輕笑《感皇恩》不須紅雨洗香腮《虞美人》

此聯集對工整，寄興逸深，帷語氣衰颯，然不忍棄去，附録於後。

集夢窻句

雲深山塢煙冷江皋《聲聲慢》自越櫂輕飛《木蘭花慢》寒食相思隄上路《倦尋芳》

柳暝河橋鶯晴臺苑《夜合花》歎畫圖難仿《一寸金》新歸重省别來愁《江神子》

鶯團橙徑艫躍蓴波《聲聲慢》繫舡香鬥春寬《慶春宫》飲湖光山渌成花貌《賀新郎》

風響牙籤雲寒古硯《江南春》添綫繡床人倦《西江月》又金羅紅字寫新詞《滿江紅》

片繡點重茵《渡江雲》花下蒼苔盛羅韈《浪淘沙慢》

殘鐙耿塵壁《應天長》牆頭飛玉怨鄰簫《浣谿沙》

金井空陰《點絳唇》庭竹不收簾影去《花上月令》

暮山横翠《齊天樂》栖鴉常帶夕陽還《思佳客》

春屋圍花《慶春宮》簾外餘寒未捲《雙雙燕》
秋鐙吟雨《十二郎》闌干晚色先收《西江月》

相思不管年華《荔枝香近》珠絡香消空念往《倦尋芳》
和醉重尋幽夢《風入松》越波秋淺暗啼昏《浣谿沙》

秋厭更長《一寸金》幾點疏星映朱户《荔枝香近》
花扶人醉《漢宮春》一年佳節過西厢《掃花遊》

足成千歲風流《聲聲慢》到應事無心與閒同趣《掃花遊》
重省舊時羈旅《喜遷鶯》料剛腸肯殢淚眼難覊《沁園春》

天桂飛香《燭影搖紅》古蔭冷翠成秋苑《水龍吟》
倦茶漸乳《掃花遊》曲角深簾隱洞房《浣谿沙》

飛浪濺濕行裙《風流子》香裊紅霏《丁香結》東風似海《漢宮春》
歸霞時點清鏡《還京樂》露零鷗起《鶯啼序》賸水開奩《聲聲慢》

孤館閉更寒《燕歸梁》向別枕倦醒《解連環》梅子未黃愁夜雨《滿江紅》

晴絲牽緒亂《瑞鶴仙》傍危欄醉倚《鶯啼序》玉奴最晚嫁東風《西江月》

憑欄淺畫成圖《高陽臺》放繡箔半鉤《無悶》 高樹數聲蟬送晚《蝶戀花》

夢枕殘雲驚寤《探芳信》傍金波開户《聲聲慢》夕陽無語燕歸愁《浣谿沙》

臨分敗壁題詩《鶯啼序》 早柔綠迷津亂莎荒圃《齊天樂》

得意東風去櫂《木蘭花慢》看殘山灌翠賸水開奩《聲聲慢》

庭浪無紋《夜飛鵲》 粉河不語墮秋曉《秋蘂香》

煙林褪葉《霜天曉角》秦黛橫愁送暮雲《浣谿沙》

攬翠瀾總是愁魚《高陽臺》漸晚色催陰風花弄雨《木蘭花慢》

倩片紙叮嚀過雁《宴清都》正碧雲不破素月微行《婆羅門引》

天桂飛香《燭影搖紅》朝寒幾嘆金鑪燼《高陽臺》

凍梅藏韻《花心動》 老色頻生玉鏡塵《一翦梅》

孤館閉更寒《燕歸樑》湘浪莫迷花蝶夢《江城子》
鈿車催去急《水龍吟》落紅微沁繡鴛呢《醉桃源》

暗柳追涼《鶯啼序》　機杼還催織《六幺令》
碧霞籠夜《拜星月慢》秋千教放低《醉桃源》

細雨濕黃昏《珎珠簾》燕子不知春事改《浪淘沙》
西風揺步綺《夢芙蓉》蟬聲空曳別枝長《風入松》

闌干晚色先收《西江月》碧甃清漪方鏡小《夜行船》
江國離心還折《喜遷鶯》暮煙疏雨野橋寒《霜華腴》

鶯邊話別橋下相逢《江南好》念倦客依前貂裘茸帽《十二郎》
鐙外歌沈月上花淺《倦尋芳》料希音不在女瑟媧笙《滿江紅》

行雲有影月含羞《浣谿沙》聽露井梧桐《惜秋華》和醉重尋幽夢《風流子》
高樹數聲蟬送晚《蝶戀花》駐短亭車馬《龍山會》無情漫攬秋心《聲聲慢》

天醉樓戲集清真夢牕白石玉田詞聯　東木老人戲編

幾番時事重論《水龍吟》閒裏暗牽經歲恨《浣谿沙》

同惜天涯爲旅《齊天樂》樽前不按駐雲詞《江城子》

有人獨立空山《水龍吟》一曲遊仙聞玉磬《蝶戀花》

漫客請傳芳卷《永遇樂》半壺秋水薦黄花《霜葉飛》

羅扇恩疏《鶯啼序》鉛淚結成紅粟顆《浪淘沙》

珠囊袖冷《水龍吟》冰泉輕瀉翠簫香《好事近》

飛醉筆駐吟車《醉桃源》漸晚色催陰《木蘭花慢》落絮無聲春墮淚《浣谿沙》

按瓊簫賦金縷《倒犯》冷霜波成纈《尾犯》野舟横渡水初晴《滿江紅》

西陵人去暮潮還《浪淘沙》渺煙磯飛帆《齊天樂》雪浪閒消釣石《木蘭花慢》

金屋妝深沈香換《絳都春》看風籤亂葉《掃花遊》暗塵重拂雕櫳《江南好》

醉痕深暈潮紅《烏夜啼》曲屏先暝鴛衾慣《風入松》

倦夢不知蠻素《霜葉飛》明月生涼寶扇閒《思佳客》

燕子重來《點絳唇》東風晴晝濃如酒《高陽臺》
梅痕似洗《解語花》細雨清寒暮揜門《一翦梅》

風情誰道不因春《一翦梅》看畫寢凝香《瑞鶴仙》曉夢先迷楚蝶《無悶》
秋色未教飛盡雁《滿江紅》冷霜波成纈《尾犯》　機心已墮沙鷗《高陽臺》

籬落認悉奴《朝中措》葺屋營花《江南春》思生晚眺《念奴嬌》
水鄉尚寄旅《鶯啼序》住船繫柳《瑞龍吟》借與遲留《聲聲慢》

十里東風《花心動》　江上翠微流水《玉京謡》
一年寒食《祝英臺近》天涯芳草青山《西江月》

可憐殘照西風《解蹀躞》謾相思《鶯啼序》　一點煙紅春小《霜天曉角》
偏是故宮離苑《倦尋芳》慣曾見《木蘭花慢》千林日落鴉還《西江月》

争如小隊春行《漢宮春》臂隼牽盧縱長獵《一寸金》
尚有落花寒在《朝中措》櫻脂茸唾聽吟詩《燭影揺紅》

夜涼如水繡簾櫳《江神子》　夢凝白闌干《齊天樂》十香揾袖《八聲甘州》

秀靨偷春小桃李《荔枝香近》澹生綃裙幅《念奴嬌》千豔傾城《慶春宮》

垂楊暗吳苑《瑞鶴仙》

涼月滿緱山《訴衷情》

烏帽壓吳霜《浪淘沙》兩岸落花殘酒醒《定風波》

金規印遥漢《夜飛鵲》天街如水翠塵空《江城子》

煙海沈蓬《八聲甘州》數客路又隨淮月《玉蝴蝶》

星河浮霽《絳都春》　問幾時重駕巫雲《宴清都》

雪浪閒消釣石《木蘭花慢》送人雙槳《解蹀躞》　燕歸來《西子妝慢》

豆花寒落愁鐙《慶春宮》　過雨西風《荔枝香近》鷄唱晚《謁金門》

淺傍垂虹《聲聲慢》月落谿窮清影在《浣谿沙》

丁寧過雁《宴清都》殘陽草色歸思賒《憶舊遊》

秋水闌干《沁園春》殘醉醒《花犯》
歸鴻心事《瑞鶴仙》客情知《江神子》

半篋新詞《鶯啼序》料漫憶蓴絲鱸雪《江南春》
四弦夜語《木蘭花慢》寄相思寒雨鐙窻《宴清都》

對小弦月掛南樓《宴清都》睡起無憀《瑞鶴仙》渾似飛仙入夢《夜飛鵲》
沿敗井風摇青蔓《三姝媚》思懷幾許《水龍吟》欲題秋訊誰緘《聲聲慢》

澄波澹綠無痕《渡江雲》聽嬌蟬聲度菱唱《法曲獻仙音》
寶月驚塵墮曉《秋蘂香》倩玉兔別擣天香《浪淘沙慢》

十里東風《花心動》喬木生雲氣《金縷歌》
千絲怨碧《渡江雲》垂楊舞曉寒《菩薩蠻》

一簾芳景燕同吟《思佳客》記旋草新詞《木蘭花慢》借鳳尾時題畫扇《宴清都》
半幅寒香家住遠《江神子》試潛行幽曲《八聲甘州》問蓴鱸今幾共西風《瑞鶴仙》

水沈熨露岸錦宜霜《玉蝴蝶》　北斗秋横雲髻影《蝶戀花》
紅索新晴翠蔭寒食《西平樂慢》西湖同結杏花夢《踏莎行》
晚吹乍顫秋聲《金瓱子》漸風雨西城暗欹客帽《齊天樂》
春色長供午睡《瑞鶴仙》算江湖幽夢頻繞殘鐘《江南好》
窻隙流光《鶯啼序》　閒素箋《霜天曉角》
夜闌心事《新雁過妝樓》對秋鐙《夜遊宫》
因話駐馬新隄步秋綺《荔枝香近》
不放啼紅流水透宫溝《江神子》
庭浪無紋《夜飛鵲》長與妝樓懸晚照《玉樓春》
天聲似語《齊天樂》盡沿高閣步紅雲《浣谿沙》
飛夢逐塵沙《憶舊遊》强作酒朋花伴《永遇樂》
寫情題水葉《一寸金》笑携雨色晴光《金瓱子》

麗花鬥靨清麝濺塵《應天長》宿酒微蘇《漢宮春》秋潋灩《聲聲慢》

芳節多陰蘭情稀會《霜華腴》洞簫低按《絳都春》月籠明《烏夜啼》

吟船繫雨《水龍吟》

冰岸飛梅《倦尋芳》

騎鶴過瑶京《風入松》許分得鈞天鳳絲龍吹《齊天樂》

垂楊暗吴苑《瑞鶴仙》解勒回玉輦霧揜花羞《高陽臺》

藍雲籠曉玉樹照秋《玉蝴蝶》慣朝昏晴光雨色《鶯啼序》

笑靨欹梅仙衣舞纈《六醜》爛錦繡人海花場《玉京謠》

金屋寬花《花心動》鶯籠春語《柳梢青》

吟船繫雨《水龍吟》雁影秋空《喜遷鶯》

暗柳回隄《聲聲慢》關河秋近《沁園春》

寒蛩滿地《一寸金》鐙火更闌《一翦梅》

十里東風《花心動》爲王孫重來旋生芳草《三姝媚》

一枝曉露《朝中措》恨玉奴消瘦飛趂輕鴻《聲聲慢》

無限新愁《點絳唇》記留連空山夜雨短亭春酒《賀新郎》

强寬秋興《齊天樂》便向此搜松訪石葺屋營花《江南春》

歸夢湖邊《祝英臺近》記曉葉題霜秋鐙吟雨《十二郎》

晚林青外《慶春宫》　看殘山灌翠賸水開奩《聲聲慢》

春屋圍花《慶春宫》紅簾影動《蝶戀花》

梅窻沈月《喜遷鶯》羅蓋低籠《宴清都》

風露秋檠《瑞鶴仙》洞簫低按《絳都春》

江湖夜雨《倒犯》　宿酒微蘇《漢宫春》

往事朦朧《八聲甘州》空腸斷熏鑪燼消殘蕚《金琖子》

怨時遲暮《風流子》　幾楓丹霜渚蕙綠春洲《聲聲慢》

十載江楓《尾犯》　林聲怨秋色《瑞鶴仙》
四橋煙雨《瑞龍吟》　桃葉已春江《風入松》

團扇輕委桃花《祝英臺近》春澹情濃半中酒《夜遊宮》
紺紗低護鐙蘂《鶯啼序》　櫻脂茸唾聽吟詩《燭影摇紅》

羅蓋低籠《蝶戀花》團扇月《祝英臺近》
紅簾影動《宴清都》晚香樓《江神子》

暗柳回隄《聲聲慢》千尺晴霞慵卧水《賀新郎》
平沙飛雪《暗香》　五更櫪馬静無聲《醉桃源》

古鬲香深《夜行船》但酒抵曉寒棊消日永《探芳信》
暮檐涼薄《解連環》正風吟莎井月碎苔陰《聲聲慢》

渺征查去乘閬風《瑣窻寒》便閶闔輕排虹河平遡《齊天樂》
數客路又隨淮月《玉蝴蝶》看殘山濯翠賸水開奩《聲聲慢》

嘶騎征塵《慶春宮》恨曉風千里關山《高陽臺》江國離心還折《喜遷鶯》
蹇驢吟影《無悶》料淺雪黄昏驛路《花犯》天涯倦客重歸《西平樂慢》
旋移輕鷁淺傍垂虹《聲聲慢》待漲緑春深落花香汎《秋思》
重洗清杯同追深夜《慶春宮》正碧雲不破素月微行《婆羅門引》
醉情啼枕冰《生查子》妝鏡明星争晚照《蝶戀花》
花信上釵股《祝英臺近》緑沈湘水避春風《燕歸來》
夜潮上明月蘆花《三部樂》弄野色煙姿《蕙蘭芳引》雪浪閒消釣石《木蘭花慢》
笑聲轉新年鶯語《祝英臺近》正錦溫瓊膩《丁香結》晴暉稱拂吟箋《霜華腴》
素月微行《婆羅門引》人間寶鏡離仍合《思佳客》
麯欄澄映《過秦樓》波面銅花冷不收《浣谿沙》
藍尾杯單《喜遷鶯》好結梅兄礬弟《江南好》
春陰簾捲《燭影摇紅》閒看燕紫鶯黄《如夢令》

南風微弄秋聲《風入松》念客枕幽單《珎珠簾》可惜重陽不把黃花與《蝶戀花》

細草静搖春碧《瑞鶴仙》揜練帷倦入《解連環》丁屬東風莫送片紅飛《江神子》

江鴉初飛《三部樂》人遠雲查渺《八聲甘州》

香鱸堪釣《十二郎》花空江水流《唐多令》

無限新愁《點絳唇》夜寒吳館窄《瑞鶴仙》

重來萬感《夜合花》江碧遠山青《朝中措》

閬苑高寒《新雁過妝樓》天聲似語《齊天樂》

青樓仿佛《鶯啼序》 山色誰題《高陽臺》

步帳深深《龍山會》寒蝶尋香到《點絳唇》

水宮六六《秋霽》 來雁帶書遲《卜算子》

秋入鐙花《燭影搖紅》夜冷殘蛩語《霜葉飛》

寒欺酒力《江南好》 月明仙夢回《醉桃源》

天醉樓戲集清真夢牕白石玉田詞聯　東木老人戲編

半篁湘波生曉寒《采桑子》　猶自燕沈鶯悄《三姝媚》

千山冷翠飛晴雪《浪淘沙慢》　忍教菊老松深《木蘭花慢》

墜葉銷紅《聲聲慢》　涼欺岸幘《瑞鶴仙》

平煙蘸翠《水龍吟》　釣捲愁絲《醜奴兒慢》

煙海沈蓬《八聲甘州》　除酒消春何計《西河》

山屏醉纈《瑞龍吟》　憑欄淺畫成圖《高陽臺》

倦蝶慵飛《掃花遊》　纔知花夢準《花犯》

垂楊漫舞《西子妝》　留向畫圖看《望江南》

傾國傾城《東風第一枝》　洛苑舊移仙譜《漢宮春》

聽風聽雨《垂絲釣》　孤山無限春寒《高陽臺》

舊色舊香《絳都春》　更腸斷珠塵蘚路《古香慢》

非花非霧《東風第一枝》　看雪飛蘋底蘆梢《瑞鶴仙》

細雨南樓《荔枝香近》正賣花迎春去年曾聽《探芳信》
西風破屐《瑞鶴仙》悵斷魂送遠九辨難招《惜黃花慢》

鶯户門徑《祝英臺近》暮寒深《探芳信》檢點舊吟《喜遷鶯》
莫空回五湖春雁《倦尋芳》

松影闌干《燭影摇紅》秋夢淺《花上月令》留連清夜《永遇樂》
但悵望一縷新蟾《澡蘭香》

月明池閣夜來秋《浣谿沙》動羅箑清商《秋思》怨入粉煙藍霧《過秦樓》
春重錦堂人盡醉《江神子》揎沈香繡户《鶯啼序》紅圍舞袖歌裳《漢宫春》

竝禽飛上金沙《絳都春》看晝寢凝香《瑞鶴仙》錦雲直下花成屋《秋齋》
禁蠅初傳翡翠《掃花遊》記倚牀同繡《醉蓬萊》細雨清寒暮揎門《一翦梅》

煙草晴花《倦尋芳》共臨秋鏡照顛頩《齊天樂》
短藜青屨《繞佛閣》自唱新詞送華年《思佳客》

避影繁華《丹鳳吟》向夢裏消春灑中延晝《玉燭新》

送秋行色《解連環》在鐙前歌忱雨外熏鑪《高陽六》

紅圍舞袖歌裳《漢宮春》鎮帷犀護緊東風《探芳信》宜掃怨蛾澹墨《蕙蘭芳引》

煙鎖藍橋花徑《齊天樂》縱玉勒輕飛迅羽《霜葉飛》何須繫馬金狨《聲聲慢》

笑從王母搞仙桃《燭影搖紅》連清曉香秋傳宴《山龍吟》

移得春嬌栽瓊花《繹都春》瞰新妝終日凝眸《聲聲慢》

紅圍舞袖歌裳《漢宮春》聽細雨瑟瑟然怨《倦尋芳》

香滿玉樓瓊闕《暗香流影》續賡吟殿閣南薰《風池吟》

避影繁華《丹鳳吟》驟夜雨飄紅竟空林島《掃花遊》

慰春顦顇《三姝媚》又凝香追詠重到蘇州《聲聲慢》

傍金波開户翠幄爲家《聲聲慢》動羅箑清商《秋思》醉酒曾同涼月舞《倦尋芳》

放繡箔半鉤寶臺臨砌《無悶》認燕泥舊跡《新雁過妝樓》東風莫送片紅飛《江神子》

東風似海《漢宮春》　强醉梅邊《絳都春》　别味帶生酸《浪淘沙》　湘浪莫迷花蝶夢《江城子》

寶月將弦《燭影摇紅》　記穿林窈《三姝媚》　良宵愛幽獨《一寸金》　新蓬遮却繡鴛《浣谿沙》

懽事小鑾窻《風入松》　睡重不知殘酒醒《蝶戀花》

鍊顔銀漢水《齊天樂》　身閒猶耿寸心丹《江神子》

燭蔭樹影兩交加《醉桃源》　向别枕倦醒《解連環》　共留取玉欄春住《祝英臺近》

明月清風平分半《絳都春》　悵行蹤浪逐《惜秋華》　總不如綠野安身《瑞鶴仙》

山椒感慨重遊《晝錦堂》　漸斷岸飛花《掃花遊》　留取行人繫馬《木蘭花慢》

海上偷傳新曲《好事近》　傍春空燦綺《鶯啼序》　交加曉夢啼鶯《風入松》

細雨濕黄昏《珎珠簾》　宿燕夜歸銀燭外《望江南》

良宵愛幽獨《一寸金》　寒香深閉小庭心《思佳客》

月明秋佩無聲《朝中措》　擁蓮媛三千《齊天樂》　倩鳳尾時題畫扇《宴清都》

花豔雲蔭籠晝《探芳信》　倚瑤臺十二《瑞鶴仙引》　早鵲袍已暎天香《高陽臺》

飛浪濺濕行裙《風流子》試問取朱橋翠柳《宴清都》

殘寒正欺病酒《鶯啼序》更醉乘玉井秋風《瑞鶴仙》

動地聲名《倒犯》記羽扇綸巾氣凌諸葛《江南春》

内家標致《瑞鶴仙》帶天香國豔羞揜名姝《漢宮春》

揮毫倚馬成章《高陽臺》問鐃鼓新詞誰作《瑶華》

夢枕殘雲驚寤《探春慢》望罘罳朗月初圓《瑞鶴仙》

夜分谿館漁鐙《水龍吟》記年時舊宿凄涼《霜葉腴》卧笛長吟《齊天樂》鄉夢窄《思佳客》

春在綠窻楊柳《如夢令》送曉色一壺葱蒨《花犯》洗妝輕怯《凄涼犯》酒香濃《江神子》

南風微弄秋聲《風入松》又鐙暈夜涼《絳都春》吟生晚興《水龍吟》

雲葉翠溫羅綺《喜遷鶯》正午長漏遲《鶯啼序》豔拂潮妝《法曲獻仙音》

天桂飛香《燭影摇紅》翠蔭明月勝花夜《夢行雲》

殘蟬韻晚《惜秋華》曲角深簾隱洞房《浣谿沙》

清睡濃時《采桑子》向别枕倦醒《解連環》更明朝棋消永晝《燭影摇紅》

新腔按征《絳都春》聽鳳笙吹下《瑞鶴仙》對小弦月掛南樓《宴清都》

平瞻太極天街《鶯啼序》北斗秋横雲髻影《蝶戀花》

小立中庭蕪地《拜星月慢》落紅微沁繡鴛泥《醉桃源》

飛醉筆駐吟車《醉桃源》好結梅兄礬弟《江南好》

採幽香巡古苑《祝英臺近》笑携雨色晴光《金琖子》

障泥南陌潤輕酥《燭影摇紅》記留連空山夜雨《賀新郎》

妝鏡明星争晚照《蝶戀花》醉爛漫梅花翠雲《柳梢青》

秋瀲灧《聲聲慢》月籠明《烏夜啼》流紅爲誰賦《祝英臺近》

翠參差《拜星月慢》醉深窈《掃花遊》盡日不成眠《訴衷情》

垂楊徑《尉遲杯》晚香樓《江城子》回施紅妝青鏡《聲聲慢》

杏園詩《高陽臺》桃花夢《霜天曉角》笑携兩色晴光《金琖子》

霜花開盡錦屏空《燭影搖紅》 寶枕香留《醉蓬萊》 又生秋意《鶯啼序》

石乳飛時離鳳怨《望江南》 銀鐙炙了《朝中措》 重返春風《風流子》

梅靨催妝《漢宮春》 夜香燒短銀屏燭《醉落魄》

蘭情稀會《霜華腴》 老色頻生玉鏡塵《一翦梅》

紅圍舞袖歌裳《漢宮春》 聽細語琵琶幽怨《倦尋芳》

香滿玉樓瓊闕《暗香疏影》 待賡吟殿閣南薰《鳳池吟》

檐花舊滴蠟燭新啼《解語花》 怕等閒易別那忍相逢《八聲甘州》

似曲不成商《風入松》 聽細雨瑟瑟幽怨《倦尋芳》

雲影搖寒没宅消膩《慶春宫》 待偷覓孤懽强寬秋興《齊天樂》

流紅爲淮賦《積英臺近》 漸冷香風露成霏《聲聲慢》

檐花舊滴《解語花》 駐西臺車馬共惜臨花《齊天樂》

廊葉秋聲《八聲甘州》 夢凝白闌干化爲飛霧《聲聲慢》

千黯傾城《慶春宮》綵扇何時翻翠袖《青玉案》
數星橫曉《繞佛閣》行人無語看春山《燕歸梁》

綠擾雲鬟《慶春宮》弄水月初勾妝面《絳都春》
漏侵瓊瑟《秋霽》問蓴鱸今幾西風《瑞鶴仙》

集白石句

萬里乾坤《玲瓏四犯》送客重尋西去路《八歸》
百年心事《驀山谿》與誰同度可憐春《鷓鴣天》

今夜泊前谿《少年遊》把酒臨風《水龍吟》公過領客《玉梅令》
明朝又寒食《淡黃柳》憑欄懷古《點絳唇》愁亦關予《漢宮春》

故人清沔相逢《探春慢》暗柳蕭蕭《湘月》又縈離思《解連環》
今年漢酺初賜《翠樓吟》諸公哀哀《驀山谿》難賦深情《揚州慢》

鷗去昔游非《小重山》　但紈扇漸疏《霓裳中序第一》　折寒香倩誰傳語《夜行船》

酒醒明月下《玲瓏四犯》　望高城不見《長亭怨慢》　悔舊遊作計全疏《漢宮春》

衰草愁煙《探春慢》　似去國情懷《秋宵吟》　玉梯凝望久《翠樓吟》

疏桐吹綠《八歸》　説西風消息《惜紅衣》　象筆帶香題《卜算子》

荷苒苒《驀山谿》　古城蔭《一萼紅》　只恐舞衣寒易落《念奴嬌》

柳青青《小重山》　湘江上《眉嫵》　而今仙跡杳難尋《虞美人》

雙槳蓴波《慶春宮》　重訪問竹西《探春慢》　櫂移人遠《八歸》

暮帆煙草《秋宵吟》　若南尋李白《漢宮春》　月落潮生《點絳唇》

苔侵石井露濕銅鋪《齊天樂》　爲近日愁多頓老《秋宵吟》

月冷籠沙塵清虎落《翠樓吟》　算而今重到須驚《揚州慢》

寫經窻静覓句堂深《喜遷鶯》　却不如窪樽放滿《永遇樂》

疊鼓夜寒垂鐙春淺《玲瓏四犯》　又還是官燭分煙《琵琶仙》

凉夜摘花鈿《好事近》但濁酒相呼疏簾自捲《摸魚子》
綠野留吟屐《驀山谿》看垂楊連苑杜若侵沙《眉嫵》

琵琶解語《醉吟商小品》前度帶愁看《卜算子》
簟枕邀涼《惜紅衣》那人正睡裏《疏影》

玉笛無聲《夜行船》堂虛已放新涼入《摸魚兒》
羅衣初索《霓裳中序第一》夜長争得薄情知《蹋莎行》

暝入西山《湘月》風沙迴旋平野《探春慢》
綠深門户《長亭怨慢》歌扇輕約飛花《琵琶仙》

喚起澹妝人《法曲獻仙音》早與安排金屋《疏影》
愁來未歸眼《眉嫵》何堪更繞西湖《角招》

把酒臨風《水龍吟》問誰記六朝歌舞《喜遷鶯慢》
憑欄懷古《點絳唇》最可惜一片江山《八歸》

歌扇輕約飛花《琵琶仙》月落潮生《點絳唇》又縈難忘《解連環》

畫橈不點清鏡《湘月》　酒醒波遠《慶春宮》只怕春深《一萼紅》

雙槳來時《琵琶仙》　正凝想明璫素韈《慶春宮》

暮鴉啼處《醉吟商小品》算空有古木斜暉《江梅引》

金穀人歸《點絳唇》况紈扇漸疏羅衣初縈《霓裳中序第一》

長干望九《水龍吟》看垂楊連苑杜若侵沙《眉嫵》

月中雙槳歸《阮郎歸》　扁舟僅容戹土《徵招》

天外玉笙杳《水調歌頭》此地宜有詞仙《翠樓吟》

青鐙搖浪《水龍吟》翠葉招涼《念奴嬌》　向秋來漸疏班扇《摸魚兒》

玉笛無聲《夜行船》羅衣初索《霓裳中序第一》問後約空指薔薇《解連環》

客裏相逢《疏影》縱荳蔻詞工《揚州慢》漸爲尋花來去《清波引》

君歸未久《角招》正荔枝初熟《好事近》須信下榻殷勤《念奴嬌》

舊約扁舟《江梅引》但恠得竹外疏花《暗香》　不思歸去《水龍吟》
數聲啼鳥《點絳唇》漸飛盡枝頭香絮《長亭怨慢》祇怕春深《一萼紅》

紅萼未宜簪《一萼紅》我愛幽芳《洞仙歌》不管清寒與攀摘《暗香》
翠翹光欲溜《角招》　花消英氣《翠樓吟》些兒閒事莫縈牽《浣谿沙》

桃葉渡江時《少年遊》　小舫携歌《淒涼犯》寫入吳絲自奏《角招》
碪聲帶愁去《法曲獻仙音》青鐙搖浪《水龍吟》猶疑水鳥相呼《漢宮春》

翠葉招涼《念奴嬌》鴛鴦獨宿何曾慣《鷓鴣天》
紅衣入槳《水龍吟》楊柳嬌癡未覺愁《卜算子》

虛閣籠寒《法曲獻仙音》但酌酒相呼《摸魚兒》拚一日繞花千轉《玉梅令》
青鐙搖浪《水龍吟》　有官梅幾許《一萼紅》悔舊遊作計全疏《漢宮春》

我已情多《水龍吟》柳青青《小重山令》無限風流疏散《眉嫵》
纔因老盡《驀山谿》簾寂寂《鷓鴣天》　空歎時序侵尋《一萼紅》

吾興亦悠哉《水調歌頭》無言自倚修竹《疏影》

客途今倦矣《徵招》　何堪更繞西湖《角招》

疏簾自捲《摸魚兒》　玉笛無聲《夜行船》爲君聽盡秋雨《念奴嬌》

遠浦縈迴《長亭怨慢》數峰清苦《點絳脣》誰解喚起湘靈《湘月》

幾度拂行軒《驀山谿》重見冷楓紅舞《法曲獻仙音》

相攜乘一舸《眉嫵》　自隨秋雁南來《清波引》

玉笙吹徹夜何其《浣谿沙》曲曲屏山《齊天樂》認郎鸚鵡《月下笛》

紅萼無言耿相憶《暗香》　疏疏雪片《玉梅令》呼我盟鷗《慶春宮》

萬綠正迷人《驀山谿》明年定在槐府《石湖仙》

一丘聊復爾《徵招》　此地宜有詞仙《翠樓吟》

箭壺催曉《秋宵吟》簟枕邀涼《惜紅衣》又對西風離別《八歸》

水驛鐙昏《解連環》漁汀人散《探春慢》自隨秋雁南來《清波引》

解鞍少駐初程《揚州慢》看垂楊連苑杜若侵沙《眉嫵》　一葉渺西來《水調歌頭》
過秋風未成歸計《法曲獻仙音》

小窗閒共情話《探香慢》記湘皋聞瑟澧浦捐褋《念奴嬌》墜紅無信息《霓裳中序第一》
等恁時再覓幽香《疏影》

煙外帶愁橫《驀山谿》　春浦漸生迎櫂綠《浣谿沙》
亭皋正望極《霓裳中序第一》玉盤摇動半厓花《虞美人》

心事兩人知《少年遊》　客裏相逢《疏影》　還記章臺走馬《探春慢》
倦遊懽意少《玲瓏四犯》睡餘無力《惜紅衣》況有清夜啼猨《清波引》

家在碧雲西《少年遊》　馬上單衣寒惻惻《淡黃柳》
酒醒明月下《玲瓏四犯》市橋携手步遲遲《浣谿沙》

倚竹愁生《八歸》　笑籬落呼鐙《齊天樂》無人與問《摸魚兒》
垂虹西望《慶春宮》記湘皋聞瑟《念奴嬌》甚日歸來《探春慢》

別後書辭《蹋莎行》　有誰知《小重山》　小舫携歌《凄涼犯》　青樓倚扇《角招》
天涯情味《翠樓吟》　漫贏得《徵招》　一蓑松雨《慶春宮》　數騎秋煙《永遇樂》
與君閒看壁間題《阮郎歸》　象筆鸞牋《法曲獻仙音》　問誰優劣《洞仙歌》
送客重尋西去路《八歸》　蒼崖綠嶂《永遇樂》　甚日歸來《探春慢》
老子婆娑《慶春宮》　竹閣吟纔就《卜算子》
故人初別《琵琶仙》　名山遊遍歸《阮郎歸》
近前舞絲絲《鶯聲繞紅樓》　笛裏關山《霓裳中序第一》　盡是垂柳《角招》
遥憐花可可《小重山令》　夜來風雨《月下笛》　都在空城《揚州慢》
玉麈談玄《湘月》　微月招清飲《摸魚兒》
亂鴉送日《探春慢》　老楓臨路歧《阮郎歸》
高卧未成《喜遷鶯》　石瘦冰霜潔《卜算子》
自歌誰答《慶春宮》　夜涼笙鶴期《阮郎歸》

後日西園《側犯》　都忘却春風詞筆《暗香》

故王臺榭《一萼紅》　算空有古木斜暉《江梅引》

一葉渺西來《水龍吟》　客裏相逢《疏影》　起尋機杼《江城梅花引》

明朝又寒食《淡黄柳》　倏然成夢《念奴嬌》　終返衡廬《漢宫春》

倦網都收《湘月》　但濁酒相呼《摸魚兒》　晚花行樂《凄涼犯》

玉鞭重倚《解連環》　恨春風將了《洞仙歌》　高柳垂蔭《念奴嬌》

名山遊遍歸《阮郎歸》　春水漸生迎櫂緑《浣谿沙》

秀句君休覓《驀山谿》　好花不與殢香人《鬲谿梅令》

吟未了《鶯聲繞紅樓》　漫徘徊《江梅引》　但恠得竹外踈花《暗香》　夙期已久《永遇樂》

鬢先絲《鷓鴣天》　教説與《玲瓏四犯》　念唯有夜來皓月《解連環》　俛仰差殊《漢宫春》

呼煮酒摘青梅《鷓鴣天》　蛾眉正奇絶《琵琶仙》

引涼颸動翠葆《秋宵吟》　象筆帶香題《卜算子》

天醉樓戲集清真夢牕白石玉田詞聯　東木老人戲編

魚浪吹香《惜紅衣》墜紅無信息《霓裳中序第一》

苔枝綴玉《疏影》翦雪作新詩《玉梅令》

蘚干石斜妨《卜算子》可見緗枝間琅葉《洞仙歌》

翠翹光欲溜《角招》又將愁眼與春風《杏花天影》

雁磯波平《探春慢》聽氈幕元戎歌吹《翠樓吟》

蘚階蛩切《八歸》想珮環月夜歸來《疏影》

紅葉浪題詩《鬲山谿》未辨爲鄰地《永遇樂》

翠翹光欲流《角招》曾見似花人《虞美人》

宋玉歸來《長亭怨慢》算如此谿山《解連環》漫贏得《探春慢》天涯情味《翠樓吟》

韋郎去也《秋宵吟》且休將雞犬《喜遷鶯》吩咐與《漢宮春》籬角黄昏《疏影》

老子婆娑《慶春宮》肯教造物兒戲《永遇樂》

微涼意思《水龍吟》空歎時序侵尋《一萼紅》

春浦漸生迎櫂綠《浣谿沙》
舊情唯有絳都詞《鷓鴣天》

故人清沔相逢《探春慢》但繫馬垂楊《月下笛》同來胥宇《永遇樂》
此興平生難遏《慶春宮》且種松千樹《喜遷鶯》終返衡廬《漢宮春》

又見水沈亭《卜算子》歲月幾何難計《永遇樂》
新翻胡部曲《翠樓吟》公歌我亦能書《漢宮春》

疊鼓夜寒《玲瓏四犯》似去國情懷《秋宵吟》苦被北門留住《永遇樂》
青樓夢好《揚州慢》問經年底事《湘月》自隨秋雁南來《清波引》

吳唯芳草越只青山《念奴嬌》亂落江蓮歸未得《霓裳中序第一》
柳老悲桓松高對阮《永遇樂》夢尋千驛意難通《浣谿沙》

柳怯雲松《解連環》自看煙外岫《角招》
鶯吟燕舞《杏花天影》又見水沈亭《卜算子》

梅雪相兼不見花《卜算子》　歎寄與路遥《暗香》有縈離思《解連環》

文章信美知何用《玲瓏四犯》奈未成歸計《徵招》難賦深情《揚州慢》

淮左名都《揚州慢》君試看《滿江紅》　舊約扁舟《江梅引》揚州夢覺《月下笛》

神京耆老《永遇樂》誰念我《法曲獻仙音》白頭行客《訴衷情》宋玉歸來《秋宵吟》

高卧未成《喜遷鶯》怎知道《月下笛》前身諸葛《永遇樂》

新詩漫與《清波引》忽相思《江梅引》十里揚州《琵琶仙》

笛裏關山《霓裳中序第一》又却怨玉龍哀曲《疏影》

綠深門户《長亭怨慢》　算空有古木斜暉《江梅引》

窻户新成《喜遷鶯》　敢喚起桃花《洞仙歌》同來胥宇《永遇樂》

琵琶解語《醉吟商小品》有暗藏弓履《眉嫵》　與客携壺《月下笛》

朝寒吹翠眉《阮郎歸》自修花譜《側犯》

綠野留吟屐《鬵山谿》只怕春深《一萼紅》

小喬宅《淡黃柳》寶箏空《江梅引》倚闌干《水調歌頭》簾寂寂《鷓鴣天》
水亭邊《鬵山谿》墜月皎《秋宵吟》望江南《清波引》夢依依《小重山》

玉珂朱組《喜遷鶯》人何在《霓裳中序第一》
象筆鸞箋《法曲獻仙音》君試看《滿江紅》

別母情懷《少年遊》如今安在《慶宮春》
與君遊戲《翠樓吟》甚日歸來《漢宮春》

楊柳津頭《少年遊》甚而今不道秀句《法曲獻仙音》
荷花池館《念奴嬌》等恁時重覓幽香《疏影》

荷苒苒《鬵山谿》浪粼粼《鬲谿梅令》況團扇漸疏《霓裳中序第一》分梳洗《解連環》
柳青青《小重山》簾寂寂《鷓鴣天》悵玉鈿似掃《月下笛》覓幽香《疏影》

花樹扶疏《虞美人》笑籬落呼鐙《齊天樂》算唯有春知處《夜行船》
中流容與《湘月》記湘皋聞瑟《念奴嬌》問誰識曲中心《角招》

天醉樓戲集清真夢牕白石玉田詞聯　東木老人戲編

翠葉招涼《念奴嬌》長與鴛鴦爲侣《念奴嬌》

老魚吹浪《水龍吟》猶疑水鳥相呼《漢宫春》

遠浦縈迴《長亭怨慢》催人還解春纜《眉嫵》

一篙寒汐《永遇樂》　年年知爲誰生《揚州慢》

中原生聚《永遇樂》萬里乾坤《玲瓏四犯》却笑英雄無好手《滿江紅》

野老林泉《一萼紅》俊遊巷陌《江梅引》　又將愁眼與春風《杏花天影》

窻户新成《喜遷鶯》斜横花樹小《小重山》

雲霄直上《永遇樂》自種古松根《洞仙歌》

猶疑水鳥相呼《漢宫春》　更添了幾聲啼鴂《琵琶仙》

只見亂山無數《長亭怨慢》正一望千頃翠瀾《滿江紅》

廢池喬木《揚州慢》高樹晚蟬《惜紅衣》更衰草寒煙澹薄《凄涼犯》

雙槳蒓波《慶宫春》畫蘭桂子《水龍吟》想珮環月夜歸來《疏影》

一葉眇西來《水調歌頭》幾時見得《暗香》
萬古皆沈滅《念奴嬌》 然則飛歟《漢宮春》

屋角垂枝《夜行船》慈烏相對立《小重山》
梅邊吹笛《暗香》 紅萼未宜簪《一萼紅》

小舫携歌《凄涼犯》想桃葉當時喚渡《杏花天影》
箭壺催曉《秋宵吟》倩松風爲我吹竽《漢宮春》

俊游巷陌《江梅引》高柳垂陰《念奴嬌》漫贏得幽懷誰寫《徵招》
野老林泉《一萼紅》天風自冷《摸魚兒》算而今重到須驚《揚州慢》

嫩約無憑《秋宵吟》 算潮水知人最苦《杏花天影》
流光過隙《霓裳中序第一》悔舊遊作計全疏《漢宮春》

喚起澹妝人《法曲獻仙音》有倦客扁舟夜汎《漢宮春》
新翻胡部曲《翠樓吟》 漸黃昏清角吹寒《揚州慢》

翠尊雙飲《八歸》 玉麈談玄《念奴嬌》多病却無氣力《霓裳中序第一》
衰草愁煙《探春慢》冷雲迷浦《清波引》解鞍少駐初程《揚州慢》
東風冷《小重山》漸黃昏《揚州慢》又怎知《滿江紅》吟未了《驀山谿》
古簾空《秋宵吟》正岑寂《淡黃柳》誰念省《側犯》 鬢先絲《鷓鴣天》
燕燕飛來《淡黃柳》紅萼無言耿相憶《暗香》
鶯鶯嬌輭《蹋莎行》東風落靨不成歸《浣谿沙》
舊約扁舟《江梅引》鱸魚應好《湘月》
來遊此地《永遇樂》燕雁無心《點絳唇》
柳怯雲鬆《解連環》似去國情懷《秋宵吟》 緩移箏柱《石湖仙》
夜寒風細《翠樓吟》怕平生幽恨《法曲獻仙音》寫入琴絲《齊天樂》
嫩約無憑《秋宵吟》略約橫谿人不渡《夜行船》
昔游未還《念奴嬌》東風燒燭夜深歸《浣谿沙》

别後書辭《踏莎行》 歎寄與路遥《暗香》 怕紅萼無人爲主《長亭怨慢》

夜來風雨《月下笛》 定自成愁絶《卜算子》 悔舊遊作計全疏《漢宫春》

香遠蒨裙歸《小重山》 西窻又吹暗雨《齊天樂》

酒醒明月下《玲瓏四犯》 歌扇輕約飛花《琵琶仙》

客裏相逢《疏影》 但繫馬垂楊《月下笛》 情懷正惡《淒涼犯》

人間無此《永遇樂》 擁素雲黄鶴《翠樓吟》 問訊何如《漢宫春》

俯仰差殊《漢宫春》 正寂寂《暗香》 小簾通月《法曲獻仙音》

歲華如許《清波引》 怕匆匆《淒涼犯》 候館吟秋《齊天樂》

傖兒行酒獠女供花《念奴嬌》 秀句君休覓《驀山谿》

朱户黏雞金盤簇燕《一萼紅》 玉鈿何處尋《鬲谿梅令》

集玉田句

列屋帶垂楊《甘州》　送一點愁心《臺城路》奈紅葉更無題處《祝英臺近》

空山彈古瑟《瀟瀟雨》寫百年幽恨《憶舊遊》有黃金難鑄相思《唐多令》

伴明窗書卷詩瓢《風流子》寄傲怡顔《木蘭花慢》贏得如今懷抱《齊天樂》

滿煙水東風殘照《徵招》　携歌占地《摸魚兒》　安知不是神仙《風入松》

行樂少扶筇《木蘭花慢》更關情《高陽臺》隱市山林傍家池館《大聖樂》

夜遊頻秉燭《齊天樂》　憑誰問《南樓令》寒花清事老圃閒人《聲聲慢》

近來心事漸無多《鬥嬋娟》記白月依弦青天墮酒《木蘭花慢》

爲問山中何所有《湘月》　正翠谿誤曉玉洞明春《露華》

戲將瑤草散虚空《臨江仙》待尋壑經邱遡雲孤嘯《齊天樂》

消得梅花苦清淺《洞仙歌》笑吟湘賦楚近日偏慵《聲聲慢》

春夢未堪憑《菩薩蠻》任消息盈虛《摸魚兒》野老安知今古《念奴嬌》
靈根何處覓《臨江仙》把乾坤收拾《湘月》 神仙只在蓬萊《清平樂》

列屋帶垂楊《甘州》 舊隱新招《聲聲慢》但隨分蝸涎自足《滿江紅》
夜窗聽暗雨《綺羅香》疏蔭未掃《臺城路》恐和它草夢都醒《滿庭芳》

石老雲荒《疏影》 忽對畫圖如夢寐《南樓令》
酒遲歌緩《減蘭》 穩將字譜轉清圓《霜葉飛》

倒影忽相看《風入松》又瘦了梅花一半《探春慢》
亂紅休去掃《齊天樂》恐和它草夢都醒《滿庭芳》

閒意誰同《浪淘沙》 正治思縈花餘醒倦酒《探春慢》
懽遊再數《瑞鶴仙》記凝妝倚扇笑眼窺簾《憶舊遊》

半窗晴日水痕收《西江月》颺芳叢低翻雪羽《玉蝴蝶》
一葉浮香天風冷《西河》 怕夜寒吹到梅花《疏影》

天醉樓戲集清真夢牕白石玉田詞聯 東木老人戲編

萬里天涯《意難忘》曾聽得啼鵑了《龍吟曲》

十年心事《渡江雲》還只怕種瓜遲《唐多令》

抱瑟空遊《三姝媚》客裏不須談世事《念奴嬌》

溯雲孤嘯《臺城路》我來直欲挾飛仙《江神子》

庭户隔塵寰《南鄉子》只恐爛柯人到《木蘭花慢》

風煙伴蕉萃《國香》 哪知五柳門荒《龍吟曲》

采藥難尋《江神子》正雪竇高寒水聲東去《三姝媚》

凌風遠舉《摸魚兒》看方壺擁翠太極垂光《憶舊遊》

一點新鐙《慶春宮》 桃葉渡《鳳凰臺上憶吹簫》

半江疏雨《祝英臺近》米家船《江城子》

老子今年《滿江紅》丹心尚如舊《探芳信》

神仙陸地《念奴嬌》拍手笑相呼《南鄉子》

愁極還醒《鬥嬋娟》唯只有《渡江雲》中山酒《瑶臺聚八仙》
葉題堪記《渡江雲》試與問《三姝媚》米家船《江城子》

恠他流水迢遥《祝英臺近》極目凝思倚江閣《暗香》
行人野崖深杳《齊天樂》　攜笻猶説度晴沙《風入松》

吟詩不下山來《清平樂》怕有采芝人到《掃花遊》
礪鑿猶隨市隱《風入松》哪知五柳門荒《龍吟曲》

清冰隔斷塵埃《清平樂》引瓢孤酌《臺城路》
脩景常留池沼《齊天樂》秉燭來遊《聲聲慢》

白鷗尚識天隨《渡江雲》　自笑我被誰留住《玲瓏四犯》
明月閒延夜語《木蘭花慢》哪知人如此情懷《聲聲慢》

蜂也銷魂蝶也銷魂《一翦梅》可憐都付殘照《霜葉飛》
塵留不住雲留不住《青玉案》相尋只在寒林《清平樂》

推篷恍記孤山《一萼紅》 鶯柳煙隄《國香》 舊愁難寫《桂枝香》

抱瑟空行古道《木蘭花慢》 醉笻吟屐《凄涼犯》 閒意誰同《浪淘沙》

愛閒休説山深《祝英臺近》 何日束書歸舊隱《唐多令》

短夢依然江表《八聲甘州》 可曾中酒似當時《蹋莎行》

換羽移宫《惜紅衣》 引將芳思歸吟篋《醉落魄》

舊酲新醉《燭影摇紅》 猶未忘情是酒籌《南鄉子》

空存錦瑟誰彈《西江月》 休問我如今心事《渡江雲》

見説寒梅猶在《八聲甘州》 便無情也自風流《聲聲慢》

客路何長《浪淘沙》 悵喬木荒涼都是殘照《掃花遊》

舊懷難寫《桂枝香》 甚江籬摇落化作秋聲《聲聲慢》

穿花省路傍竹尋鄰《聲聲慢》 無人知此意《八聲甘州》

折柳官橋呼船野渡《臺城路》 何處遇遲留《南鄉子》

一點歸心《聲聲慢》夜窻聽暗雨《綺羅香》
幾番携手《月下笛》石凳掃松蔭《憶舊遊》

逸興縱我輕狂《聲聲慢》記瓊筵卜夜花檻移春《憶舊遊》忽見舊巢還是錯《謁金門》
懽遊曾步翠窈《臺城路》看白鶴無聲蒼雲息影《木蘭花慢》此中幽趣許誰憐《江城子》

西風斷雁殘月平沙《八聲甘州》扁舟記得幽尋《清平樂》第一是難招舊鷗今雨《齊天樂》
水國浮家漁村古隱《鳳凰臺上憶吹簫》獨客又吟愁句《綺羅香》有相思都在亂柳長汀《聲聲慢》

浪遊慣占花深《鳳凰臺上憶吹簫》但苔深韋曲草暗斜川《高陽臺》幽屋只恐歸圖畫《風入松》
心事時看天語《念奴嬌》見玉冷閒坡金明邃宇《憶舊遊》神仙都肯混塵囂《臨江仙》

涼意正滿西州《聲聲慢》是幾番臨水看雲《大聖樂》引一片秋聲都付吟篋《桂枝香》
月光長照歌席《壺中天》任蕭散披襟岸幘《桂枝香》對九江山色還醉陶家《瑤華》

煙隄小舫雨屋深鐙《聲聲慢》想柳思周情《木蘭花慢》還自喜《滿江紅》心塵聊更洗《徵招》
水國吹簫虹橋問月《臺城路》任燕來鶯去《大聖樂》便而今《滿庭芳》歌酒可曾忺《菩薩蠻》

閉門休《漁歌子》 翻被桃花一笑《念奴嬌》

繫舡好《法曲獻仙音》謝它楊柳多情《長亭怨慢》

深隱松蘿《浪淘沙》重尋已無處《憶舊遊》

浮游天地《湘月》 此樂不知年《風入松》

濯足吹簫《瑶華》 此意青天識《念奴嬌》

尋蕉覆鹿《木蘭花慢》幾時春夢真《菩薩蠻》

秉燭來遊《聲聲慢》笑指螢鐙借暎《木蘭花慢》

停杯問取《摸魚兒》空存錦瑟誰彈《西江月》

舊隱新招《聲聲慢》莫相忘隄上柳《暗香》

賦歸何晚《桂枝香》空憶徧嶺頭梅《唐多令》

謝它楊柳多情《長亭怨慢》快料理幽尋酒瓢詩卷《臺城路》

見説寒梅猶在《八聲甘州》奈如今老去鬢改花羞《八聲甘州》

招隱竟忘還《八聲甘州》料獨樹尚懸蒼暝《長亭怨慢》
問春何處好《臺城路》　聽殘鶯啼過柳陰《聲聲慢》

一卷新詩《一萼紅》對清晝漸長閒教鸚鵡《大聖樂》
十年舊夢《解連環》便放歌自得直上風煙《瑶臺聚八仙》

樹老山孤《木蘭花慢》當時桑苧今何在《風入松》
波明香遠《水龍吟》　却恐桃源自此通《漁歌子》

一點歸心《聲聲慢》暗銷魂恨聽啼鴂《暗香》
十年舊夢《解連環》把餘情付與秋蛩《瑞鶴仙》

款語微吟《瑶臺聚八仙》幾日方知因酒病《漁家傲》
緩遊細賞《木蘭花慢》　問天難買是真閒《漁歌子》

一卷新詩《一萼紅》好懷漸向中年減《風入松》
十年舊夢《解連環》瘦節終堪歲晚期《南鄉子》

且與憑欄《聲聲慢》天上神仙何處有《滿江紅》

偶然傾蓋《水龍吟》貞元朝士已無多《霜葉飛》

濯足吹簫《瑶華》　遠遊歸後與誰譜《長亭怨慢》

揮毫賦雪《摸魚兒》清氣飛來望似仙《小重山》

荳蔻結同心《八聲甘州》　午鏡將拈開鳳蓋《蝶戀花》

琵琶半遮面《法曲獻仙音》曉妝不合整娥眉《浪淘沙》

引得漁翁見不難《南鄉子》想桃源路通人世《西子妝慢》

任它車馬雖嫌僻《風入松》但柳枝門揜枯蔭《瑣窗寒》

晴光轉樹曉氣分嵐《聲聲慢》奈如今已入東風睫《淡黃柳》

疏柳經寒斷槎浮月《水龍吟》倩何人重寫輞川圖《木蘭花慢》

花密藏春《綺羅香》冷豔喜尋梅共笑《浣谿沙》

夜涼吹月《桂枝香》故鄉唯有夢相隨《鷓鴣天》

行歌趁月換酒延秋《解連環》東閣漫撩詩興《一枝春》

倚欄調鶯捲簾歸燕《龍吟曲》落花静擁春眠《木蘭花慢》

净濯蘭櫻《聲聲慢》同去釣珊瑚海樹《長亭怨慢》

卧横紫笛《紅情》好移傍鸝鵡珠簾《玉蝴蝶》

春到三分秋到三分《一翦梅》第一是難聽夜雨《月下笛》

園中成趣琴中成趣《青玉案》料相逢依舊花蔭《夜飛鵲》

漫餘恍惚雲窻《石州慢》歎喬木猶存易分殘照《齊天樂》

那得虛無幻境《木蘭花慢》便神仙縱有即是閒人《憶舊遊》

拚重門淺醉閒眠《高陽臺》待翦韭移鐙試香温鼎《瑣窻寒》

滿煙水東風殘照《徵招》乍掃苔尋徑撥葉通池《一萼紅》

香尋古字譜搯新聲《甘州》有誰在簫臺猶醉舞《大聖樂》

晴皎霜花曉融冰羽《滿庭芳》更好是秋屏宜曉看《新雁過妝樓》

葉老苔荒《祝英臺近》騎省不須重作賦《青玉案》
江空歲晚《長亭怨慢》湘臯猶有未歸人《浣谿沙》
門揜清風《木蘭花慢》也學維摩閒示病《漁家傲》
村深孤艇《水龍吟》　如今賀老見應難《西江月》
記開簾過酒隔水懸鐙《憶舊遊》猶未减當時遊樂《暗香》
試借地看花揮毫賦雪《摸魚兒》便無情也自風流《聲聲慢》
都是舊曾遊《八聲甘州》更關情《高陽臺》萬里晴霜千山落木《綺羅香》
可憐歸未得《念奴嬌》　還重省《邁陂塘》十年心事幾曲闌干《渡江雲》
誰分弱水洗塵紅《臨江仙》喜冰雪相看《齊天樂》留得許多清影《清平樂》
似隔芙蓉無路到《瑶華》　有生香堪摘《壺中天》未應閒了芳情《慶春宮》
楊花點點是春心《西子妝慢》正碧落塵空《邁陂塘》試與問《三姝媚》　化幾消息《水龍吟》
蒼雪紛紛墮晴蘚《洞仙歌》　抱孤情思遠《暗香》　待招來《八聲甘州》風月清虚《采桑子》

十年心事幾曲闌干《渡江雲》縱草帶堪題《憶舊遊》忽對畫圖如夢寐《南樓令》

半樹籬邊一枝竹外《念奴嬌》把苔箋重譜《聲聲慢》獨將蘭蕙入離騷《西江月》

林深髣髴舊曾遊《小重山》步翠麓幽尋《木蘭花慢》寸心吩咐梅驛《念奴嬌》

月色平分秋一半《減蘭》 記東欄同倚《珎珠簾》 幾回錯認梨雲《露華》

古意漫説玄真《聲聲慢》記曲徑尋幽《掃花遊》嘯歌且盡平生事《風入松》

移家静藏深窈《臺城路》正叢篁護碧《一萼紅》瘦節終堪歲晚期《南鄉子》

雲窻霧閣《朝中措》 何處無春《憶舊遊》又幾度留連《臺城路》誤却歸來燕子《掃花遊》

流水孤村《梅子黄時雨》當年深隱《渡江雲》奈此時懷抱《霜葉飛》怕教冷落蘆花《清平樂》

謝它楊柳多情《長亭怨慢》更休道少年張緒《祝英臺近》

不擬桃花輕誤《玲瓏四犯》還記得前度秦嘉《渡江雲》

幽尋《憶舊遊》殘照晚《露華》 煙波自有閒人《聲聲慢》

閒立《紅情》 萬塵空《木蘭花慢》天地誰非行客《念奴嬌》

如此江山《江城子》溯萬里天風《憶舊遊》方了平生英氣《齊天樂》

近來楊柳《壺中天》潤幾番酥雨《珎珠簾》不知多少秋聲《清平樂》

深隱松蘿《浪淘沙》奈一寸閒心《摸魚兒》誤聞啼鳥《滿庭芳》

浮遊天地《湘月》 問千年往事《解連環》獨立西風《綺羅香》

喜冰雪相看《齊天樂》 頓成佳趣《大聖樂》

問徑松不語《新雁過妝樓》且自微吟《憶舊遊》

物外行藏《木蘭花慢》休問我《渡江雲》

天涯羈旅《淒涼犯》 不逢君《江城子》

盟鷗頓冷清波《木蘭花慢》待去也怎禁離別《綺羅香》

寒木猶懸故葉《玉漏遲》 便而今嬾聽秋聲《滿庭芳》

開簾覺道寒輕《滿庭芳》 更添個暗香疏影《祝英臺近》

明月閒延夜語《木蘭花慢》但趁它鬥草籌花《暗香》

天醉樓戲集清真夢牕白石玉田詞聯　東木老人戲編

新篁依約佩初摇《風入松》試借地看花《摸魚子》幺禽對語《一枝春》

衰草凄迷秋更綠《壺中天》正憑高送目《甘州》　江雁初飛《新雁過妝樓》

喚酒延秋《解連環》天風吹下孤笛《念奴嬌》

携歌占地《摸魚兒》落照正滿寒汀《聲聲慢》

西浦揚舲《聲聲慢》　遡萬里天風《憶舊遊》　煙水少逢鷗鷺《摸魚兒》

翠微喚酒《新雁過妝樓》對九江山色《瑶臺聚八仙》釣船猶繫菰蒲《木蘭花慢》

燭外《珎珠簾》　海棠開《聲聲慢》正治思縈花《探芳信》報導依然放夜《風入松》

樓前《木蘭花慢》鶯語滑《意難忘》記凝妝倚扇《憶舊遊》未應閒了芳情《慶春宫》

招隱竟忘還《八聲甘州》喬木蒼寒圖畫古《浪淘沙》

薄遊都是感《徵招》　杏花零落水痕肥《壺中天》

草暗花深《聲聲慢》　送一點愁心《臺城路》三月休聽夜雨《清平樂》

江空歲晚《八聲甘州》問千年往事《解連環》幾回獨立長橋《祝英臺近》

扁舟記得幽尋《清平樂》　愛塵事頓消來訪深隱《梅子黃時雨》
明月閒延夜語《木蘭花慢》歎落英自採誰寄相思《新雁過妝樓》
賀監猶存《長亭怨慢》甚舞袖歌雲《木蘭花慢》頓非疇昔《滿江紅》
杜陵愁老《三姝媚》　把秦山晉水《聲聲慢》　説與凄涼《霜葉飛》
獨釣寒清《鳳凰臺上憶吹簫》柳蔭撐出扁舟小《南浦》
怎禁離別《綺羅香》　樓上誰將玉笛吹《鷓鴣天》
天净雨初晴《南樓令》門掩新蔭孤館静《漁家傲》
水流花共遠《壺中天》酒醒微步晚波寒《浪淘沙》
詩箋賦筆《瑣窗寒》怕説當時《國香慢》甚遠客他鄉《掃花遊》便一似斷蓬飛絮《長亭怨慢》休問我如今心事《渡江雲》清風只在樵漁《木蘭花慢》此樂不知年《風入松》却依然《聲聲慢》　短櫂輕裝《祝英臺近》夷猶舒嘯《壺中天》
布韈青鞵《三姝媚》頓成佳趣《大聖樂》見衰顔借酒《綺羅香》但趂它鬥草籌花《暗香》　最可憐渾是秋蔭《高陽臺》煙水少逢鷗鷺《摸魚兒》　重尋已無處《憶舊遊》更好是《新雁過妝樓》醉笻吟屐《凄涼犯》　笑語望歸《一萼紅》

水影動黎雲《風入松》　倏景常留池沼《齊天樂》
霽痕消蕙雪《國香》　清冰隔斷塵埃《清平樂》

濯足吹簫《瑶華》　遠遊歸後與誰譜《長亭怨慢》
揮毫賦雪《摸魚兒》清氣飛來望似空《小重山》

夢回孤蝶弄春蔭《浣谿沙》　總望却歸期《憶舊遊》　三月休聽夜雨《清平樂》
我把長鑱垂短髮《念奴嬌》奈如今老去《八聲甘州》幾人來結吟朋《木蘭花慢》

大鵬九萬裏《齊天樂》
故國十年心《八聲甘州》

流水帶寒鴉《風入松》猶記得當年深隱《渡江雲》
夜窻聽暗雨《綺羅香》哪知人如此情懷《聲聲慢》

花暗水房春《臺城路》猶記經行舊時路《月下笛》
夜深鷗盟闊《玲珠簾》如何共此可憐宵《瑶華》

流水孤邨《梅子黄時雨》萬花深處隱《木蘭花慢》

排雲萬里《摸魚兒》　孤鳳劃然鳴《風入松》

閒立《紅情》　夜沈沈《高陽臺》任消息盈虚《摸魚兒》　禪外更無今古《木蘭花慢》

幽栖《南鄉子》花貼貼《阮郎歸》聽惺忪語笑《八聲甘州》尊前乍識歐蘇《聲聲慢》

闌干孤憑《憶舊遊》伴壓架荼蘼《露華》　舊家池沼《鬥嬋娟》

釣船初艤《掃花遊》採芳洲薜荔《木蘭花慢》斜照西泠《高陽臺》

呼酒憑高《玉漏遲》　遡萬里天風《憶舊遊》　夷猶舒嘯《壺中天》

閉門隱幾《木蘭花慢》把一襟心事《法曲獻仙音》慷慨悲歌《臺城路》

閒立《紅情》　燕飛來《南浦》　短帽怕黏飛絮《聲聲慢》

幽尋《憶舊遊》花信足《祝英臺近》銖衣早試輕羅《風入松》

天地誰非行客《念奴嬌》

煙波自有閒人《聲聲慢》

玉樓宛若籠紗《新雁過妝樓》忘了牡丹名字《憶舊遊》
短帽怕黏飛絮《聲聲慢》　哪知楊柳風流《祝英臺近》

謝它楊柳多情《長亭怨慢》尚記得歸時《憶舊遊》　張緒《月下笛》
肯被水雲留住《清平樂》　奈如今老去《八聲甘州》林逋《木蘭花慢》

庚午之歲，閒屃海上，彊邨老人集夢窻詞句，書聯相贈，且屬多集爲戲，因取清真、夢窻、白石、玉田四家詞句，選其對仗工整、平仄配合者集之，間有數聯，限於成句難於更換，不無缺憾。伫興爲之，歷有數載，而成此册，題曰《拾翠集》。同人詑賞，群相鈔録。近來有趙却林、黄諸子，亦有是集，惜不甚工，且不專集一家。予友俞寿山有《娉花媚竹館》，集宋人各家詞之鉅制，偶對工整，然不限於一家之詞，比之餘子，則超超元著矣。歲在甲戌之春，亶素記於吳門寓廬。

天醉楼戲集清真梦𢠸词联　擿翠集

周邦彦　字美成　著有《清真集》詞

穠李夭桃《玲瓏四犯》特地添明秀《蝶戀花》

舞衫歌扇《華胥引》何況會婆娑《望江南》

盛粉飾争作妍華《渡江雲》　兩眉愁向誰行展《繞佛閣》

對微容空憶紈素《法曲獻仙音》萬事有他別後情《南鄉子》

午陰嘉樹清圓《滿庭芳》　度曲傳觴《雙頭蓮》此會未闌須記取《蝶戀花》

天角孤雲飄渺《氐州第一》憑高眺遠《齊天樂》無情豈解惜分飛《定風波》

蜂蝶須知《紅羅襖》似笑我《應天長》掃花尋路《掃花遊》

蝌螯初薦《齊天樂》問甚時《風流子》勸酒持觴《意難忘》

夜深簧暝笙清《慶春宮》　漸暗竹敲涼《憶舊遊》　幾日輕陰寒惻惻《漁家傲》

望中地遠天闊《浪淘沙慢》　對前山橫素《紅林檎近》　空餘舊迹鬱蒼蒼《西平樂》

碎影舞斜陽《風流子》　拚劇飲淋浪《意難忘》　無心重理相思調《霜葉飛》

亂愁迷遠覽《早梅芳近》　覺最縈懷抱《氏州第一》　怨句哀吟送客秋《南鄉子》

春色在桃枝《少年遊》　記試酒歸時《丁香結》　閒依露井《過秦樓》

淚花銷鳳蠟《風流子》　任流光過卻《瑞鶴仙》　醉倒天瓢《蝶戀花》

南陌暝雕鞍《少年遊》　争知向此征途《西平樂》　下馬先尋題壁字《浣谿沙》

畫船喧疊鼓《齊天樂》　何意重經前地《夜飛鵲》　回頭猶認倚牆花《虞美人》

細風吹雨弄輕陰《浣谿沙》　春意潛來《蝶戀花》　自有暗塵隨馬《解語花》

芳草連天迷遠望《滿江紅》　別情無極《六醜》　翻令倦客思家《西平樂》

短燭散飛蟲《燕歸樑》　漸暗竹敲涼《憶舊遊》　醉魂乍醒《念奴嬌》

暝煙籠細流《瑞鶴仙》　正單衣試酒《六醜》　睡起無憀《丹鳳吟》

霜月雞聲幾段愁《南鄉子》 翻令倦客思家《西平樂》 暮往朝來《荔枝香近》 夢魂亂飛《玲瓏四犯》

舞腰歌板閒時按《虞美人》 因念都城放夜《解語花》 風嬌雨秀《玉燭新》 花豔參差《慶春宮》

晝日移蔭《滿江紅》 漸別浦縈迴《蘭陵王》 芳草懷煙迷水曲《望江南》

夜潮正落《一寸金》 見孤村寂寞《女冠子》 鳴鳩拖雨過江皋《浣谿沙》

波落寒汀《氐州第一》 見數朵江梅《玉燭新》 倍增清絶《三部樂》

樹藏孤館《塞垣春》 聽一聲啼鳥《念奴嬌》 莫惜徘徊《鎖陽臺》

梁燕語《垂絲釣》 落花閒《訴衷情》 侵晨淺約宮黄《瑞龍吟》 羡金屋去來《風流子》 都忘了當時僝僽《大有》

翠屏深《蘇幕遮》 晴晝永《晝錦堂》 盡日空疑風竹《蕙蘭芳引》 望虛檐徐轉《紅林檎近》 如何向千種思量《鎖陽臺》

弱水侵蓬萊《鎖陽臺》 更花管雲箋《蕙蘭芳引》 醉邀仙侶《芳草渡》

晴嵐低楚甸《渡江雲》 念渚蒲汀柳《一寸金》 愁轉清商《風流子》

風翻酒幔寒凝茶煙《訴衷情》 竟夕起相思《塞垣春》 漸解狂朋懽意少《氐州第一》

蟬咽涼柯燕飛塵幕《法海獻仙音》 閉門收返照《傷情怨》 更堪孤館宿酲忺《晝錦堂》

舊賞園林《少年遊》向邃館静軒《三部樂》　困眠初熟《大酺》

同時歌舞《瑞龍吟》有清尊檀板《粉蝶兒慢》拍手相招《一翦梅》

爲誰心子裏《感皇恩》著這情懷《滿路花》

恰似夢中時《虞美人》飛將歸去《南浦》

斷雨殘雲《蘇幕遮》誰念省《側犯》　江陵舊事《綺寮怨》

黄蘆苦竹《滿庭芳》想難念《訴衷情》渭水西風《齊天樂》

條風布暝霏霧弄晴《應長天》　酒旗戲鼓甚處市《西河》

夜色催更清塵收露《拜星月慢》怨句哀吟送客秋《南鄉子》

度曲傳觴《雙頭蓮》横霜竹《水調歌頭》偏憐嬌鳳《慶春宫》

籠鐙就月《意難忘》背畫闌《滿江紅》　共數流鶯《長相思慢》

羌管怎知情《南浦》　待憑征燕歸時《解蹀躞》纔始有緣相見《玲瓏四犯》

冰壺防飲渴《滿路花》又被春風吹醒《感皇恩》誰信無憀爲伊《過秦樓》

蘭成顦顇樂廣清羸《大酺》　聽折柳徘徊《月下笛》未慣羈遊况味《鎖陽臺》

塞北氍毹江南圖障《蕙蘭芳引》正泥花時候《懷京樂》因念舊日芳菲《念奴嬌》

香破豆燭頻花《驀山谿》重理《定風波》吟箋賦筆《瑞龍吟》

日流金鳳解愠《鶴衝天》相尋《南鄉子》小院閒庭《黃鸝繞碧樹》

霽景對霜蟾乍昇《倒犯》　銀漢瀉秋寒《水龍吟》頓疏花簟《齊天樂》

沙痕退夜潮正落《一寸金》楓林凋晚葉《風流子》細繞回隄《掃花遊》

水驛春回《解連環》想一夜怨題《掃花遊》終歸何處《留客住》

紗窗月冷《柳梢青》奈五更愁抱《霜葉飛》不似當時《少年遊》

幸自也總由他《大有》　更休思慮《黃鸝繞碧樹》

幾日來真個醉《紅窗迥》著甚情懷《滿路花》

一點炊煙《一寸金》疏籬曲徑田家小《虞美人》

幾行新雁《雙頭蓮》日薄塵飛官路平《浣谿沙》

征騎初停《點絳唇》一笑相逢蓬海路《蝶戀花》
素煙如掃《倒犯》　夕陽深鎖綠苔門《玉樓春》

晴晝永《晝錦堂》落花閒《訴衷情》　小檻朱籠報鸚鵡《荔枝香近》
暑風和《鶴衝天》叢竹饒《早梅芳近》畫欄曲徑宛秋蛇《醉桃源》

煙中列岫青無數《玉樓春》
樓上晴天碧四垂《蝶戀花》

簾捲青樓《花心動》長晝《宴桃源》落花閒《訴衷情》幾日來《紅窗迥》
亂點桃蹊輕翻柳陌《六醜》

山圍寒野《慶春宮》明朝《南鄉子》歸騎晚《瑞龍吟》空回頭《點絳唇》
親馳鄭驛時倒融尊《西平樂》

吟待晚涼天《鶴衝天》總無聊《雙頭蓮》倦脱綸巾困便修竹《法曲獻仙音》
愁如春後絮《滿路花》怎奈向《大酺》　風銷絳蠟露浥紅蓮《解語花》

十載紅塵《鎖陽春》應恨墨盈箋愁妝照水《還京樂》

半規涼月《風流子》愛停歌駐拍勸酒持觴《意難忘》

曉妝初試鬟雲侵《南柯子》隔院芸香《應天長》嬌鶯能語《感皇恩》

歌板未終風色變《蝶戀花》透簾鐙火《少年遊》暮雨生寒《齊天樂》

土花繚繞《風流子》過盡冰霜《蝶戀花》當時曾題敗壁《綺寮怨》

夜色澄明《長相思慢》喜無風雨《少年遊》還是獨擁秋衾《解蹀躞》

梅雨乍晴初《鶴衝天》睡起無憀《丹鳳吟》灰㬉香融銷永晝《漁家傲》

谿源新臘後《玉燭新》寒威日晚《黃鸝繞碧樹》地遥人倦莫兼程《浣谿沙》

清江東注畫舸西流《渡江雲》不辭多少程《醉桃源》亂絲歧路總奇絶《看花迴》

青翼未來濃塵自起《雙頭蓮》長記分携處《虞美人》澹月疏星共寂寥《南鄉子》

蓮漏滴竹風涼《意難忘》閒尋舊蹤跡《蘭陵王》

翠屏深香篆裊《蘇幕遮》無事小神仙《鶴衝天》

麗日樓臺《看花迴》人静烏鳶自樂《滿庭芳》
妒花風雨《水龍吟》香消金獸慵添《畫錦堂》

鳳簫鸞管不曾拈《畫錦堂》記愁横淺黛淚洗紅鉛《憶舊遊》風幕捲金泥《風流子》選甚連宵徹晝《留客住》
柳眼花鬚更誰翦《荔枝香近》又酒趁哀弦燈照離席《蘭陵王》畫船喧疊鼓《齊天樂》堪嗟誤約乖期《還京樂》

飛蓋歸來《解語花》有誰知《夜遊宮》桃李自春《瑣窗寒》梅花耐冷《紅林檎近》
綺窗依舊《感皇恩》最先念《大酺》鳥蛩勸織《齊天樂》鳥雀呼晴《蘇幕遮》

落花都上燕巢泥《浣谿沙》竹檻鐙窗《拜星月慢》又成春減《粉蝶兒慢》
今日獨尋黄葉路《玉樓春》酒旗漁市《鎖陽臺》空帶愁歸《夜飛鵲》

輕帳翠縷如空《塞翁吟》舊曲凄清《綺寮怨》歌罷月痕來照席《漁家傲》
綺陌畫堂連夕《雙頭蓮》醉眠葱蒨《玲瓏四犯》夜寒袖濕欲成冰《醉桃源》

窗影燭花摇《憶舊遊》休訴金樽推玉臂《定風波》
雲鬟香霧濕《鎖陽臺》不須紅雨洗香腮《虞美人》

南陌上落花閒《訴衷情》　瘦馬銜泥尋去路《芳草渡》

繚牆深叢竹繞《早梅芳近》嗚鳩拖雨過江皋《浣谿沙》

霜凋岸草《浪淘沙慢》天闊鴻稀《紅羅襖》憑仗青鸞道情素《感皇恩》

雲凍江梅《鎖陽臺》　夜寒鐙暈《丁香結》休將寶瑟寫幽懷《玉樓春》

十載紅塵《鎖陽臺》空回顧《點絳唇》同時歌舞《瑞龍吟》

幾行新雁《雙頭蓮》想難忘《訴衷情》當日音書《解連環》

欲攀雲駕倩西風《燕歸樑》一晌留情《慶春宮》曾倚高樓望遠《看花迴》

不待長亭傾別酒《蝶戀花》數聲終拍《月下留》翻令倦客思家《西平樂》

喬木依前《西平樂》甚尚掛微微殘照《氐州第一》

桂花初著《醉落魄》爲憐他種種清香《萬里春》

誰爲探訪春《驀山谿》前度梅牆《風流子》向天涯自看桃李《還京樂》

相將散離會《夜飛鵲》無情畫舸《尉遲杯》傍水驛深艤蒹葭《渡江雲》

宴席晚方懽《紅林檎近》秀色芳容《看花迴》醉魂乍醒《念奴嬌》

晴風盪春際《瑞鶴仙》　千紅萬翠《萬裏春》春意潛來《蝶戀花》

風力微冷簾旌《長相思慢》　同引離觴《鎖陽臺》正是夜堂無月《應天長》

桐蔭半侵庭户《法曲獻仙音》喚回殘春《風流子》別有孤角吟秋《華胥引》

斷梗飛雲《鬢雲松令》別來新翠迷行徑《虞美人》

塗香暈色《渡江雲》　自翦鐙花試彩毫《南鄉子》

黄蜂遊閣《丹鳳吟》蒼蘚沿階《丁香結》蕙風初散輕暖《看花迴》

暗柳啼鴉《瑣窗寒》露橋聞笛《蘭陵王》斜月遠墮餘輝《夜飛鵲》

花閣迥《訴衷情》好風浮《長相思》青翼未來《雙頭蓮》今宵正對初弦月《渡江雲》

粉牆低《花犯》　晴晝永《晝錦堂》桂華又滿《繞佛閣》冷豔須攀最遠枝《醜奴兒》

馬啼初趂輕裝《鎖陽臺》斜徑都迷《夜飛鵲》　豔陽占立青蕪地《水龍吟》

蟲網吹粘簾竹《大酺》　回廊未掃《紅林檎近》敗葉相傳細雨聲《南鄉子》

結春伴《迎春樂》長到吳門《鎖陽臺》水秀山明《減蘭》楊花亂飄晴晝《花心動》

念故人《霜葉飛》親馳鄭驛《西平樂》津回路轉《燕歸樑》斜月遠墮餘輝《夜飛鵲》

迢遞阻瀟湘《南浦》小檝輕舟《蘇幕遮》哪堪昏暝《丹鳳吟》

登臨望故國《蘭陵王》斷碑殘記《西平樂》莫惜徘徊《鎖陽臺》

竟夕起相思《塞垣春》想寄恨書中《風流子》驚風破雁《氐州第一》

亂愁迷遠覽《早梅芳近》過當時樓下《還京樂》衰柳啼鴉《慶春宮》

書勞玉指封《南柯子》迢迢《憶舊遊》別語愁難聽《蝶戀花》

腸斷朱扉遠《虞美人》脈脈《浪淘沙慢》清曉夢又稀《四園竹》

閒行春盡時《長相思》浴鳧飛鷺澄波淥《菩薩蠻》

回首城南道《早梅芳近》短帽輕衫走馬迎《南鄉子》

飛蓋歸來《解語花》應有吳霜侵翠葆《玉樓春》

單衣佇立《瑣窗寒》不辭泥雨濺羅襦《浣谿沙》

弦管當頭《慶宫春》醉蹋陽春懷故園《漁家傲》

梅花照眼《花犯》早收鐙火夢傾城《浣谿沙》

粉蝶多情《蝶戀花》佯向人前《訴衷情》脈脈《浪淘沙慢》

鳴蛩勸織《齊天樂》奈何客裏《懷京樂》啾啾《南鄉子》

畫舸西流《浪淘沙慢》見皓月相看《霜葉飛》寄將秦鏡《風流子》

翠尊未竭《浪淘沙慢》擁春酲乍起《紅窻迥》倦脱綸巾《法曲獻仙音》

春意潛來《蝶戀花》正店舍無煙《瑣窻寒》黎花榆火催寒食《蘭陵王》

離思何限《齊天樂》悄郊原帶郭《瑞鶴仙》澹月疏星共寂寥《南鄉子》

翠幕褰風《蝶戀花》鑪煙澹澹雲屏曲《玉團兒》

夜窻垂練《三部樂》箭水泠泠刻漏長《長相思》

夜色催更《拜星月慢》歎重拂羅裀《齊天樂》夢爲蝴蝶留芳甸《蝶戀花》

餘寒帶雨《粉蝶兒慢》也擬臨朱户《憶舊遊》静看燕子壘新巢《浣谿沙》

香馥馥《憶秦娥》雨斑斑《訴衷情》簫鼓休《長相思》看看又奏《玉燭新》

病懨懨《夜遊宮》情黯黯《醉桃源》薔薇謝《氏州第一》事事俱嫌《畫錦堂》

落日媚滄洲《驀山谿》畫舸亭亭浮澹淥《玉樓春》

晴嵐低楚甸《渡江雲》朝雲漠漠散輕絲《少年遊》

没心永守《大有》縱妙手能解連環《解連環》但唯有相思《鎖陽臺》盡傳胸臆《月下留》

欲説又休《風流子》無一句堪喻愁結《三部樂》問何時重握《丹鳳吟》來伴冰霜《醜奴兒》

故地使人嗟《西平樂》亂一岸芙蓉《塞翁吟》川圖換目《氏州第一》

賞心隨分樂《粉蝶兒慢》憶少年歌酒《浪淘沙慢》弦管當頭《慶宮春》

景物關情《氏州第一》轉思量《三部樂》蟬咽涼柯燕飛塵幕《法曲獻仙音》

歲華易老《浪淘沙慢》細念想《玲瓏四犯》風銷絳蠟露浥紅蓮《解語花》

宿霧藏春《粉蝶兒慢》自翦柳枝明畫閣《蝶戀花》

曉陰翳日《掃花遊》靜看燕子壘新巢《浣谿沙》

往事舊懽《感皇恩》　奈愁極頻驚夢輕難記《大酺》

倦遊厭旅《蕙蘭芳引》　且莫思身外長近尊前《滿庭芳》

花豔参差《慶春宮》　强對青銅簪白首《蝶戀花》

酒壚寂静《側犯》　休將寶瑟寫幽懷《玉樓春》

駝褐寒侵《西平樂》　醉倚斜陽穿柳綫《繞佛閣》

紗窻月冷《柳梢青》　莫將清淚濕花枝《一落索》

粉蝶多情《蝶戀花》　疑净洗鉛華《花犯》　閒依露井《過秦樓》

花驄會意《夜飛鵲》　但只聽消息《雙頭蓮》　細繞回隄《掃花遊》

畫舸西流《渡江雲》　斜陽冉冉春無極《蘭陵王》

雲窻静揜《齊天樂》　短燭熒熒悄未收《南鄉子》

竹風涼《意難忘》　亭館清殘燠《六幺令》

梅雨霽《鶴衝天》　水鄉增暮寒《紅林檎近》

花豔參差《慶春宮》滿路飄香麝《解語花》

豐鐙凌亂《瑣窻寒》倚門聽暮鴉《醉桃源》

柳汀蓮浦《點絳唇》　度曲傳觴《雙頭蓮》　風物依然荊楚《齊天樂》

鳳閣鸞坡《鬢雲松令》援毫授簡《紅林檎近》吾家舊有簪纓《南浦》

明年誰健《六幺令》唯有天知《風流子》拚劇飲淋浪《意難忘》選甚連宵徹晝《留客住》

前日相逢《大有》　更無人問《少年遊》對曉風鳴軋《華胥引》空乖夢約心期《紅羅襖》

輕風暗觸珠簾《晝錦堂》醉眼重醒《長相思慢》仍慣見珠歌翠舞《尉遲杯》

飛雨時鳴高屋《大酺》　別情無極《六醜》　不堪聽急管繁弦《滿庭芳》

絮亂絲繁《蝶戀花》想一葉怨題今在何處《掃花遊》

夢沈書遠《過秦樓》但連環不解難負深盟《長相思慢》

日上三竿《滿路花》但滿眼京塵《憶舊遊》桃谿換世《長相思慢》

天低四野《西平樂》望一川暝靄《風流子》雪浪翻空《水龍吟》

暮雲如帳褰開《瑣窗寒》煙中列岫青無數《浣谿沙》
花影被風摇碎《紅窗迥》雨過殘紅濕未飛《玉樓春》

休將寶瑟寫幽懷《鎖陽臺》正店舍無煙《瑣窗寒》歎冷落頓辜佳節《看花迴》
莫話揚鞭回別首《蝶戀花》隔谿山不斷《拜星月慢》又相看老却春風《萬里春》

柳花吹雪燕飛忙《虞美人》正霧靄煙横《掃花遊》眼迷魂亂《夜遊宫》
桃萼新香梅落後《蝶戀花》但蜂媒蝶使《六醜》暮往朝來《荔枝香近》

香滿衣襟《醉落魄》記試酒歸時《丁香結》管教風味還勝舊《蝶戀花》
寒侵枕障《大酺》想故人別後《蕙蘭芳引》再等來時已變秋《長相思慢》

青翼未來《雙頭蓮》醉倚斜橋穿柳綫《繞佛閣》
綺窗依舊《感皇恩》慢摇紈扇訴花箋《鶴衝天》

亂雨瀟瀟《憶舊遊》掛一縷相思《看花迴》簾波不動《驀山谿》
明星晃晃《燕歸樑》望千門如晝《解語花》更漏將闌《蝶戀花》

簾捲青樓《花心動》見皓月相看《霜葉飛》數聲鐘定《感皇恩》
煙深極浦《塞垣春》望箭波無際《還京樂》兩地魂銷《憶舊遊》
竹風涼《意難忘》任占地持杯《掃花遊》往事休重問《驀山谿》
梁燕語《垂絲釣》似牽衣待話《六醜》欲歸須少留《長相思》
想如今《還京樂》 窻外亂紅《紅窻迥》忍當訊景《黃鸝繞碧樹》
怎奈向《拜星月慢》樓前疏柳《驀山谿》苦恨斜陽《點絳唇》
凄涼病損文園《宴清都》對客館深扃《蕙蘭芳引》漸日晚《尉遲杯》舊香頓歇《浪淘沙慢》
迢遞路回清野《夜飛鵲》見孤村寂寞《女冠子》 向天涯《還京樂》離思相縈《華胥引》
晝日移陰《滿江紅》最關情《綺寮怨》流水落花《蘇幕遮》細尋前跡《應天長》
東城閒步《瑞龍吟》誰念省《側犯》 益韉飛轡《雙頭蓮》不似當時《少年遊》
翠葆參差竹徑成《浣谿沙》向露冷風清《浪淘沙慢》立殘更箭《過秦樓》
金閨平貼春雲暖《虞美人》但蜂媒蝶使《六醜》 香滿衣襟《最落魄》

吾家舊有簪纓《南浦》 鳳閣鸞坡《鬢雲松令》細尋前跡《應天長》
風物依然荊楚《齊天樂》藻池苔井《側犯》 共過芳時《西平樂慢》

一夕東風《少年遊》流潦妨車轂《大酺》
幾行新雁《雙頭蓮》斜陽明柁樓《長相思》

兩地魂銷《憶舊遊》高歌羌管吹遥夜《醜奴兒》
半篙波暖《蘭陵王》艇子扁舟來莫遲《長相思》

風景似揚州《少年遊》穠李夭桃《畫錦堂》無言對月《南浦》
晴嵐低楚甸《渡江雲》黄蘆苦竹《滿庭芳》一段傷春《訴衷情》

一笑生春《柳梢青》帶雨態煙痕《看花迴》坐久想看纔喜《長相思慢》
數聲終拍《月中行》寄鳳絲雁柱《垂絲釣》知音見説無雙《意難忘》

天闊鴻稀《紅羅襖》空見説《畫錦堂》雲飛帝國《看花迴》
嚴寒鐙暈《丁香結》最關情《綺寮怨》家住吳門《蘇幕遮》

美盼柔情《長相思慢》　强整羅衣揎皓腕《浣谿沙》
淺顰輕笑《感皇恩》　不須紅雨洗香腮《虞美人》
就暈潮紅《柳梢青》　休訴金樽推玉臂《定風波》
病傷幽素《掃花遊》　更將團扇揜酥胸《浣谿沙》

吴文英　字夢窗　詞名夢窗　甲乙丙丁四稿

雲深山塢煙冷江皋《聲聲慢》　自越擢輕飛《木蘭花慢》　寒食相思湖上路《倦尋芳》
柳暝河橋鶯晴臺苑《夜合花》　歎畫圖難仿《一寸金》　新歸重省别來愁《江神子》
鶯團橙徑鱸躍蓴波《聲聲慢》　繫船香鬥春寬《慶春宫》　飲湖光山渌成花貌《賀新郎》
風響牙籤雲寒古硯《江南春》　添綫繡床人倦《西江月》　又金羅紅字寫新詞《滿江紅》
片繡點重茵《渡江雲》　花下蒼苔盛羅襪《浪淘沙慢》
殘鐙耿塵壁《應天長》　牆頭飛玉怨鄰簫《浣谿沙》

金井空陰《點絳唇》庭竹不收簾影去《花上月令》

暮山横翠《齊天樂》棲鴉常带夕陽還《思家鵲》

春屋圍花《慶春宫》簾外餘寒未捲《雙雙燕》

秋鐙吟雨《十二郎》欄中晚色先收《西江月》

相思不管年華《荔枝香近》珠絡香銷空念往《倦尋芳》

和醉重尋幽夢《風入松》越波秋淺暗啼昏《浣谿沙》

秋壓要長《一寸金》幾點疏星映朱户《荔枝香近》

花扶人醉《漢宫春》一年佳節過西厢《浣谿沙》

足成千歲風流《聲聲慢》到應事無心與閒同趣《掃花遊》

重省舊時羈旅《喜遷鶯》料剛腸肯殢淚眼難覊《沁園春》

天桂飛香《燭影搖紅》古陰冷翠成秋苑《水龍吟》

倦茶薦乳《掃花遊》曲角深簾隱洞房《浣谿沙》

飛浪濺濕行裙《風流子》香裏紅霏《丁香結》東風似海《漢宮春》
歸霞時點清鏡《還京樂》露零鷗起《鶯啼序》賸水開奩《聲聲慢》
孤館閉更寒《燕歸梁》向别枕倦醒《解連環》梅子未黄愁夜雨《滿江紅》
晴絲牽緒亂《瑞鶴仙》傍危欄醉倚《鶯啼序》玉奴最晚嫁東風《西江月》
庭浪無紋《夜飛鵲》粉河不語墮秋曉《秋蘂香》
煙林褪葉《霜天曉角》秦黛横愁送暮雲《浣谿沙》
憑欄淺畫成圖《高陽臺》放繡箔半鉤《無悶》高樹數聲蟬送晚《蝶戀花》
夢枕殘雲驚寤《探芳信》傍金波開户《聲聲慢》夕陽無語燕歸愁《浣谿沙》
臨分敗壁題詩《鶯啼序》早柔綠迷津亂莎荒圃《齊天樂》
得意東風去櫂《木蘭花慢》看殘山灌翠賸水開奩《聲聲慢》
攬翠瀾總是愁魚《高陽臺》漸晚色催陰風花弄雨《木蘭花慢》
倩片紙丁寧過雁《宴清都》正碧雲不破素月微行《婆羅門引》

天桂飛香《燭影摇紅》朝寒幾暝金鑪燼《高陽臺》

湅梅藏韻《花心動》老色頻生玉鏡塵《一翦梅》

孤館閉更寒《燕歸樑》湘浪莫迷花蝶夢《江城子》

鈿車催去急《水龍吟》落紅微沁繡鴛泥《醉桃源》

暗柳追涼《鶯啼序》機杼還催織《六幺令》

碧霞籠夜《拜星月慢》秋千教放低《醉桃源》

細雨濕黄昏《珎珠簾》燕子不知春事改《浪淘沙》

西風摇步綺《夢芙蓉》蟬聲空曳別枝長《風入松》

闌干晚色先收《西江月》碧甃清漪方鏡小《夜行船》

江國離心還折《喜遷鶯》暮煙秋雨野橋寒《霜華腴》

鶯邊話別橋下相逢《江南好》念倦客依前貂裘茸帽《十二郎》

鐙外歌沈月上花淺《倦尋芳》料希音不在女瑟媧笙《滿江紅》

行雲有影月含羞《浣谿沙》聽露井梧桐《惜秋華》和醉重尋幽夢《風流子》

高樹數聲蟬送晚《蝶戀花》駐短亭車馬《龍山會》無情漫攬秋心《聲聲慢》

幾番時事重論《水龍吟》閒裏暗牽經歲恨《浣谿沙》

同惜天涯爲旅《齊天樂》樽前不按駐雲詞《江城子》

有人獨立空山《水龍吟》一曲遊仙聞玉磬《蝶戀花》

漫客請傳芳卷《永遇樂》半壺秋水薦黃花《霜葉飛》

寶枕香留《醉蓬萊》鉛淚結成紅粟顆《浪淘沙》

珠囊袖冷《水龍吟》冰泉輕瀉翠簫香《好事近》

飛醉筆駐吟車《醉桃源》漸晚色催陰《木蘭花慢》落絮無聲春墮淚《浣谿沙》

按瓊簫賦金縷《倒犯》冷霜波成纈《尾犯》野舟橫渡水初晴《滿江紅》

西陵人去暮潮還《浪淘沙》渺煙磯飛帆《齊天樂》雪浪閒消釣石《木蘭花慢》

金屋妝深沈香換《絳春都》看風籤亂葉《掃花遊》暗塵重拂雕櫳《江南好》

醉痕深暈潮紅《烏夜啼》曲屏先暝鶯衾慣《風入松》

倦夢不知蠻素《霜葉飛》明月生涼寶扇閒《思佳客》

燕子重來《點絳唇》東風晴晝弄如酒《高陽臺》

梅痕似洗《解語花》細雨清寒暮揜門《一翦梅》

風情誰道不因春《一翦梅》看畫寢凝香《瑞鶴仙》曉夢先迷楚蝶《無悶》

秋色未教飛盡雁《滿江紅》冷霜波成纈《尾犯》機心已墮沙鷗《高陽臺》

籬落認悉奴《朝中措》葺屋營花《江南春》思生晚眺《念奴嬌》

水鄉尚寄旅《鶯啼序》住船繫柳《瑞龍吟》借與遲留《聲聲慢》

十里東風《花心動》江上翠微流水《玉京謠》

一年寒食《祝英臺近》天涯芳草青山《西江月》

一點煙紅春小《霜天曉角》

千林日落鴉遠《西江月》

争如小隊春行《漢宮春》臂隼牽盧縱長獵《一寸金》

尚有落花還在《朝中措》櫻脂茸唾聽吟詩《燭影摇紅》

夜涼如水侵簾櫳《江神子》　夢凝白闌干《齊天樂》十香揾袖《八聲甘州》

秀靨偷春小桃李《荔枝香近》澹生綃裙幅《念奴嬌》千豔傾城《慶春宮》

垂楊暗吳苑《瑞鶴仙》

涼月滿緱山《訴衷情》

烏帽壓吳霜《浪淘沙》兩岸落花殘酒醒《定風波》

金規印遥漢《夜飛鵲》天街如水翠塵空《江城子》

煙海沈蓬《八聲甘州》數客路又隨淮月《玉蝴蝶》

星河浮霽《絳都春》　問幾時重駕巫雲《宴清都》

豆花寒落春鐙《慶春宮》　過雨西風《荔枝香近》雞唱晚《謁金門》

雪浪閒消釣石《木蘭花慢》送人雙槳《解蹀躞》　燕歸來《西子妝慢》

淺傍垂虹《聲聲慢》月落谿窮清影在《浣谿沙》
丁寧過雁《宴清都》殘陽草色歸思賒《憶舊遊》

秋水闌干《沁園春》殘醉醒《花犯》
歸鴻心事《瑞鶴仙》客情知《江神子》

半篋新詞《鶯啼序》料漫憶蓴絲鱸雪《江南春》
回弦夜語《木蘭花慢》寄相思寒雨鐙窻《宴清都》

對小弦月掛南樓《宴清都》睡起無憀《瑞鶴仙》渾似飛仙入夢《夜飛鵲》
治敗景風搖青蔓《三姝媚》思懷幾許《水龍吟》欲題秋訊誰緘《聲聲慢》

澄波淡綠無痕《渡江雲》聽嬌蟬聲度菱唱《法曲獻仙音》
寶月驚塵墮曉《秋蘂香》倩玉兔別擣天香《浪淘沙慢》

一簾芳景燕同吟《思佳客》記旋草新詞《木蘭花慢》倩鳳尾時題畫扇《宴清都》
半幅寒香家住遠《江神子》試潛行幽曲《八聲甘州》問蓴鱸幾共西風《瑞鶴仙》

水沈熨露岸錦宜霜《玉蝴蝶》　北斗秋橫雲髻影《蝶戀花》

紅索新晴翠蔭寒食《西平樂慢》西湖同結杏花夢《踏莎行》

晚吹乍顫秋聲《金琖子》漸風雨西城暗欹客帽《齊天樂》

春色長供午睡《瑞鶴仙》算江湖幽夢頻繞殘鐘《江南好》

窻隙流光《鶯啼序》　閒素箑《霜天曉角》

夜欄心事《新雁過妝樓》對秋鐙《夜遊宮》

因話駐馬新隄步秋綺《荔枝香近》

不放啼紅流水透宮溝《江神子》

庭浪無紋《夜飛鵲》長與妝樓懸晚照《玉樓春》

天聲似語《齊天樂》盡沾高閣步紅雲《浣谿沙》

飛夢逐塵沙《憶舊遊》强作酒朋花伴《永遇樂》

寫情題水葉《一寸金》笑携雨色晴光《金琖子》

麗花鬥靨清麝濺塵《應天長》宿酒微蘇《漢宮春》秋瀲灩《聲聲慢》

芳節多蔭蘭情稀會《霜華腴》洞簫低按《絳都春》月籠明《烏夜啼》

吟船繫雨《水龍吟》

冰岸飛梅《倦尋芳》

騎鶴過瑶京《風入松》許分得鈞天鳳絲龍吹《齊天樂》

垂楊暗吳苑《瑞鶴仙》解勒回玉輦霧揜花羞《高陽臺》

水沈熨露岸錦宜霜《玉蝴蝶》慣朝昏晴光雨色《鶯啼序》

笑靨欹梅仙衣舞纈《六醜》爛錦繡人海花場《玉京謠》

金屋寬花《花心動》鶯籠春語《柳梢青》

吟船繫雨《水龍吟》雁影秋空《喜遷鶯》

暗柳回隄《聲聲慢》關河秋近《沁園春》

寒蛩滿地《一寸金》鐙火更闌《一翦梅》

十里東風《花心動》爲王孫重來旋生芳草《三姝媚》
一枝曉露《朝中措》恨玉奴消瘦飛趂輕鴻《聲聲慢》
無限新愁《點絳唇》記留連空山夜雨短亭春酒《賀新郎》
强寬秋興《齊天樂》變向此搜松訪石葺屋營花《江南春》
歸夢湖邊《祝英臺近》記曉葉題霜秋鐙吟雨《十二郎》
晚林青外《慶春宫》看殘山灌翠賸水開奩《聲聲慢》
往事朦朧《八聲甘州》空腸斷熏鑪燼消殘蕚《金琖子》
怨時遲暮《風流子》幾楓丹霜渚蕙綠春洲《聲聲慢》
十載江楓《尾犯》林聲怨秋色《瑞鶴仙》
四橋煙雨《瑞龍吟》桃葉已春江《風入松》
團扇輕委桃花《祝英臺近》春澹情濃半中酒《夜遊宫》
紺紗低護鐙蘂《鶯啼序》櫻脂茸唾聽吟詩《燭影摇紅》

春屋圍花《慶春宮》紅簾影動《蝶戀花》

梅窻沈月《喜遷鶯》羅蓋低籠《宴清都》

暗柳回隄《聲聲慢》千尺晴霞慵卧水《賀新郎》

平沙飛雪《暗香》五更櫪馬静無聲《醉桃源》

古鬲香深《夜行船》但酒抵曉寒棋消日永《探芳信》

暮檐涼薄《解連環》正風吟莎井月碎苔蔭《聲聲慢》

渺征查去乘閬風《瑣窻寒》便閶闔輕排虹河平遡《齊天樂》

數客路又隨淮月《玉蝴蝶》看殘山灌翠賸水開奩《聲聲慢》

醉情題枕冰《生查子》妝鏡明星争晚照《蝶戀花》

花信上釵股《祝英臺近》綠沈湘水避春風《燕歸來》

旋移輕鷁淺傍垂虹《聲聲慢》待漲綠春深落花香汛《秋思》

重洗清杯同進深夜《慶春宮》正碧雲不破素月微行《婆羅門引》

夜湖上明月蘆花《三部樂》 弄野色煙姿《蕙蘭芳引》雪浪閒消釣石《木蘭花慢》

笑聲轉新年鶯語《祝英臺近》正錦溫瓊膩《丁香結》 晴暉稱拂吟箋《霜華腴》

素月微行《婆羅門引》人間寶鏡離仍合《思佳客》

麴欄鐙映《過秦樓》 波面銅花冷不收《浣谿沙》

藍尾杯單《喜遷鶯》 好結梅兄礬弟《江南好》

春蔭簾捲《燭影摇紅》閒看燕紫鶯黃《如夢令》

南風微弄秋聲《風入松》念客枕幽單《珎珠簾》可惜重陽不把黃花與《蝶戀花》

細草静摇春碧《瑞鶴仙》揜練帷倦人《解連環》丁屬東風莫送片紅飛《江神子》

江鴉初飛《三部樂》人遠雲查渺《八聲甘州》

香鱸堪釣《十二郎》花空江水流《唐多令》

無限新愁《點絳唇》夜寒吳館窄《瑞鶴仙》

重來萬感《夜合花》江碧遠山青《朝中措》

閬苑高寒《新雁過妝樓》天聲似語《齊天樂》
青樓髣髴《鶯啼序》　山色誰題《高陽臺》

步帳深深《龍山會》寒蝶尋香到《點絳唇》
水宮六六《秋霽》　來雁帶書遲《卜算子》

秋如鐙花《燭影搖紅》夜冷殘蛩語《霜葉飛》
寒欺酒力《江南好》　月明仙夢回《醉桃源》

半篁湘波生曉寒《采桑子》　猶自燕沈鶯悄《三姝媚》
千山冷翠飛晴雪《浪淘沙慢》忍教菊老松深《木蘭花慢》

墜葉銷紅《聲聲慢》涼欺岸幘《瑞鶴仙》
平煙蘸翠《水龍吟》釣捲愁絲《醜奴兒慢》

煙海沈蓬《八聲甘州》除酒消春何計《西河》
山屏醉纈《瑞龍吟》　憑欄淺畫成圖《高陽臺》

倦蝶慵飛《掃花遊》　纔知花夢準《花犯》

垂楊漫舞《西子妝慢》留向畫圖看《望江南》

傾國傾城《東風第一枝》雒苑舊移仙譜《漢宮春》

聽風聽雨《垂絲釣》　孤山無限春寒《高陽臺》

舊色舊香《絳都春》　更腸斷珠塵蘚路《古香慢》

非花非霧《東風第一枝》看雪飛蘋底蘆梢《瑞鶴仙》

鶯聲門徑《祝英臺近》暮寒深《探芳信》　檢點舊吟《喜遷鶯》莫空回五湖春雁《倦尋芳》

松影闌干《燭影搖紅》秋夢淺《花上月令》留連清夜《永遇樂》但悵望一縷新蟾《澡蘭香》

細雨南樓《荔枝香近》正賣花迎春去年曾聽《探芳信》

西風破屐《瑞鶴仙》　悵斷魂送遠九辨難招《惜黃花慢》

霜花開盡錦屏空《燭影搖紅》寶枕香留《醉蓬萊》又生秋意《鶯啼序》

石乳飛時離鳳怨《望江南》　銀鐙炙了《朝中措》重返春風《風流子》

梅靨催妝《漢宮春》夜香燒短銀屏燭《醉落魄》

蘭情稀會《霜華腴》老色頻生玉鏡塵《一翦梅》

紅圍舞袖歌裳《漢宮春》聽細語琵琶幽怨《倦尋芳》

香滿玉樓瓊闕《暗香疏影》待賡吟殿閣南薰《鳳池吟》

檐花舊滴《解語花》駐西臺車馬共惜臨花《齊天樂》

廊葉秋聲《八聲甘州》夢凝白闌干化爲飛霧《聲聲慢》

檐花舊滴帳燭新啼《解語花》怕等閒易别那忍相逢《八聲甘州》似曲不成商《風入松》聽細語琵琶幽怨《倦尋芳》

雲影摇寒波塵消膩《慶宮春》待偷覓孤懽强寬秋興《齊天樂》流紅爲誰賦《祝英臺近》漸冷香風露成霏《聲聲慢》

月明池閣夜來秋《浣谿沙》動羅箑清商《秋思》怨入粉煙藍霧《過秦樓》

春重錦堂人盡醉《江神子》揜沈香繡户《鶯啼序》紅圍舞袖歌裳《漢宮春》

煙草晴花《倦尋芳》共臨秋鏡照顦顇《齊天樂》

短藜青屨《繞佛閣》自唱新詞送華年《思佳客》

竝禽飛上金沙《絳都春》正畫堂凝香《瑞鶴仙》錦雲直下花成屋《秋齋》

禁蠅初傳翡翠《掃花遊》記倚床同繡《醉蓬萊》細雨清寒暮揜門《一翦梅》

紅圍舞袖歌裳《漢宮春》鎮帷犀護緊東風《探芳信》宜掃怨蛾澹墨《蕙蘭芳引》

煙鎖藍橋花徑《齊天樂》縱玉勒輕飛迅羽《霜葉飛》何須繫馬金狨《聲聲慢》

避影繁華《丹鳳吟》想夢裏消春酒中延晝《玉燭新》

送秋行色《解連環》在鐙前欹枕雨外薰鑪《高陽臺》

笑從王母摘仙桃《燭影摇紅》連清曉千秋傳宴《水龍吟》

移得春嬌栽瓊苑《絳都春》瞰新妝終日凝眸《聲聲慢》

避影繁華《丹鳳吟》驟夜雨飄紅竟空林島《掃花遊》

慰春顦顇《三姝媚》又凝香追詠重到蘇州《聲聲慢》

傍金波開户翠幄爲家《聲聲慢》動羅箑清商《秋思》醉酒曾同涼月舞《倦尋芳》

放綉箔半鉤寶臺臨砌《無悶》認燕泥舊跡《新雁過妝樓》東風莫送片紅飛《江神子》

懽事小鸞窻《風入松》睡重不知殘酒醒《蝶戀花》

鍊顔銀漢水《齊天樂》身閒猶耿寸心丹《江神子》

東風似海《漢宫春》强醉梅邊《絳都春》别味帶生酸《浪淘沙》湘浪莫迷花蝶夢《江城子》

寶月將弦《燭影摇紅》記穿林窈《三姝媚》良宵愛幽獨《一寸金》新蓬遮却繡鴛遊《浣谿沙》

燭蔭樹影兩交加《醉桃源》向别枕倦醒《解連環》共留取玉欄春住《祝英臺近》

明月清風平分半《絳都春》悵行蹤浪逐《惜秋華》總不如緑野安身《瑞鶴仙》

細雨濕黄昏《珎珠簾》宿燕夜歸銀燭外《望江南》

良宵愛幽獨《一寸金》寒香深閉小庭心《思佳客》

山椒感慨重遊《晝錦堂》漸斷岸飛花《掃花遊》留取行人繫馬《木蘭花慢》

海上偷傳新曲《好事近》傍春空燦綺《鶯啼序》交加曉夢啼鶯《風入松》

月明秋佩無聲《朝中措》擁連媛三千《齊天樂》倩鳳尾時題畫扇《宴清都》

花豔雲蔭籠晝《探芳信》倚瑶臺十二《瑞鶴仙引》早鵲袍已暎天香《高陽臺》

飛浪濺濕行裙《風流子》　試問取朱橋翠柳《宴清都》

殘寒正欺病酒《鶯啼序》　更醉乘玉井秋風《瑞鶴仙》

動地聲名《倒犯》　記羽扇綸巾氣凌諸葛《江南春》

内家標致《瑞鶴仙》　帶天香國豔羞揜名姝《漢宮春》

夜分谿館漁鐙《水龍吟》　記年時舊宿凄涼《霜華腴》　卧笛長吟《齊天樂》　鄉夢窄《思佳客》

春在綠窗楊柳《如夢令》　送曉色一壺葱蒨《花犯》　洗妝輕怯《凄涼犯》　酒香濃《江神子》

揮毫倚馬成章《高陽臺》　問鐃鼓新詞誰作《瑶華》

夢枕殘雲驚寤《探春慢》　望罘罳朗月初圓《瑞鶴仙》

南風微弄秋聲《風入松》　又鐙暈夜涼《絳都春》　吟生晚興《水龍吟》

雲葉翠溫羅綺《喜遷鶯》　正午長漏遲《鶯啼序》　豔拂潮妝《法曲獻仙音》

天桂飛香《燭影摇紅》　翠蔭明月勝花夜《夢行雲》

殘蟬韻晚《惜秋華》　曲角深簾隱洞房《浣谿沙》

清睡濃時《采桑子》向別枕倦醒《解連環》更明朝棋消永晝《燭影搖紅》

新腔按征《絳都春》聽鳳笙吹下《瑞鶴仙》對小弦月掛南樓《宴清都》

此去幽曲誰來《解蹀躞》記遍地梨花《掃花遊》春色長供午睡《瑞鶴仙》

幾回憑欄人換《永遇樂》到臨窗修竹《好事近》南風微弄秋聲《風入松》

平瞻太極天街《鶯啼序》北斗秋橫雲髻影《蝶戀花》

小立中庭蕪地《拜星月慢》落紅微沁繡鴛呢《醉桃源》

羽扇揮兵《瑶華》戰艦東風慳借便《金縷歌》

金韉賜馬《木蘭花慢》千山濃綠未成秋《西江月》

移燭暗放簾垂《江神子》夜寒吳館窄《瑞鶴仙》

問流花尋夢草《祝英臺近》江碧遠山青《朝中措》

十里東風《花心動》喬木生雲氣《金縷歌》

千絲怨碧《渡江雲》垂楊舞曉寒《菩薩蠻》

廊葉秋聲《八聲甘州》夢凝白闌干化爲飛霧《齊天樂》
檐花舊滴《解語花》　駐西臺車馬共惜臨流《聲聲慢》
可憐殘照西風《解蹀躞》驛路飛香遺凍草《花犯》
偏是故宮離苑《倦尋芳》行人無語看春山《燕歸梁》
障泥南陌潤輕酥《燭影摇紅》記留連空山夜雨《賀新郎》
妝鏡明星争晚照《蝶戀花》　醉爛漫梅花翠雲《柳梢青》
秋瀲灩《聲聲慢》　月籠明《烏夜啼》流紅爲誰賦《祝英臺近》
翠參差《拜星月慢》醉深窈《掃花遊》盡日不成眠《訴衷情》
垂楊徑《尉遲杯》晚香樓《江城子》　回施紅妝青鏡《聲聲慢》
杏園詩《高陽臺》桃花夢《霜天曉角》笑携兩色晴光《金菚子》
嘶騎征塵《慶春宫》恨曉風千里關山《高陽臺》江國離心還折《喜遷鶯》
蹇驢吟影《無悶》　料淺雪黄昏驛路《花犯》　天涯倦客重歸《西平樂慢》

千豔傾城《慶春宮》綵扇何時翻翠袖《青玉案》

數星横曉《繞佛閣》行人無語看春山《燕歸樑》

綠擾雲鬟《慶春宫》弄水月初匀妝面《絳都春》

漏侵瓊瑟《秋霽》問蓴鱸今幾西風《瑞鶴仙》

後記

姚亶素（肇菘、凤昭、詠淘）字景之，晚年号东木老人，室名天醉楼，浙江吴兴人（1872年—1963年），为近代著名词人。清末曾任抚州知府、南昌知府。解放后任江苏省文史馆馆员。

姚亶素有世家数代词作相传的治学渊源。二十多年家族特色的私塾育教，令他熟通大量古文字，又有通览前朝文人诗作的底蕴，垫就了他的文字辩解和训诂基础，使得他能驾轻就熟地运用于自己的长短句创作。姚亶素少年时曾跟随王半塘游历湖湘江海间，受授作词之法。他继承了王半塘的高雅词风，形成严尊规范工整的词作操守又不佶聱于偏执，大气洒脱的独特风格。

姚亶素身处晚清，经历了辛亥革命，而后远离仕途，穷居沪渎，借寓吴门，靠文字润资及典当书画旧物度日。对时局变乱的忧虑和无奈，内心的愤懑，其人生的心路历程，及情感世界全部倾注于填词之中。他毕生写诗词千数，编著有《枳园词》、《咫园词》、《天醉楼词选》、《心月宧词》、《散莲宧集外词》、《天醉楼填词图》、《天醉楼词联摘翠编》、《横泾避乱图》、《东湖怀旧图》等。其间姚与王半塘、朱祖谋以及西泠印社、稊园诗词社、沤社、须社的文人雅士酬唱和鸣，交往甚密。

词人夏敬观《忍古楼词话》谈到与姚亶素的交往，对其词有中肯评价，『平昔论词，墨守四声，于近人尤服膺新会陈洵述叙……一词出，辙数易字而卒就妥帖，固难能也』。张蛰公（字荣培）《喜姚亶素过访》有

『难得故人持笠至，未曾荒径扫花迎，宫词战国推求细，乐府归朝考订精』句，说的是姚出示战国宫词十二首，并考证辛稼轩《归朝欢》改《菖蒲绿》的由来。夏孙桐（字闰枝）在《悔龛词续》作《瑞鹤仙·吴兴姚亶素为王半塘姻旧乱后复侨居吴门》，有『况相逢南雁，诉将怀抱……承平追溯，四印高斋，擘笺摛藻』句。夏敬观、吴湖帆、黄宾虹为沈曾植（字子培）绘《海日楼图》，姚亶素亦有题款。姚亶素《天醉楼词图》成册，王禔、溥儒先生题写书目，林开謩、仇继恒、邓邦述、郭则沄等三十多人为姚亶素词作题诗、填词、书联、作画。林葆恒（字子有）在丁丑年姚亶素寿诞时书寿字相贺，姚亶素于辛巳年林葆恒七十大寿时，亦作《洞仙歌》一阕赠之：

风涛荡处，中有神仙宅，饮酒吟诗永朝夕，看红叶，三变劫火无情，空馀得，老去闲身萧瑟。平居成大隐，最爱孤标，还向蓬莱占先籍，借问古春秋，笑语徜徉，算不尽壶天历日，指寿星逸狂吐光芒，待满饮一杯，就君瑶席。

杭州西泠印社早期，诸多书画名家据姚亶素诗句、词意作书绘图，留传至今，成为西泠印社的经典佳作。王禔治印写字多录姚亶素集清真、白石、梦窗、玉田等联语，姚在《糜研斋印存》中为其作《百字令》传为美谈：

穷年矻矻，守高曾，直欲羸刘凌越。心事千秋唯我在，此席伊谁能夺！凿白刻朱，周规折矩，脱手锋铓发。勤铭纔调，镜涯催老华发。

休叹力尽雕龙，一编矜重，抵摇箴琼牒。料得斯文天未丧，真宰潜通神颉。兵象同论，珪符合契，异代渊源接。清风披几，冲襟长抱贞洁。

姚亶素是稊园诗词社社员，亦入上海沤社，应邀天津须社社外词侣，期间作词数十阕。

姚亶素词作大部分表现的是前清遗民的落寞和无奈，但在抗战时期，老人四处漂泊，生计无着，国仇家恨，悲愤于胸，写下了长诗《自题横泾避乱图》等篇章，真实的反映了人民所遭受的苦难，表达了对异族入侵者残暴统治的愤怒与谴责。在《莺啼序》词中既有『英雄安在，江山如此空怅望，障狂澜，谁作中流柱』的呼唤与期盼，又有『登楼唤取飞仙，破匣龙吟，剑光堕否』的壮志与豪迈，抒发了老人的爱国情怀。

中国社科院石昌渝先生评价说：『姚亶素是清末民初词坛的重要作家，少年时曾得清末四大词家之一的王半塘传授作词之法，又有家族传词创作的文学渊源，他的词作具有很高的艺术价值和历史价值。姚亶素生前在词坛上颇有影响，随着时间的流逝，他的一些作品由于没有付梓而渐次淡出人们的视野。现今将姚亶素的词作从历史的尘封中发掘出来，展露他历史的光华，无疑具有还原文学历史本来面貌的意义，也为广大读者和研究者提供新的重要的词作文本。』

中国社科院蒋寅先生亦评价说：『姚亶素钻研古文，诗词，平生以填词著称，兼工书画。所著《咫园词》十二卷，不仅艺术水准颇高，更有丰富的文献史料价值，稿本向未刊行，为后所宝藏。今其后人为之整理授梓，为近现代文学、艺术史研究提供了一分珎贵的史料，希望得早日出版。』

我们作为姚亶素后人，翻箱倒箧，寻出的上一辈以身家性命护存之姚亶素《咫园词》等手稿十数卷，观之也是感慨颇多！

细阅叶恭绰编《广箧中词》、杨子纔编《民国五百家词钞》、华东师范大学《词学》均见有关词作录入。现姚亶素词集的付梓，可补《忍古楼词话》之缺，亦可校所抄录原词之笔误及缺残之字。

亶素老人集一生心血编成词作汇集，在其八十四岁编纂《天醉楼词》时于跋曾记：天醉楼词起辛亥迄壬辰得词两千余首，几经删薙，得三百余阕，又复汰去若干，首存为剩稿，仍未惬意，不敢遽付手民，学与年争，倘天假之年，则删薙者又不知几何也。

他的词作延续了几代家学，早年未曾刊刻，有社会变迁等诸多原因，是为憾事。现今姚亶素词稿的汇编，求精求全于我们均无力做到，且确可有证曾存稿如《天醉楼填词图》其词軼失应在多数，有些例《东湖怀旧图》、《集宋人联语词句》等更失之仅留题目了！

家承数代之词学，虽止于我辈，尚有先辈遗稿可流传。在老人去世五十载之际，能够付梓，则完成老人之遗愿，使九泉含笑。亦传承中华文化，将这份遗产还归于社会，供饱学之士研究补遗，则是我辈的心愿。

十分感谢中国社会科学院的各位专家学者，使这套书掸去历史的尘封得见天日。

二〇一四年八月

徐见得　杜洪义